SABINE WEISS
Gefährlicher Sog

AF197393

Weitere Titel der Autorin:

Aus der Reihe um Liv Lammers
Schwarze Brandung
Brennende Gischt
Finsteres Kliff
Blutige Düne
Tödliche See
Düsteres Watt
Zornige Flut

Historische Romane
Hansetochter
Das Geheimnis von Stralsund
Die Feinde der Hansetochter
Die Tochter des Fechtmeisters
Die Arznei der Könige
Die Perlenfischerin
Der Chirurg und die Spielfrau
Krone der Welt
Gold und Ehre
Blüte der Zeit

Über die Autorin:

Sabine Weiß, Jahrgang 1968, arbeitete nach ihrem Germanistik- und Geschichtsstudium als Journalistin. Seit 2007 veröffentlicht sie erfolgreich Historische Romane, seit 2016 zusätzlich Krimis um Kommissarin Liv Lammers und ihr Team. Mit deren Fall DÜSTERES WATT gelang ihr erstmals der lang verdiente Sprung auf die Bestsellerliste. Wenn Sabine Weiß nicht auf Recherchereise für ihre Bücher ist, lebt sie mit ihrem Mann und ihrem Sohn bei Hamburg.

SABINE WEISS

GEFÄHRLICHER SOG

Sylt-Krimi

lübbe

Die Bastei Lübbe AG verfolgt eine nachhaltige Buchproduktion.
Wir verwenden Papiere aus nachhaltiger Forstwirtschaft und verzichten
darauf, Bücher einzeln in Folie zu verpacken. Wir stellen unsere Bücher
in Deutschland und Europa (EU) her und arbeiten mit den Druckereien
kontinuierlich an einer positiven Ökobilanz.

MIX
Papier | Fördert
gute Waldnutzung
FSC® C014496

Originalausgabe

Copyright © 2024 by Bastei Lübbe AG,
Schanzenstraße 6–20, 51063 Köln
Vervielfältigungen dieses Werkes für das Text- und
Data-Mining bleiben vorbehalten.
Lektorat: Dr. Stefanie Heinen
Umschlaggestaltung: Manuela Städele-Monverde
Einband-/Umschlagmotiv: © Trevillion Images:
Silas Manhood | Susan O'Connor
Satz: GGP Media GmbH, Pößneck
Gesetzt aus der Stempel Garamond
Druck und Verarbeitung: GGP Media GmbH, Pößneck
Printed in Germany
ISBN 978-3-404-19266-3

2   4   5   3   1

Sie finden uns im Internet unter luebbe.de
Bitte beachten Sie auch: lesejury.de

1

Die Aussicht durchs Bullauge: eine düstere Suppe. Der stahlgraue Regenvorhang floss direkt in das Tintenschwarz des Meeres. Trotzdem war es ein verlockender Anblick. Er sehnte sich nach frischer Luft, denn der intensive Farbgeruch bereitete ihm Kopfschmerzen. Und sein Rücken erst! Er stemmte sich hoch, legte die Hände auf die Hüften, dehnte die Rippen, bis er den Schmerz nicht mehr ertrug.

Alter Mann. Der liebevoll spöttische Ton, in dem die Worte in seinem Kopf hallten, hellte seine Laune nicht auf, sondern zog ihn weiter herunter. Alles, was er sich aufgebaut hatte, stand auf dem Spiel. Wieder starrte er auf das, was vor ihm auf dem abgewetzten Holztisch lag. Wenn sich seine Probleme doch in Luft auflösen würden. Wenn er irgendwie …

Sein Blick blieb auf seinem Handrücken hängen. Der Kugelschreiber hatte geschmiert, und nun sah es aus, als hätten sich die Punkte zwischen Daumen und Zeigefinger vermehrt. *Knasttränen.* Entschlossen versuchte er, die Tinte abzurubbeln. Er brauchte nicht noch mehr Tattoos, die ihn an seine Taten erinnerten.

Ein Poltern ließ ihn auffahren. Er glaubte, Schritte zu hören, Stimmen. Es würde doch nicht ernsthaft jemand … Fahrig versuchte er, alle Aufmerksamkeit auf sein Gehör zu richten. Er hörte das leise Glucksen der Wellen gegen den Schiffsrumpf. Das Ächzen der wettergegerbten Planken. Klackernd spielte der Wind mit der Takelage. Sonst nichts. Er musste sich geirrt haben.

Nur der Klabautermann. Sein heiseres Lachen klang schaurig, auch in seinen eigenen Ohren. Langsam drehte er durch.

»Für heute reicht's. Es reicht schon lange«, murmelte er und machte sich ans Aufräumen. Ein letzter Check der Kajüte, dann schleppte er sich die schmale Stiege zum Deck hoch. Das Segelboot lag ruhig im Wasser. Es war Baujahr 1962 und inzwischen wieder einigermaßen in Schuss. Wenn er daran dachte, wie die *Töhop* ausgesehen hatte, als er sie vor einem Jahr unter schäbigen Planen in einem Unterstand entdeckt hatte – ein halbes Wrack war sie gewesen. Der Erbe des verwahrlosten Grundstücks in Dithmarschen hatte es kaum erwarten können, es loszuwerden. Zunächst hatten sie den Stahlrumpf ausgebessert und mit Antifouling behandelt. Sie hatten den Motor und die hydraulische Lenkung auseinandergebaut, jetzt waren die Verschleißteile an Deck und das Teakholz an der Reihe. Bald würden sie zu einem ersten Segeltörn aufbrechen können.

Sobald er das Deck betrat, riss der Wind an ihm, schleuderte Meersalz auf seine Haut. Der Hafen von Hörnum schimmerte trüb im Licht vereinzelter Lampen. Nachdem der März stürmisch und kalt gewesen war, hatte sich der April bislang mild und trocken gezeigt; heute war es tagsüber sogar ungewöhnlich warm gewesen. Jetzt war davon nichts mehr zu merken.

Gegenüber schaukelte der Muschelkutter im Nordwind. Groß war das Schiff, die hohen Ausleger verschwanden im Regendunst. Jemand hatte vergessen, den Strahler auszuschalten. Vielleicht war es aber auch eine Vorsichtsmaßnahme gegen die dreisten Diebstähle der letzten Zeit. In ihm brandete Groll auf. Gerade wollte er sich abwenden, als er am Rande seines Gesichtsfelds eine Bewegung wahrzunehmen meinte. War jemand auf dem Kutter?

Er kniff die Augen zusammen und starrte ins Zwielicht. Sein Blick blieb an der nächstgelegenen Muscheldredge hängen. Wie ein offenes Maul hing das Schleppnetz an seinem

Stahlrahmen. Rostig, in den Kettengliedern und an der Schlickrolle noch Reste des Meeresbodens, den es zerstört hatte. Noch ehe die Wut aufflammen konnte, die ihn bei diesem Anblick sonst immer packte, registrierte sein Gehirn, was es bislang anscheinend hatte ignorieren wollen.

Schlagartig legte sich eine eiserne Hand um seine Brust. Er keuchte. In dem Schleppnetz lag etwas. Nein, in der rostigen Todesfalle lag *jemand*. Glänzend umgaben die langen Haare das bleiche Gesicht, die Kleidung hing nass am Körper, darunter ein verzerrter Schatten in der Pfütze. Schlaff, todesgleich hing der Körper da. Hatte *er* etwas damit zu tun? Zuzutrauen wäre es ihm!

Wie eingefroren fixierte er die Gestalt, fassungslos und zugleich voller angespannter Hoffnung, dass sie sich rühren würde. *Bitte, beweg dich!*

Er wusste, wer das war. Vielleicht war es auch seine Schuld. *Tu was! Du musst etwas tun!* Ein Ruck durchfuhr ihn.

Mit wenigen Schritten war er an der Reling, auf dem wie ausgestorben daliegenden Hafenkai. Seine Hände zitterten so, dass er das Smartphone kaum aus der Hosentasche bekam. Sollte er den Krankenwagen rufen, die Polizei? *Lieber nicht, noch nicht.* Er musste zu hundert Prozent sicher sein, wer das war. Was da los war. Musste Hilfe leisten, wenn es noch möglich war.

Er rannte zu dem Kutter, hechtete an Deck, der Adrenalinstoß unterdrückte seine Rückenschmerzen. Gespannt bis in die Haarspitzen lauschte er. Seine Gedanken überschlugen sich. Sollte er sich bemerkbar machen? Oder lieber erst einmal die Lage sondieren? Herausfinden, ob noch jemand an Bord war? Er entschied sich für Letzteres.

Im Schutz der Wandschatten schlich er vorsichtig voran. Sein Puls hämmerte in seinen Ohren. Die Gestalt im Schleppnetz – das Bild hatte sich in seine Netzhaut eingebrannt. Hatte ihr Körper gezuckt? Dann war noch Leben in ihr!

Der Fischgeruch, der von den Planken aufstieg, ließ ihn würgen. Ein Schritt noch, dann würde er in den Schein des Strahlers treten.

Das LED-Licht wirkte in den Nieselschleiern trübe, tauchte das Schiffsdeck in einen Weichzeichner. Dennoch erkannte er die Gestalt jetzt. Zart schimmerten ihre Adern durch die Haut. Er zuckte zurück. War das wirklich eine Pfütze unter dem Körper? Oder war das Blut?

Sein Mageninhalt schoss hoch, unaufhaltsam. Er taumelte, seine Finger fanden keinen Halt. Krampfend erbrach er sich auf das Schiffsdeck.

Schutzlos, wie er war, sah er den Schatten nicht, der sich ihm näherte. Als er ihn bemerkte, war es zu spät.

2

Mit dem letzten Rundumschlag mit dem Klapphocker hatte Martina Knirps die Möwen endlich verscheucht. »Haut bloß ab, ihr Biester!«, rief sie den Vögeln nach. Dann wandte sie sich ihrem Patenkind zu, das sie bei dem Schlag beinahe gestreift hatte.

»Och nö, musste das sein?« Fünsch blickte Simon auf das Frikadellenbrötchen, das er vor Schreck fallen gelassen hatte und das nun im feinen Sand lag.

»War keine Absicht. Aber wenn diese Promenadengeier uns weiter nerven, fangen wir gar nichts.«

»Das ist eine Silbermöwe. *Larus argentatus.* Die bekannteste Möwe der Nordsee. Die Jungvögel sind drei Jahre lang graubraun gefleckt, aber schon so groß wie –«

»Ich weiß!« Schroff unterbrach Martina den Vortrag ihres Patenkinds. Simon war nun wirklich ein Klugscheißer! Sie freute sich immer auf ihre gemeinsamen Ausflüge, und die Reise nach Sylt war ein besonderes Geschenk gewesen. Aber der oberlehrerhafte Ton, den er sich mit seinen zwölf Jahren bereits angewöhnt hatte, strapazierte ihre Nerven. Auch wenn es natürlich toll war, wie sehr er sich für die Natur interessierte. Auch hatte ihr sein Vorschlag geschmeichelt, gemeinsam angeln zu gehen. Das machte er normalerweise nur mit seinem Vater. »Klasse, wie gut du dich mit den Vögeln auskennst«, setzte sie deshalb versöhnlicher hinzu.

»Dad hat mir extra ein Buch über die Tierwelt an der Nordsee besorgt. Du darfst es dir gern mal ausleihen«, sagte Simon gönnerhaft und kontrollierte seine Angel; noch immer hatte kein Fisch angebissen.

Dad. Wie die Kinder heute redeten! Martina entgegnete nichts, sondern klappte den Hocker wieder auf und ließ sich darauf sinken. Sie klaubte zwei Schokoriegel aus dem Rucksack. Für ihren Geschmack war es viel zu früh, und dann noch so ein ungemütlicher Tag. Gestern hingegen hatte man bereits den Sommer erahnen können. Sehnsüchtig blickte sie auf den blassgelben Streifen, der zwischen Dunst und Dunkelheit kaum auszumachen war. »Das wird doch heute nichts mit dem Angeln. Schau dir mal diese trübe Brühe an. Das ist ja wie im schottischen Hochmoor …«

Simon wischte den Sand von der Frikadelle. »Seenebel. Ein interessantes Wetterphänomen. Er entsteht, wenn der Temperaturunterschied zwischen Wasser- und Landoberfläche hoch ist. Genau richtig, um Wolfsbarsche zu fangen. Die mögen es, wenn das Wetter verhangen ist. Was meinst du, wie cool das aussieht, wenn die Sonne aufgeht!«

Wenn sie die Sonne denn heute überhaupt zu Gesicht bekommen würden. Trotzdem rührte seine Begeisterung Martina. »Ist es nicht noch zu früh im Jahr, um Wolfsbarsch zu fangen?«, fragte sie.

»Eigentlich schon. Aber der Klimawandel zerstört nicht nur unsere Welt, sondern bringt auch die Gewohnheiten der Tiere durcheinander. Wir sind genau zur richtigen Zeit am richtigen Ort. Morgens beim ersten Licht kommen die Räuber nah ans Ufer.« Noch einmal kontrollierte Simon seine Ausrüstung, dann warteten sie schweigend.

Martina ließ ihren Blick über den weiten Sandstrand schweifen. Als sie von ihrem Ferienapartment hierhergestapft waren, waren die Straßen wie leer gefegt gewesen. Auch jetzt war noch niemand unterwegs. Über den nahe gelegenen Tetrapoden zankten die Möwen kreischend. Die vierfüßigen Betonblocksteine waren echte Schandflecke, und für den Küstenschutz hatten sie auch nichts bewirkt – im Gegenteil, die Südspitze Sylts schrumpfte und schrumpfte. Den Möwen schienen sie jedoch zu gefallen. Sie machten Beute. Nur bei ihnen: nicht das kleinste Zupfen an der Angelschnur.

»Wollen wir uns auf die Tetrapoden stellen und von da aus angeln? Die Möwen scheinen reichlich Fische zu finden«, schlug Martina vor.

»Da stehen wir viel zu unsicher. Du musst Geduld haben«, sagte Simon altklug.

»Ach, echt?« Sie biss sich auf die Zunge. Die spitze Bemerkung war ihr herausgerutscht. *Wer ist hier die Erwachsene?* Ihr Patenkind hatte recht; mit ihrer Geduld war es nicht weit her. »Ich werde das mal auskundschaften.«

Simon verschränkte die Arme vor der Brust und fixierte die Stelle, an der das Nylon im Meer verschwand, als könnte er den Fang damit beschleunigen. »Tu, was du nicht lassen kannst. Aber beklag dich nachher nicht, wenn du dir beim Klettern den Fuß verdrehst.«

Klugscheißer schreibt man mit drei S. Schlecht gelaunt stapfte Martina durch den feuchten Sand auf die Steinklötze zu. Es war inzwischen hell genug, um zu sehen, wohin sie trat. Der Meeresgeruch wurde schnell intensiv. Algig. Oder war ein totes Tier angeschwemmt worden? Ihr wurde flau. Eigentlich standen Simon und sie doch gut am Sandstrand. Was wollte sie also hier? Sie wollte schon umdrehen, als sie etwas Großes an der Wasserlinie zwischen den Betonblöcken entdeckte. Was war das?

»Und, wie ist es da?«, rief Simon ihr zu. »Soll ich unsere Leinen einholen, die Sachen packen und nachkommen?«

»Noch nicht!« Abgelenkt hob Martina die Hand. Gebannt ging sie auf den Fund zu. Sie wollte das nicht sehen, wusste aber gleichzeitig, dass sie nachsehen musste. Dass sie Gewissheit haben musste. Sonst würde ihr Kopfkino den Rest des Tages die Breitwand ihres Gehirns bespielen.

Die Möwen stoben schimpfend auf. *Sicher nur ein toter Seehund.* Sie würde den Fund den Seehundjägern oder der Kurverwaltung melden und dann ihre Ruhe haben. Doch als Martina die wachsweiße Haut mit dem schrill roten Keil sah, der das Fleisch aufgebrochen hatte, war ihr klar, dass dies ein Fall für die Polizei war. Einen Fisch würden sie heute ganz sicher nicht mehr fangen.

3

Stumpfe Gewalt gegen den Hals. Die Tatwaffe konnte nicht gefunden werden ... Frische Reifenspuren auf dem Vorplatz, die jedoch weder mit dem Opfer noch mit einem Täter oder möglichen Zeugen in Verbindung gebracht werden konnten, was möglicherweise an der abgelegenen Lage der Tierpension liegt ...

Die letzten Worte des Polizeiberichts las Liv schon nicht mehr, sondern vervollständigte sie in Gedanken. Ihr Blick wanderte zu dem Franzbrötchen vor ihr auf dem Schreibtisch. Zucker und Zimt waren zu einer knusprigen Kruste karamellisiert, und es duftete himmlisch. Doch das Frühstück musste warten. Es war still im Kommissariat. Kein brandheißer Fall hielt sie auf Trab, nur Routinearbeiten. Akten, Berichte, Fortbildungen, Aussagen vor Gericht. Sie hatte sich vorgenommen, vor Frühstück und Dienstbesprechung einige Akten des Cold Case noch einmal durchzugehen, der ihr im Hinterkopf herumspukte. In den mehr als drei Jahren, die sie nun schon für das K1, die Mordkommission der Polizeidirektion Flensburg, arbeitete, hatte sie in ruhigen Phasen immer wieder ungelöste Altfälle gesichtet. Dieser Fall jedoch, bei dem kurz nach der Wende in Westerwall auf Sylt die Betreiber einer Tierpension ermordet worden waren, hatte sie besonders gepackt; vermutlich, weil die Kinder sich vor dem Täter versteckt hatten und einige Tage neben den Leichen ihrer Eltern hatten ausharren müssen. Eine Horrorvorstellung! Die Spuren hatten damals aufs Festland geführt.

Liv erhob sich und trat an die Karte von Schleswig-Holstein, die einen Großteil der Bürowand bedeckte. Vor ihr breitete sich das nördlichste Bundesland aus, eine weite Fläche zwischen Nord- und Ostsee, Dänemark, Hamburg, Mecklenburg-Vorpommern und Niedersachsen. Farblich hervorgehoben war das weitläufige Einsatzgebiet der Polizeidirektion Flensburg. Sie suchte den Punkt auf der Karte, an dem sich die Spuren verloren hatten. Eine frühere Ziegelei in einer abgelegenen Gegend, keine Straßen in der Nähe, auf die Touristen sich verirrten. Wer auch immer diesen Hof angefahren hatte, hatte vermutlich dorthin gewollt. Doch auch in dieser Hinsicht hatten die Kollegen sorgfältig gearbeitet; sie hatten sich überall im Umfeld über Autosichtungen erkundigt.

Sie suchte Straßen und Wege ab, in der Hoffnung, dort einen Hinweis zu finden. Sollte weiterhin kein aktueller Fall dazwischenkommen und ihre Aufmerksamkeit fordern, würde sie die Orte aufsuchen, die mit diesem Altfall in Verbindung standen. Natürlich würde sie nach so langer Zeit nichts mehr finden, was auf den Doppelmord verwies. Aber manchmal half die Auseinandersetzung mit konkreten Dingen und Schauplätzen dem Gehirn eher auf die Sprünge als intensives Aktenstudium.

Gedankenverloren ging Liv ans Fenster und blickte auf das Zentrum Flensburgs hinaus. Die bunten Häuser des Kapitänsviertels und die spiegelnde Fläche der Förde waren mehr zu ahnen als zu sehen. Dafür entdeckte sie auf dem Fußweg zur Polizeidirektion ihren Kollegen Andreas Bork, der von seiner Lebensgefährtin Babsi und deren zwei kleinen Kindern zum Kommissariat begleitet wurde. Er nahm das Gesicht seiner Freundin in die Hände, lächelte sie an und verabschiedete sich mit einem Kuss und einer innigen Umarmung. Es freute Liv, dass Andreas, der früher das Image des harten Kerls gepflegt hatte, mit seiner neuen Familie glücklich war. Er war noch gar nicht lange wieder im Dienst, hatte nach einer Kopfverletzung während eines Einsatzes wochenlang im Krankenhaus gelegen und anschließend eine Reha durchlaufen.

Liv trat zurück an den Schreibtisch und wollte gerade ein Stück ihres Franzbrötchens abzupfen, als das Telefon klingelte. Sie griff zum Hörer. »K1, Kriminalkommissarin Lammers. Moin. Wie kann ich helfen?«

»Hey, Liv, du bist's! Schön, deine Stimme zu hören. Ich fürchte allerdings, ich brauche mal schnell deine Chefin.« Momke klang so gestresst, dass Liv sich eine Nachfrage verkniff und ihn sofort durchstellte.

Gespannt heftete sie die Unterlagen zurück in die Akte. Momke Nebber war nicht nur ein früherer Schulkamerad und Freund, sondern auch bei der Kripo Sylt. Wenn er so dringend Hilke Hasselbrecht sprechen wollte, würde sie für diesen Altfall wahrscheinlich kaum noch Zeit haben – dann gab es etwas Brandeiliges.

Wie Momke war Liv im beschaulichen Morsum im Osten Sylts aufgewachsen. Sie hatte die Insel geliebt, gehasst und sich aus dem Herzen gerissen. Lange hatte es gedauert, die alten Wunden zu heilen. Doch jetzt, wo sie ihre Liebe zu Sylt wieder zuließ, nahm sie jedes Verbrechen persönlich, das auf diesem meerumtosten Fleckchen Land verübt wurde.

»Ist endlich mal wieder was los?« Auf einmal stand Andreas in der Tür, die Haltung so breit, als wollte er ihr den Durchgang versperren. Er trug das Haar kurz rasiert, was ihm etwas Grobschlächtiges gab. Nach wie vor war die Haut um seine Narbe herum kahl.

Sie sah ihn an. Sein Ton stieß ihr auf, richtiggehend sensationsgeil klang er. Seit sie ihn kannte, gehörte er zu den Kollegen, die immer Action brauchten. Brachten nicht einmal der Unfall und sein neues, stabileres Privatleben ihn zu etwas mehr Besonnenheit?

»Möglicherweise«, sagte sie ausweichend. »Momke telefoniert gerade mit Hasselbrecht.«

Einen Augenblick später rief Hasselbrecht ihre Mordkommission zusammen, und nur wenige Minuten danach versammelten sich die Ermittler im Besprechungszimmer. Hilke Hasselbrecht war eine stattliche Dame mit Kostüm und Perlenkette, deren voluminöse Föhnfrisur selbst turbulentesten Einsätzen standhielt. Wie immer wirkte sie auch jetzt hochkonzentriert. »Die Kripo Sylt hat soeben einen Leichenfund gemeldet. Eine Anglerin hat den männlichen Toten auf den Tetrapoden bei Hörnum entdeckt«, berichtete sie.

»Eine Wasserleiche? Also Selbstmord?« Andreas unterstrich seine Fragen mit einem enttäuscht klingenden Schnalzen; eine neue Angewohnheit, die enervierend sein konnte.

Hilke Hasselbrecht runzelte die Stirn. »Es wurde anscheinend scharfe Gewalt zum Nachteil des Opfers ausgeübt. Nicht unmöglich, aber auch nicht wahrscheinlich, dass der Mann sich die Einstichstelle in der hinteren Rippengegend selbst beigebracht hat. Andreas, Sie übernehmen die Teamleitung und machen sich so schnell wie möglich mit Liv auf den Weg. Ich setze den Staatsanwalt ins Bild.«

Liv unterdrückte ein Seufzen. Ausgerechnet heute war ihr Teampartner Hennes wegen einer Aussage vor Gericht. Auch sonst war die Mordkommission unterbesetzt, da ihre Kollegin Wanda in Elternzeit war. Ersatz war nicht leicht zu bekommen, denn die Behördenmühlen arbeiteten langsam, und viele Abteilungen waren am Limit. Dass die Teamleitung von Fall zu Fall wechselte, war üblich. Und Andreas war längst einmal wieder an der Reihe gewesen. Nach seinem Unfall und der Reha hatte er zunächst Startschwierigkeiten gehabt, dann jedoch gute Arbeit geleistet.

Andreas sah auf seine Smartwatch. »Lammers, du benachrichtigst KT und Rechtsmedizin«, ordnete er dann in einem

Befehlston an, der Liv aufstieß. »In einer Dreiviertelstunde fahren wir los. Wir haben keine Zeit zu verlieren.«

Eine halbe Stunde später schloss Liv ihr Häuschen im Kapitänsviertel auf. Lachen perlte ihr entgegen, und sie erinnerte sie sich daran, dass Elise Frühstücksbesuch hatte. Schwanzwedelnd kam ihr ihr Hund Zorro entgegen, und sie begrüßte ihn flüchtig. Ihre Großmutter saß im Kreis ihrer Freundinnen im frisch renovierten Wohnzimmer. Auf dem Esstisch standen um den Brötchenkorb verteilt etliche Schälchen mit Krabben und Farmersalat, Käse und Wurst.

Kurz kam Liv in den Sinn, was sie verloren hatten. Noch immer schreckte sie nachts manchmal mit panisch pochendem Herzen auf. Was für ein Glück, dass sie hier inzwischen wieder so gemütlich zusammenleben konnten!

Als Elise sie sah, sprang sie auf und lief ihr entgegen; ihr flotter Kurzhaarschnitt und ihr junger Blick straften die unzähligen Fältchen Lügen. Niemand hätte ihr ihre siebenundsiebzig Jahre angesehen.

Liv grüßte in die Runde und bemerkte, wie eine von Elises Freundinnen unauffällig die Sektflasche vom Tisch verschwinden ließ; manchen war es für Alkohol nie zu früh. Sie lächelte. »Lasst euch nicht stören. Ich muss nur ein paar Sachen zusammenpacken.«

Als Liv in ihrem Zimmer verschwand, kam Elise ihr nach. »Wohin geht's denn, Lütte?«

»Nach Sylt.«

»Schon wieder? Fährt Sebastian auch?«

Liv nickte. »Er ist ebenfalls auf dem Weg.« Es war schon absurd genug, dass sie die Heimat ihrer Kindheit und Jugend ausgerechnet durch ihren Beruf wiederentdeckt hatte. Noch verrückter erschien es ihr, dass sie nun mit einem Rechtsmediziner zusammen war. Obgleich sie erst zweiunddreißig war, hatte ihr Leben doch schon viele überraschende Wendungen genommen. Viele davon hatten mit Sylt zu tun. *Ich bin mit dieser Insel verbunden, in guten wie in schlechten Zeiten.* Erst seit Kurzem schien etwas Ruhe eingekehrt zu sein. Zu Elise und Sanna, ihren Herzensmenschen, hatte sich Sebastian gesellt. Und auch mit den Traumata ihrer Vergangenheit hatte sie inzwischen abgeschlossen, zumindest kam es ihr immer öfter so vor. Einzig das Verhältnis zu ihrer Schwester Annika war nach wie vor ein wunder Punkt. Daran zu denken, vermied Liv, so gut es ging.

Sie warf Unterwäsche, einen Wollpullover und ihren Badeanzug in eine Reisetasche. An der Nordsee wusste man nie genau, welches Wetter einen erwartete, aber Baden ging für ein Nordlicht wie sie immer. »Weißt du, wo meine dicke Wollmütze und die neue Windjacke sind?«

»Ich glaube, Sanna hatte beides neulich an.«

Liv unterdrückte einen Fluch. Das war der Nachteil, wenn man eine sechzehnjährige Tochter mit einer ähnlichen Statur hatte. Sie ging in Sannas Zimmer, wo das übliche Chaos herrschte: Bücherstapel, eselsohrige Notizblöcke und Mappen, Berge getragener und sauberer Kleidung, dazwischen Teller und Schalen, auf denen Essensreste festgetrocknet waren. Liv unterdrückte einen Aufschrei. Entwickelte Sanna sich zu einem Messi? Oder war es normal für Jugendliche, sich wie ein Bär im Winterschlaf in ihrer Höhle zu verkriechen? Unter der Bettwäsche entdeckte Liv die Sporttasche ihrer Tochter. Sie wühlte darin herum, schob Prospekte über ein Auslandsjahr und verschwitzte T-Shirts beiseite.

»Nach den Katalogen habe ich Sanna schon x-mal gefragt. Und die Klamotten müffeln. Sanna könnte wirklich mal aufräumen, wenn sie von der Schule zurück ist«, sagte sie genervt.

Elise lächelte. »Ja, könnte sie. Aber du weißt ja, wie das ist: In dem Alter sind andere Dinge tausendmal wichtiger. Außerdem glaube ich, dass Jugendliche Unordnung gar nicht wahrnehmen. Das ist dem jugendlichen Gehirn nicht gegeben. So'n büschen Chaos – das ist doch kein Malheur.«

Ihre Großmutter verschwand, und Liv suchte weiter nach ihren Sachen. Sie konnte sich nicht daran erinnern, wie sie selbst in dem Alter gewesen war. Sanna war zur Welt gekommen, als Liv sechzehn gewesen war, und sie hatte kämpfen müssen, um ihr neues Leben und die Schule unter einen Hut zu bekommen. Einzig Elise hatte sie zu verdanken, dass sie die damalige Situation bewältigt hatte.

Endlich hatte sie ihre Mütze gefunden. Aber was war das? Liv tastete den kleinen, harten Gegenstand ab, ließ ihn aber schließlich abgelenkt fallen, ohne ihn aus der Tasche zu holen. Die Zeit drängte. Noch immer keine Spur der Windjacke. Dafür hing die gesteppte neongrüne Collegejacke, die Sanna neulich auf einem Flohmarkt erstanden hatte, über der Stuhllehne.

Liv schlüpfte hinein. *Passt doch.* Das hatte ihre Tochter davon! Draußen hupte es. Eilig holte sie ihre Reisetasche, lief die Treppe hinunter, zog einen selbst gestrickten Loop über und band ihre langen rotblonden Haare zurück. An der Tür reichte Elise ihr ein in Butterbrotpapier gewickeltes Brötchen, das Liv zu ihrem noch immer unangetasteten Franzbrötchen legte. Sie schloss ihre Großmutter in die Arme.

»Hol di fuchtig, Lütte!«, sagte Elise.

»Ich passe immer gut auf mich auf. Was soll mir schon passieren?«

Kaum hatte Liv auf dem Beifahrersitz Platz genommen, gab Andreas Gas. »Endlich!«, knurrte er. »Wir müssen den Autozug um 10.35 Uhr bekommen.«

Viel zu schnell fuhr er durch die schmalen, am Hang gelegenen Gassen von Sankt Jürgen. Fußgänger drückten sich neben Kübeln voller blühender Narzissen an eine Hauswand.

Liv wurde in den Sitz gepresst. »Von Niebüll gehen ständig Autozüge ab, da musst du niemanden totfahren, um einen bestimmten zu erreichen«, sagte sie mühsam beherrscht.

»Wenn dir mein Fahrstil nicht passt, kannst du aussteigen.« Ohne eine Antwort abzuwarten, betätigte Andreas die Kurzwahltaste seines Handys. »Läuft der Erste Angriff? Was ist mit der Absperrung? Sind die Suchhunde benachrichtigt?«, blaffte er in den Lautsprecher.

Liv verdrehte die Augen. Das konnte ja heiter werden.

Als sie endlich den Verladebahnhof in Niebüll erreicht hatten, war Liv nass geschwitzt. Andreas hatte auf der Landstraße telefonierend etliche Trecker überholt und war dabei mehr als einmal nur knapp vor dem Gegenverkehr eingeschert. Ihre zunehmend angesäuert geäußerten Bitten, nicht so zu rasen, hatte er ignoriert.

Erst als sie auf den Autozug fuhren und so zum Stillstand gezwungen waren, wurde auch Andreas ruhiger. Im Wagen vor ihnen perlte Champagner in Gläsern, das sah sie durch die Frontscheibe. Viele Urlauber genossen das Sylt-Flair schon auf der Anreise. Ob mit dem Zug, dem Autozug oder mit der Fähre – die Fahrt auf die beliebteste Insel der Deutschen dauerte ihre Zeit. Also wechselte man sofort in den Urlaubsmodus und feierte bereits den Weg angemessen.

Liv sah in den Rückspiegel. Im Auto hinter ihnen öffnete Karlpeter Botersen-Evers, der Chef der Kriminaltechnik, mit schicksalsergebener Miene eine Salatschale. *Er bemüht sich tapfer, alte Gewohnheiten abzulegen.*

Andreas hingegen kurbelte das Fenster herunter und zückte eine E-Zigarette. Jetzt fiel es Liv ein: Der harte Gegenstand in Sannas Sporttasche war die Kartusche einer E-Zigarette gewesen. Seit wann rauchte ihre Tochter?

Andreas schnalzte. »Du freust dich bestimmt, auf die Insel

zurückzukehren. Wann beziehst du eigentlich deine fette Friesenvilla?«

Obgleich Liv wusste, worauf ihr Kollege anspielte, fragte sie unschuldig: »Von was für einer Villa redest du?«

Eine dicke weiße Wolke zog aus dem Fenster und mischte sich mit der Nordseeluft. »Na, die aus deinem Erbteil.« Grinsend wandte Andreas sich zu ihr. »Man erzählt sich, du hättest es gar nicht mehr nötig zu arbeiten.« Seine Hand wanderte auf ihren Oberschenkel. »Du bist eine gute Partie.«

Liv kam das Auto auf einmal sehr eng vor. »Lass das!«, sagte sie scharf.

Langsam zog er die Hand weg.

»Das geht dich nichts an.« Beherrschter setzte sie hinzu: »Aber ehe du mich die ganze Zeit damit nervst: Ich habe das Erbe ausgeschlagen.«

Andreas starrte sie fassungslos an. »Du spinnst!«

Liv schüttelte den Kopf. Der Tod ihres Vaters, eines Sylter Immobilienmoguls, und die Eröffnung des Testaments hatten für Gerede gesorgt. Sie hatte versucht, die Gerüchte zu ignorieren, denn sie hatte genug mit dem zu tun, was die Vorfälle des letzten Herbstes in ihr selbst aufgewühlt hatten. Und das Testament ging nur sie und ihre Familie etwas an. »Das ist alles, was ich dazu sagen werde – kapiert? Jetzt lass mich in Ruhe telefonieren. Wir benötigen die Strömungsdaten des Bundesamts für Seeschifffahrt und Hydrografie. Das sollte wichtiger sein, als sich mit Klatsch und Tratsch zu beschäftigen.«

4

Der Himmel wölbte sich kobaltblau über ihnen, nur in den Heidesenken neben der Landstraße hing noch der Seenebel, von dem in den Regionalnachrichten die Rede gewesen war. Liv bedauerte das. Sie erinnerte sich an Tage auf Sylt, an denen bei klarem Himmel und Sonnenschein dichte Nebelschleier über die Insel gewabert waren – ein magischer Anblick. Die Landstraße führte sie schnurstracks in den Süden der Insel. Braun lagen Glocken- und Besenheide da. Büsche und Bäume wirkten aus der Ferne kahl, die ersten Knospen noch winzig klein. Doch bald schon würden die Stechginster ihr knallgelbes Feuerwerk entzünden. Liv konnte es kaum erwarten. Der Winter war ihr in diesem Jahr besonders trüb vorgekommen.

Schon lenkte Andreas den Dienstwagen nach Hörnum, den südlichsten Ort der Insel, hinein. Im Ortszentrum mit seinen Läden und Gaststätten bog er vor dem Supermarkt rechts ab. Wenig später parkte er am Rande der Straße Süderende hinter den Einsatzwagen der Kollegen.

Erleichtert stieg Liv aus. Eine salzige Brise schlug ihr ins Gesicht, spielte mit ihren Haaren.

Momke Nebber kam ihnen entgegen. Mit seinem blonden Schopf und den roten Wangen erschien er Liv immer wie ein erwachsener Michel aus Lönneberga. Statt der von ihm geliebten farbenfrohen Kleidung trug er heute jedoch Preußischblau; einzig das Halstuch war türkis. Er wollte Liv begrüßen, doch

Andreas kam ihm zuvor: »Du kannst auf dem Weg Bericht erstatten.«

Momke zog die Augenbrauen hoch und lächelte Liv entschuldigend an, dann wartete er darauf, dass die Kriminaltechniker zu ihnen stießen. »Wir haben erst einmal einen Spurenpfad eingerichtet, wobei das in dieser Umgebung natürlich schwierig ist«, begann er schließlich. »Das Spurenzelt ist bereits über dem Leichnam errichtet.«

Liv nickte. Es war wichtig, dass nicht noch mehr Spuren vernichtet oder gar versehentlich neue gelegt wurden.

»Dann schauen wir uns das Ganze mal an.« Karlpeter Botersen-Evers und seine drei Mitstreiter liefen mit ihrem Equipment voraus, Liv und ihre Kollegen folgten.

Sie passierten einen Streifenpolizisten, der Unbefugte fernhalten sollte, und bogen auf einen Sandweg ein, der durch die Dünen führte. Liv ließ den Blick schweifen. Was sie sah, weitete ihr Herz und ernüchterte sie zugleich. Obgleich die Südspitze Sylts von Naturschutzgebieten umgeben war, drang die Bebauung immer weiter in die empfindliche Landschaft vor. Die Menschen liebten die Natur der Insel, gleichzeitig zerstörten sie sie. Als Jugendliche war Liv gegen die Bauwut auf die Straße gegangen und hatte sich darüber mit ihrem Vater gefetzt. Heute wehrten sich Naturschutzverbände und Bürgervereine, doch der Raubbau ging unvermindert weiter. Musste immer die Gier über die Vernunft siegen?

»Sicherheitshalber haben wir noch nichts angefasst, obgleich uns die Inselverwaltung im Nacken sitzt. Ihr wisst sicher, dass die Osterferien gerade begonnen haben. Das ist der inoffizielle Saisonstart. Die Insel erwacht aus dem Winterschlaf – viele Quartiere sind ausgebucht«, erklärte Momke.

Andreas hielt sich am Rande des Weges. »Bis Ostern haben wir den Fall hoffentlich gelöst und sind wieder zu Hause bei unseren Lieben. Das ist ja noch fast zwei Wochen hin.

Vielleicht stellt sich auch heraus, dass der Tote hier lediglich angespült wurde und der Fall in einen ganz anderen Zuständigkeitsbereich gehört.«

Liv schwieg zu den Spekulationen ihres Kollegen. Zunächst wollte sie sich mit den Begebenheiten des Falls vertraut machen. Sie hatten inzwischen den weiten Sandstrand erreicht. Der Wind brauste, und die Brandung begrüßte sie tosend. Leicht schief und doch stabil erhob sich ein Spurenzelt über dem südlichen Rand der Betonklötze. Sie füllte ihre Lunge mit der frischen Nordseeluft und spürte neue Energie in sich. Rechter Hand ging es zur Strandsauna und zum Restaurant Kap Horn, links von ihnen erstreckte sich das graue Band der Tetrapoden und schließlich die unberührte Küste bis zur Inselspitze, der Hörnum Odde. Sie liebte dieses Fleckchen Erde, das bei Sonnenschein etwas Südseehaftes hatte.

Neben ihnen versuchte eine Dreizehenmöwe quäkend, eine größere Sturmmöwe zu vertreiben. Einige Polizisten suchten den Strand und die Dünen ab. Andere redeten an der Flatterbandabsperrung mit Touristen, die wissen wollten, was los war. Auch die ersten Pressevertreter waren schon da, wie Liv erkannte.

»Scheußliche Dinger«, nörgelte Andreas, während er sich an einem der übermannsgroßen Tetrapoden festhielt, um Sand aus seinem Schuh zu klopfen. »Dieser Küstenschutz ist doch eh Blödsinn. Der Meeresspiegel steigt, und irgendwann werden die Stürme die Insel einfach wegspülen.«

Liv wäre am liebsten direkt weitergegangen. Sie konnte es kaum erwarten, die Ermittlungen aufzunehmen. Um über Sinn oder Unsinn der Küstenschutzmaßnahmen zu diskutieren, fehlte ihr die Geduld.

Momke hingegen schüttelte ungehalten den Kopf. Er war Lokalpatriot durch und durch. »Küstenschutz ist kein Blödsinn«, widersprach er. »Sylt hat eine wichtige Wellenbrecherfunktion. Jeder Cent, der hier in den Küstenschutz fließt, ist gut investiert. Die Tetrapoden sind allerdings Teil des Problems. Durch sie hat sich auf der Leeseite der Insel der Sandabbau um ein Vielfaches verstärkt. Trotz ihrer sechs Tonnen wurden sie unterspült und sogar versetzt. Weißt du noch, Liv, wie fein der Sand war, als wir Kinder waren?«

»Puderfein«, bestätigte Liv. »Den gibt es jetzt nur noch in den Dünen – der Rest wurde nach Amrum geschwemmt.«

»So ein Quatsch. Hier ist doch überall welcher!«, schimpfte Andreas.

»Das ist größtenteils Sand, der über Aufspülungen hierhergeschafft wird«, hielt sie ihm entgegen.

Sie lief weiter, und Momke folgte ihr. »Wo ist denn Hennes geblieben? An seine brummige Art habe ich mich ja gewöhnt. Aber dieser Kollege ...«, sagte er mit gedämpfter Stimme.

»Der ist noch bei Gericht, kommt nach«, sagte sie. »Wurde jemand auf Sylt, Amrum, Föhr oder Rømø vermisst gemeldet?«

»Meines Wissens nicht, aber die Kollegen im Revier gehen gerade die Meldungen von den umliegenden Inseln und Küstenorten durch«, berichtete Momke.

Andreas überholte sie mit großen Schritten und steuerte direkt auf die ältere Frau und das Kind zu, die in einiger Entfernung neben ihrer Angelausrüstung im Sand saßen. Während die Angelweste des Jungen sich vor lauter Blinkern und Bändern beulte, wirkte Martina Knirps auf Liv, als habe die Angel *sie* gefangen. Ausführlich ließen sie sich von ihr erzählen, wie sie die Leiche gefunden hatte. Leider hatten weder die Frau noch ihr Patenkind einen anderen Menschen am Strand oder ein Boot in Küstennähe beobachtet.

»Wenn Ihnen oder Simon noch etwas einfällt, was für uns von Belang sein könnte, können Sie sich jederzeit melden«, verabschiedete Liv die beiden.

Als sie kurz darauf eine Bewegung zwischen den Dünen entdeckte, schlug ihr Herz schneller. Sie hatte Sebastian nur zwei Tage nicht gesehen, und doch kam es ihr vor, als sei es ewig gewesen.

Auch Andreas hatte ihn bemerkt. »Da ist ja die Rechtsmedizin endlich!« Er feixte. »Gut, Lammers, sag ihm Hallo, aber lenk den feinen Doktor Gerlich bloß nicht so lange ab.«

Liv ignorierte Andreas' Bemerkung und ging Sebastian einige Schritte entgegen. Wie so oft war sie verlegen, wenn sie ihren Freund in einer beruflichen Situation traf. Professionalität war ihnen beiden wichtig. Sebastians Locken waren zerzaust, und die Sommersprossen auf seinem Nasenrücken schienen dunkler zu werden, sobald er ins Küstenlicht trat.

Sebastian umarmte und küsste sie kurz, aber innig. Dann wandten sie sich gemeinsam dem Spurenzelt zu, aus dem in diesem Moment einige Kriminaltechniker traten. Es war am äußersten Rand der Tetrapoden aufgebaut und wurde teilweise vom Meer umspült. Botersen-Evers erteilte ihnen die Erlaubnis hereinzukommen. Sie schlüpften in Schutzanzüge, zogen Schuhschützer und Handschuhe an. Innen flapperte der Wind am Kunststoff der Zeltwände; das Glucksen des Meeres drang nur noch gedämpft zu ihnen. Ohnehin war Liv so auf den Toten konzentriert, dass sie ihre Umgebung in diesem Augenblick kaum noch wahrnahm. Der Mann lag verdreht und auf dem Bauch zwischen Sand und Beton. Schwarze, etwa schulterlange Haare mit grauen Strähnen klebten an seiner Haut. Sein Oberkörper war nackt, dazu trug er Jeans und Socken, aber nur einen Turnschuh. In seiner Seite war eine scharf umrissene Wunde zu erkennen. Am Kopf, vor allem in Augennähe, war das Fleisch zerfetzt; vermutlich hatten sich die Möwen daran gütlich getan. Auch an den Händen gab es Wunden; möglicherweise Abwehrverletzungen. Sein Alter war schwer zu schätzen; er mochte Mitte dreißig sein.

Liv hatte schon öfter Wasserleichen gesehen. Diese sah nicht aus, als hätte sie lange dagelegen. Dennoch konnte es gut sein, dass die Wellen den Körper in diese Position gebracht hatten.

»Wir haben den Leichnam spurenkundlich untersucht, abgeklebt und wieder in die Auffindesituation gebracht, obgleich das Meer die meisten Spuren weggespült haben dürfte«, berichtete Botersen-Evers. »Immerhin konnten wir unter den Fingernägeln Substanzen sicherstellen. Im Umfeld der Leiche wurden keine weiteren Spuren gefunden.«

»Dann darf ich?« Nachdem Botersen-Evers seine Zustimmung signalisiert hatte, öffnete Sebastian seinen Tatortkoffer und machte sich an die Arbeit. Zunächst untersuchte er die Leiche äußerlich, vor allem die Wunden, und maß die Körpertemperatur, wobei er die Ergebnisse direkt in ein Diktiergerät sprach.

Liv trat einen Schritt näher. Der Tote trug um das Handgelenk mehrere Freundschaftsbänder und Eintrittsbänder von Konzerten und Festivals. Wenn sie Glück hatten, waren einige mit personalisierten Ticketnummern versehen, anhand derer sie die Identität des Toten feststellen konnten. Arme und Hände wiesen Kratzer und Schnitte auf, die sowohl Treibverletzungen als auch Abwehrverletzungen sein könnten. Liv fiel eine Tätowierung zwischen Daumen und Zeigefinger der rechten Hand auf.

»Das Tattoo haben wir fotografiert. Solche Knasttränen sind nichts Besonderes, aber vielleicht findet ihr trotzdem einen Treffer in der BKA-Datenbank«, sagte Botersen-Evers.

Vorsichtig drehte Sebastian den Leichnam um. Liv sog scharf die Luft ein. Andreas wich einen Schritt zurück. »Heilige Scheiße!«, stieß er aus.

Der Oberkörper des Toten war mit klaffend roten Kerben übersät. Ein Schlachtfeld auf engstem Raum.

Der Kriminaltechniker nickte verständnisvoll. »Unserer ersten Zählung nach wurde der Mann von achtzehn Messerstichen getroffen. Aber das werden Sie sicher genauer bestimmen, Doktor Gerlich. Das Verletzungsbild ist etwas unübersichtlich, wie man unschwer erkennen kann.«

»Zumindest hat sich die Frage erübrigt, ob wir es mit einem Tötungsdelikt zu tun haben«, sagte Liv schneidend. »Vermutlich hat jemand skrupellos, brutal und mit großer Wut auf den Mann eingestochen.«

Andreas nickte. »Das muss ein Irrer gewesen sein. Und dieser Irre läuft noch immer frei auf der Insel herum.«

Dieser Einschätzung konnte Liv nicht zustimmen. Ein Täter musste ihrer Erfahrung nach nicht verrückt sein, um derart gewalttätig über jemanden herzufallen. Doch sie wollte keine fruchtlose Diskussion anzetteln. »Sieht nach einem Overkill aus«, hielt sie fest. Von einem Overkill oder Übertöten sprach man, wenn exzessive Gewalt ausgeübt worden war, obgleich das Opfer bereits gestorben war. Allerdings gab es keine Definition, ab wie vielen Messerstichen man von einem Overkill ausgehen musste; manchmal wurden zehn schwere Stichverletzungen genannt, manchmal mehr als ein Dutzend.

»Die überbordende Aggression kann auf eine persönliche Beziehung zwischen Täter und Opfer hindeuten. Andererseits kann die Tat auch unter Alkohol- oder Drogeneinfluss verübt worden sein. Aber auch das ist Spekulation, solange wir nicht wissen, wie lange der Leichnam im Wasser gelegen hat, und die zurückliegenden Strömungsverhältnisse nicht kennen«, sprach Liv ihre Gedanken aus. »Die Strömungen um Sylt sind sehr stark und variieren je nach Tide. Insbesondere an der nahe gelegenen Hörnum Odde ist die Nordsee heftig in Bewegung. Dort klafft das Hörnumtief, in dem während einer Tide über fünfhundert Millionen Kubikmeter Wasser mit einer Geschwindigkeit bis zu eins Komma fünf Metern pro Sekunde zwischen Sylt und Föhr hin- und herströmen.«

»Besserwisserin«, brummte Andreas.

Liv fing Sebastians genervten Blick auf. »Es wäre hilfreich, wenn ihr mich jetzt in Ruhe meine Arbeit machen lassen könntet«, sagte er.

Als die Bestattungsunternehmer den Leichnam abtransportierten, kamen sie noch einmal zusammen. Trauben von Schaulustigen hatten sich inzwischen an den Absperrungen versammelt. Noch immer suchten Polizisten Strand und Dünen nach Spuren ab. Einer war mit einem Metalldetektor unterwegs. Etliche Spurenmarken tupften die Landschaft.

»Dann schießen Sie mal los!«, forderte Andreas.

Sebastians Kiefermuskeln spielten. Liv wusste, wie ungern er sich zu vorläufigen Urteilen hinreißen ließ, gleichzeitig kannte er natürlich die Notwendigkeit erster Anhaltspunkte. »Ich habe dreiundzwanzig Stichwunden festgestellt, die ich bei der Obduktion genauer untersuchen muss, um mehr zur Tatwaffe sagen zu können. Das Opfer hat sich heftig gewehrt, worauf die Abwehrverletzungen hinweisen.«

»Ein dynamisches Geschehen also«, hielt Liv fest.

Sebastian nickte. »Das Opfer könnte in das Messer hineingegriffen haben, um den Angriff abzuwehren, darauf weisen Verletzungen im Bereich der Beugesehnen der Finger und der Hohlhände hin. In einigen Wunden konnte ich Partikel sicherstellen, möglicherweise Plastik.«

»Wurden die Partikel hineingeschwemmt?«, fragte Liv.

»Eher mit der Klinge beim Stich hineingetrieben.«

Wie hart muss man zustechen, damit Plastik in einer Wunde stecken bleibt?, schoss ihr durch den Kopf. »Vielleicht hat man dem Opfer einen Müllsack über den Kopf gezogen und dann zugestochen«, mutmaßte sie.

»Möglich. Hinweise auf die genaue Substanz wird die chemische Analyse liefern«, wich Sebastian aus. »Die Liegezeit im Wasser kann höchstens wenige Stunden betragen haben, denn ich konnte lediglich schwach ausgebildete Waschhautbildung feststellen.«

Andreas machte mit der Zunge eine schnelle Folge schnalzender Geräusche. »Und die Todeszeit?«

Diese Frage hassten Rechtsmediziner besonders, da war Sebastian keine Ausnahme. »Der Tod trat vor zwölf bis fünfzehn Stunden ein, mehr lässt sich derzeit noch nicht sagen«, antwortete er kurz angebunden. Er packte seinen Tatortkoffer und wandte sich ab.

»Wie ist es mit Fingerabdrücken?«, hielt Andreas ihn auf.

»Die Fingerbeeren sind aufgeweicht, aber ich hoffe, mit dem Thanatoprint-Verfahren bessere Ergebnisse liefern zu können.«

Liv folgte Sebastian, um sich zu verabschieden. Er hatte von dem Verfahren bereits erzählt. Mithilfe verschiedener Einbalsamierungsflüssigkeiten war es möglich, auch bei verwesten oder anderweitig beschädigten Leichen Fingerabdrücke wiederherzustellen. Immerhin drei Viertel aller so behandelten Fingerabdrücke waren für einen Abgleich im Automatisierten Fingerabdruck-Identifizierungssystem des Bundes und der Länder, dem AFIS, geeignet. Dennoch war ein Fingerabdruck allein keine Garantie für eine Identifikation – dafür musste eine passende Vergleichsprobe im AFIS vorhanden sein. Waren die Fingerabdrücke des Toten nicht im System, sah es schlecht aus.

Er lächelte sie zaghaft an. »Soll ich mich mal umhören, ob ich uns für nächstes Wochenende eines dieser grauenhaft überteuerten Apartments buchen kann, damit wir uns sehen können?«

»Lass uns abwarten, was der Tag noch bringt. Zur Not können wir vielleicht bei Katharina oder Peet unterschlüpfen«,

schlug sie vor. Ihre Freundin und der neue Freund ihrer Großmutter nahmen sie, wenn möglich, gern auf.

»Das wäre am einfachsten. Falls es Larissa schlechter geht,
muss ich ohnehin umplanen.«

»Klar.« Liv lächelte verständnisvoll. Sie rechnete es
Sebastian hoch an, dass er sich so fürsorglich um seine kranke
Ex-Frau und den gemeinsamen Sohn Noah kümmerte – und
das neben seinem aufreibenden Vollzeitjob. Dass ihre Beziehung dabei zu kurz kam, schmerzte zwar und ließ sie immer
wieder an ihrer Zukunftsfähigkeit zweifeln, doch gegen diese
Gefühle kämpfte sie an. Ihr ging es gut. Andere hatten nicht
so ein Glück. Außerdem bemühte Sebastian sich, jede freie
Minute mit ihr und Noah zu verbringen.

Sie küsste ihn noch einmal. Irgendwann würde sie sich hoffentlich an das logistisch herausfordernde Leben einer Patch-
workfamilie gewöhnen. »Vielleicht haben wir den Fall bis dahin ja schon abgegeben, weil er in den Zuständigkeitsbereich
einer anderen Dienststelle fällt«, sagte sie.

»Das reicht jetzt langsam, Lammers! Genug geturtelt!«

Liv fuhr herum. Was bildete Andreas sich ein?

»Und ihr dahinten, trödelt nicht, sondern macht ein bisschen schneller!«, setzte ihr Kollege fauchend hinzu.

Die angesprochenen Polizisten fuhren auseinander. Liv
schüttelte unwillig den Kopf. Dieser schroffe Ton war ein weiteres Zeichen für Andreas' fehlende Führungsqualitäten. Sie
hasste es, wenn andere behaupteten, sie hätten es »ja gewusst«.
In diesem Fall war es allerdings keine Überraschung. Es war
lediglich die Frage, wie lange ein Team unter Andreas' Leitung
funktionieren würde.

5

»Das fasse ich nicht!«

Andreas klang so aggressiv, dass Liv die Hand über den Telefonhörer legte und sich umwandte. Was war denn jetzt schon wieder? Ihr Kollege stand neben Momke, dessen Wangen noch röter glühten als üblich, und dem Sylter Polizisten Urs, der auf den Boden starrte, als habe er dort etwas verloren.

Die Spurensuche am Strand hatte auf den ersten Blick keine entscheidenden Hinweise zutage gefördert. Kein Portemonnaie war angespült worden, weder Ausweis noch Handy, und auch die Tatwaffe blieb verschwunden. Das Ergebnis der rechtsmedizinischen Untersuchung würde ebenfalls noch auf sich warten lassen. Die Kommissare waren daher ins Polizeirevier im Kirchenweg gefahren und hatten dort die Aufgaben verteilt. Liv hatte sich intensiv mit den Strömungsgeschwindigkeiten beschäftigt und wusste inzwischen, dass die Strömung in den Stunden vor dem Leichenfund nordwärts gerichtet gewesen war. Aber ob der Tote in Hörnum ins Wasser geraten war, auf einer der anderen Inseln oder sogar in St. Peter-Ording oder Husum und von dort aus mit dem Sog nach Sylt geschwemmt worden war, war fraglich. Vielleicht hatte der Täter den Leichnam auch vom Inselinneren hierhergeschleppt und von den Tetrapoden aus dem Meer übergeben. Noch hatten sie keinen Hinweis, der die eine oder andere Theorie belegte oder verwarf. Auch die Tätowierung und die Kleidung hatten sie bislang nicht weitergebracht; beides war zu weit verbreitet.

»Wir hätten schon lange wissen können, wer unser Toter ist. Aber unser Kollege hier hat es verbaselt!«, schimpfte Andreas.

Liv trat zu den dreien. Der Streifenpolizist blies sichtlich bekümmert die Wangen auf. Urs war Anfang zwanzig und hatte ein weiches Gesicht, das die kindlichen Züge noch nicht ganz verloren hatte. Auf seinem Hals leuchteten rote Flecken.

»So schlimm wird's schon nicht gewesen sein«, sagte Liv. »Was ist passiert?«

Dankbar über den verständnisvollen Ton sah Urs sie an. »Heute Morgen hat eine Frau angerufen und ihren Mann vermisst gemeldet. Er ist letzte Nacht nicht nach Hause gekommen. Ich sagte ihr, bei einem erwachsenen Mann könne das schon mal vorkommen. Sie solle sich später noch einmal melden, wenn er dann noch immer nicht aufgetaucht sei.«

»Hat die Anruferin denn einen Verdacht geäußert, dass Leib und Leben ihres Mannes in Gefahr sein könnten?«, wollte Liv wissen.

»Eben nicht! Sonst hätte ich anders gehandelt! Ich kenne die drei Kriterien für eine Vermisstenfahndung: Eine Person hat den gewohnten Lebenskreis verlassen, der derzeitige Aufenthaltsort ist unbekannt, und eine Gefahr für Leib und Leben kann angenommen werden.«

»Alles richtig gemacht also, Urs.« Liv sah ihn aufmunternd an. »Passt die Beschreibung denn auf unseren Toten?«

»Das habe ich geprüft, als die ersten Infos über den Leichenfund eintrafen. Ich dachte, vielleicht könnte er es ja doch sein ...« Urs stieß seufzend die Luft aus. »Das Alter kommt hin. Und dann habe ich festgestellt, dass der Vermisste aktenkundig ist: Timur Roters, achtunddreißig Jahre alt, geboren als Sohn einer Deutschen und eines türkischstämmigen Einwanderers in Hamburg. Er war wegen Drogendelikten und Körperverletzung im Gefängnis, ist seitdem aber sauber – das hat er zumindest in einem Interview erzählt, das ich bei einer Schnellrecherche gefunden habe. Seit einigen Jahren lebt er auf Sylt, war zunächst als Sozialarbeiter eines Jugendheims tätig und leitet jetzt die Wohngruppe *Di Tökumst* bei Tinnum, also eine stationäre Jugendhilfeeinrichtung.«

Er hielt Liv einen Zettel hin. »Ich habe ein Foto ausgedruckt und die Kontaktdaten seiner Frau sowie die Adresse aufgeschrieben.«

Andreas riss ihm das Foto aus der Hand. Nach einem flüchtigen Blick darauf verkündete er: »Das ist unser Toter.« Er reichte Liv den Ausdruck.

Sie ließ das Gesicht auf sich wirken, verglich es mit ihrer Erinnerung. Der Tod und die Liegezeit im Wasser veränderten Gesichter stark, und doch war die Ähnlichkeit frappierend. Sogar die Tätowierung war in der Akte vermerkt.

»Hast du bei der Frau nachgefragt, ob Roters in der Zwischenzeit wieder aufgetaucht ist?«, wollte Liv von Urs wissen.

»Noch nicht. Ich wollte … nicht schon wieder etwas falsch machen.«

»Besser so«, sagte Andreas streng. »Wir übernehmen das. Momke, du rufst da an. Finde bei der Gelegenheit gleich heraus, bei welchem Zahnarzt Roters ist – dann können wir uns dort den Zahnstatus beschaffen, um ihn mit dem der Leiche abzugleichen. Lammers, du machst der Rechtsmedizin Dampf.«

»Und was machst du?«, fragte Liv, der langsam die Geduld ausging.

Ohne ihre Frage zu beantworten, wandte Andreas sich Rabia zu, die zu ihnen getreten war. Die burschikose Sylter Kommissarin hatte eine Nachricht für ihn. »Doktor Gerlich hat gerade angerufen. Er konnte die Fingerabdrücke mit dem Thanatoprint-Verfahren wiederherstellen und schickt uns eine Datei.«

Erstaunt hob Liv die Augenbrauen. Das war schnell gegangen. Sebastian musste die Analyse sofort in die Wege geleitet haben. Gleich darauf scharten sich Andreas, Urs und Momke gespannt um den Computer, an dem ein Kriminaltechniker den Abgleich mit den im AFIS hinterlegten Fingerabdrücken vornehmen würde. Liv hingegen ging an den Schreibtisch zurück, an dem sie gearbeitet hatte, gab den Namen »Timur Roters« in die Suchmaschine ein und überflog, was sie über ihn und die Wohngruppe finden konnte. Sie wollte die Zeit nutzen, denn der Abgleich der Fingerabdrücke konnte dauern.

»Treffer!«, rief Andreas und packte bereits seine Jacke. »Los geht's! Informieren wir die Angehörigen und die Kollegen über Timur Roters' Tod, und nutzen wir den Überraschungsmoment!«

Liv sprang auf. »Das kannst du nicht ernst meinen! Eine Todesnachricht zu überbringen ist doch kein ermittlungstaktischer Schachzug! Mal ganz abgesehen davon, dass wir uns in einem sensiblen Gebiet bewegen werden. Die jungen Leute sind ja nicht ohne Grund in der Wohngruppe. Vielleicht haben sie psychische Probleme oder sind traumatisiert. Da kannst du doch nicht einfach mit der Nachricht hereinplatzen, dass Roters tot ist! Sie kannten ihn gut, hatten zu ihm vermutlich eine vertrauensvolle Verbindung. Von den Angehörigen ganz zu schweigen! Soweit ich weiß, hat er die Wohngruppe zusammen mit seiner Frau Merret geleitet; auch die Tochter lebt dort.«

Andreas wirkte konsterniert. »Was schlägst du vor?«

»Wir rufen das Kriseninterventionsteam an und sorgen dafür, dass sie bei Bedarf psychologischen Beistand vom Festland bekommen. Und als Erstes telefonieren wir mit Hasselbrecht.«

Andreas überholte einen Transporter, auf dessen Pritsche Reetbündel gestapelt waren. Er hatte darauf bestanden, selbst zu fahren, und Liv hatte keine Lust gehabt, auch noch darüber zu diskutieren. Ein Fehler! Seit Hilke Hasselbrecht ihren Vorschlag zum weiteren Vorgehen unterstützt hatte, schmollte Andreas ohnehin. Dabei folgten sie lediglich der Standardprozedur.

Um sich abzulenken, konsultierte Liv auf dem Tablet die Informationen, die ihre Kollegen und sie zusammengestellt hatten. »Roters war eine interessante Persönlichkeit. Im Internet ist ein Interview zu finden, in dem er glaubwürdig darüber spricht, wie er Drogen und Kriminalität hinter sich ließ, um als Streetworker zu arbeiten«, berichtete sie.

»Nur weil er sich gut verkaufen kann, heißt es noch lange nicht, dass stimmt, was er sagt.« Ungeduldig klopfte Andreas auf das Lenkrad. »Typen wie den kenne ich. Tun geläutert und halten anderen ihr soziales Engagement vor, dabei gehen sie heimlich weiter ihren kriminellen Machenschaften nach. Würde mich nicht wundern, wenn das Drogenscreening Roters' neues Image Lügen straft. Und dann diese Knasttränen …«

»Die Bedeutung von Tränen-Tattoos sind umstritten –«, begann Liv.

Andreas fiel ihr ins Wort. »Jede Träne steht für einen Mord!«

»Nicht unbedingt«, widersprach sie. »Die Tätowierung kann auch ein Zeichen der Trauer sein, wenn ein nahestehender Mensch Opfer eines Verbrechens wurde. Ein allgemeines Zeichen für einen Gefängnisaufenthalt. Oder man lässt sich die Tränen lediglich aus Solidarität stechen – wie Amy Winehouse.«

Sie betrachtete Andreas von der Seite. Nur weil ihr seine draufgängerische, schroffe Art nicht gefiel, war er noch lange kein schlechter Polizist. Das durfte sie nicht vergessen. Hilke Hasselbrecht hatte sich bestimmt etwas dabei gedacht, als sie ihm die Teamleitung übertragen hatte. Andererseits hatte er schon früher Grenzen überschritten, als es um Minderjährige gegangen war. »Wie kommt eigentlich deine Freundin damit klar, dass du allem und jedem misstraust?«, fragte sie wider besseren Wissens.

»Die fühlt sich gut von mir beschützt, danke der Nachfrage.« Er schnalzte. »Es ist sicherlich nicht leicht, seine Naivität abzulegen, wenn man wie du in der heilen Sylt-Welt aufgewachsen ist.«

Ärger kochte in Liv hoch, und einen Moment lang spielte sie verschiedene Antworten durch. Dann aber entschied sich zu schweigen. Was wusste Andreas schon über die Welt, in der sie aufgewachsen war? Und was ging ihn das an? Angesichts dessen, was ihnen bevorstand, war dieser Streit die Mühe nicht wert.

»So ein Projekt für schwer erziehbare oder delinquente Jugendliche muss den Syltern ein Dorn im Auge sein«, setzte er nach.

Jetzt reichte es aber. »Ganz und gar nicht!«, brach es aus ihr heraus. »Es hat schon immer Kinderheime auf Sylt gegeben, beispielsweise in Morsum. Das Klappholttal, die heutige Akademie am Meer, hat nach dem Zweiten Weltkrieg Hunderte Kriegswaisen aufgenommen. Auch heute gibt es auf der Insel etliche Erholungsheime und Gästehäuser für Kinder und Jugendliche sowie Schullandheime.«

»Die Kinder und Jugendlichen dort sind aber nicht kriminell.«

»Ob sie das sind, wissen wir von den Bewohnern der Jugendwohngruppe bislang ebenso wenig.«

»Wir werden es dank der neuen EU-Vorschriften auch nur schwer herausfinden. Die sind doch nur dafür ausgetüftelt worden, uns das Leben schwer zu machen!« Er schnalzte unwillig.

Liv wusste, worauf er hinauswollte. Das Gesetz zur Stärkung der Verfahrensrechte von Beschuldigten in Jugendstrafverfahren und das damit verbundene Gesetz zur Neuregelung des Rechts der notwendigen Verteidigung hielten Polizei und

Justiz auf Trab und sorgten noch immer für Diskussionen. Sie widersprach: »Das ist doch totaler Unsinn! Die neuen Regeln dienen dem Schutz Minderjähriger. Ich gebe aber zu, dass sie noch alltagstauglicher werden müssen.«

»Hauptsache, du hältst mir etwas entgegen. Manchmal glaube ich, das hat System.«

Sie fuhren vor Westerland von der Landstraße ab und zwischen Wiesen und Ackerland hindurch. Liv unterdrückte ein Seufzen und sah aus dem Fenster. Von den Büschen stoben Schwärme kleiner Vögel auf, Stare. Auf einem Tümpel schwammen Gänse, und in der Ferne stemmten sich Radfahrer gegen den Wind. Schilder warben für den Inselzoo in Tinnum. Schließlich bogen sie in einen Sandweg ein, und nach einiger Zeit erreichten sie einen Bauernhof, der von noch kahlen Hainbuchenhecken eingefasst war.

Di Tökumst, verkündete der Schriftzug in Graffiti-Sprühfarben auf einem aus Altholz gezimmerten Schild.

»*Di Tökumst* – was soll das eigentlich heißen?«, meinte Andreas.

»Das ist Sölring – Sylterfriesisch – und bedeutet ›die Zukunft‹.« Ein guter Name, fand Liv. In Schleswig-Holstein gab es viele Jugendhilfeeinrichtungen, Kinderheime und sogar ein Jugendhafthaus, die Jugendanstalt Schleswig. Kinder und Jugendliche, denen es nicht möglich war, bei ihren Eltern aufzuwachsen, konnten in einer Wohngruppe untergebracht werden, wo sie mit pädagogisch ausgebildeten Betreuern lebten. Ziel war es, irgendwann in die eigene Familie zurückzukehren oder als Volljährige die eigenen vier Wände zu beziehen.

Sollte es bei all diesen Einrichtungen nicht immer darum gehen, dass die jungen Menschen, für die dort gesorgt wurde, trotz eines schwierigen Starts eine gute Zukunft hatten?

Erst als sie auf den Hof fuhren, erkannte Liv, wie weitläufig die Hofstelle war. Im Mittelpunkt stand ein lang gezogenes

Backsteingebäude mit Reetdach. Es war eines der selten ge-
wordenen utlandfriesischen Häuser, ehemals Wohnstätte frie-
sischer Siedler. An das Hauptgebäude grenzten Ställe und
Schuppen, weitere waren auf dem Gelände verstreut, einige
sahen baufällig aus. Dazu gab es zwei offensichtlich neue Ge-
wächshäuser. Mehrere Jugendliche und Erwachsene bevölker-
ten den Hof. Zwei Mädchen striegelten Pferde. Ein unschein-
barer zierlicher Jugendlicher schob einen Karren voller
Pferdemist. Ein anderer – schwarz, mit einem Haarband gebän-
digter Krauskopf – bearbeitete eine Holztür mit Schmirgelpa-
pier und Farbe. Eine Frau stand vor einem rustikalen Grill, auf
dem Würstchen und Gemüse schmurgelten, die Gummistiefel
bis zum Rand dreckbespritzt, das karierte Flanellhemd in den
Bund der Jeans gesteckt. War das Merret Roters? Und wo waren
die zwei anderen Jugendlichen, die hier lebten? Wo der weitere
Sozialpädagoge?

Liv versuchte, sich die Situation und die Reaktion auf ihre
Ankunft einzuprägen. Rap-Beats brandeten zu ihr herüber.
Immerhin Tupac und keiner dieser Deutschrapper, deren musikalische Ideenlosigkeit und dumpfe Texte sie kaum ertrug. In
den Unterlagen hatte sie gelesen, dass die Bewohner der Einrichtung zwischen fünfzehn und siebzehn waren. Ihre Blicke
waren neugierig, manche wirkten abweisend. Der Schwarze
rief dem Unscheinbaren etwas zu; dessen Gesicht verdüsterte
sich schlagartig.

»Normale Familien können sich Ferien auf dem Bauernhof
nicht mehr leisten, und Jugendlichen, die ihre Eltern und Leh-
rer in den Wahnsinn treiben oder straffällig werden, wirft man
dieses Freizeitvergnügen nach!«, zischte Andreas. »Aggressive
Krawallbrüder, wie wir sie mehr als einmal erlebt haben! Eingesperrt gehören die!«

Liv hielt unwillkürlich den Atem an. Die Flensburger Innenstadt hatte tatsächlich länger unter Gruppen gewaltberei-

ter Jugendlicher zu leiden gehabt. Vermehrt war es zu Raub-
überfällen, Körperverletzungen und Diebstählen gekommen.
Zeitweise hatte die Polizei die Innenstadt deshalb zum »ge-
fährlichen Ort« erklären müssen. Nur dadurch hatte sie die
Möglichkeit gehabt, Personen auch verdachtsunabhängig zu
kontrollieren. Gleichzeitig hatten sie die Polizeipräsenz und
Straßensozialarbeit verstärkt. Andreas hatte schon damals zu
den Kollegen gehört, die auf diese Situation besonders wütend
reagiert hatten.

»Du kennst diese Jugendlichen doch noch gar nicht, weißt
nichts über sie«, sagte Liv.

»Wird schon einen Grund geben, warum ihre Eltern sie
nicht mehr haben wollten.«

Fassungslos sah Liv ihren Kollegen an. Sosehr sie sich bemühte, die Entscheidung ihrer Chefin zu respektieren, war sie
doch überzeugt, dass Andreas nicht der Richtige für die Teamleitung in diesem Fall war. So, wie er die Sache anging, würden
sie nicht unvoreingenommen arbeiten können. Sie würde mit
ihrer Chefin darüber sprechen müssen.

Sie stieg aus, stützte sich auf das Autodach und sah ihn
durch das offene Fenster noch einmal an. Die Frau kam ihnen
entgegen, die Grillzange noch in der Hand. »Ich nehme an, du
bist professionell genug, dich in dieser Situation mit deiner per-
sönlichen Meinung zurückzuhalten«, sagte Liv.

»Darauf kannst du einen lassen.«

6

»Andreas Bork und Liv Lammers von der Kripo Flensburg«,
stellte Liv ihren Kollegen und sich vor. »Wir würden gern in
Ruhe mit Ihnen reden, Frau Roters.«

Merret Roters wirkte angespannt, ihr Lächeln war gezwungen. »Wir haben gerade angegrillt. Möchten Sie ein Würstchen?
Wir haben auch fleischlose.«

Liv wollte ablehnen, Andreas aber sagte: »Da sage ich n–«

»Nein, danke«, unterbrach Liv ihn. Hatte er etwa vor, an
einer Bratwurst zu knabbern, während sie die Todesnachricht
überbrachten? »Können wir ins Haus gehen?«

Fahrig wischte Merret Roters sich über die Stirn. »Natürlich. Elanie, übernimmst du mal?«, rief sie.

Eines der Pferdemädchen blickte auf. Sie trug ebenfalls Flanellhemd, Jeans und Gummistiefel, ein langer blonder Zopf
baumelte über ihrer Schulter. »Ich bin hier noch nicht fertig!«

»Das Pferd muss warten. Oder Vivien soll weiterstriegeln.«

Sichtlich widerstrebend übergab Elanie dem anderen Mädchen die Bürste und sagte etwas. Vivien lachte. Ihre Haare waren strähnig, die Beine streichholzdünn, das Gesicht von Akne
gezeichnet. Den großen Busen schien sie unter einem extrawei-
ten Pulli verstecken zu wollen.

Kichernd kam ein Pärchen aus dem Haus. Sie, in weißer
Jeans und Shirt viel zu schick für einen Bauernhof und auffällig
geschminkt, trug einen Napfkuchen in den Händen. Er, mus-
kulös, die Haare zu einem schwarzen Irokesenschnitt frisiert,

umarmte sie von hinten und küsste ihren Hals. Sie zog den Kopf zwischen die Schultern und krümmte sich, seine Küsse schienen sie zu kitzeln. Als sie Liv und Andreas sahen, warfen sie Merret Roters einen verunsicherten Blick zu.

»Ist irgendwas passiert? Was Schlimmes?« Die Stimme des Mädchens klang dünn, als habe es schon viel zu oft erlebt, dass Katastrophen in sein Leben einbrachen.

Der Jugendliche – Liv schätzte ihn auf etwa siebzehn – schob sich schützend vor sie. Schwarze Cargohose, Geldbörse an langer Silberkette in der Hintertasche, Edelstahlringe, enges Shirt, unter dem sich die Muskeln abzeichneten.

»Die Herrschaften wollen nur kurz mit mir reden«, sagte Merret Roters beruhigend. »Schau doch bitte schnell nach den Würstchen, Alicia. Ich fürchte, die brennen sonst an. Und du kannst den Tisch decken, Nico.«

Der Jugendliche verschränkte die Arme vor der Brust, wobei sich seine Armmuskeln beeindruckend abzeichneten. Auf seinem T-Shirt war ein Anarchie-A zu sehen. »Was wollen die Cops hier? Das sind doch Cops, oder?«, fragte er argwöhnisch.

»Um unsere Besucher kümmere ich mich. Deck du schon mal den Tisch«, sagte die Erzieherin ruhig. Sie wandte sich an Liv. »Kommen Sie?«

Sie betraten die schmale Querdiele des Bauernhauses, der man die vielen Jahre und Bewohner ansah: gewölbte, abgewetzte Fußbodendielen, Geruch von kaltem Rauch. Die Möbel in dem Raum, der früher wohl der »Döns«, die alltägliche Wohnstube, gewesen war, wirkten zusammengesucht und alt, doch bunte Decken und Schaffelle machten den Raum gemütlich. Kerben und Wasserflecke zeichneten den großen Holztisch in der Mitte. Liv entdeckte ein mit Taschenbüchern bestücktes Bord, Gesellschaftsspiele, Holztiere auf einem Regal, die für kleine Kinder zu sein schienen. Verkohltes Spaltholz lag im Kamin, und Liv konnte sich vorstellen, dass die Jugendlichen und ihre Erzieher hier abends gemütlich beisammen-saßen.

Merret Roters hantierte in der offenen Küche mit Bechern und Kannen. An der Wand hing ein Arbeitsplan. Jede Stunde schien verplant, daneben gab es Wochendienste. »Sie möchten bestimmt etwas trinken. Ich habe frisch aufgebrühten Tee; Zitronenmelisse aus unserem Garten.« Unvermittelt wandte sie sich um. Ihre Augen waren weit.

Sie ahnt etwas. Der starre Blick eines Tieres im Scheinwerfer-licht.

»Es geht sicher um die Vermisstenmeldung. Ich habe Ihrem Kollegen schon am Telefon gesagt, dass Timur noch nicht wie-deraufgetaucht ist. Sein Auto ist auch weg. Allmählich mache ich mir wirklich Sorgen. Er würde die Jugendlichen, unsere Tochter und mich nie einfach alleinlassen. Ohne ein Wort.«

»Setzen wir uns doch.«

Merret Roters stellte Becher, die Kanne und eine Keksdose auf ein Tablett und kam Livs Aufforderung nach. Ein angenehmer Zitrusduft breitete sich aus. Doch Merret Roters schien ihn nicht wahrzunehmen. Angespannt, die gefalteten Hände zwischen die Oberschenkel geschoben, sah sie die Ermittler an.

»Wir haben eine schlechte Nachricht für Sie, Frau Roters. Ihr Mann wurde tot aufgefunden. Wir gehen von einem Gewaltverbrechen zu seinem Nachteil aus.« Andreas' sperrige Formulierung hallte in der Stille nach.

Unvermittelt sprang Merret Roters auf. »Der Tee!« Sie wollte die Becher vom Tablett nehmen, doch sie glitten ihr aus den bebenden Fingern und zerschellten auf dem Fliesenboden. Merret Roters bückte sich, um die Scherben aufzuheben, zitterte jedoch zu stark.

Liv hockte sich neben sie und berührte sacht ihren Arm. Derartige Übersprunghandlungen kamen häufig vor, wenn jemand etwas Schreckliches erfuhr. Das Gehirn wollte dann, dass man sich mit etwas beschäftigte, sich ablenkte, damit man nicht vor Trauer in eine Starre fiel. »Mein Beileid, Frau Roters. Das muss ein Schock für Sie sein.«

»Ich ... Ich verstehe das nicht«, stammelte diese. Hilfesuchend sah sie Liv an, fiel ihr dann in die Arme.

Einige Atemzüge lang hielt Liv die bebende Frau fest. Erst dann führte sie sie zum Tisch zurück, und Andreas berichtete sachlich, was vorgefallen war.

Merret Roters weinte, ohne einen Laut von sich zu geben. »Die Kinder, sie ... Wie sollen sie damit klarkommen ... das verkraften ... Ich muss mit Bernd und ...«, brach es schließlich aus ihr heraus.

»Das Kriseninterventionsteam steht bereit und kann Ihnen und den jugendlichen Bewohnern psychologische Hilfe leisten. Wenn Sie damit einverstanden sind, benachrichtigen wir die Kollegen.«

»Ja, ich denke, das wäre das Beste.« Merret Roters schnäuzte sich und betrachtete ihre Fingernägel, die schwarz waren, als hätte sie gerade in der Erde gewühlt. »Auch für Alicia wird es schlimm sein. Es könnte zu einer Retraumatisierung führen. Wissen Sie, sie hat ihre Eltern bei einem Schiffsunglück verloren. Ach, für alle ist es schlimm.« In ihr schien es zu arbeiten. »Ich muss mich zusammenreißen. Das bin ich Timur schuldig. Das bin ich den Kindern schuldig.« Sie drückte die Schultern durch, versuchte, ihr Handy aus der Hemdtasche zu klauben, es dauerte jedoch, bis sie den Knopf aufbekam. Sie wählte eine Nummer, wartete und hinterließ schließlich eine Nachricht auf der Mailbox, in der sie um Rückruf bat. »Unser Teamkollege Bernd ist heute auf dem Festland. Ich erreiche ihn schon den ganzen Tag nicht«, sagte sie.

Liv sah auf ihren Notizblock. »Bernd Beversen?«, fragte sie, bemüht, sich ihre Besorgnis nicht anmerken zu lassen. Merret Roters nickte. »Was hatte er vor?«

»Das weiß ich nicht. Es ist sein freier Tag.« Sie stutzte. »Sie glauben doch nicht etwa, dass Bernd ... dass ihm ebenfalls etwas zugestoßen ...«

»Für derartige Mutmaßungen ist es zu früh. Dennoch werden wir die Kollegen davon in Kenntnis setzen, damit sie versuchen, Herrn Beversen zu erreichen.« Liv sah, dass Andreas bereits eine Nachricht verschickte. »Es würde uns sehr helfen, wenn wir Ihnen jetzt einige Fragen stellen dürften.«

Roters blickte sie in großer Anspannung an, erklärte sich aber einverstanden.

»Wann haben Sie Timur zuletzt gesehen? Was hatte er vor? Hatte er Streit mit jemandem? Hatte er Feinde? Wie sind Sie auseinandergegangen?«, platzte Andreas heraus.

Merret Roters blinzelte. »Wie meinen Sie das?« Die Menge der Fragen schien sie zu überfordern, was Liv ihr nicht verdenken konnte.

»Ich meine, haben Sie beispielsweise gestritten, bevor Sie auseinandergegangen sind?«

»Nein. Wir streiten nicht.« Sie knüllte das Taschentuch zusammen. »Wir ... haben nicht gestritten.«

Eine solche Aussage verwunderte Liv jedes Mal aufs Neue. Wie klärten Paare ihre Meinungsverschiedenheiten, ohne zu streiten? Erst recht in diesem Fall, wo Merret und Timur Roters ja auch noch zusammenarbeiteten? »Nie? Auch nicht über Berufliches?«, hakte sie ein.

»Timur und ich sind Verfechter der gewaltfreien Kommunikation. Wir gehen wertschätzend miteinander um.«

Das schien Liv nur ein Teil der Wahrheit zu sein, aber ehe sie einhaken konnte, wiederholte Andreas die weiteren Fragen. »Ich frage noch einmal: Wann haben Sie Timur zuletzt gesehen? Was hatte er vor? Hatte er Streit mit jemandem? Hatte er Feinde? Wie sind Sie auseinandergegangen?«

»Wir haben zusammen zu Abend gegessen. Timur wollte

danach noch einmal zum Boot, das muss gegen 21 Uhr gewesen sein.«

»Was für ein Boot?«

»Die *Töhop*, ein altes Segelboot. Es liegt in Hörnum. Timur restauriert es mit den Jugendlichen.« Roters schien mit dem Schock besser umgehen zu können, wenn sie über den Alltag sprach.

»Dann passt das sylterfriesische Wort für *Zusammen* ja perfekt«, sagte Liv.

»Es war Timurs Idee, das Schiff so zu taufen. Er und die Jugendlichen haben gerade die Bohlen abgeschliffen und neu lackiert. Er wollte kontrollieren, ob die Farbe schon getrocknet ist und der Zweitanstrich aufgetragen werden kann. Es ist immer gut, wenn die Kinder etwas mit den Händen machen können. Wenn sie das Ergebnis ihrer Arbeit sehen. Sie begreifen dann, dass sie etwas verändern können. Selbstwirksamkeit, wissen Sie? Das Segelboot war Timurs neues Projekt. Überhaupt hatte er Pläne …« Merret Roters verstummte.

Liv fragte nach den Plänen, bekam jedoch nur eine vage Antwort. Sie erkundigte sich, wo genau das Segelboot lag, und sandte Hilke Hasselbrecht sogleich eine Kurznachricht. Ihre Chefin würde die Spurensicherung und Kollegen dorthin schicken. Schließlich bat Liv Merret Roters, den Ablauf des letzten Tages vor dem Verschwinden ihres Mannes zu beschreiben.

Das Taschentuch war zu einer festen Kugel zusammengeschnurrt. Merret Roters legte sie auf das Tablett. »Die Tage hier sind klar strukturiert. Die Jugendlichen gehen in die Schule oder bleiben, wenn sie krank sind, in ihren Zimmern. In den Ferien wird gelernt oder gejobbt. Auf dem Hof gibt es immer etwas zu tun, und die täglichen Aufgaben werden gemeinsam verteilt. Das klappt mal besser und mal schlechter, wie in jeder Gemeinschaft. Keiner hat Lust, das Klo zu putzen.« Sie räusperte sich. »Gestern Morgen waren alle Jugendlichen auf dem Hof, nachmittags auf dem Segelboot. Timur und ich haben uns um den Papierkram gekümmert. Als die Jugendlichen abends im Kino waren, fuhr Timur noch einmal nach Hörnum.«

»Sein Handy und seine Geldbörse hat er mitgenommen?«

»Immer. Er wollte ja erreichbar sein.«

Es war also nicht nur die Tatwaffe verschwunden.

»Was haben Sie gemacht?«

Merret Roters hielt Andreas' Blick stand. »Ich war hier. Habe in der Küche herumgewurschtelt, telefoniert, gelesen.«

»Gibt es dafür Zeugen?«

»Sie glauben doch nicht etwa, dass ich meinem Mann etwas angetan habe?«

»Mein Kollege stellt reine Routinefragen.« Liv nickte ihr beruhigend zu. Sie würden die Angaben und Handydaten ohnehin überprüfen. »Hat Ihr Mann das öfter getan? Abends noch allein etwas unternommen?«, fragte sie.

»Ja, schon. Wir sind den ganzen Tag zusammen und die ganze Nacht, da kann man auch mal allein etwas unternehmen.« Ein trauriges Lächeln schlich sich auf Merret Roters' Gesicht.

»Sie erwähnten ein Auto?«

»Timur ist mit seinem alten Golf gefahren. Den Wagen habe ich seitdem auch nicht gesehen.«

Im Zulassungsregister hatten sie dieses Auto bereits entdeckt. Liv war gespannt, ob sie den Golf am Hörnumer Hafen finden würden. »Sie haben sich recht schnell an die Polizei gewandt, als Ihr Mann nicht nach Hause kam. Das war also ungewöhnlich?«, fragte sie.

»Timur ist sehr zuverlässig. Man kann sich auf ihn verlassen. Sein Wort hat Gewicht.«

Ist. Kann. Hat. Die Todesnachricht war noch nicht wirklich zu Merret Roters durchgedrungen.

Andreas stieß hart die Luft aus. »Da muss er ja eine gravierende Persönlichkeitsveränderung durchgemacht haben. Vom Saulus zum Paulus, sozusagen. Oder glauben Sie, wir wären nicht auf die kriminelle Karriere Ihres Mannes gestoßen?«

Merret Roters starrte ihn an. »Ich weiß nicht, was Sie meinen. Timur hat keine Eintragungen im Bundeszentralregister und ein lupenreines Führungszeugnis«, sagte sie eisig.

Liv legte erneut die Hand auf Roters' Arm, suchte ihren Blick. »Ich habe ein Interview gelesen, das Ihr Mann gegeben hat. Beeindruckend, was er hier auf die Beine gestellt hat. Es ist enorm wichtig, dass Menschen wie Sie beide Jugendlichen helfen, die einen schweren Start hatten!«

Die Witwe schien erleichtert zu sein, dass Liv den kritischen Ton, den Andreas angeschlagen hatte, nicht aufnahm. Sie lehnte sich zurück.

»Hatte Ihr Mann noch immer mit Kriminellen zu tun? Nahm er noch Drogen?«

Liv warf Andreas einen warnenden Blick zu, den dieser jedoch ignorierte.

»Natürlich nicht!« Merret Roters schnellte auf ihrem Stuhl vor. Sie war laut geworden.

Die Tür öffnete sich, Elanie steckte den Kopf herein, und Merret Roters zuckte zusammen. »Ist alles in Ordnung? Was ist mit den Bechern? Hast du etwa geweint?«, fragte das Mädchen und zwirbelte erschrocken seinen Zopf.

Roters wischte sich über das Gesicht. Der Anblick des Mädchens schien ihre mühsam errungene Fassung zunichtezumachen. »Ich hebe die Scherben gleich auf. Warte noch einen Augenblick draußen, bitte, Elanie.«

»Es sieht nicht so aus, als ob alles okay wäre, Merret.« Sichtlich widerstrebend zog Elanie sich zurück.

»Unsere Tochter ... Was wird sie ... Für alle wird es ...« Merret Roters rang um Worte. »Elanie, die Arme! Sie hat schon so viel mitgemacht ... früher ... ehe sie zu uns ... Und nun das ...«

Liv stutzte. »Elanie ist nicht Ihre leibliche Tochter?«

Roters schüttelte den Kopf. »Unsere Pflegetochter. Sie ist aus einem Heim zu uns gekommen, mit elf Jahren. In dem Alter haben die Kinder die Hoffnung längst aufgegeben, eine neue Familie zu finden. Wer ein Kind adoptieren oder in Pflege nehmen möchte, sucht ein Baby, kein Kind, das schon sein Päckchen zu tragen hat. Timur und ich wussten, was uns erwarten konnte. Wir waren so glücklich, zu dritt. Elanie ist aufgeblüht, sie ist wirklich ein Schatz. Und jetzt ...«

Liv wartete, bis Merret Roters sich gefangen hatte. Dann bat sie: »Erzählen Sie uns von Ihrem Mann, von Ihrer Beziehung.«

Merret Roters' Blick ging in die Ferne. »Als wir uns kennenlernten, war er Streetworker und ich auf der Straße. Ich war Köchin, habe dem Druck in der Gastronomie aber nicht standgehalten. Endlose Arbeitszeiten, immer Stress. Durchwachte Nächte, Aufputschmittel zum Durchhalten, Downer zum Runterkommen, Jobverlust, auf der Straße gelandet.« Sie lachte trocken, ganz ohne Bitterkeit. »Der Klassiker, eigentlich. Manchmal braucht es nur wenig, um aus dem Raster zu fallen. Aber genauso wenig kann nötig sein, um einen Menschen wieder in die Spur zu bringen. So war das bei mir. Dass Timur mehr getan hat, mehr für mich war, war ein Segen. Die große Liebe. Ich wollte danach auch etwas tun, ebenfalls helfen, und habe noch eine Ausbildung zur Heilerzieherin gemacht.«

»Vor diesem heldenhaften Einsatz machte Ihr Timur krumme Geschäfte, dealte mit Drogen, war gewalttätig«, warf Andreas ein.

Merret Roters fixierte ihn. »Timur war nicht gewalttätig. Er ist lediglich ein Mal in eine Schlägerei geraten, als er einen

Freund verteidigt hat. Außerdem hat er längst mit seinem früheren Leben abgeschlossen. Timur war ein guter Streetworker, gerade weil er diese Szene kannte.« Ihr Tonfall war kühl. »Er hat all das hinter sich gelassen, ob Sie es nun glauben oder nicht.«

»Haben Sie Fotos von Ihrem Mann, die uns helfen könnten, seine Persönlichkeit besser einzuschätzen? Es ist wichtig, dass wir uns ein umfassendes Bild eines Opfers machen können«, sagte Liv.

»Ich habe keine Abzüge, nur die Fotos auf dem Handy.« Merret Roters scrollte durch eine Unmenge Bilder und zeigte ihnen immer wieder eines. Timur Roters auf dem Segelboot mit den Jugendlichen. Timur Roters, wie er den Stall reparierte oder ausgebüxte Tiere einfing. Timur Roters in der Küche beim Kochen, auf Musikfestivals oder schlafend auf dem Sofa, ein Buch auf dem Bauch. Jedes Mal erstarrte Merret Roters. Sie zitterte, ihr Handy in dem krampfhaften Versuch umklammernd, ihre Gefühle im Zaum zu halten.

Unvermittelt beendete sie das Gespräch. »Ich möchte jetzt Elanie informieren und Bernd. Und dann die Jugendlichen.« Sie stand auf.

»Dafür haben wir großes Verständnis«, sagte Liv und erhob sich ebenfalls, obgleich sie noch viele Fragen gehabt hätte. »Sie betreuen hier fünf Jugendliche mit drei Erziehern?«

»So ist es. Ich habe zusammen mit Timur die Geschäftsführung inne. Außerdem verantworte ich die Küche; da kommt mir meine erste Ausbildung noch zugute.« Merret Roters hielt inne, als sei ihr gerade etwas eingefallen. »Ich frage mich, wie es hier weitergehen wird, jetzt, wo Timur ... Der Träger unserer Wohngruppe, unser Arbeitgeber ... was er entscheidet ... Timurs Lebenstraum ... Auch dort muss ich wohl anrufen«, sagte sie, als schlügen ihre Gedanken schneller ein, als sie sie aussprechen konnte.

»Wir werden dann gleich im Anschluss die Jugendlichen befragen. Vielleicht haben sie etwas gesehen, was uns bei den Ermittlungen weiterhilft.«

Merret Roters' Blick flackerte zu Andreas. »Ich möchte nicht, dass Sie unsere Schützlinge unter Druck setzen.«

»Aber dass der Mörder Ihres Mannes gefasst wird, das wollen Sie schon, nicht wahr?«, fragte er scharf.

Liv trat einen Schritt vor und sah Merret Roters in die Augen. »Die Jugendlichen werden lediglich als Zeugen und besonders feinfühlig befragt, dafür verbürge ich mich. Gibt es etwas, was wir über sie wissen sollten?«

Roters überlegte. »Ihnen ist klar, dass ich beruflich zur Verschwiegenheit verpflichtet bin? Ich glaube kaum, dass es der Aufklärung dieses Verbrechens dient, wenn ich meine Schweigepflicht breche.«

Darüber ließ sich vermutlich streiten. »Mir geht es nicht um Geheimnisse. Ich möchte lediglich wissen, mit wem wir es zu tun haben. Vielleicht informieren Sie uns in dem Umfang, in dem Sie es mit Ihrem Gewissen verantworten können«, baute Liv ihr eine Brücke.

»Ich sagte ja bereits, dass Alicia ihre Eltern bei einem Unfall verloren hat ...« Roters schüttelte abwägend den Kopf und verstummte.

»Ist es üblich, dass sich unter den Bewohnern einer Jugendwohngruppe Pärchen bilden?«, forschte Andreas nach.

»Verhindern lässt es sich zumindest nicht.«

Roters blieb auch bei den nächsten Fragen wortkarg. »Gibt es einen Raum, den wir für die Gespräche nutzen können?«, fragte Andreas schließlich gefrustet.

»Das Büro?«

»Das würden wir uns vorher gern genauer ansehen. Genau wie Ihre Wohnung.«

»Dann nehmen Sie das Spielzimmer. Neben dem Tischkicker stehen ein Tisch und Stühle. Außerdem haben wir eine Schlafkammer, die derzeit leer steht.«

Andreas schnaubte. »Tischkicker! Warum nicht gleich Dampfsauna?«

Merret Roters blickte ihn säuerlich an.

»Sie wohnen ebenfalls auf diesem Hof, nehme ich an. Ein schönes Ensemble. Ich wusste gar nicht, dass es außer dem Heimatmuseum in Keitum so etwas noch auf Sylt gibt«, sagte Liv.

»Der Hof ist eine Spende einer alteingesessenen Sylter Familie an unseren Trägerverein. Geld für Reparaturen gibt es allerdings wenig. Vor allem die entlegeneren Schuppen sind baufällig. Alles sieht malerisch aus, aber es zieht durch Dach- und Bodenritzen. Jeder Tag, an dem Rohre, Leitungen und Dach durchhalten, ist ein guter Tag.« Sie seufzte. »Und es ist nicht jedem recht, dass der Hof für eine Jugendwohngruppe genutzt wird.«

Liv merkte auf.

»Von wem reden Sie? Gibt es Anfeindungen?«, kam Andreas ihr zuvor.

»Unser Nachbar, Bauer Mertens vom Hof Tinnumer Wiesen, macht Stress. Er behauptet, dass bei uns kriminelle Jugendliche ihr Unwesen treiben. Da konnte Timur reden, so viel er wollte.«

»Ihr Mann und dieser Bauer hatten Streit?« Andreas ließ sich Daten, Name und Adresse geben. »Wann zuletzt?«

»Letzte Woche. Es ging um einige Heuballen, die in Brand geraten sind. Es stellte sich aber heraus, dass ein Lüftungsgerät auf dem Lämmerhof eine Fehlfunktion hatte und Funken geflogen sind.«

Liv nickte. Auch das würden sie über die Feuerwehr oder mithilfe der Versicherung überprüfen können. »Gab es weitere Personen, mit denen Ihr Mann Auseinandersetzungen hatte? Hatte er Feinde? Hegte jemand einen Groll gegen ihn?«

»Nicht dass ich wüsste«, sagte Merret Roters matt. Sie näherte sich der Tür. Was ihr bevorstand, schien sich wie Blei auf ihre Schultern zu legen.

Liv und Andreas folgten ihr. Durch das Fenster sahen sie, dass die Jugendlichen beieinanderstanden und tuschelten. Weitere Wagen waren eingetroffen, und Liv entdeckte in ihnen die Mitarbeiter des Kriseninterventionsteams sowie Kommissare der Kripo Sylt. Es wurde Zeit, dass sie Verstärkung vom K1 bekamen.

»Eine letzte Frage noch, zur Sicherheit: Die Jugendlichen waren gestern Abend im Kino? Alle zusammen?«

»Ja, das machen sie oft. Sie waren gegen elf wieder hier.«

»Und Ihr Kollege Bernd? Lebt er auch auf dem Hof?«

»Nein.«

»Wissen Sie, was er gestern Abend gemacht hat?«

»Das müssen Sie ihn schon selbst fragen, wenn Sie ihn finden.«

»Das klingt, als ob Ihr Verhältnis nicht das beste wäre.« Andreas klopfte ungeduldig mit seinem Stift auf den Notizblock.

»›Eine letzte Frage‹ hatten Sie gesagt, oder? Es reicht jetzt. Die Jugendliche haben ein Recht, zu erfahren, was los ist. Also fangen Sie endlich an!« Merret Roters sah Andreas an. »Unser Verhältnis zu Bernd ist gut. Aber er ist nun mal keiner der Jugendlichen, für deren Leben wir verantwortlich sind. Besser gesagt: für deren Leben *ich* verantwortlich bin. Woher soll ich also wissen, was er in seiner Freizeit treibt?«

7

Liv hätte die Gespräche mit den Jugendlichen am liebsten allesamt selbst geführt, aber es war inzwischen halb acht, und sie konnten die Befragungen nicht bis in die Nacht hinein ausdehnen, das war Minderjährigen nicht zumutbar. Gleichzeitig mussten sie verhindern, dass sich die Zeugen untereinander absprachen. Nicht dass sie gegen die Jugendlichen Verdacht hegte. Im Gegenteil: Kinder und Jugendliche, die es im Leben schwer hatten, waren bei ihr schon immer auf Verständnis gestoßen. Sie musste eher aufpassen, dass sie sich nicht zu stark mit ihnen identifizierte. Gleichzeitig war ihr schon im Umgang mit Sannas Freunden deutlich geworden, wie weit sie von ihnen entfernt war. Sie mochte zwar eine vergleichsweise junge Kommissarin sein, in den Augen der Jugendlichen aber war sie steinalt.

Liv schüttelte den Kopf, um sich wieder auf die Notwendigkeit der getrennten Befragung zu besinnen. In dieser frühen Phase der Ermittlungen war es besonders wichtig, die ungefilterten, unbeeinflussten Eindrücke der Zeugen aufzunehmen.

Knapp begrüßten sie die Kollegen. Zu ihrem Erstaunen gab es noch immer keinen vorläufigen Obduktionsbericht. Warum dauerte das so lange? Auch Bernd Beversen hatten sie noch nicht erreicht. Dafür war Timur Roters' Auto am Hafen von Hörnum entdeckt und gesichert worden. Sie brauchten wirklich Verstärkung. Ärgerlich, dass Hennes noch immer in Flensburg festhing!

Gemeinsam entschieden sie, dass die Kriminaltechniker sich zunächst die Räume des Opfers sowie die Küche vornehmen und dabei besonders nach einer möglichen Tatwaffe Ausschau halten würden. Dann schickten sie die Jugendlichen in ihre Zimmer, wo sie warten sollten, bis sie aufgerufen wurden. Zuerst baten Liv und Andreas Merret Roters und Elanie ins Spielzimmer. Die Wände waren mit Postern gepflastert, zumeist Filmplakate und Porträts von Hip-Hop-Stars. An einem Balken hing eine Dartscheibe, dazu gab es Gesellschaftsspiele und den Tischkicker. Auch hier waren die Möbel abgewetzt, und Liv entdeckte, dass jemand »ACAB« in die Tischkante geritzt hatte, *All Cops Are Bastards*. Nicht wirklich eine Überraschung. Polizisten als »Bullenschweine« zu beschimpfen gehörte in vielen jugendlichen Subkulturen zum guten Ton.

Arm in Arm traten Mutter und Tochter in den Raum. Offenbar hatte Merret Roters bereits die Nachricht von Timurs Tod überbracht, denn Elanie klammerte sich weinend an sie. Da es üblich war, dass Jugendliche im Beisein ihrer Eltern befragt wurden, durfte auch sie bleiben. Auf Livs Aufforderung hin nahmen sie auf den Stühlen Platz, die die Kommissare zusammengeschoben hatten. Kaum saßen sie, kam eine Katze unter dem Schrank hervor und sprang auf Elanies Schoß.

Das Mädchen schob das Tier geistesabwesend von sich. Strähnen hatten sich aus Elanies blondem Zopf gelöst. Aus großen Augen sah das Mädchen sie an, die Finger mit denen seiner Pflegemutter verschränkt. Ungefragt fuhr es fort: »Ich habe Timur morgens beim Frühstück gesehen. Dann habe ich mit Vivien gelernt. Direkt nach den Ferien wird eine Mathearbeit geschrieben. Es ist wichtig für Viv, dass die gut wird. Nachmittags habe ich meine Arbeiten auf dem Hof erledigt und bin mit Raffa ausgeritten, weil Alicia sich nicht fit fühlte. Wir haben zu Abend gegessen und sind dann ins Kino. Und

Timur … Beim Abendessen hab ich noch mit ihm gesprochen. Er hat überlegt, mit ins Kino zu kommen, aber das Segelboot war ihm wichtiger. Das war … unsere letzte Begegnung.« Sie schnäuzte sich, die Taschentuchpackung war leer, aber Liv hatte noch eine dabei.

Vom Flur her waren plötzlich Schreie zu hören, hektisches Poltern auf dem Holzfußboden. Andreas sprang auf und riss die Tür auf.

Eine hysterische Mädchenstimme drang zu ihnen herein: »Geh nicht mit den Bullen ins Büro, Idris! Die wollen dich bloß in eine Falle locken! Dich dazu bringen, etwas zu sagen, was nicht stimmt!«

Irgendwer antwortete, ruhiger, beschwörend: »Keine Panik! Ich lasse mich von den Cops nicht reinlegen.«

Merret Roters und Elanie sprangen auf und rannten hinaus, redeten leise auf den aufgeregten Jugendlichen ein. Als sie zurückkam, rechtfertigte die Sozialarbeiterin ihr Verhalten, bevor Liv um eine Erklärung bitten konnte: »Raffa, also Rafael, ist harmlos. Mit der Polizei hat er nicht die besten Erfahrungen gemacht.«

Andreas schloss kopfschüttelnd die Tür. »Wenn wir dann hier weitermachen dürften!«

»Wie ist dein Verhältnis zu den Jugendlichen in der Wohngruppe?«, wollte Liv von Elanie wissen.

»Gut. Wir sind Freunde.«

»Und wie hast du dich mit Timur Roters verstanden?«

»Er ist … Er war mein Vater … Ich habe ihn … geliebt und bewundert …« Aus Elanies Mimik und Stimme klang tiefe Trauer. »Er hat immer zu mir gehalten. Er wusste, was für abgefahrene Dinge einem passieren können. Und er konnte alles reparieren – das war toll.«

»Hat ihn etwas beschäftigt? War er anders als sonst? Hat er erwähnt, dass er mit jemandem Streit hatte?«

Elanies Blick flackerte zu dem ihrer Mutter. »Nur mit dem Bauern von nebenan hat er sich gezofft. Dieser Tierquäler! Der hat sich auf uns eingeschossen.« Sie berichtete von den Auseinandersetzungen.

»Davon abgesehen gab es keine Streitigkeiten?«, hakte Liv nach.

Elanie schüttelte den Kopf, und Liv kam auf den letzten Abend zurück.

»Wie gesagt: Timur wollte nicht mit«, berichtete Elanie. »Wir bestellten Karten und nahmen den Bus. Der Film war *nice*. Auf dem Rückweg hatten wir aber Pech mit einem Busfahrer, dem waren wir zu laut.«

»Wann wart ihr wieder hier?«

»Gegen elf, halb zwölf. Ich hab nicht auf die Uhr gesehen, sind ja Ferien. Wir haben noch kurz mit Merret geredet und sind dann ins Bett.«

»Dass Timur nicht da war, hat euch nicht gewundert?«

Das Mädchen zuckte mit den Schultern. »Die Erwachsenen haben immer unterschiedlich Schicht. Normal.«

»Hat dein Pflegevater erwähnt, dass er gestern Abend jemanden treffen wollte?«

Elanie richtete ihren Zopf und umwickelte ihn neu mit dem Haargummi. Sie war in einem Alter, in dem ein Mädchen in einer Sekunde noch sehr kindlich wirken konnte und in der anderen schon wie eine junge Frau, das kannte Liv von Sanna. Gerade wirkte Elanie, als wäre sie erst zwölf. »Das überlege ich die ganze Zeit, aber mir fällt nichts ein. Timur wollte einfach nur überprüfen, ob wir schon an unserem Boot weiterarbeiten können.« Ihre Stimme brach, und sie zitterte haltlos.

Merret Roters hatte zugehört und immer wieder tröstend über Elanies Rücken gestrichen, nun machte sie der Befragung ein Ende: »Es reicht jetzt, das sehen Sie doch!«

Rafael Limes, genannt Raffa, rückte sich den Stuhl so zurecht, dass er im größtmöglichen Abstand zu den Kommissaren sitzen konnte. Alles an ihm war ordentlich und unscheinbar, beinahe farblos: der Haarschnitt, das in die Jeans gesteckte T-Shirt, sogar die gleichmäßig langen Schlaufen seiner Turnschuhe. Er wischte mit der Hand über die Sitzfläche, dann setzte er sich, verschränkte Arme und Beine, eine Gestalt gewordene Ablehnung. Sein Bein wippte nervös. »Sie werden mich nicht reinlegen! Ich lasse mir nichts anhängen«, zischte er und kniff seine weit auseinanderstehenden Augen zusammen.

»Wir haben nicht vor, dir –«, begann Liv.

»Du hast wohl was zu verbergen, was?«, fiel Andreas ihr ins Wort.

Raffa drückte sich nach hinten, bis der Stuhl gegen die Wand stieß. Der Junge war eindeutig eingeschüchtert. Liv platzte der Kragen. »Kommst du mal kurz mit vor die Tür? Ich möchte etwas mit dir besprechen«, sagte sie zu ihrem Kollegen.

»Mit dir vor die Tür, Lammers? Immer!« Andreas grinste.

Leise schloss Liv die Tür hinter sich. Am Ende des Flures sah sie, wie Merret Roters und ihre Tochter miteinander diskutierten. Es schien um ein Handy zu gehen, das offenbar jede der beiden an sich nehmen wollte. Wessen Handy es war, konnte Liv auf die Schnelle nicht erkennen. Ihr Blick fiel auf die Jugendliche, die gerade zur Befragung geholt wurde. Das war Vivien, erinnerte Liv sich. Die Haare des Mädchens waren struppig, das Gesicht von Akne gezeichnet. Vivien wandte sich sichtlich alarmiert den Streitenden zu, die sich jedoch in einen der hinteren Räume zurückzogen.

Andreas stieß beim Anblick von Viviens Oberweite einen leisen Pfiff aus. »Hello, Sunshine!«, murmelte er.

Liv ballte die Hände zu Fäusten. Das konnte echt nicht wahr sein! In diesem Moment wandte sich das Mädchen zu Momke um, und Liv stellte sich ins Sichtfeld. Ab und zu tauchte ein Kriminaltechniker auf, offenbar noch immer mit der Untersuchung der Räumlichkeiten beschäftigt, in denen Timur Roters gewohnt und gearbeitet hatte.

Fieberhaft überlegte Liv, wie sie ihre Kritik formulieren konnte, ohne einen Eklat zu provozieren. Es misslang. »Hör endlich damit auf, die Jugendlichen zu behandeln, als seien sie schuld am Tod von Timur Roters!«, zischte sie.

»Ach, hast du den Täter etwa schon gefunden?«

»Ich erspare mir, darauf einzugehen. Du solltest genauso gut wie ich wissen, dass die Befragung von Minderjährigen heikel ist. Wir befragen diese Jugendlichen als *Zeugen*. Und wir werden sie mit der nötigen Empathie und dem nötigen Respekt behandeln. Wenn dir das nicht möglich ist, bist du am falschen Ort.«

»Du weißt es natürlich wieder am besten!« Er schnalzte abfällig. »Dass Hasselbrecht *mich* zum Teamleiter gemacht hat, hast du vergessen, was? Wenn es nach mir ginge, würden wir erst mal die Handys einkassieren, damit die Gören sich nicht untereinander absprechen können.«

Liv stieß hart die Luft aus. »Das ist doch lächerlich! Ganz abgesehen davon, dass das in dieser Situation nicht erlaubt wäre. Ich bitte dich einfach, diese Jugendlichen wie Zeugen zu behandeln, nicht als Angeklagte. Mehr nicht. Oder willst du jetzt ein Ergebnis erzwingen, so falsch es auch ist, damit du dich schnell aufs Ohr hauen kannst?« Vielleicht kam sie damit weiter, dass sie an seiner Vorstellung von Männlichkeit und Durchhaltevermögen kratzte.

Andreas schob das Kinn vor und ging wortlos ins Spielzimmer zurück. Raffa lief nervös im Zimmer auf und ab. Bei ihrem Eintreten setzte er sich auf die Stuhlkante. Fahrig entfernte er eine Falte aus dem Hosensaum.

Liv nahm ebenfalls Platz, beugte sich vor, die Ellbogen auf die Knie gestützt, und versuchte, beruhigend auf ihn einzuwirken. »Wie gesagt: Wir haben nicht vor, dir irgendetwas in die Schuhe zu schieben, Raffa. Etwas Furchtbares ist passiert. Timur Roters ist tot. Er wurde getötet.«

Der Junge starrte sie an, sank dann zusammen, als habe man die Luft aus einem Ballon gelassen. Seine schmale Oberlippe bebte, und er murmelte immer wieder: »Ich hab's gewusst. Ich hab's genau gewusst!«

»Was hast du gewusst?«, fuhr Andreas ihn an.

Raffa zuckte zusammen. »Dass was Schlimmes passiert, wenn Sie hier auftauchen!« Er sprang auf, wollte zur Tür.

Liv ging ihm nach. »Wir wollen dir nichts tun. Wir verdächtigen dich auch nicht. Du bist nur ein Zeuge, jemand, der Timur Roters gekannt hat. Wir wollen denjenigen finden, der für seinen Tod verantwortlich ist. Deshalb ist wichtig, dass du uns erzählst, ob dir in letzter Zeit etwas Seltsames aufgefallen ist, ob Herr Roters sich anders verhalten hat als üblich, ob er erwähnt hat, dass ihm jemand etwas Böses wollte.«

»Jemand hat ihn gekillt?« Ungläubig ließ Raffa sich auf den Stuhl fallen, kreuzte Arme und Beine, immer noch sichtlich auf dem Sprung. »Nein, mir ist nichts aufgefallen.«

Auch als Liv nach den letzten Begegnungen mit Timur Roters fragte, erfuhr sie nichts Neues. Nicht einmal den Streit mit dem Bauern erwähnte Raffa. Seine Angaben über den Kinobesuch stimmten mit Elanies überein; er hatte sogar noch das Ticket in der Hosentasche.

Nach wenigen Minuten beendete Liv das Gespräch. Eilig verließ Raffa den Raum.

Andreas schnalzte. »Deine Strategie hat ja wirklich großartig funktioniert, Lammers!«

* * *

Das Handy in ihrer Hemdtasche schien zu brennen. Merret Roters konnte nicht aufhören, daran zu denken – trotz der

Trauer, die wie ein wildes Tier in ihr tobte. Vielleicht aber auch gerade deshalb. Sie musste ihn anrufen. Musste ihn warnen. Gleichzeitig hatte Elanie natürlich recht: Wenn die Ermittler ihre Handyverbindungen überprüften, könnten sie stutzig werden. Sie musste sich ganz normal verhalten, obgleich natürlich nichts mehr normal war. Im letzten Augenblick drehte sie den Herd ab und verhinderte damit, dass die Milch überkochte. Elanie hatte bereits in zwei Bechern Kakaopulver mit Zucker und einem Schuss Milch vermengt. Das Mädchen war ihr eine große Stütze. Aber auch Elanie durfte nichts erfahren.

Mit bebender Hand füllte sie die Milch ein und streute eine Prise Zimt auf die heiße Schokolade. Seelentrost. Ein Krachen ließ sie herumfahren.

»Richtig so! Mach weiter, Nico! Diese Scheißbullen haben hier bestimmt alles verwanzt. Du weißt ja nicht, was passiert ist ...« Die Emotionen übermannten Raffa, und er heulte auf.

Merret durchfuhr es kalt. Raffa und Nico – die beiden zusammen waren eine brenzlige Kombination. Und dann noch in dieser Ausnahmesituation! Nico hatte ohnehin mit einer niedrigen Aggressionstoleranz zu kämpfen, was sie den Polizisten verschwiegen hatte. Dass er in seiner tiefsten Seele harmlos war, war ja nicht gelogen. Allzu leicht ließ er sich aber von Raffa aufstacheln.

Sie wollte losrennen. Doch dann hörte sie eine weitere Stimme: »Raffa, wir sind alle von der Rolle, aber diese Verdächtigungen sind lächerlich. Und du beruhigst dich jetzt, Nico!«

Idris hatte sich in den Streit eingemischt und versucht zu deeskalieren. Merret war stolz auf ihn. Der Junge hatte sich großartig entwickelt, war inzwischen eine wichtige Bezugsperson für alle in der Wohngruppe, ein vermittelndes Element. Auch seine eigenen Probleme waren verschwunden. Dennoch sollte sie mit den drei sprechen.

»Timur ist … Du hast ja keine Ahnung, was …«, heulte Raffa. In diesem Augenblick gingen der blonde Kommissar und die Mitarbeiter des Kriseninterventionsteams dazwischen und trennten die Jugendlichen.

Merret wollte zu ihren Schützlingen eilen, ein Gedanke bremste sie jedoch. Erneut fragte sie sich, wo Bernd steckte. Warum sie ihn nicht erreichte. Vor ihrem inneren Auge sah sie Timur und ihn. Ihre Meinungsverschiedenheiten, ihren Streit. Unvermittelt regten sich Gedanken in ihr, die naheliegend waren, die sie aber bislang verdrängt haben musste. Könnte es sein, dass Bernd …

8

Als Liv Nico Karben hereinrief, mobilisierte sie trotz der späten Stunde noch einmal alle Reserven. Von allen Jugendlichen, die in dieser Wohngruppe lebten, wirkte er am wenigsten berechenbar. Vorurteilsbeladen und vermutlich falsch war diese Einschätzung, und doch kam sie gegen das Gefühl nicht an. Nico war ein Kraftpaket und bewegte sich wie jemand, der seine Muskelmasse präzise einzusetzen wusste. Die Haare an seinen kurz rasierten Schädelseiten waren stoppelig, darunter schimmerte eine Tätowierung, die sie nicht genau erkennen konnte.

»Raus damit! Ich will jetzt endlich wissen, was los ist! Es muss was mit Timur sein – Raffa wollte es mir sagen! Aber Sie verbieten ihm den Mund! Sie behandeln uns wie Verbrecher! Das lassen wir uns nicht gefallen!« Bei jedem Satz verlagerte Nico sein Gewicht, wodurch er wie ein tänzelnder Boxer wirkte. Als Liv und Andreas nicht sofort reagierten, kickte er den Stuhl weg, der krachend in der Zimmerecke aufprallte.

Liv zuckte zurück, Andreas riss kampfbereit die Arme hoch. Im nächsten Moment flog die Tür auf, und Merret Roters platzte herein, gefolgt von Elanie und Alicia. Alle redeten durcheinander.

»Nico, alles okay ...«

»Beruhige dich!«

»Die Polizisten wollen nichts ...«

Nico hob die Hände, beschwichtigend, als sei es ihm unangenehm, dass sein Wutausbruch für Aufregung gesorgt hatte. »Okay, okay. Ich schaff das.« Er zog Alicia an sich und küsste sie. »Ich bin cool, Babe.«

Auch Livs Anspannung ließ etwas nach. Als sie wieder unter sich waren, setzte Nico sich breitbeinig auf den Stuhl, und Andreas spiegelte, sofort getriggert, seine Haltung.

Sie spielen »Wer hat hier den Größeren?«.

»Geben Sie sich keine Mühe. Ich bin gewarnt. Raffa hat mir verraten, was Sie vorhaben.«

»Raffa ist hier dein bester Freund?«, fragte Liv. Sie schob ihr Brustbein ein Stück vor, in der Hoffnung, so die Müdigkeit zurückdrängen zu können, die in ihren Körper kroch.

»Alicia ist alles für mich, meine Freundin und mein bester Kumpel. Raffa ist ein Freak. Ich passe auf ihn auf. Wer ihm was tun will, bekommt auf die Fresse.«

Ein Paranoider und ein Hitzkopf – ein super Team, dachte Liv und schalt sich sogleich für den Gedanken. »Ist Timur Roters Raffa gefährlich geworden?«, fragte sie.

»Wie kommen Sie darauf?«

»Timur Roters ist tot. Er wurde ermordet.«

Nico war sichtlich geschockt. Er bekreuzigte sich, eine instinktive Bewegung.

Anarchie und Glaube, seltsame Kombination.

Plötzlich brauste er auf. »Und jetzt verdächtigen Sie mich oder Raffa?«

»Und wenn es so wäre?« Andreas genoss es sichtlich, seine Überlegenheit auszuspielen.

Liv rechnete schon damit, dass Nico sich auf Andreas stürzen oder hinausrennen würde, aber weder das eine noch das andere geschah. »Was sind Sie denn für eine arme Wurst, dass Sie mich derartig provozieren müssen?«, fragte der Junge stattdessen.

Andreas schnellte hoch. »Pass gut auf, Kleiner. Mit so einem Spruch bist du ganz nah an Beamtenbeleidigung. Das wird teuer.«

»Niemand nennt mich hier ›Kleiner‹!« Nico schob sich ihm abrupt entgegen. Kurz fürchtete Liv, dass sie aufeinander losgehen würden, doch Nico fing sich wieder. »Abgesehen davon weiß ich genau, dass ich gar nicht mit Ihnen reden muss, wenn ich das nicht will.«

»Wir sind froh, dass du trotzdem hier bist«, sagte Liv schnell. »Stehst du auf Punk? Oder eher auf den Rap, der vorhin auf dem Hof lief? Die Musikrichtungen mischen sich ja manchmal sogar, wenn ich da an Sueco denke …«

Misstrauisch blickte Nico sie an. »Sie kennen sich mit Musik aus?«

»Ein wenig. Ich stehe aber eher auf andere Sounds, spiele Schlagzeug.« Sie wiederholte die Fragen nach seinem Verhältnis zu Timur Roters und dem letzten Tag des Opfers.

Nico strubbelte sich durch den Irokesenschnitt. »Ich kenne diese Typen von Sozialarbeitern und Psychofritzen. Die Harten, die *oldschool* mit Strafen drohen. Die auf Kumpel machen und sich insgeheim für was Besseres halten. Die Typen, die selbst in die Klapse gehören.« Liv hatte sich über seine relativ gleichgültige Reaktion auf die Todesnachricht gewundert, doch je länger er sprach, desto angegriffener wirkte Nico. »Timur war cool. Er konnte Storys von der Straße auspacken, unglaublich! Und dann erzählte er alte Sagen und so was. Wie ein Schauspieler. Ein Gedächtnis wie ein Elefant! Er hatte es überhaupt nicht nötig, den Dicken zu machen.« Ein abschätziger Blick zu Andreas. »Timur hat uns ernst genommen. Ich bin nun wirklich nicht der größte Handwerker, aber mit ihm an dem Boot zu arbeiten war Hammer. Ein Jammer, dass es ihn doch noch erwischt hat.«

»Was hat ihn erwischt? Oder besser: Wer?«, fragte Liv, die Nico für einen guten Beobachter hielt und seine Einschätzung achtete, ihm gleichzeitig aber wegen seines Hangs zum Ausflippen misstraute.

Plötzlich war seine Geduld aufgebraucht. »Woher soll ich das wissen?«, blaffte er. »Tun Sie doch was für Ihr Geld! Das Geld, das der Steuerzahler Ihnen so großzügig hinterherwirft.«

Liv gelang es, ruhig zu bleiben. »Du hast keine Ahnung? Gab es niemanden, mit dem Herr Roters Streit hatte?«

Auch Nico erwähnte zunächst ihren Nachbarn, den Bauern, den er einen »Spießer vor dem Herrn« und »Tierschinder« nannte. »Und dann ist da natürlich noch dieser Muschelfischer, Erk, oder wie der heißt. Der behauptet, wir würden nur darauf warten, unbeobachtet randalieren oder ihn oder die Jachtbesitzer bestehlen zu können. Timur hat sich erst letzte Woche mit ihm angelegt.«

»Was genau ist da passiert?«

»Der Muscheltyp hat eine blöde Bemerkung gemacht, und Timur hat ihn zurechtgewiesen. Die beiden sind laut geworden, aber ich habe nichts verstanden, weil ich mit der Schleifmaschine beschäftigt war. Ich hab aber mit einem Auge hingesehen, weil ich im Zweifelsfall Timur zu Hilfe gekommen wäre.«

Liv ließ sich erklären, wo genau der Kutter dieses Muschelfischers lag.

»Ihr wart im Kino?«, kam Andreas auf den Tatabend zu sprechen.

»Ja, in dem neuen im Industriegebiet. Ein neuer John Wick.« Nico kramte das zerknickte Ticket aus der Tasche und warf es ihnen hin. »Knallharte Action mit Keanu Reeves. Auch so 'n cooler Typ.« Ohne ein weiteres Wort stand er auf und ging hinaus.

Offenbar war es mit seiner Coolness einen Augenblick später vorbei, denn als Andreas und Liv ihm folgen wollten, hörten sie ihn bereits brüllen: »Alicia, Baby, was ist mit dir?

Was habt ihr mit ihr gemacht, ihr Schweine? Ich wusste es doch!«

Poltern, Klirren, erregte Stimmen. Hektische Schritte.

Als Liv die Diele erreicht hatte, sah sie ein Knäuel von Menschen vor sich. Ein umgekippter Stuhl, überall verstreute Scherben. Dahinter, auf dem Boden, lag Alicia und rang krampfhaft nach Luft. Merret Roters kniete neben ihr und kümmerte sich um sie, während Vivien nach etwas zu suchen schien. Idris hatte Nico gebändigt und redete auf ihn ein.

Momke trat zu Liv. »Wir hatten Alicia gerade erst von Timur Roters' Tod unterrichtet, da ist sie uns einfach zusammengeklappt. Ich habe sofort Erste Hilfe geleistet und dann Frau Roters hinzugerufen, die übernommen hat. Ich weiß nicht, wie das passieren konnte, wir haben Alicia mit Samthandschuhen angefasst!«

»Das hätte ich jetzt auch gesagt«, murmelte Andreas.

»Und dann platzt dieser Nico hier herein und schmeißt den Stuhl durch die Gegend! Das ganze Geschirr auf dem Regal ist zu Bruch gegangen. Wir hätten uns alle verletzen können!« Momke war sichtlich geschockt über den plötzlichen Gewaltausbruch.

Vivien kam mit einer Papiertüte zurück, die sie Merret Roters reichte.

»Nico hat uns als Schweine bezeichnet, das gibt dann wohl eine Anzeige«, konstatierte Andreas trocken.

Merret Roters wandte sich zu ihnen um, während sie Alicia die Tüte vor den Mund hielt. Neben ihr kniete Nico und hielt Alicias Hand. Diese sog hektisch die Luft ein. »Ich habe Sie gewarnt, dass die Gefahr einer Retraumatisierung besteht. Jetzt sehen Sie, was Sie angerichtet haben: Alicia hat eine Panikattacke. Sie können dem Jungen nicht vorwerfen, dass er sich um seine Freundin sorgt. Es ist ihm eben mal etwas herausgerutscht.«

»Herausgerutscht!« Andreas zog die Oberlippe kraus. »Wer derart austickt, ist zu allem fähig!«

Es war spät, als Liv ihr Zimmer im Gästehaus der Polizei bezog. Ausgelaugt ließ sie ihre Tasche auf den Boden fallen und warf sich aufs Bett. Mit geschlossenen Augen ließ sie die Begegnungen der letzten Stunden Revue passieren. Die Jugendlichen hatten sehr unterschiedlich auf die Nachricht von Timur Roters' Tod reagiert: Alicia hatte sich nach der medizinischen Versorgung hingelegt und wirkte einigermaßen stabil. Timurs Tochter Elanie schien ebenfalls unter Schock zu stehen; es war, als hätte die Nachricht sie erst jetzt erreicht. Auch Idris, ein sanfter Junge von siebzehn Jahren, hatte haltlos geheult. Vivien hingegen hatte in erster Linie versucht, ihren Freunden beizustehen; vor allem zu Alicia schien sie ein enges Verhältnis zu haben. Zähneknirschend und erst nachdem Merret Roters lange auf ihn eingeredet hatte, hatte Nico sich bei den Polizisten entschuldigt. Auch Vivien hatte sich bei Andreas für ihren Freund eingesetzt, was diesem anscheinend gut gefallen hatte – zu gut. Liv war es vorgekommen, als nutzte ihr Kollege die Gelegenheit, um mit Vivien zu flirten. Ein absolutes No-Go! Seitdem hatte sie kein Wort mit ihm gesprochen.

Sie kuschelte sich in eine Decke. Sie war froh, dass morgen neben weiteren Kollegen auch Hilke Hasselbrecht und Hennes eintreffen und die Ermittlungen unterstützen würden. Es gab mehr als genug zu tun. Zum Hörnumer Hafen waren sie nicht mehr gefahren, da Botersen-Evers' Mitarbeiter vermeldet hatten, dass die Untersuchung des Segelboots und des Autos von Timur Roters andauerten und sie dort nur im Weg wären.

Die Kollegen aus der Kriminaltechnik hatten unterdessen alle Messer aus der Küche der Wohngruppe untersucht, einige von ihnen beschlagnahmt. Hinweise auf Auseinandersetzungen oder ein Tatmotiv hatten sie zwar bislang nicht gefunden, aber immerhin hatten sie endlich Bernd Bevensen erreicht. Der Sozialarbeiter hatte auf dem Festland Termine gehabt, unter anderem den Träger der Wohngruppe besucht, und der Akku seines Handys war leer gewesen. Den Tatabend hatte er beim Sport und in einer Kneipe verbracht, dafür schien es Zeugen zu geben. Den Notizen der Kollegen zufolge hatte Beversen versucht, den Tod von Timur Roters zu rationalisieren, und sie mit Fragen gelöchert. Morgen würden sie ihn zum Gespräch treffen.

Noch einmal versuchte Liv, Sebastian zu erreichen. Ohne Erfolg. Sie runzelte die Stirn. Das war wirklich seltsam. Kurz entschlossen rief sie zu Hause an, und tatsächlich war ihre Großmutter noch wach. Liv tat die Ablenkung gut, als Elise von ihrem Frühstücksbesuch und dem Rest ihres Tages berichtete, und auf Elises Frage hin erzählte sie in wenigen Worten von den Bewohnern der Wohngruppe.

»Das mit den Jugendlichen ist ja schlimm. Furchtbar, was sie jetzt auch noch ertragen müssen. Hoffentlich findet ihr den Täter bald!«, sagte Elise bekümmert. In der Leitung raschelte es, ein leiser Wortwechsel war zu hören. »Warte kurz, Sanna möchte dich sprechen.«

»Mama?«

Als Liv die Stimme ihrer Tochter hörte, ging ihr das Herz auf. Auch Sanna hatte in der letzten Zeit einiges durchmachen müssen, aber sie schien erstaunlich resilient zu sein.

»Was ist mit Jugendlichen? Haben sie etwas mit eurem neuen Fall zu tun? Ist das Opfer –«

»Du weißt doch, dass ich darüber nicht sprechen darf. Erzähl mir lieber, wie dein Tag war. Wie war es in der Schule? Warst du heute beim Handball? Ach nee, heute war ja Agility«, lenkte Liv ab.

Sanna erzählte vom Hundetraining mit Zorro und von Diskussionen in der Schule, die Liv als aufgebauscht empfand.

Aber in diesem Alter war alles von großer Wichtigkeit. Liv spürte, wie ihre Anspannung nachließ, ihre Glieder schwer wurden.

»Na, dann bis morgen«, sagte Sanna unvermittelt.

»Ich glaube kaum, dass ich morgen schon wieder in Flensburg sein werde.«

»Ich komme auch nach Sylt, schon vergessen? Ich besuche doch Kimi!«

Sannas Freund lebte auf der Insel und jobbte seit seinem Schulabschluss in der Pension seiner Eltern und in der Saison als Rettungsschwimmer. Trotz der räumlichen Entfernung hatte er Sanna immer beigestanden und sie oft besucht, was Liv ihm hoch anrechnete. Dennoch war sie einen Moment lang irritiert, bis sie sich daran erinnerte, dass sie über Sannas Pläne gesprochen hatten. Wenn sie, wie jetzt, in einem Fall steckte, tauchte sie buchstäblich ab; die Welt außerhalb ihrer Ermittlungen verschwamm.

Vom Flur her drang eine Diskussion zu ihr. Als diese lauter wurde, beendete Liv das Telefonat und trat hinaus. In der kleinen Kochnische am Ende des Ganges redete Andreas auf Urs ein. Der junge Polizist wirkte überfordert. Was war denn jetzt schon wieder?

»Kann ich mitdiskutieren?«, mischte Liv sich ein.

»Du hast mir gerade noch gefehlt!« Andreas warf in einer Geste des Überdrusses die Hände in die Luft und verschwand türenknallend in seinem Zimmer.

Sie sah Urs fragend an. Seine Augen waren groß wie Murmeln, die Brauen hatte er hochgezogen. »Ich ... Ich besuche im Gästehaus einen Freund«, stammelte er. »Er ... er ist Bäderpolizist.«

Liv nickte ihm ermutigend zu. Im Bäderdienst arbeiteten oft junge Polizisten vom Festland, die die Kollegen in den Urlaubsorten während der Sommermonate unterstützten.

»Als ich mir ein Bier aus dem Kühlschrank holen wollte, ist Andreas aufgetaucht. Ich wollte mich noch einmal entschuldigen. Aber er hackt einfach auf mir … Dabei hatte ich gehofft … Ich wollte auch irgendwann in den höheren Dienst. Am liebsten zur Mordkommission. Wie ihr. Aber jetzt …« Urs verstummte.

»Meine Güte! Der übertreibt es mal wieder maßlos!« Liv unterdrückte ein Seufzen. *Als ob der noch nie was verbockt hätte!* »Ich könnte auch ein Bier gebrauchen. Hast du eins übrig?«

* * *

Sanna gab ihrer Großmutter einen flüchtigen Kuss und lief die schmale Treppe zum Obergeschoss hoch. Dort öffnete sie auf ihrem Handy die Seite von *We – Jugendliche helfen Jugendlichen.* Ihr selbst hatte es sehr geholfen, mit Gleichaltrigen über das zu sprechen, was sie quälte: ihre Zweifel, ihre Wut, ihren Selbsthass. Sie liebte und vertraute ihrer Mutter, liebte und vertraute ihrer Urgroßmutter, und doch gab es Dinge, die nur Gleichaltrige wirklich begriffen. Schnell hatte sie angefangen, sich selbst bei *We* einzubringen. Ihre Mutter war davon nicht unbedingt begeistert. Liv schätzte es zwar, dass Sanna sich engagierte. Gleichzeitig hatte sie Sorge, dass ihre Tochter in falsche Gesellschaft geriet. Wollte sie schützen vor dem Schlechten in dieser Welt.

Als ob sie das könnte!

Sanna stieß einen heiseren Laut aus. Als sie zuletzt mit einem von Livs Fällen in Berührung gekommen war, hatte es ganz schön zwischen ihnen gekracht. Auch das, was sie jetzt tat, würde ihrer Mutter nicht gefallen. Dennoch rief sie den internen Chat auf.

Habt ihr schon von dem Mord auf Sylt gehört? Die Jugendlichen in der Wohngruppe brauchen bestimmt Beistand!, tippte sie.

Drei Pünktchen schienen auf. Sanna konnte es kaum erwarten, die Antwort zu lesen.

* * *

Merret lauschte. Im Haus war Ruhe eingekehrt. In den letzten Stunden war es ihr immer schwerer gefallen, ihre Gefühle im Zaum zu halten. Es war ihr nur mit viel Mühe möglich gewesen, Elanie und den anderen Jugendlichen beizustehen. Auch mit den Mitarbeitern des Kriseninterventionsteams hatte sie nicht reden können, weshalb sie sie irgendwann weggeschickt hatte. Sie wollte nichts lieber als eine Schlaftablette nehmen und in süßes Vergessen abtauchen. Aber das war nicht möglich. Sie musste mit ihm sprechen, ihn warnen. Die Polizei mochte ihre Handyverbindungen überprüfen, beobachten würde sie sie nicht. Noch nicht.

Leise zog sie die Tür hinter sich zu. Der Hof lag im Dunkeln. Kein Laut war zu hören. Den Kopf in den Nacken gelegt, sah sie nach oben. Hier, im Dunstkreis Westerlands, war der Sternenhimmel nicht so klar wie an den Inselenden. Mit Timur hatte sie nachts oft an der Odde gesessen, auf der Uwe-Düne oder am Aussichtspunkt in den Lister Wanderdünen, wo die Sterne besonders intensiv funkelten. Manchmal hatten sie sogar Sternschnuppen gesehen, aber letztlich hatte sich ihr sehnlichster Wunsch dennoch zerschlagen.

Im Tränenschleier verschwamm der Sternenglanz, und Merret kniff sich in die weiche Haut ihres Unterarms, um klar zu werden. Sie musste sich zusammenreißen, viel Zeit hatte sie nicht.

Noch einmal sah sie zu den Fenstern hoch, die schwarz und glänzend dalagen. Jeden Augenblick konnte Elanie aufwachen und feststellen, dass das Bett neben ihr leer war; wie ein kleines Kind war sie zu ihr unter die Decke geschlüpft und unter Tränen eingeschlafen. Ebenso gut konnte ein anderer Jugendlicher aufwachen und ihre Hilfe benötigen. Wenn Raffa mitbekam, dass sie weg war ... Der Notdienst war in solchen Fällen keine echte Hilfe. Niemand kannte die Jugendlichen so gut wie Timur und sie.

Kurz überfielen sie Skrupel, doch sie drängte sie entschieden zurück, wie sie es schon oft getan hatte.

Merret holte noch einmal tief Luft. Dann sprintete sie zu ihrem Auto. Sie musste sich beherrschen, beim Verlassen des Hofs das Gaspedal nicht durchzutreten.

9

Westerland, 9. April, 6.30 Uhr

Am Brandenburger Strand joggte Liv nordwärts in Richtung Wenningstedt. In wattigen Wolken schwebte Seenebel über den Sand und die Dünen. Es war ein faszinierender Anblick, und Liv wünschte, sie hätte Zeit, in die unberührte Landschaft zu radeln und dort das seltene Schauspiel zu beobachten. Mit jedem Schritt schüttelte sie die Müdigkeit ein bisschen mehr ab. Viel zu lang hatte sie noch mit dem jungen Polizisten zusammengesessen und seine Zweifel zerstreut. Sie brauchte einen klaren Kopf, schon allein für das Gespräch mit Hilke Hasselbrecht.

Als sie durchgeschwitzt und ausgepumpt war, zog sie noch einmal bis zur nächsten Buhne durch. Erst dann wendete sie. Einige Minuten später klingelte ihr Handy. Sie erkannte Sebastians Namen auf dem Display und verlangsamte ihren Schritt. Gestern hatte sie ihn nicht mehr erreicht. Nach dem Grund zu fragen fiel ihr als unabhängigem Freigeist schwer; auch er war ihr keine Rechenschaft schuldig. Deshalb fragte sie nur: »Ist alles okay?«

»Ich war noch im Obduktionssaal. Daher habe ich nicht zurückgerufen.«

»So lange? Ist außer Roters noch was Wichtiges reingekommen?«

»Nein, wir waren so lange mit Roters beschäftigt.«

Liv blieb stehen. Eine normale Obduktion dauerte zwei bis drei Stunden. Bei zahlreichen Verletzungen war der Zeitaufwand höher. Aber wenn die Rechtsmediziner so lange mit der Untersuchung eines einzelnen Toten beschäftigt waren, musste es Besonderheiten gegeben haben. »Das ist wirklich heftig. Erzähl.«

»Wir haben tatsächlich dreiundzwanzig Einstichwunden festgestellt«, legte Sebastian sofort los. »Das ist mittelviel. Jede einzelne Wunde haben wir minutiös vermessen. Die Einstiche sind, wie zu erwarten war, von unterschiedlicher Breite und Tiefe. Wir haben unregelmäßige, aber glatte Wundränder vorgefunden. Eine Klinge war einseitig schneidig und etwa acht Zentimeter lang. Vielleicht ein Kneipchen?«

Das Messer fällt also nicht unter das Führverbot des § 42a Waffengesetzes, das Klingenlängen über zwölf Zentimeter verbietet, dachte Liv, ehe sie nachfragte: »Kneipchen?«

»Ein kleines Küchenmesser, ein Schälmesser«, erklärte Sebastian.

Liv seufzte. »So eins, wie es sie in jedem Supermarkt gibt? Ein Samuraischwert wäre mir lieber gewesen. Besser als so ein Allerweltsmesser.«

»Das ist noch nicht alles. Einige der weniger tiefen Wunden haben charakteristische Risse, die auf eine Scharte in der Klinge hinweisen könnten.«

»Es könnten also mehrere Messer verwendet worden sein? Hat der Täter beidhändig zugestochen? Oder haben wir es mit mehreren Tätern zu tun?«, überlegte sie laut. Die Hypothese raubte ihr den Atem. Zwei Täter, die einander nicht aufgehalten hatten. Die einander vielleicht aufgestachelt hatten. Die sich gegenseitig schützen und ein Alibi geben könnten. Ganz abgesehen davon, dass jeder Täter für sich brandgefährlich sein konnte.

»Wir werden noch einige praktische Tests vornehmen, um euch mehr über das oder die Messer sagen zu können«, sagte Sebastian.

»Was ist mit den Plastikspuren in den Wunden?«

»Winzige Fremdkörper. Davon haben wir einige gefunden. Es handelt sich dabei um PP, Polypropylen. Mit ziemlicher Sicherheit ist es bei den Einstichen eingetragen worden.«

Liv hatte darüber bereits nachgedacht. »Also doch der Müllsack ...«

»Das ist eine Frage für die KTU. Gewöhnliche Müllsäcke sind aus Polyethylen.« Sebastian sammelte sich. Sachlich fuhr er dann fort: »Obgleich einundzwanzig Einstiche schwerwiegend waren, hätte das Opfer bei sofortiger medizinischer Behandlung überleben können. Zwei Stiche waren jedoch tödlich. Wir haben eine Herzbeuteltamponade und eine mit Blutaspiration verbundene Luftembolie festgestellt.«

Die Brutalität der Tat stand Liv klar vor Augen. Stich um Stich hatte Timur Roters einstecken müssen. Er hatte unerträgliche Schmerzen erlitten und bis zuletzt um sein Leben gekämpft. Der Todeskampf musste mehrere Minuten gedauert haben. Jede einzelne Sekunde davon musste eine Qual gewesen sein. Wer um Himmels willen brachte es fertig, dreiundzwanzigmal auf einen Mann einzustechen? Was hatte den Täter angetrieben?

Livs Gedanken rasten. Sie hatte die Fußgängerzone erreicht. Noch waren die Boutiquen und Cafés geschlossen, Türen und Fenster verrammelt. Über Sebastians Schilderung war Liv der Appetit vergangen, dennoch machte sie vor einer Bäckerei halt. Gestikulierend kaufte sie zwei Laugenstangen, während sie Sebastian weiter zuhörte. Nachdem er seinen Bericht beendet hatte, kamen sie auf den Stand der Ermittlungen zu sprechen.

»Ich denke, Noah und ich kommen auf jeden Fall nach Sylt, sonst sehen wir uns in den Osterferien überhaupt nicht. Mal schauen, was ich so kurzfristig buchen kann. Vielleicht haben Katharina oder Peet ja einen Tipp«, schloss Sebastian.

Auf ihr Privatleben umzuschalten fiel Liv schwer. »Soll ich mal nachfragen?« Sie überlegte, wann sie ein Telefonat mit ihrer Freundin und dem Freund ihrer Großmutter einschieben konnte.

»Nein, das mache ich schon. Du hast genug zu tun.«

Als Liv im Kommissariat im Kirchenweg ankam, waren ihre Kollegen von der Mordkommission Flensburg schon eingetroffen. Erleichtert begrüßte Liv Hilke Hasselbrecht, Bente und Hennes. Wie so oft stach ihr der Kontrast ins Auge: Bente Olson, Ende vierzig, bullig, aber dabei schnieke und lässig; Hennes Erdt, Anfang sechzig, schlank, zauselig und sichtlich angespannt.

»Haben Sie einen kurzen Moment für mich?«, bat sie ihre Chefin.

Hilke Hasselbrechts Blick wandert über die bereits aufgelaufenen Akten. »Hat das Zeit bis nach der Besprechung?«

»Ich fürchte nicht. Es geht um Andreas.« Mit knappen Sätzen berichtete Liv von dem unprofessionellen Verhalten ihres Kollegen.

Hilke Hasselbrechts Gesichtsmuskeln zuckten. »Ich werde mich darum kümmern«, sagte sie stählern.

Auf dem Weg in die Kaffeeküche drängte Liv ihr schlechtes Gewissen zurück. Hennes sah sie fragend an. Mit seinen zotteligen grauen Haaren und den abgewetzten Jeans wirkte er ein wenig aus der Zeit gefallen, und doch war Liv froh, dass er seinen Renteneintritt hatte herausschieben können. Hennes mochte einen Dickschädel haben, hatte das Herz aber am rechten Fleck. Und er war ihr Freund.

»Ich schwärze wirklich nicht gern Kollegen an. Aber so kann das Team nicht geleitet werden, schon gar nicht in diesem Fall«, sagte sie leise, während sie ein Glas einstellte und auf den Knopf für Milchkaffee drückte. Die Maschine brummte und zischte, es kam aber keine Flüssigkeit heraus.

»Du weißt, dass Andreas und ich schon öfter aneinandergeraten sind. Als Teamleiter hat er sich manchmal aufgespielt, als sei er Dienststellenchef«, sagte Hennes ebenso leise. »Aber seit er aus der Reha zurück ist, hat sich das verschärft. Es ist, als würde er manchmal die grundlegenden Regeln unseres Berufs vergessen. Zum Beispiel, die Schwachen und Unschuldigen zu schützen.«

Die Kaffeemaschine hatte inzwischen den Laustärkepegel eines V8-Motors erreicht. Hennes klopfte beherzt neben die Lüftungsschlitze, und endlich spuckte sie fauchend Kaffee aus. »Muss mir das Ding wohl mal wieder vornehmen«, meinte Hennes und schob die Hände in die Taschen seiner Jeans.

Liv reichte Hennes den Kaffee und forderte einen zweiten an. »Wie war es bei Gericht?«

»Ich habe mein Bestes gegeben, aber der Strafverteidiger scheint einige Tricks auf Lager zu haben.«

Liv konnte die Frustration, die in seinen Worten mitschwang, nachvollziehen. »Das Urteil liegt nicht in unserer Hand, das muss ich mir bei allem Mitgefühl mit den Opfern auch immer wieder sagen.«

Hennes nickte grüblerisch. »Wir können nur unsere Arbeit machen, und das bestmöglich.«

Sie schwiegen in stillem Einvernehmen. Jeder Ermittler hatte schon Fälle erlebt, in denen ein Täter mit einer aus seiner Sicht zu geringen Strafe davonkam oder vorzeitig entlassen wurde. Opfer hingegen litten meist lebenslang.

Andreas kam über den Gang, lautstark telefonierend. »Ihr müsst kommen, auf jeden Fall ... Ist mir egal, du wirst schon ein Zimmer finden ... Babsi, ich muss Schluss machen. Die Hasselbrecht wartet.«

Liv und Hennes tauschten Blicke. »Nun erzähl mal«, forderte Hennes sie auf, und Liv brachte ihn bei Kaffee und Laugenstangen auf den aktuellen Stand. Die Aussagen von Alicia, Idris und Vivien, deren Befragung die Kollegen übernommen hatten, im Detail zu lesen, schaffte Liv nicht mehr; ein kurzes Überfliegen musste reichen.

Als die Besprechung wenig später begann, schien Andreas' Laune am Tiefpunkt zu sein. Er mied Livs Blick, doch zu ihrer Erleichterung schoss er nicht auf sie zu und blaffte sie auch nicht an, wie er es schon öfter getan hatte, wenn er sich von ihr ausgebootet fühlte.

Hilke Hasselbrecht ergriff das Wort. »Wir haben es mit einem brutalen Tötungsdelikt zu tun, das schon jetzt in den Medien hohe Wellen schlägt und nicht nur die Urlauber auf der Insel verstören dürfte. Ich habe heute Morgen bereits länger, als mir lieb war, mit dem Gemeindebürgermeister telefoniert. Bei meinen Beratungen mit dem Staatsanwalt spielte besonders die Nähe des Opfers zu vulnerablen Minderjährigen eine Rolle. Skandale sollen um jeden Preis vermieden werden, weshalb ich die Leitung dieser Soko selbst übernehme.«

Obgleich Liv vorhin nicht den Eindruck gehabt hatte, dass Hilke Hasselbrecht die Teamleitung an sich ziehen wollte, leuchtete ihr die Begründung ein. In den vergangenen Jahren hatte es in Schleswig-Holstein einige Skandale um verbotene und erniedrigende Erziehungsmethoden in Kinder- und Jugendheimen gegeben.

Andreas knackte erkennbar unzufrieden mit seinen Fingern, schwieg aber.

Zunächst wandten sie sich dem vorläufigen Obduktionsbericht zu. Bente war bei der Obduktion anwesend gewesen und fasste die Ergebnisse zusammen. »Die Leichenöffnung hat ewig gedauert! Ich musste dreimal zu Hause anrufen, weil klar war, dass ich mich verspäten würde, und Laerke war unterwegs«, begann er.

Liv lächelte. Es war allgemein bekannt, dass ihr dänischstämmiger Kollege eine große Familie mit kleinen Kindern hatte und seinen Teil im Familienalltag beitrug.

Bente knetete sein glatt rasiertes Kinn, während er fortfuhr. Minutiös hatte Sebastian jede Stichverletzung in Breite und Tiefe dokumentiert. Von der äußeren Besichtigung hatte er sich durch Unterhautfettgewebe und Muskulatur gearbeitet. Dabei hatte sich gezeigt, dass das Messer nicht immer in voller Länge und Breite eingeführt worden war.

»Wenn ihr mich fragt, gab es auch zögerlich, beinahe widerwillig ausgeführte Stiche«, urteilte Bente. »Einige Male ist jedoch bis zum Messerheft eingestochen worden, was für eine Kompression des Gewebes und eine besondere Tiefe gesorgt hat.« Vertrocknungen in der Nähe des Einstichs stützten diese Hypothese, referierte er weiter. Breite Einstichstellen waren dokumentiert worden, bei denen das Messer in der Wunde hin und her bewegt worden war, weshalb es charakteristische Wundwinkel und Schwalbenschwänze sowie Auszieher gab. »Todesursächlich waren zwei Stiche: Einer von oben nach unten, unterhalb des rechten Schlüsselbeins nach rechts unten zur Mitte, hat den rechten Lungenoberlappen durchsetzt und dann den Aortenbogen getroffen. Roters wäre verblutet, hätte nicht eine kleinere Stichverletzung mittig im Oberbauch – direkt durch das Zwerchfell ins Herz – seinem Leben vorher ein Ende gemacht.«

Rabia gab einen erstickten Laut von sich, auch die anderen wirkten angegriffen.

»Dazu kamen noch eine Quetschrisswunde und Schürfwunden vom Sturz. Abgesehen von einer möglichen Scharte gibt es keine Besonderheiten, was das Messer angeht. Wir könnten es mit einem handelsüblichen Küchenmesser zu tun haben. Hoffen wir darauf, dass wir die Tatwaffe schnell finden oder die Rechtsmediziner uns durch Experimente weitere Hinweise geben können, wie Doktor Gerlich sie ankündigte«, schloss Bente seinen Vortrag.

»Um Karlpeters Bericht vorzugreifen: Obgleich sich Timur Roters am Tatabend auf dem Segelboot aufgehalten hat, scheint dieses nicht der Tatort zu sein«, sagte Hilke Hasselbrecht und erteilte sodann dem Kriminaltechniker das Wort.

Karlpeter Botersen-Evers legte die Möhre zur Seite, an der er lustlos genagt hatte. Er wirkte übermüdet. »Unsere IT-Experten haben den WLAN-Router an Bord ausgelesen. Danach war Timur Roters abends allein an Bord. Darauf weist auch ein einzelner benutzter Becher hin, der in der Spüle stand. Der DNA-Abgleich läuft. Wir haben jede Menge Fingerabdrücke, Haare und sonstige Spuren gefunden – wie zu erwarten, wenn die ganzen Jugendlichen mit dort herumgewerkelt haben. Aber kein Blut, jedenfalls nicht in nennenswertem Umfang. Und kein Messer, das als Tatwaffe infrage käme.« Der Leiter der Kriminaltechnik schob sich einen Kaugummi in den Mund.

»Wir sollten bei Merret Roters nachfragen, ob es eine Inventarliste des Segelboots gibt. Dann wissen wir, ob ein Messer fehlt«, meinte Hennes.

»Ihr habt Luminol eingesetzt?«, fragte Andreas.

»Natürlich, was denkst du denn? Einmal zum Mitschreiben: kein Blut in relevanter Menge.«

Andreas runzelte die Stirn, als fühlte er sich brüskiert.

»Du erwähntest gestern eine Substanz unter den Fingernägeln«, hakte Liv ein. »Konntet ihr diese bereits analysieren?«

»Ach ja, richtig.« Botersen-Evers konsultierte die Zettel in seinen Händen. »Ich will euch nicht mit technischen Details langweilen, aber die Analyse ergab Eisenoxid und Polyurethan. Es könnte sich um Spuren von Rost und Farbe handeln.«

»Das würde zur Restauration des Segelboots passen. Und Roters' Auto?«, fragte Liv nach.

»Der Golf ist ein wahres Biotop. Anscheinend wurde der Wagen von allen Bewohnern der Wohngruppe genutzt. Ausgesaugt wurde er wohl noch nie. Dennoch haben wir bislang nichts, was auf ein Verbrechen hindeutet, es sei denn, man hält die Vermüllung eines Autos für strafwürdig.«

»Persönliche Gegenstände? Handy? Briefe oder Ähnliches?«, wollte Hennes wissen.

»Bislang nicht. Die Abfrage der Funkdaten läuft noch. Sobald die vorliegen, wissen wir vielleicht, wer sich am Tatabend am Hafen von Hörnum aufgehalten hat und wie lange Roters dort war.«

»Soziale Medien?«

»Timur Roters hat die *unsozialen Medien* nicht genutzt, sagt seine Frau, und wir haben auch keine Hinweise darauf gefunden.«

»Gibt es Videokameras am Hafen? Was sagt der Hafenmeister? Haben wir Zeugen?«, platzte Andreas heraus. »Wie sieht es mit dem angeblichen Kinobesuch aus? Waren die Jugendlichen wirklich dort? Immerhin haben einige ein nicht unerhebliches Jugendstrafregister.«

»Dem werden Sie gemeinsam mit Bente nachgehen. Hennes und Liv übernehmen unterdessen die Befragung von Bernd Beversen sowie die weitere Untersuchung des Hofs«, entschied Hilke Hasselbrecht. »Von Flensburg aus werden wir den Träger der Wohngruppe und frühere Weggefährten von Roters befragen.«

»Und was ist mit Timur Roters' möglichen kriminellen Verstrickungen?«, setzte Andreas unzufrieden nach.

»Auf solche haben wir bislang keinen Hinweis. Aber vermutlich werden uns Roters' Freunde und Bekannte Aufschluss darüber geben können, wie glaubwürdig seine persönliche Wandlung war.«

10

»Du Schwein!«

Der Teller krachte neben Bernds Kopf gegen die Wand und zerbarst. Vor Schreck über diesen plötzlichen Gewaltausbruch waren alle wie erstarrt. Auch Merret konnte sich kaum rühren, durch die Beruhigungs- und Schlaftabletten war sie noch immer wie betäubt. Im nächsten Moment stürzten sich Idris, Alicia und Elanie auf Nico, um ihn von Bernd wegzuhalten.

Merret versuchte, sich aus ihrer Erstarrung zu lösen. Nicos Verhalten alarmierte sie. Doch auch die anderen machten ihr Sorgen. War es vielleicht doch keine so gute Idee gewesen, die Jugendlichen heute bei Sport, Nachhilfe und Jobs zu entschuldigen?

»Glaubst du, wir wüssten nicht, dass du es auf Timurs Posten abgesehen hast? Wir hätten nicht mitbekommen, dass du ihn ausbooten wolltest?«, brüllte Nico den Sozialarbeiter an, während die anderen ihn festhielten.

»Ich verstehe, dass du erregt bist. Timurs Tod nimmt uns alle sehr mit. Wir können gemeinsam andere Wege finden, mit deiner Trauer umzugehen, sie positiv zu wenden ...« Bernd sprach wie immer fürsorglich, zugleich hatte er auch heute etwas Oberlehrerhaftes, was manchen Jugendlichen gegen den Strich ging und auch Merret nur schwer ertrug.

»Warum sonst warst du beim Träger? Du wolltest von deiner Tat ablenken und auf gut Wetter machen!«, setzte Nico lautstark nach.

»Ruhe jetzt!« Resolut mischte Merret sich ein. »Die Situation ist schon schlimm genug, wir müssen nicht auch noch streiten!«

Während die anderen sich offenbar beruhigten, war Nico fassungslos. »Warum nimmst du ihn auch noch in Schutz? Bernd wollte Timur ausbooten, ihm den Job klauen! Hast du das denn nicht mitbekommen?«

Merret starrte Bernd an. Für einen Augenblick war es, als hätte man ihr den Boden unter den Füßen weggezogen. Konnte das wahr sein? Von den Meinungsverschiedenheiten der beiden wusste sie. Aber dass Bernd sich so deutlich gegen Timur gestellt hatte, musste sie übersehen haben – wenn es denn stimmte. Sie atmete ruhig und zählte bis fünf. Dann sagte sie: »Wir sollten uns nicht gegenseitig beschuldigen, sondern zusammenhalten und darauf hoffen, dass die Polizei den Täter bald findet.«

»Willst du Bernd tatsächlich verteidigen? Obwohl er Timur so hintergangen hat?«, fauchte Nico.

Unvermittelt lachte Raffa verächtlich auf. »Das passt vielleicht gerade. Wer weiß, was Merret selbst im Schilde führt, wenn sie nachts den Hof verlässt. So wie gestern.«

Elanie starrte erst Raffa an, dann ihre Pflegemutter.

»Ich habe nicht ...«, begann Merret.

»Ich habe dein Auto gesehen. Du hast uns hier alleingelassen«, sagte Raffa kalt.

Die Jugendlichen schienen von ihr abzurücken. Prüfend blickte Bernd sie an.

»Ihr seid nicht allein ...« Merret streckte die Hand nach Elanie aus. Wollte ihre Tochter durch eine Berührung trösten. »Ich brauchte frische Luft, wollte einen Augenblick ans Meer. Timurs Tod hat mir den Atem genommen. Ich musste raus«, gestand sie.

»Oder war es die Schuld, die dir den Atem genommen hat, Merret? Hast du was mit Timurs Tod zu tun? Oder du, Bernd? Wolltest du ihn loswerden, um Chef zu werden?«, rief Raffa.

Elanie wich ihrer Berührung aus. Fassungslos ob der Anschuldigungen suchte Merret Augenkontakt. Die Jugendlichen
wussten ja nicht, was sie sagten. Sie wandte sich an Bernd.
»Übernimmst du bitte?«

Mit weichen Knien verließ sie den Raum.

* * *

Die Insel füllte sich allmählich mit Osterurlaubern, und als sie
in Westerland an der Ausfahrt des Autozugs vorbeikamen,
standen sie erst einmal im Stau. Es war ein sonniger, aber küh-
ler Tag, der dazu einlud, sich in die Straßencafés zu setzen. Liv
klappte die Sichtblende herunter und drehte die Musik leiser.
Walking on Sunshine von Katrina and the Waves war etwas zu
gut gelaunt für die ihr bevorstehenden Aufgaben.

Während der Fahrt rekapitulierte Liv mit Hennes die Informationen, die sie über Bernd Beversen zusammengetragen hatten. »Ich kann mir vorstellen, dass Beversen und Timur Roters
das eine oder andere Mal aneinandergeraten sind. Die beiden
haben einen vollkommen anderen Werdegang und dadurch
vermutlich auch einen anderen Umgang mit den Jugendlichen«, sagte Liv.

Während Timur Roters selbst als junger Mensch gestrau-
chelt war und sich durchgeschlagen hatte, ehe er Sozialarbeiter
wurde, hatte Beversen gleich nach der Schule studiert und
war anschließend von Institution zu Institution gewechselt.
Gewiefter Straßenköter gegen Papiertiger, so schien es zumindest. Vielleicht hing ihr Eindruck aber auch mit den Videos
zusammen, die die IT-Kollegen gefunden hatten, Fernseh-
reportagen über Straßenkinder und verschiedene Jugend-
heime. Timur Roters war interviewt oder bei seiner Arbeit
begleitet worden. Er hatte cool und locker gewirkt, gleichzeitig verbindlich und vertrauenswürdig. Liv, die der Umgang

mit Jugendlichen in ihrer Arbeit stets berührte, hätte viele Fragen an ihn gehabt.

»Hallo, Erde an Liv!«

Sie wandte sich ertappt zu ihrem Kollegen um. Hennes grinste. »Na, soll ich dich mal zusammenfassen lassen, was ich gerade gesagt habe? Wie damals in der Schule?«

»Das ist ja Steinzeitpädagogik!«

Hennes buffte sie in die Seite. »Nun werd mal nicht frech! Also, der Träger der Wohngruppe sagte, es habe sich um einen routinemäßigen Austausch mit Herrn Beversen gehandelt. Aziz hat den Träger auch gleich zu Timur Roters befragt. Dieser sei mit seiner Vergangenheit offensiv umgegangen, das habe viele Jugendliche angesprochen und zugänglich für Veränderungen gemacht, sagte er. Tadellose Führungszeugnisse übrigens. Probleme habe es mit Roters nicht gegeben.«

»Die von Bernd Beversen angegebenen Zeiten wurden also bestätigt?«

»Noch nicht vollständig. Mal sehen, ob Beversen uns mehr darüber sagt. Die Überprüfung seines Alibis ist noch nicht abgeschlossen. Die Kollegen versuchen, den Kneipier und die Freunde und Bekannten von Beversen zu erreichen, um die Angaben zu verifizieren.«

Als sie auf dem Bauernhof ankamen, herrschte eine beinahe gespenstische Leere. Lediglich einzelne Hühner scharrten im Sand, Katzen huschten bei ihrer Ankunft in die Ställe. Liv dachte an Merret und Elanie, die einen geliebten Menschen verloren hatten. Wie sie wohl die Nacht überstanden hatten?

Die Tür zur Diele stand offen, also traten sie ein.

»… Atem genommen hat, Merret? Hast du was mit Timurs Tod zu tun? Oder du, Bernd? Wolltest du ihn loswerden, um Chef zu werden?«, hörten sie Raffa brüllen. Gleich darauf stürmte Merret Roters an ihnen vorbei, kalkweiß im Gesicht. Liv überlegte kurz, ob es gut wäre, die Sozialtherapeutin sofort auf die Situation anzusprechen, entschied sich aber dagegen und begrüßte sie nur.

»Sie wollen bestimmt mit Bernd sprechen.« Merret Roters tat ebenfalls, als wäre nichts vorgefallen.

Liv machte sich in Gedanken eine Notiz. »Das ist richtig. Außerdem würden wir uns gern noch ein wenig umsehen.«

»Bernd, die Polizei ist hier! Sie wollen mit dir sprechen!«, rief Merret über die Schulter und verschwand im Obergeschoss.

In der Küche stoben die Jugendlichen auseinander, als sei ihnen plötzlich eingefallen, was sie alles noch erledigen mussten. Vor allem Elanie wirkte angegriffen und musste von Vivien getröstet werden. Nico, Rafael und Idris diskutierten erregt, brachen aber ab, als sie eintraten. Alicia schien apathisch, nach ihrem Zusammenbruch gestern stand sie möglicherweise noch unter Beruhigungsmitteln.

Ein Mann in Skinny-Jeans kam Liv und Hennes entgegen. »Beversen«, stellte er sich vor. »Sie möchten zu mir?«

Wie gestern gingen sie ins Spielzimmer. Der Sozialarbeiter ließ sich auf den Stuhl gleiten, schob die Ballonmütze aus der Stirn und rieb sich über Gesicht und Spitzbart. Tiefe Ringe hatten sich unter seine Augen gegraben. Seine Jeans saß hauteng. *Sticky Fingers*. Liv musste sofort an das von Andy Warhol gestaltete Cover der Stones-LP denken. Schnell sah sie weg.

»Nur zu verständlich, dass die Situation den Jugendlichen zusetzt. Die Emotionen schlagen hoch, aber das haben Sie ja sicher gehört«, sagte er in trotziger Vorwärtsverteidigung.

»Dass Raffa Ihnen unterstellt, Sie hätten Herrn Roters ausbooten und die Leitung dieser Wohngruppe übernehmen wollen? Ja, das haben wir gehört.«

Neben Liv neigte Hennes sich vor. »Ist das so?«

»Sie haben Raffa schon befragt. Sicher haben Sie bemerkt, dass sein Urvertrauen geschädigt ist. Er war ein anstrengendes Kind, wie das oft bei FAS der Fall ist.«

Hennes zog eine Augenbraue hoch.

»Fetales Alkoholsyndrom?«, fragte Liv.

Bernd Beversen nickte. »Die Fetale Alkoholspektrumsstörung wird durch hohen Alkoholkonsum der Mutter in der Schwangerschaft verursacht. Dabei können schon kleine Mengen große Schäden auslösen. Körperliche Missbildungen, Verhaltensstörungen, geistige Defizite –«

»Stimmt, habe ich schon gehört. All diese Abkürzungen – da stand ich kurz auf dem Schlauch«, unterbrach Hennes ihn.

»Raffa sieht man es wie vielen anderen FAS-Kindern an: geringe Körpergröße, weiter Augenabstand, flache Mittelrinne zwischen Nase und Mund, dünne Oberlippe. Bei ihm gibt es zudem Probleme bei der MPH-Einnahme ...«

»MPH?«

»Methylphenidat. Ein Wirkstoff in Medikamenten wie Ritalin, die bei Aufmerksamkeitsdefizits- und Hyperaktivitätsstörungen verschrieben werden. Die Medikamente haben diverse Nebenwirkungen. Raffa leidet besonders unter Schlafproblemen. Er wurde von Pflegefamilie zu Pflegefamilie, von Heim zu Heim gereicht. Grundsätzlich erwartet er von allen nur das Schlechteste. In einer Situation wie dieser ist es leichter für ihn, seine Wut auf jemand anderen zu projizieren, als die eigene Trauer zuzulassen.«

»Sie haben meine Frage nicht beantwortet. Spekulieren Sie darauf, die Leitung dieser Wohngruppe zu übernehmen?«, hakte Hennes nach.

»Verständlich, dass Sie nur in eine Richtung denken. Darauf werden Sie gedrillt. Sie können nichts dafür.« Beversen seufzte demonstrativ. »Wenn unser Träger mir die Leitung der Wohngruppe antragen würde, würde ich darüber nachdenken. Und ja, ich hatte Meinungsverschiedenheiten mit Timur, die wir jedoch auf sachlicher Ebene beigelegt haben.«

»Worum ging es dabei?«, fragte Liv.

Bernd Beversen strich sich über den Spitzbart. »Immer um dasselbe: Wie viel lässt man den Jugendlichen durchgehen? Wie viel lässt man sich gefallen? Timur machte einen auf Kumpel, doch meines Erachtens erfordert die pädagogische Sorgfalt, dass man auch Grenzen setzt.«

»Haben Sie einen konkreten Vorfall im Sinn?«

»Nichts, was der Rede wert wäre.« Beversen überlegte. »Aber gut, Sie werden ja ohnehin nicht lockerlassen. Timur wollte verstärkt erlebnispädagogische Angebote machen, dabei ist dies eine einfache Wohngruppe. Das Segelboot war ein erster Schritt in diese Richtung, und er hat das Ding mit Eigenmitteln beschafft. Ich habe das für unverhältnismäßig, geradezu größenwahnsinnig gehalten, denn Erlebnis- und Wagnispädagogik setzen eine Distanz zum Alltag voraus – so etwas können wir mit unseren Mitteln nur begrenzt leisten. Sylt ist keine Insel, wenn Sie verstehen, was ich meine.«

Liv und Hennes blickten ihn verständnislos an.

»Ich meine damit, Sylt ist nicht einsam genug, um auf Dauer Distanz zum Alltag zu schaffen«, erklärte Beversen überdeutlich.

»Um darüber mit dem Träger zu sprechen, waren Sie auf dem Festland?«, mutmaßte Liv.

»Ich bin ohnehin ständig auf dem Festland. Mein Mann und ich leben bei Klanxbüll. Auf Sylt habe ich nur ein kleines Zimmer – was anderes kann ich mir nicht leisten. Die Misere der sozialen Berufe, wissen Sie? Abgesehen davon war es ein reines Supervisionsgespräch. Standardmäßig.«

»Wo waren Sie im Anschluss an dieses Gespräch?«

»Ich bin mit der Bahn nach Sylt gefahren, war beim Sport, danach mit Freunden im Restaurant. Mein Handy war tot. Finde ich nicht so schlimm. Ich bin manchmal froh, offline zu sein. Hier in der Wohngruppe ist man ja immer im Dienst. Rund um die Uhr, wenn es sein muss.«

Liv sah Hennes an. Der Restaurantbesuch war bereits überprüft worden, und die Freunde hatten bestätigt, dass Bernd Beversen mit ihnen beim Sport gewesen war. »Wie kommen die Jugendlichen mit der Situation klar? Welchen Eindruck haben Sie?«, fragte sie.

»Jeder trauert anders, das ist auch bei Jugendlichen so. Sie hoffen darauf, dass das Boot bald wieder freigegeben wird, damit sie daran weiterarbeiten können. Timur zu Ehren. Idris hat das vorgeschlagen. Das ist ein sehr guter Plan, finde ich.«

Das Bauernhaus war im Obergeschoss verwinkelt, die Türrahmen waren zum Teil so niedrig, dass Hennes und Liv den Kopf einziehen mussten. Die alten Holzbohlen ächzten unter ihren Schritten. Aus den Zimmern drangen Musik, der Sound von Computerspielen und leise Stimmen. Wegen der laufenden Spurensicherung hatte Liv am Vorabend lediglich einen kurzen Blick in Büro und Wohnung werfen können. Nun wollten sie sich die Räume noch einmal eingehend ansehen.

»Hat man denn hier nirgends seine Ruhe?« Ein empörter Ruf drang aus einem der Zimmer.

»Entschuldigt, ich wusste nicht …« Vivien kam rückwärts aus der benachbarten Tür. Ihr Gesicht war hochrot. Durch den Türrahmen konnten die Kommissare Alicia und Nico sehen, erhitzt und mit verrutschter Kleidung.

»Warte doch, Vivien!«, rief Alicia, lachte dann aber über eine Bemerkung, die Nico gemacht hatte. Vivien lief weg. Die Tür flog vor Liv und Hennes zu.

Sie gingen weiter. Merret Roters hatte gesagt, dass ihr Wohnbereich nicht abgeschlossen sei, und ihnen erlaubt hineinzugehen. Konzentriert sah sich Liv in der heimeligen, beinahe spießigen Wohnung mit Tischdecken, Sinnsprüchen auf Leinwänden und Nippes um. An Verfärbungen an Boden und Wänden erkannte man, dass der Wohnbereich im Laufe der

Jahre den Bedürfnissen angepasst worden war. Fotos hingen über dem Sofa. Auf einigen waren Merret und Timur Roters mit den Jugendlichen zu sehen. Viele zeigten die beiden mit ihrer Pflegetochter, etwa beim Ausritt oder im Garten. Mutter und Tochter schienen die Freude an der Gartenarbeit zu teilen, hielten oft große Gurken, Kürbisse oder übervolle Schalen mit Erdbeeren oder Kirschen in die Kamera. Ein Hochzeitsfoto: Las Vegas. Einige wenige Porträts gab es von Menschen, die sie nicht kannten und über die sie sich bei Merret Roters erkundigen würden.

Von der Stube gingen zwei Zimmer und ein Bad ab. Nacheinander nahmen sie sich die Räume vor. Neben Timurs Bettseite – der unberührten – lag ein Band mit Sylter Sagen. Ein leistungsstarker Bluetooth-Lautsprecher, darüber eine Pinnwand mit Konzerttickets. Auf der anderen Seite hing ein Mondkalender für den Garten.

An der Tür blickte Liv sich noch einmal um. Ihre Untersuchungen hatte der Besuch in den Privaträumen der Roters' nicht weitergebracht, doch er hatte ihnen einen etwas besseren Eindruck von der Persönlichkeit des Opfers und dem Miteinander des Paares verschafft.

Über ihnen knarrten Deckenbalken. Liv ging auf den Flur zurück und entdeckte in der Ecke eine offen stehende Dachbodenluke samt einfacher Holztreppe.

Schon war Hennes hochgeklettert. Liv folgte ihm. Der Dachboden war niedrig, ein lang gezogenes Dreiecksprisma. Zwischen einigen Schindeln blitzte der Himmel auf. Umzugskisten, alte Möbel, überall Staub und Spinnweben. Wer stöberte hier herum?

Etwas klappte zu, Holz auf Holz, Schritte entfernten sich von ihnen.

Liv war angespannt. Wollte derjenige, der hier herumgestöbert hatte, nicht gesehen werden? Sie schlich um einige dunkle

Bauernschränke, die sich in den höchsten Teil des Speichers zwängten und deren Türen schief in den Angeln hingen. Hier hinten war es dunkel und unheimlich. Keine lichtspendenden Luken mehr, stattdessen weitere ausrangierte Möbelstücke und Trennwände. Ein Spinnweben berührte ihr Gesicht, sie musste ein Niesen unterdrücken.

Die Geräusche entfernten sich schnell, jemand hatte es eilig. Liv lief fast, stieß sich um ein Haar den Kopf an den Dachbalken. Plötzlich blieb sie an etwas hängen, strauchelte, fiel beinahe. Abgebrochene Schrubber und Besen ragten in den Durchgang, eine gefährliche Stolperfalle!

»Achtung!«, wisperte sie Hennes zu.

Lautes Klappen. Sie hatte das Ende des Dachbodens erreicht. Eine weitere Luke lag vor ihr, geschlossen. Liv öffnete sie beherzt, doch es war niemand mehr bei der Leiter zu sehen. Sie wandte sich um. Sie hatte Hennes abgehängt.

»Schau mal hier!«, hörte sie seine Stimme.

Was hatte er entdeckt? Sie eilte zurück.

Als sie ihn fast erreicht hatte, hob er die Hand. »Vorsicht! Vielleicht können wir noch einen Schuhabdruck erkennen.«

Nun bemerkte auch Liv die verwischten Abdrücke im Staub. Krumm, als sei er der Glöckner von Notre-Dame, neigte Hennes sich an der Dachschräge über einige Holzkisten. Eine hatte er, die Hände in Latexhandschuhen, geöffnet. Liv näherte sich seitwärts, sah mit ihm in die Kiste hinein. Fotoabzüge waren darin, geflochtene Bänder, Abrisse von Zetteln, Kronkorken, Zigarettenpapier, Rasierklingen und ein Halstuch, das speckig wirkte. Ein Streichholzheft mit einer durchgestrichenen E-Mail-Adresse: Brita072007@nurmail.com. Auf den Fotos war Timur Roters zu sehen. Bei manchen schien er nicht gewusst zu haben, dass er fotografiert wurde. Oft trug er das Halstuch.

»Da hatte unser Opfer wohl einen Fan«, konstatierte Hennes. »Nehmen wir die Sachen mit?«

Es widerstrebte Liv, noch mehr als nötig in das Privatleben der Jugendlichen einzudringen. »Mit welcher Begründung? Dass vielleicht eine der Bewohnerinnen oder ein Bewohner in Timur Roters verliebt war oder ist, muss nichts mit dem Tötungsdelikt zu tun haben. Ich würde vorschlagen, wir fotografieren die Sachen und die Schuhabdrücke und warten erst einmal ab. Außerdem wird die Besitzerin der Box kaum zugeben, dass sie die Andenken gesammelt hat. Wir müssen versuchen, das Vertrauen der Jugendlichen zu gewinnen.«

»Wenn das man kein Fehler ist.« Trotz seiner Skepsis gab Hennes nach. »Nun denn …«

Sie machten Fotos, legten die Box an ihren Platz und kehrten ins Untergeschoss zurück.

Danach nahmen sie sich das Büro vor. An einer Wand gab es noch Reste von Fliesen im niederländischen Stil, die darauf hinwiesen, dass der Raum früher der Pesel gewesen war, eine gute Stube für besondere Anlässe. Liv ließ ihren Blick über Tagespläne, Telefone, Regale schweifen. Die Akten der Jugendlichen befanden sich in dem abschließbaren Schrank, das hatte Merret Roters gesagt. Hier würden sie ohne einen richterlichen Durchsuchungsbeschluss nicht weiterkommen.

Sie weiteten ihre Suche auf das Gelände aus. Die Schuppen waren verwinkelt und teilweise so einsturzgefährdet, dass sie abgesperrt waren. Es gab einige Hühner, vier Ziegen, zwei Hunde, mehrere Kaninchen und zwei Katzen. In den Gewächshäusern sprossen unzählige winzige Pflanzen.

Während Liv und Hennes sich weiter umsahen, waren die Jugendlichen mit ihren Aufgaben auf dem Hof beschäftigt. Raffa und Idris werkelten an etwas, das wie ein Kasten für ein Hochbeet aussah. Liv runzelte die Stirn. Genau genommen mühte sich Raffa damit ab, während Idris auf seinem Handy herumtippte. Er trug ein neongelbes T-Shirt und hatte seine schwarzen Locken mit einem passenden Stirnband zurückgebunden. Zu ihrer Überraschung entdeckte sie ihren Kollegen Bente, der sich mit Merret Roters unterhielt. War Andreas auch hier?

Liv erblickte ihn im Stall, dessen Tür aufstand. Andreas hatte Vivien die Hand auf die Schulter gelegt und redete auf sie ein. Was tat er da?

Raffas gepresstes Stöhnen lenkte sie ab. Der Junge wankte unter dem Gewicht des Holzkastens. »Fass doch mal mit an, ich schaffe das nicht allein!«, rief er Idris zu.

»Gleich! Nur noch dieses, da ist gleich Einsendeschluss!« Idris' Daumen flogen über das Display.

Kurz entschlossen kam Hennes Raffa zu Hilfe, während Liv sich Idris näherte. Es war ihr wichtig, auch die Jugendlichen kennenzulernen, mit denen sie gestern nicht selbst gesprochen hatte. Im Befragungsprotokoll hatte sie einiges über Idris' Werdegang erfahren. Als ältestes von sieben Geschwistern hatte er schon als Grundschüler Verantwortung übernehmen müssen. Die Mutter zog die Kinder allein groß und arbeitete Vollzeit, der Vater war verschwunden. Da die Mutter Schichtdienst hatte, waren die Kinder häufig sich selbst überlassen gewesen. Es hatte viel Streit gegeben und oft nicht genug zu essen. Wenn etwas schiefgegangen war oder in der Wohnung Chaos herrschte, hatte die Mutter Idris dafür verantwortlich gemacht und ihn mit einem Kleiderbügel geschlagen. Immer wieder war er davongelaufen, hatte sich auf der Straße herumgetrieben, war in Gefahr geraten. Die Polizei hatte ihn wegen Drogenbesitzes verhaftet, konnte ihm auch Drogenhandel nachweisen; ein milder Richter hatte die Strafe zur Bewährung ausgesetzt. Sein Verantwortungsbewusstsein hatte Idris zu seiner Familie zurückgetrieben, doch irgendwann hatte er nicht mehr gekonnt. Ein heftiger Ausraster war die Folge gewesen. Nervenzusammenbruch.

Noch immer tippte Idris auf seinem Smartphone herum. »Was gibt es denn so Wichtiges?«, fragte Liv.

Idris sah sie kurz an, bevor er den Blick wieder auf das Display richtete. »Ein Gewinnspiel. Fünf richtige Antworten, und ich kann zehntausend Flocken gewinnen«, sagte er abgelenkt.

»Okay, das hätte ich nicht erwartet. Und was würdest du mit zehntausend Euro machen?«, fragte Liv.

Das Handy verschwand in der Tasche seiner Baggy Pants. Aus der Nähe erinnerte er Liv an den Schauspieler Will Smith, was wohl vor allem an dem offenen Blick lag, mit dem Idris sie nun musterte. »Die Hälfte für meine Geschwister, die Hälfte für mich. Ich würde meinen Schulabschluss nachholen und Psychologie studieren.«

»Das wäre doch auch ohne einen Gewinn möglich.«

»Ich kann mich schlecht bei anderen anbiedern, und mit der Zuverlässigkeit hapert es manchmal. So ein Studium will auch finanziert sein. Ein finanzielles Polster würde die Erfolgsaussichten deutlich erhöhen.« Ein selbstironisches Grinsen, Schulterzucken. »Wann dürfen wir endlich wieder auf das Segelboot?«

»Sobald die Kriminaltechnik damit fertig ist. Das kann nicht mehr lange dauern.« Liv musterte ihn. »Ihr wollt Timur Roters zu Ehren das Schiff fertigstellen? Das war deine Idee, hörte ich.«

Idris nickte ernsthaft. »Das sind wir ihm schuldig. Timur hat immer gesagt, wenn ich nur einem Jugendlichen zu einem besseren Leben verhelfen kann, hat es sich gelohnt. Und er hat viel mehr getan. Ich kenne ein paar, die es nur durch ihn geschafft haben, aus der Scheiße zu kommen oder die Finger von den Drogen zu lassen. Vielleicht hat er sogar das eine oder andere Leben gerettet.«

Neben ihnen wurde heftig gehämmert. Sie wandten sich Raffa und Hennes zu. »Ich übernehme wieder«, sagte Idris zu Hennes. Doch dann klingelte sein Handy. Idris runzelte die Stirn, als er auf das Display sah. »Einer meiner Brüder. Sorry,

das ist wichtig.« Er wandte sich ab. »Was ist denn, Bro? ...
Nicht schon wieder! Hör zu, du musst ...« Idris ging ein paar
Schritte weg, sodass sie nichts mehr verstehen konnten.

Liv war erleichtert zu sehen, dass Andreas und Bente in diesem Moment den Hof verließen. Andreas hatte sie seit der
Dienstbesprechung am Morgen keines Blickes mehr gewürdigt, was Liv beinahe noch mehr beunruhigte, als wenn er offen
feindselig zu ihr gewesen wäre.

Liv und Hennes verabschiedeten sich ebenfalls von den
Jugendlichen. Noch während sie sich abwandten, trat Vivien
zu den Jungen und sagte: »So wie es aussieht, werden die Polizisten wegen gestern keine Anzeige gegen dich erstatten, Nico.
Alles ist also gut.«

Liv stockte einen Moment. Hatte Andreas ihr das erzählt?
Zusammen mit Hennes wandte sie sich in Richtung des nächstgelegenen Bauernhofs. In den marschigen Feldern wurden ihre
Schuhe nass, aber Liv verschaffte sich gern zu Fuß einen Über-
blick über die geografischen Gegebenheiten.

Auf den Feldern grasten unzählige Schafe und Lämmer.
Übermütig sprangen einige Lämmer auf ihren staksigen Beinen, als steche sie der Hafer. Etliche waren schwarz, mit flau-
schig wirkendem Fell und neugierigem Blick. Ein Mann, wohl
der Bauer, hantierte gerade ein wenig unbeholfen mit einem
milchweißen Lämmchen herum, packte es schließlich an einem
Hinterbein und hob es in den offenen Stall hinter ein Metallgitter. Tapsig rappelte sich das Jungtier dort auf und wackelte zu
einem Mutterschaf. In einem Zwinger kläfften lautstark Hunde.
Ein braun-weißer Jagdhund kam auf sie zugeprescht, und Liv
fragte sich schon, wie sie ihn im Notfall abwehren sollte. Doch
da fuhr der Bauer herum und stieß einen Pfiff aus, und sofort
bremste der Hund ab. Jetzt sah Liv, dass ein Arm des Mannes
in einer Schlinge hing. Deshalb also hatte er sich so ungeschickt
angestellt!

»Das ist kein Wanderweg, sondern Privatbesitz! Sie zertrampeln mir die Felder! Außerdem machen Sie mir die Hunde wild! Oder haben Sie etwas mit denen da zu tun?« Der Mann wies auf den Hof mit der Wohngruppe. Er hatte ein fein geschnittenes Gesicht mit hellgrauen Augen, sah eher wie ein Versicherungsvertreter als wie ein Landwirt aus.

Aber ich wirke ja wohl auch nicht wie eine Polizistin.

Hennes und Liv wiesen sich aus. »Sind Sie Herr Mertens? Wir sind wegen Timur Roters hier.«

»Hat der Kerl mich angezeigt, oder was?«

Hatte er noch nichts von dem Todesfall gehört? »Weshalb sollte Timur Roters Sie denn anzeigen?«, fragte Liv unschuldig.

Der Bauer stemmte die gesunde Hand in die Hüfte. »Keine Ahnung. Irgendwas wird ihm schon einfallen, fällt ihm doch immer ein.«

»Herr Roters ist verstorben. Wir ermitteln in einem Tötungsdelikt«, klärte Hennes ihn auf.

Ein ungläubiger Gesichtsausdruck flammte auf dem Gesicht des Bauern auf. »Ich ... Er ... Das tut mir leid. Was ist denn passiert?«

»Wir dürfen leider nicht über die laufende Ermittlung sprechen.«

»Und was wollen Sie dann hier? Verdächtigen Sie mich etwa?«

»Wir hörten, dass Sie in Auseinandersetzungen mit Herrn Roters verwickelt gewesen seien. Worum ging es dabei?«

»Um diese ungeratenen Jugendlichen, die hier ihr Unwesen treiben und die dieser Roters auch noch in Schutz nimmt. Die klauen alles, was nicht niet- und nagelfest ist! Der eine hat hier herumgezündelt, und das nicht zum ersten Mal. Als ich das Feuer löschen wollte, bin ich über die Hindernisse gestürzt, die diese Idioten aufgebaut haben!« Er hob seinen verbundenen Arm. »Nur Ärger hat man mit denen. Und das vor Ostern, wo die Lammsaison beginnt! Da möchte doch jeder ein saftiges Lammsteak auf dem Teller haben!«

Ich nicht, dachte Liv. Außerdem war in der Wohngruppe von einem technischen Defekt die Rede, erinnerte sie sich.

»Das sind schwerwiegende Anschuldigungen. Haben Sie dafür Beweise? Haben Sie Anzeige erstattet?«, wollte Hennes wissen.

»Ihre Kollegen sind gekommen, konnten aber keine – wie heißt es so schön – *Fremdeinwirkung* feststellen.« Mertens schnaubte verächtlich. »Die Diebstähle konnte ich auch nicht nachweisen. Da ist man nicht nur der Geschädigte, sondern wird auch noch schlecht behandelt!«

»Ihren Anschuldigungen werden wir erneut nachgehen, keine Sorge. Was genau ist passiert?«, fragte Liv nach.

»Kommen Sie!« Der Bauer marschierte voraus, Liv und Hennes beeilten sich, ihm zu folgen. Auf einem benachbarten Feld trieben Arbeiter die Lämmer und Schafe zusammen. Sie erreichten einen Schuppen an der Grenze zum utländischen Hof der Wohngruppe, in dem auf improvisierten Holzregalen große und kleine Holz- und Technikteile lagen. Die Außenwand war verkohlt. »Ich hatte noch Glück, konnte nicht schlafen und ging zum Kühlschrank. Da sah ich die Flammen. Sofort bin ich hinaus. Als ich in den Stall kam, stürzte ein Gerüst aus Leitern und Brettern über mir zusammen, das vorher nicht da war. Beinahe hätte es mich erschlagen. Immerhin konnte ich den Brand ersticken.«

»Es konnten keine Beweise für eine Brandstiftung gefunden werden? Oder haben Sie den Brandstifter gesehen?«

»Nein, der war schon weg. Das und alles andere habe ich schon Ihren Kollegen gesagt! ›Technischer Defekt‹, heißt es. Dabei ist bei mir alles tipptopp. Meine Geräte werden regelmäßig überprüft, brennbare Materialien lagere ich hier nicht. Ich *weiß*, dass es einer der Jugendlichen gewesen sein muss.«

»Wie kommen Sie darauf?«

»Die feinden mich an – wegen angeblicher Tierquälerei, unsachgemäßer Tierhaltung. Als hätten diese verwöhnten Stadtgören eine Ahnung! Dabei lasse ich eigens einen mobilen Schlachter kommen, der die Tiere schonend tötet. Die merken das gar nicht. Peng – und es ist vorbei.« Er zog wütend die Augenbrauen zusammen. »Immer diese laute Musik, das Gegröle! Und ständig gurken sie mit den Autos umher, auch spätnachts. Das nervt!«

Liv sah an ihm vorbei zum Nachbarhof. Das Land war flach und nur durch Zäune und einzelne Büsche durchbrochen. »Wer genau fährt umher?«

»Keine Ahnung, ich spioniere denen ja nicht nach. Aber wenn man danach geht, wie laut die Musik manchmal aufgedreht wird, kann ich mir kaum vorstellen, dass noch einer dieser Sozialarbeiter im Haus ist. So was hält kein Erwachsener aus.«

Liv machte sich eine Notiz. »Rein hypothetisch könnte auch einer Ihrer Arbeiter das Gerät falsch bedient oder vergessen haben, es auszuschalten, sodass es Feuer gefangen hat.«

»Für die lege ich meine Hand ins Feuer.«

Liv unterdrückte ein Grinsen. Ob ihm die Zweideutigkeit dieser Aussage klar war?

Entschieden setzte er hinzu: »Die meisten kenne ich seit Jahrzehnten, die kommen jedes Jahr hierher, um auf dem Hof zu helfen.«

»Wo waren Sie am Abend des 7. April?«

»Vorgestern? Da habe ich mit meiner Frau ferngesehen. Um 22 Uhr war ich im Bett. Wenn man morgens um vier aufsteht, um die Tiere zu versorgen, hat man nicht viel Energie, auf den Zwutsch zu gehen. Und jetzt entschuldigen Sie mich bitte, die Milchlämmer warten.«

Liv und Hennes sahen zu, wie er den Arbeitern half, die Lämmer zusammenzutreiben. »Sie wachen immer noch manchmal auf, nicht wahr? Wachen auf im Dunkeln und hören die Lämmer schreien‹«, sagte Hennes mit hoher Stimme.

Liv stieß ihm den Ellbogen in die Seite und musste lachen. »Spinner! Ich fürchte, ich werde keines dieser Tierchen retten können, genauso wenig wie Clarice Starling es im *Schweigen der Lämmer* konnte.«

Die Frau des Bauern bestätigte, dass sie an dem fraglichen Abend ferngesehen hatten. Allerdings sei sie recht bald eingeschlafen, wie es ihr regelmäßig geschehe. Als sie beim *heute journal* auf dem Sofa aufgewacht sei, sei ihr Mann bereits im Bett gewesen. Er könnte das Haus also auch unbemerkt verlassen haben.

Auf dem Weg über das Feld kontrollierten Liv und Hennes ihre Handys, die sie während des Gesprächs stumm geschaltet hatten. »Aziz hat sich wegen Beversens Alibi und der Handydaten gemeldet. Ich rufe mal eben zurück«, sagte Hennes.

Nachdem er mit ihrem Kollegen gesprochen und Liv von den neuen Erkenntnissen berichtet hatte, beschleunigten sie ihre Schritte. So wie es aussah, hatte der Sozialpädagoge ihnen etwas verschwiegen.

11

Auf dem Hof bot sich ein ähnliches Bild wie bei ihrem ersten Besuch, doch nun waren Vivien und Idris mit dem Streichen des Schuhschranks beschäftigt, während Elanie und Raffa die Pferde sattelten. Als Liv näher trat, hielt sie den Blick auf die zerfurchte Erde gerichtet. Tatsächlich kamen ihr einige Schuhabdrücke bekannt vor, die Spuren waren jedoch verwischt. Ob sie zu Vivien gehörten? Nachdem sie Alicia und Nico gestört hatte, könnte sie auf den Dachboden gestiegen sein. Sollte sie Vivien auf die Box ansprechen? Liv sah ihr nachdenklich beim Pinseln zu. Wahrscheinlich würde das Mädchen in dieser Situation mauern. Außerdem war Hennes schon zu Bernd Beversen und Merret Roters weitergegangen.

Noch einmal zogen sie sich mit Beversen für ein Gespräch zurück. Dieses Mal bat er sie auf die Terrasse am Bauerngarten, von der aus man eine gute Sicht über den Hof hatte.

»Unsere Kollegen haben Ihre Angaben überprüft, Herr Beversen. Ihre Freunde und Bekannten berichteten, dass Sie sie am Abend des 7. April gegen 22.30 Uhr verlassen haben. Was haben Sie danach getan?«

Plötzlich verunsichert, zupfte Beversen an seiner Mütze. »Wie ich gesagt habe: Ich bin nach Hause gefahren, in mein Zimmer in Westerland.«

»Dort sind Sie aber erst gegen 0.30 Uhr eingetroffen, wie mehrere Nachbarn angaben.«

»Dann müssen die sich geirrt haben!«

Liv zitierte aus den Aussagen der Zeugen, die Momke ihnen aufs Handy geschickt hatte. Beversen blieb stur, sein Adamsapfel hüpfte jedoch, weil er sich immer wieder räuspern und trocken schlucken musste.

»Auch wurde verschiedentlich erklärt, Sie hätten sich über Timur Roters erbittert beschwert«, sagte Liv.

»Das ist übertrieben und wäre darüber hinaus kein Grund, ihm etwas anzutun.«

»Warum sagen Sie uns nicht einfach, was Sie zwischen 22.30 und 0.30 Uhr getan haben?«

»Weil ich nichts zu verbergen habe!«

»Das wirkt aber nicht so. Solange Sie schweigen, machen Sie sich verdächtig.«

Beversen riss sich die Ballonmütze vom Kopf und rieb sich über die kahle Platte. Dann setzte er die Mütze wieder auf und seufzte resignierend. »Na gut, ich komme wohl nicht darum herum. Ich möchte Sie allerdings um Vertraulichkeit bitten. Mein Mann muss nichts davon wissen.« Erneutes Zögern. »Es war die erste laue Nacht seit Langem, deshalb war ich in den Dünen nahe der *Oase*.«

Liv schaltete sofort. »Haben Sie jemanden getroffen?«

»Natürlich, auch wenn die eigentliche Cruising-Ecke inzwischen abgesperrt ist; aus Naturschutzgründen, heißt es.« Beversen schnaubte. »Aber ich kenne seinen Namen nicht. Das gehört zum Spiel.«

In Hennes' Augen glommen Fragezeichen. Da Bernd Beversen zu keiner Erklärung ansetzte, übernahm Liv dies. »Die Dünen südlich von Westerland gelten als Treffpunkt für Homosexuelle. Keine Telefonnummer, nichts?«, wandte sie sich an den Sozialarbeiter.

Beversen verneinte, und Liv runzelte die Stirn. Das bedeutete, dass einige ihrer Kollegen Nachtschichten einlegen mussten, denn wer diesen Treffpunkt einmal nutzte, würde es vermutlich wieder tun. Wenn nicht, müssten sie die bei der Community beliebten Bars und Restaurants abklappern.

Hennes packte einen Nikotinkaugummi aus. »Erzählen Sie uns trotzdem mehr über Ihre Auseinandersetzungen mit Timur Roters.«

»Ich habe Ihnen alles gesagt, was relevant ist.« Bernd Beversen blickte unnachgiebig über den Hof. Elanie half gerade Raffa, den Sattel zu befestigen, Merret Roters unterstützte Idris und Vivien, doch alle warfen ihnen immer wieder verstohlen Blicke zu. »Ich verstehe ohnehin nicht, warum Sie die Beziehung von Merret und Timur nicht besser durchleuchten«, sagte Beversen kühl.

»Das klingt, als wollten Sie auf etwas Bestimmtes hinaus«, sagte Liv.

»Diese angebliche große Liebe – dass ich nicht lache!«, platzte Bernd Beversen heraus. »Die Ehe von Merret und Timur Roters war lange nicht so glücklich, wie Merret es uns glauben lassen möchte. Ihr unerfüllter Kinderwunsch war nicht das einzige Problem zwischen den beiden. Da gibt es genügend, was Merret und Timur totgeschwiegen haben. Fragen Sie sie doch mal, was es mit ihren nächtlichen Autofahrten auf sich hat. Und in was für einer Verbindung sie zu Erk steht.«

»Erk?«

»Diesem Muschelfischer. Merret ist …«

Ein Schrei gellte über den Hof. Raffa war aufgesessen, aber offenbar hatte irgendetwas sein Pferd erschreckt, und es stieg, bockte wild auf dem Hof. Die Umstehenden stoben auseinander. Hufe krachten gegen Holz, der Hochbeetkasten flog von den Stützen, Farbe spritzte umher. Ängstlich klammerte Raffa sich an den Sattel, das Gesicht verzerrt.

Elanie versuchte, die Zügel zu schnappen. Auch Hennes und Beversen wichen zurück. Liv hingegen war mit Pferden aufgewachsen und bis zur Schwangerschaft viel geritten. Sie hob langsam die Hände. »Ganz ruhig! Es ist alles in Ordnung. Du bist ein ganz liebes Pferd. Nur die Ruhe!«

Schließlich gelang es ihr, gemeinsam mit Elanie das Pferd zu bändigen. Raffa wollte absteigen, doch offenbar waren seine Knie so weich, dass er beinahe auf den von den Hufen aufgeworfenen Boden fiel. Gerade noch konnte Merret Roters ihn festhalten.

Ihre Pflegetochter brach in Tränen aus. »Ich hätte nicht … Ich wollte nur … Ich dachte, dass es Raffa und mir guttut, ein wenig auszureiten … Aber …« Elanie schlug sich die Hände vor das Gesicht.

Merret Roters nahm sie in den Arm und drückte sie an sich, während Bernd Beversen sich um Raffa kümmerte. Vivien beruhigte das Pferd, Idris machte sich bereits daran aufzuräumen.

»Sie sollten jetzt besser gehen«, sagte Merret Roters.

»Das wird nicht möglich sein. Sie müssen uns noch ein paar Fragen beantworten«, meinte Hennes.

»Dann heraus damit!«

»Wollen wir in Ihr Büro gehen?«, schlug Liv vor.

Roters schüttelte stur den Kopf. »Ich habe keine Geheimnisse vor Elanie.«

Hennes seufzte. »Uns wurde zugetragen, dass jemand nachts die Wohngruppe verlässt, auch wurde Ihre Verbindung zu einem gewissen Erk Pagelsen erwähnt.«

Noch ehe Hennes es ganz ausgesprochen hatte, fuhr Merret Roters herum. Elanie klammerte sich an sie, als wollte sie sie aufhalten. »Wer wirft mir vor, dass ich meiner Aufsichtspflicht nicht nachkomme? Bernd oder dieser Mertens?«, fragte sie scharf. »Erk Pagelsen ist ein Freund. Mehr nicht. Wenn Sie wirklich mit so etwas Ihre Zeit verschwenden wollen, müssen Sie mich schon einbestellen.«

»Das können wir natürlich tun«, sagte Liv ausgleichend. »Allerdings ginge es ungleich einfacher und vor allem zügiger, wenn Sie etwaige Missverständnisse unkompliziert richtigstellten. Schließlich geht es darum, möglichst schnell demjenigen auf die Spur zu kommen, der Ihren Mann ge-«

Merret Roters fiel ihr ins Wort. »Ich lasse mich nicht von Ihnen erpressen.«

»Es tut mir leid, wenn Sie mich missverstanden haben. Wir möchten Sie nicht unter Druck setzen. Wenn Sie nicht mit uns reden möchten, warten wir darauf, was die Analyse der Handydaten ergibt und ob sich ein Bewegungsprofil abzeichnet.«

»Stehe ich unter Verdacht?«

»Unter Verdacht steht im Moment niemand. Oder alle. Ganz wie Sie wollen.«

Eine Pause.

»Nun gut. Gehen wir hinein.« Merret Roters' Stimme klang stählern. Elanie hatte sie noch immer nicht losgelassen, doch Roters küsste ihre Pflegetochter auf die Stirn und schob sie von sich. »Ich bin gleich wieder da.«

Liv und Hennes folgten ihr in die Küche, wo Merret Roters sogleich zu dem Gemüse griff, das in einer Schale bereitstand. In einem Tempo, das Liv gemeingefährlich erschien, hackte sie eine Gurke.

Dreiundzwanzig Stiche, schoss ihr durch den Kopf. So ein Angriff war auch ein Kraftakt. In der Kochausbildung wurde man auf solch eine Fingerfertigkeit mit dem Messer gedrillt.

»Erk ist ein Freund, ein Vertrauter. Ich fahre oft zu ihm, um mit ihm zu reden«, sagte Roters, nun ruhiger.

»Sie kennen ihn schon länger?«

»Wir kennen uns aus der Kirchengemeinde Hörnum-Rantum«, sagte Merret Roters und schob mit einer routinierten Handbewegung mit der Messerschneide die Gurkenwürfel in eine Schale.

»Sie verlassen nachts das Haus, wenn die Jugendlichen schlafen, um sich mit ihm zu treffen?«

»Natürlich nicht, was denken Sie denn?«

»Was sagte Ihr Mann zu dieser Verbindung? War er nicht eifersüchtig?«

»Meine Liebe zu Timur und meine Freundschaft mit Erk haben nichts miteinander zu tun. Erk hat nichts mit Timurs Tod zu schaffen, ebenso wenig wie ich.«

»Waren Sie an dem Abend, als Timur starb, bei Herrn Pagelsen?«

»Nein.«

»Wir hörten, dass die beiden Männer aneinandergeraten sind. Was war der Grund dafür?«, fragte Liv.

Merret Roters lachte auf, es klang bitter. »Denken Sie an ein Eifersuchtsdrama, in dem Timur den Kürzeren zog? So war es nicht.«

»Wie war es dann?«, forschte Hennes nach.

»Das herauszufinden bleibt Ihre Aufgabe, und ich hoffe inständig, dass Sie den Täter finden, auch wenn das mir die Liebe meines Lebens nicht zurückbringt.«

* * *

Der Boden schwankte unter seinen Füßen. Der Wind schien Schreie zu ihm zu tragen – oder waren sie nur ein Echo seiner Erinnerung?

Seine Nerven flatterten. Angespannt strichen seine Finger über die Schneide, spürten jeder Kerbe nach.

Ein Blutstropfen perlte seinen Finger hinunter und sammelte sich in der Handfläche. Der Druck in seinem Inneren ließ etwas nach. Er durfte nicht zulassen, dass seine Verfehlungen ans Licht kamen …

* * *

Als Sanna nach Schulschluss ihr Smartphone einschaltete, dauerte es eine gefühlte Ewigkeit, bis alle Nachrichten eingegangen waren. Sie interessierte sich nicht sonderlich für die vielen Meldungen aus dem Jahrgangs-Chat oder die Benachrichtigungen irgendwelcher zeitfressenden Apps. Selbst die Fotos von Kimi und ihren Freundinnen ignorierte sie, zumal ihr Freund zur Sofakartoffel mutiert zu sein schien. Die Nachrichten, die auf ihrem Account bei *We – Jugendliche helfen Jugendlichen* eingegangen waren, las sie hingegen sofort.

Sanna ließ sich auf ihrem Bett zurücksinken. Hatte sie doch gewusst, dass in der Sylter Wohngruppe jemand Beistand benötigen würde! Kurz schwebten ihre Daumen über dem Display. Dann tippte sie ihre Antwort und endete:

Bin spätestens heute Abend auf der Insel. Dann können wir persönlich reden, wenn Du möchtest.

12

Hörnum, 14:00 Uhr

Die Kommissare steuerten die kleine Imbissbude am Hafenbecken von Hörnum an, um sich mit einem Krabbenbrötchen zu stärken. Um sie herum war viel los. Vor dem Sylter Muscheln Bistro standen die Urlauber Schlange. Am Kai hatten sich Familien versammelt. Offenbar gab sich Sylta wieder einmal die Ehre.

Während sie aßen, beobachteten Liv und Hennes, wie Kinder Fische ins Wasser warfen, um die Kegelrobbe zu sich zu locken und zu fotografieren. Hier am Kai lagen Roters' Segelboot, diverse Jachten und der Katamaran, der von Cuxhaven hierherpendelte. Liv ließ ihren Blick kurz zum rot-weiß gestreiften Leuchtturm wandern und sog die Atmosphäre in sich auf. In der Ferne schimmerten die Nachbarinseln Amrum und Föhr. Tutend nährte sich ein Ausflugsschiff.

Der hellblaue Golf, der Timur Roters gehörte, stand weiterhin auf dem Parkplatz, inzwischen mit einem Polizeiabsperrband versehen. Sein Segelboot am Kai war unbelebt, aber vor der großen grauen Halle des Sylter Jachtclubs entdeckten sie weiß gekleidete Kriminaltechniker.

Schon auf der Fahrt hierher hatten sie darüber diskutiert, was sie erfahren und beobachtet hatten. »Auf jeden Fall gibt es viele Ungereimtheiten«, meinte Hennes und biss noch einmal von seinem Krabbenbrötchen ab. »Ob das die nächtlichen Autofahrten sind, die Timur-Roters-Fanbox auf dem Dachboden oder dieser mysteriöse Muschelfischer.«

Liv nahm einen Schluck aus ihrer Wasserflasche. »Es stimmt, viele auf dem Hof sind hochgradig nervös, was aber auch der allgemeinen Situation geschuldet sein kann. Wenn du mich fragst, wollte Bernd Beversen von seinen eigenen Eskapaden ablenken und von seinem Bestreben, Timur Roters fachlich zu diskreditieren.«

»Andererseits hatten Idris, Nico und Raffa bereits hinlänglich mit der Polizei zu tun, und gerade für Idris wäre es hochproblematisch, eines Verbrechens angeklagt zu werden.«

»Was sagst du zu den Mädchen?«

»Ich kann mir noch kein rechtes Bild von ihnen machen, zumal wir mit Alicia und Vivien nicht selbst gesprochen haben. Der Nachbar hat schon eher eine Leiche im Keller, falls diese Formulierung in diesem Zusammenhang erlaubt ist. Wütend genug war er auf Roters, denke ich. Wir sollten schnellstmöglich mit den Kollegen reden, die den Brand sowie die Diebstahlsvorwürfe untersucht haben, und uns die Ermittlungsakten ansehen.« Hennes wischte sich die Hände an der Jeans ab. »Können wir?«

Da Liv zustimmend nickte, stand er auf und ging zu dem Segelboot, auf dem die Kriminaltechnikerin Oda Haldens gerade die letzten Geräte zusammenpackte. Anerkennend strich Hennes über die frisch lackierte Reling. Am Steuerstand waren einige Holzwände abgeschliffen, von anderen blätterte noch die ausgeblichene Farbe.

»Damit möchte man sofort losschippern, oder?«, meinte Oda.

»Wie man's nimmt.« Hennes' Finger tanzten über das Holz. Obgleich er früher selbst zur See gefahren war, mied er heutzutage das offene Wasser. Dennoch liebte Liv es, wenn er von seiner Zeit als Seemann erzählte. Es war eine harte Zeit gewesen, aber wohltuend reduziert auf das Wesentliche: die Mitmenschen, das Meer. »Noch was Interessantes gefunden?«

Oda schüttelte den Kopf. »In der Bootshalle hat Timur Roters gelagert, was er für die Schiffsreparatur brauchte. Wir hoffen, dass wir dort das Tatwerkzeug finden.«

Hennes und Liv sahen sich um, öffneten Holzkisten und Schränke, prüften Werkzeug und Baumaterial. »Das Schiff scheint nicht seetüchtig zu sein«, meinte Hennes nach einer Weile. »Aber das wäre noch was geworden, zumindest wenn man die anderen Arbeiten als Maßstab nimmt. Die haben hier sehr sorgfältig gewerkelt, Hut ab.«

Liv wandte sich den Büchern und Papieren zu, auf denen vereinzelt noch Fingerabdruckpulver klebte. Dann sah sie in die Schubladen, wühlte zwischen Besteck, Kugelschreibern, Schrauben und alten Schlüsseln, betrachtete die Fotos an der Pinnwand, rückte sogar die Kissen auf der Holzbank ab, obgleich sie wusste, dass die Kriminaltechniker dies schon getan haben mussten. Sie setzte sich an den Tisch, sah aus dem Bullauge, doch neben dem Segelboot war der Ankerplatz leer. Als Kind war sie ab und zu mit ihrer Familie gesegelt, ein schöner Sport, den ihr ihr Vater allerdings gründlich vermiest hatte. Erst mit Sebastian hatte sie die Freude daran wiederentdeckt.

Sie kletterten an Deck zurück und auf den Hafenkai. Vor dem Bootsschuppen trafen sie auf Momke.

»Bente und Andreas haben die Alibis der Jugendlichen überprüft«, berichtete ihr Kollege. »Die waren tatsächlich im Kino, wurden vorher und hinterher sogar von Videokameras aufgenommen. Den Busfahrer suchen wir noch. Timur Roters ist gegen 21.30 Uhr auf dem Segelboot gesehen worden. Die Funkdaten liegen noch nicht vor, aber auf dem Leuchtturm ist neben einer Antenne für die Funknetze auch eine 360-Grad-Webcam montiert, die auch den Hafen filmt. Vielleicht erkennen wir auf den Aufnahmen auffällige Bewegungen von Autos oder Booten.«

»Welches Schiff liegt normalerweise neben Roters' Boot?«

»Die Muschelkutter, drei einer holländischen Firma und der Kutter eines einheimischen Muschelfischers, eines gewissen –«

»Erk Pagelsen.«

»Du kennst ihn?«

»Angeblich hat er eine Verbindung zu Merret Roters. Ich wusste gar nicht, dass es unter den Muschelfischern auch Einzelkämpfer gibt«, meinte Liv.

»Gab es auch lange Zeit nicht«, wusste Momke. »Eigentlich ist die Muschelfischerei hier fest in holländischer Hand. Belgien ist der größte Markt für die hiesigen Miesmuscheln. Und als die niederländischen Muschelbänke wegen eines Giftfunds gesperrt wurden, sind die Fischer zu uns ausgewichen. Erst seit ein, zwei Jahren ist Erk Pagelsen hier auch noch unterwegs.«

»Wo ist sein Muschelkutter?«

»Ausgelaufen, genau wie die anderen. Die Saison endet Mitte April. Soweit ich weiß, sind die im Moment so lange draußen, wie es nur irgend geht. Wenn ihr mit ihm reden wollt, werdet ihr euch gedulden müssen.«

Liv blickte ungeduldig über die Anleger. »Oder auch nicht«, sagte sie. »Was meinst du?«

Hennes sah Liv konsterniert an, dann verdrehte er die Augen und seufzte schicksalsergeben.

Liv genoss den auffrischenden Wind. Hennes hatte sich ein breites Stirnband über die Ohren gezogen, einen bunten Schal umgewickelt und hielt sich am Steuerrad fest. Wie Liv gehofft hatte, hatten sie mit Hilfe des Hafenmeisters schnell jemanden gefunden, der ihnen sein Boot geliehen hatte. Nun pflügte das Motorboot durch die Wellen und webte zum Hafen hin einen glitzernden Perlenschweif. Hinter ihnen wurden das Budersand-Hotel auf der einen Hafenseite und der Leuchtturm und die Promenade auf der anderen immer kleiner. Vor ihnen erstreckte sich die Nordsee wie ein funkelndes Meer aus Glasscherben.

Eines der durch Pfosten begrenzten Muschelfelder lag etwas abseits. Der dort schippernde Kutter, das Schiff von Erk Pagelsen, war deutlich kleiner und älter als die der holländischen Konkurrenz. Hennes hatte sie per Funk angekündigt, und wenig später konnten sie neben dem Muschelkutter festmachen. Matrosen halfen ihnen über die Lotsenleiter an Bord, wo Kapitän Erk Pagelsen sie in Empfang nahm. Er war ein attraktiver Mann Anfang dreißig mit schulterlangen braunen Haaren, und Liv musste unwillkürlich an eine jüngere Version von Timur Roters denken. Zu seiner Gummihose trug er einen Troyer und eine dicke Wollmütze.

»Ich wundere mich, dass Sie hierherschippern, nur um mit mir über mein Privatleben zu plaudern«, sagte er.

»So einfach ist es leider nicht. Ich nehme an, Sie haben mit Merret Roters telefoniert?«

Der Muschelfischer wandte sich ab und trat auf die Arbeiter zu, die an Deck hantierten. »Sie hat mir eine SMS geschickt.« Er ging ein Stück und kontrollierte die Einstellungen einer Maschine. Über die Schulter sagte er: »Sorry, ich will nicht unhöflich sein, aber das hier sind die letzten Tage, an denen wir noch Muscheln fischen können, ehe Saatperiode und Schonzeit beginnen. Jeder Tag zählt. Könnte ein Rekordjahr werden, dieses Mal haben uns die Eiderenten nicht alles weggefressen.«

Pagelsen ging weiter, schlängelte sich geschickt zwischen der Ausrüstung hindurch.

»Es ist sehr wichtig. Wir haben nur einige Fragen«, sagte Liv. Das Deck war nass und eng, und sie mussten über die Schläuche steigen, die überall herumlagen. Liv ging langsam, um das Schwanken auszugleichen, Hennes hingegen schien seine Seebeine wiedergefunden zu haben und tänzelte elegant über das Deck. An der Reling standen bereits mehrere mit Muscheln gefüllte Plastiksäcke, Big Bags, wie Hennes ihr leise erklärt hatte. Der Duft der Meeresfrüchte war intensiv.

»Erzählen Sie uns von Ihrem Verhältnis zu Merret Roters«, forderte Hennes den Fischer auf.

»Gleich. Die Arbeit darf nicht ruhen. Vergessen Sie nicht: Die Muschelfischerei ist meine Existenzgrundlage. Bei den Energiepreisen muss jede Fahrt bestmöglich genutzt werden.« Erk Pagelsen bediente einen Controller. Die Metallarme, die neben dem Schiff über der See geschwebt hatten, zogen nun die schwer mit Muscheln und sonstigem Seegetier gefüllten Netze mit den eisernen Kettengliedern und Schlickrollen aus dem Wasser. Die Möwen, die dem Schiff gefolgt waren, kamen näher, umkreisten kreischend die Ausleger. Das Wasser pladderte aus den Muscheldredgen zurück ins Meer, ehe die Ausleger über das Deck schwenkten und die Netze ihren Fang freigaben.

Blauschwarz und perlmuttfarben purzelten die Miesmuscheln über das Deck. Manche Muscheln waren handtellergroß und miteinander vernetzt. Sofort sortierten die Arbeiter den Fang. Pagelsen selbst packte einige Seesterne und warf sie zurück ins Wasser. »Die sind das Unkraut des Meeres. Saugen unsere Muscheln leer«, sagte er verächtlich. »Jo, die Miesmuschel hat viele Feinde, wenn ich da an die Pazifische Auster denke ...«

»Na, die Miesmuschel hat auch nicht gerade einen guten Ruf. Manchen gilt sie als Klärwerk der Nord- und Ostsee. Lassen Sie uns endlich zur Sache kommen.« Hennes klang bärbeißig.

»Die Miesmuschel schlechtreden, das machen viele. Dabei ist sie eine gefragte Delikatesse. Wir fischen hier nachhaltig und mit Gütesiegel. Die Miesmuschelfischerei ist ein Traditionshandwerk. Aber die Behörden glauben, uns immer weiter einschränken zu müssen. Nur noch null Komma sieben fünf Prozent der Nationalparkfläche dürfen für die Muschelfischerei genutzt werden. Irgendwann können wir überhaupt keinen Finger mehr rühren, ohne dass ein Beamter einen Blick darauf hat.«

»Zur Sache!«

»Merret und ich haben uns in der Kirchengemeinde kennengelernt. Sie ist eine faszinierende Frau, hat Power!« Er schwieg, als wäre damit alles gesagt, und Liv bat ihn, ihr Verhältnis näher zu beschreiben. Unterdessen wurden die Muscheln abgespült und in weitere Big Bags verpackt. »Wir haben uns nach dem Gottesdienst oft unterhalten. Es ein beschwerlicher Job, den sie da hat.«

»Sie kannten auch Timur Roters«, hielt Liv fest.

Pagelsen war wieder ganz auf den Controller konzentriert. »Und jetzt noch einmal zurück mit den Dredgen ins Wasser. Später müssen wir uns um die Saatmuschelgewinnungsanlage kümmern. In den nächsten Tagen muss ausgesät werden. Dauert zwei bis drei Jahre, bis die Muscheln geerntet werden können«, murmelte er.

War das ein Ablenkungsmanöver? Wollte er mit ihnen nicht über Timur und Merret Roters reden? Das Boot schwankte auf einmal heftig, sodass Liv sich an einem Gestell festhalten musste.

»Wir brauchen keinen Vortrag über Miesmuschelgewinnung! Ich habe langsam das Gefühl, Sie weichen uns aus! Sie wollen uns wohl nichts von dem Streit mit Timur Roters erzählen«, provozierte Hennes ihn.

Mit Dampfstrahler sprühten die Arbeiter das Deck ab. Doch erst als die Dredgen wieder im Wasser waren, drehte Erk Pagelsen sich zu ihnen um. »Timur Roters war ein Spinner. Er war blind für diejenigen, mit denen er zu tun hatte. Hat die Jugendlichen idealisiert. Dabei ist denen nicht zu helfen.«

Liv verlor nun ebenfalls die Geduld. Sie verschränkte frierend die Arme vor der Brust. Sannas Collegejacke war kaum winddicht. »Nun mal langsam. Wie sind die Begegnungen mit Timur Roters abgelaufen? Wie kommen Sie zu diesem Urteil?«

»Ich muss meinen Leuten einen Kaffee holen.« Erk Pagelsen marschierte zum Steuerstand.

Die Ermittler tauschten Blicke. Vielleicht hätten sie ihn doch einbestellen sollen. Gereizt folgten sie ihm. Während die Gerätschaften gut in Schuss waren, sah man dem Kutter hier sein Alter an. Winter, Wetter und Salzwasser hatten an Holz und Metall genagt.

Hennes zog das Stirnband tiefer über die Ohren. Seine grauen Haare flatterten kaum gebändigt im Wind. »Nein, Sie müssen keinen Kaffee holen. Sie müssen mit uns reden. Wir sind doch keine Clowns, die sie einfach stehen lassen können.«

»Sollen wir Sie lieber gleich ins Revier einbestellen, damit wir in Ruhe reden können?«, setzte Liv hinzu.

Erk Pagelsen machte auf dem Absatz kehrt. »Ich habe keine Zeit für so etwas. Ich arbeite hart für mein Geld, und auch heute wird mein Tag lang sein. Das können Sie sich als Beamte wahrscheinlich gar nicht vorstellen, aber wir haben erst Feierabend, wenn die Nordsee zufriert«, brach es aus ihm heraus. »Ich habe mit dem Tod von Timur Roters nichts zu tun. Tut es mir leid, dass er gestorben ist? Klar. Andererseits hat Merret genug unter ihm gelitten. Nur für ihn hat sie doch diese strapaziöse Arbeit auf sich genommen, die Eskapaden der Jugendlichen ertragen. Die Kids ständig zum Hafen zu schleppen und sie an diesem schrottreifen Segelboot werkeln zu lassen war eine Schwachsinnsidee. Hat mich nicht gewundert, als die ersten Gerüchte aufkamen, dass von den Jachten Sachen verschwunden sind.«

Ein Brecher hob das Schiff. Liv stützte sich am rostfleckigen Steuerstand ab, wischte sich das bröckelnde Metall in die Hose. Ihr war flau. Sie würde doch nicht etwa seekrank werden? »Was wollen Sie damit andeuten?«

»Dass die geklaut haben, natürlich. Aber Timur wollte davon nichts wissen. Unschuldig seien die alle.« Er schnaubte ungläubig. »Die sollten mal richtig arbeiten, dann wüssten die auch, wo der Hammer hängt.«

Pagelsen würde sich gut mit Andreas und anderen Hardlinern verstehen, dachte Liv. Auch Hennes schienen Ton und Ansichten des Muschelfischers gegen den Strich zu gehen, denn er hakte noch einmal nach, doch Pagelsen hatte keinerlei Beweis für seine Anschuldigungen. Während Liv sich zunehmend über das Benehmen des Fischers ärgerte, wanderte ihr Blick über den Kutter. Überall abblätternde Farbe und Rost. An anderer Stelle Spritzer, als sei ein Farbtopf umgefallen. Eine Kiste mit Werkzeug, darunter auch die typischen stämmigen Austernmesser.

»Wusste Timur Roters eigentlich, dass Sie ein Verhältnis mit seiner Frau hatten?«, wagte Hennes einen Schuss ins Blaue.

Erk Pagelsen zog den Schnodder hoch und spuckte über die Reling ins Meer. »Was Besseres fällt Ihnen nicht ein? Jo, das passt. Merret hat mich ja schon gewarnt.«

»Sie haben meine Frage nicht beantwortet.«

Liv dachte an Timur Roters, an dessen Einsatz und dessen qualvollen Tod. Details aus den Berichten der Kriminaltechnik und der Rechtsmedizin schossen ihr durch den Kopf. *Schartige Messer.*

Der Kutter schlingerte. Sie trat näher an den Steuerstand, fixierte unwillkürlich die Farbspritzer. Plötzlich zog es zwischen ihren Schulterblättern. Etwas schien hier ganz und gar nicht zu stimmen, sie konnte nur nicht den Finger darauflegen, was. Sie neigte sich über das Deck, das die Druckluftreiniger an dieser Stelle nicht erreicht hatten. Unruhig scannte sie den Steuerstand. Dann endlich fand sie, worauf sie gehofft hatte. Adrenalin durchschoss sie. Die Übelkeit war verflogen.

»Sie werden unverzüglich den Hafen anlaufen. Dieser Bereich des Decks ist ab sofort gesperrt. Und dann möchten wir die Aufzeichnungen der Videoüberwachung sehen.« Dass sie daran nicht früher gedacht hatten!

Was sie auf den Aufnahmen des 7. April sahen, bestätigte ihre Vermutung.

13

Strahler wurden auf Deck errichtet und leuchteten den Muschelkutter bis in den hintersten Winkel aus. Ihr Schein ließ Meeresgischt und den aufsteigenden Nebel mystisch erscheinen. Weiß gekleidete Gestalten schossen Fotos und sicherten Spuren. Weitere Polizisten befragten die Besitzer der anderen Schiffe, ob auch sie Überwachungskameras an Bord angebracht hatten. Möglicherweise hatte eine der Kameras ja im Hintergrund gefilmt, was Timur Roters zugestoßen war.

Botersen-Evers und sein Team waren wenig begeistert gewesen, eine weitere Nachtschicht einlegen zu müssen. Doch es war unumgänglich. Der Rost und die Farbe, die zu den Substanzen unter Timur Roters' Fingernägeln zu passen schienen, waren das eine. Hinzu kamen die Spritzer am Steuerstand, die verdächtig nach Blut aussahen. Und schließlich die Videoaufnahmen des Muschelkutters, die durch ein in der Todesnacht vor der Kamera befestigtes Objekt unkenntlich gemacht worden waren.

Hilke Hasselbrecht war sichtlich zufrieden. »Wenn Livs Instinkt nicht trügt, haben wir den Tatort gefunden«, eröffnete sie die schnell anberaumte Besprechung im Büro des Hafenmeisters. Andreas stieß ein Schnauben aus, das jedoch gemeinhin ignoriert wurde. »Sowohl Erk Pagelsens als auch Merret Roters' Handy haben sich am fraglichen Abend über den Funkmast auf dem Leuchtturm von Hörnum ins Netz eingeloggt, das wissen wir jetzt.«

»Das passt zu Erk Pagelsens Aussage. Er gab an, sich am

7. April gegen 22 Uhr mit Merret Roters in seiner Wohnung getroffen zu haben, und die befindet sich in der Straße An der Düne, also sozusagen im Windschatten des Leuchtturms«, berichtete Hennes.

»Was sagt Pagelsen zur Manipulation seiner Überwachungskamera und zu den Spuren auf seinem Kutter?«

»Davon will er nichts wissen. Er gibt an, er sei an dem Tag mit auf See gewesen und habe gegen 19 Uhr das Schiff verlassen. Am nächsten Morgen sei alles wie immer gewesen.«

»Was für ein Motiv könnte Erk Pagelsen gehabt haben, Timur Roters etwas anzutun?«, fragte Hasselbrecht.

»Offenbar hegte Pagelsen einen Groll gegen Timur Roters und die Jugendlichen. Gleichzeitig scheint er Merret Roters sehr verbunden zu sein«, erklärte Liv.

»Eine Affäre?«, wollte Andreas wissen.

Liv nickte. »Nicht auszuschließen. Dafür haben wir bislang aber noch keinen Beweis.«

»Auch, ob eines der Austernmesser als Tatwaffe infrage kommt, wissen wir noch nicht. Wir können nicht hexen«, setzte Botersen-Evers hinzu, der sich anscheinend unter Druck gesetzt fühlte.

»Wie sieht es sonst im Umfeld von Timur Roters aus? Weitere Ermittlungsansätze? Alibis?«

Andreas schob locker die Daumen in den Hosenbund. »Ich habe die Angaben der Jugendlichen überprüft –«

»Genau genommen haben *wir* das getan«, korrigierte Bente.

Überdrüssig verdrehte Andreas die Augen. »Also, *wir* haben die Angaben der Jugendlichen überprüft. Der Kartenverkäufer im Kino konnte sich gut an sie erinnern, weil es lange Diskussionen zwischen ihnen gegeben hat, wie viel Popcorn, Chips und Schokolade sie sich leisten können. Sie haben den ganzen Betrieb aufgehalten. Ihre Handys waren über den Funkmast in der Nähe des Kinos eingeloggt und während des

Films ausgeschaltet. Der Film dauerte über zwei Stunden – genau genommen hundertzweiunddreißig Minuten – plus Werbung. Auch habe ich … haben *wir* den Fahrer aufgespürt, mit dessen Bus sie nach Tinnum zurückgefahren sind. Die Jugendlichen seien so laut gewesen, dass Fahrgäste sich über sie beschwert haben, sagt er. In diesem Fall ist es von Vorteil, wenn jemand sich nicht benehmen kann.«

»Wie sieht es bei Bernd Beversen aus?«, wollte Hennes wissen.

»Wir haben einen Kollegen abgestellt, der sich heute in den Dünen südlich von Westerland umhören wird, um seine Angaben zu verifizieren«, berichtete Momke.

Liv wandte sich an Andreas: »Hast du Hinweise auf irgendwelche kriminellen Machenschaften von Timur Roters gefunden?«

Andreas sah demonstrativ an ihr vorbei. Seine Kiefer mahlten. »Bislang nicht. Die Kollegen auf dem Festland suchen noch.«

»War irgendwas in der Bootshalle, das uns interessieren sollte?«, fragte Hennes.

Karlpeter Botersen-Evers fasste die Ergebnisse knapp zusammen und zeigte Fotos.

»Wo sind denn die Impeller für die Kühlwasserpumpe? Und die Seeventile?«, wollte Hennes wissen.

Irritiert blickte der Chef der Kriminaltechnik ihn an. »Keine Ahnung, was du meinst.«

»Das hier kann nicht alles sein.« Hennes wies auf die Fotos. »Ich habe das Segelboot untersucht. Weder alte noch neue Impeller sind vorhanden. Und ohne Seeventile würde das Boot volllaufen und sinken, sobald es krängt. Es passt nicht zu Roters' übriger Arbeit an dem Boot, dass die nicht da sind.«

Botersen-Evers konsultierte seine Listen. »Nichts davon auf dem Kutter, nichts in der Bootshalle, nichts auf dem Hof, und schon gar nichts in Timur Roters' Auto.«

»Hat Roters sie vielleicht erst bestellt? Oder könnte es noch einen Lagerraum geben?«, fragte Liv.

»Nicht undenkbar, wenn wir auch keinen Hinweis darauf gefunden haben. Keine Rechnungen für Mietzahlungen oder dergleichen«, berichtete Rabia.

»Schlüssel habe ich auf jeden Fall genügend auf dem Segelboot gesehen, in der Kramschublade«, sagte Liv. »Allerdings unbeschriftet. Unklar also, zu welchen Schlössern die gehören. Vielleicht weiß ja einer der Anwohner oder der Hafenmeister etwas über einen weiteren Lagerraum.« Sie nagte nachdenklich an der Unterlippe. »Und die Tatwaffe?«

»Die haben wir noch nicht identifiziert. Aber noch sind auch nicht alle beschlagnahmten Messer abschließend untersucht.« Botersen-Evers zog einen Apfel aus der Jackentasche und betrachtete ihn skeptisch.

Als sie wenig später auseinandergingen, hielt Momke Liv auf dem Hafenkai auf. »Wollen wir noch was zusammen essen? Vielleicht Sylter Muscheln?« Er lachte.

»Können wir das verschieben? Ich würde lieber auf mein Zimmer und ein wenig telefonieren. Von Muscheln habe ich für heute ohnehin die Nase voll. Pagelsen hat uns ausufernde Vorträge darüber gehalten …«

»Die sind ja auch ein wichtiges Wirtschaftsgut für Sylt, lecker und zudem ein Beweis für unsere intakte Natur«, sagte Momke. Trotzdem wirkte er niedergeschlagen.

»Ist etwas?«, fragte Liv.

»Ich wollte nur mit dir reden, aber das eilt nicht. Mach dir einen schönen Abend.«

Liv stutzte, fragte aber nicht noch einmal nach. »Du auch, und grüß Ioanna von mir«, sagte sie stattdessen.

* * *

Die Luft war dick vom Qualm. Sanna drückte er wie eine Klammer um den Kopf, aber die jungen Männer schien er nicht zu stören. Die Wasserpfeife stand mittig auf dem Tisch, und Kimis Freunde und er saugten abwechselnd an ihren Mundstücken. Ihr Blick blieb bei Kimi hängen, der sich über ein albernes Video auf dem Handy seines Freundes wegschmeißen wollte, während er Kartoffelchips einwarf. Enttäuscht zog sie die Schultern hoch. Ihr erster Tag auf Sylt, und sie waren nicht einmal surfen gewesen! Auch ein gemeinsamer Film- oder Serienabend war nicht infrage gekommen. Stattdessen saß Kimi hier mit seinen Kumpeln und rauchte Shisha, wie so oft in letzter Zeit. Was war nur mit ihm los?

Als sie vor etwa eineinhalb Jahren zusammengekommen waren, war Kimi ein Freund ihres Cousins Jan gewesen und als Sylter Rettungsschwimmer topfit. Er hatte immer an ihrer Seite gestanden, auch als es ihr schlecht gegangen war. Doch seit seinem Abi ließ er sich hängen, suchte nach einem Ausbildungsplatz und jobbte in der Pension seiner Eltern. Oft hatte Sanna ihm Mut zu machen versucht. Vergeblich.

Die Jungen brachen in Gelächter aus. »Sanna, das musst du sehen!« Kimi biss sich vor Lachen auf den Knöchel.

Sanna schaut nur kurz aufs Display, stand dann aber auf. Was sie noch vorhatte, war wesentlich wichtiger.

»Willst du los? Ich dachte, du übernachtest hier!« Kimi zog sie an sich.

»Ich habe meiner Mutter versprochen, dass wir uns heute Abend kurz sehen. Sie hat einen anstrengenden Fall«, behauptete Sanna. Es fiel ihr schwer, ihren Freund anzulügen, aber er hätte wohl kaum Verständnis für ihren Plan.

»Die kommt auch ohne dich klar. Bleib doch!« Er wollte sie küssen, doch der Geruch seines Atems schreckte sie ab.

»Ich komme nachher wieder.« Sie lächelte. »Ich freue mich schon, morgen am Königshafen mit dir zu kiten.«

Enttäuscht ließ Kimi sich zurück auf das schmale Schlafsofa sinken. Sofort hielt sein Freund ihm das Handy wieder vor die Nase. »Schauen wir mal, wie das Wetter wird ...«

* * *

Der Wind trieb Liv durch die Häuserschluchten Westerlands. Sie hatte dann doch noch mit Hennes in einer Bar einen Salat gegessen, was vollkommen okay gewesen war, da sie beide es auch schweigend miteinander aushielten. Anschließend war sie allein ein Stück am Strand entlanggelaufen. Liv empfand es als Luxus, den Tag so ausklingen lassen zu können, wie er begonnen hatte. Es war ein Geschenk, am Meer zu sein. Nichts war besser, um runterzukommen und seine Gedanken zu sortieren. Sie hatte mit Elise telefoniert, Sanna nicht erreicht, dafür aber ihrer Sylter Freundin Katharina eine Nachricht geschickt. Nun redete sie mit Sebastian. Es war kalt und die Fußgängerzone wie ausgestorben. Nur aus den Restaurants floss Licht auf das Pflaster, leises Stimmengewirr waberte zwischen den Mauern. Dazwischen klafften schattenhaft Türen, Treppen und Gänge. Sie lief über die Kreuzung am Bahnhof. Hier war es noch einsamer als in der Fußgängerzone, beinahe ein wenig unheimlich. Im Zwielicht wirkten die Statuen auf dem Vorplatz gräulich.

Auf einmal glaubte Liv, Schritte hinter sich zu hören. Unwillkürlich ging sie schneller. Eigentlich war es auf Sylt sehr sicher. Aber man wusste nie ...

»Das ist wirklich ein ätzender Fall. Hoffentlich greifen die Kollegen in Kiel endlich ein!«, kommentierte sie, was Sebastian ihr über eine Patientin in der rechtsmedizinischen Ambulanz berichtet hatte. Sie sprach etwas lauter als nötig ins Handy, lauschte aber zugleich auf die Schritte hinter ihr, die ihr Tempo beibehielten.

Ihr Puls beschleunigte sich. In einer Schaufensterscheibe sah sie hinter sich einen Mann. Kannte sie ihn? Lief er nur zufällig hinter ihr her? Oder verfolgte er sie?

Immerhin wusste er nun, dass sie telefonierte, dass es Zeugen gab. Nicht mehr weit bis zum Gästehaus der Polizei. Sie konnte es beinahe sehen. Der Fußweg war von einem wuchtigen SUV zugeparkt, an dem Liv sich vorbeischlängeln musste, wenn sie nicht auf die Straße ausweichen wollte. Ein Taxi raste vorbei.

»Warte kurz«, sagte sie, und senkte die Hand mit dem Handy, um sich dünner zu machen.

Im nächsten Augenblick stolperte sie. Schmerzen am Schienbein. Hatte ihr jemand ein Bein gestellt? Oder war sie irgendwo hängen geblieben? Sie umklammerte unwillkürlich ihr Handy, konnte deshalb den Sturz kaum abfangen und knallte auf den Boden. Schmerz durchzuckte sie.

Da war der Fremde schon über ihr.

* * *

Sanna blickte über den Acker auf das Lagerfeuer, das das Mädchen ihr beschrieben hatte. Gestalten zeichneten sich vor den Flammen ab, das Licht spiegelte sich in den Bierflaschen und den silbrigen Dosen in ihren Händen.

Sie war nervös. Schon oft hatte sie Gleichaltrigen beigestanden, aber so etwas wie heute hatte sie noch nie getan. Sie hatte keine Angst; im Sportverein und beim Jugendtheater hatte sie oft mit Fremden zu tun. Doch in diesem Fall …

Sie schickte eine Nachricht. Gleich darauf blickte eines der Mädchen auf sein Handy, tippte.

In fünf Minuten hinter dem Schuppen am Haupthaus. Nimm den Trampelpfad im Knick. OMG, ich bin so froh, dass Du da bist!!!

Sanna steuerte das Buschwerk zwischen den Feldern an. Der Boden war uneben, und sie stolperte durch die Dunkelheit. Hoffentlich fand sie den Trampelpfad, ohne die Taschenlampe einschalten zu müssen.

Äste knackten hinter ihr, Geraschel. Hatte sie ein Tier aufgescheucht? Auf einmal schlug Sannas Herz wie wild. Plötzlich ein Schatten vor ihr. Eine dünne Stimme: »Sanna? Du musst Sanna sein.«

»Dann bist du Vivien, stimmt's?«

»Folge mir. Ich zeige dir den Weg. Ist ganz schön finster hier.«

Gleich darauf hatten sie das Gebäude erreicht. Sanna nahm Tiergeruch wahr, leises Schnauben und Scharren.

»Wir können uns hier auf die Heuballen setzen«, sagte Vivien.

Neugierig sah Sanna sich um. Unter einem Dach lagen rechteckige Ballen, darauf Wolldecken, Dosen, Gläser und ausgeschaltete Lichterketten, die verrieten, dass der Platz oft und gern genutzt wurde. Vom Lagerfeuer war nur noch der Schein zu sehen, der über die zerfurchte Erde leckte. Sanna fröstelte.

Viviens Gesicht war von ihren langen Haaren halb verschattet. »Ein bisschen komisch ist es jetzt schon, dass du da bist. Ich habe dich mir anders vorgestellt«, wisperte sie.

»Ja, das passiert. Man hat sofort ein Bild vor Augen, wenn man eine Stimme hört, oder? Das lässt sich gar nicht verhindern. Geht mir auch so.« Sanna lächelte und sah, dass sich auch auf Viviens Gesicht ein scheues Lächeln ausbreitete. Sie neigte den Kopf zum Lagerfeuer. »Wie geht es dir? Ist es okay mit den anderen?«

»Das Lagerfeuer war Idris' Idee. Wir haben oft mit Timur Feuer gemacht, und jetzt wollten wir noch einmal auf ihn anstoßen.« Viviens Schultern bebten, und nach einigen Atemzügen entrang sich ein Schluchzen ihrer Kehle. Sanna berührte sie sacht. »Das tut so weh«, wisperte Vivien. »Timurs Tod. Das … alles … Ich habe niemanden, mit dem ich reden kann. Ich meine, wirklich reden. Offen und ehrlich …«

»Gut, dass du über *We* Kontakt aufgenommen hast. Mir kannst du alles sagen.«

Vivien wischte sich mit dem Handrücken über das Gesicht und hinterließ einen glänzenden Streifen auf ihrem Ärmel. »Ich weiß nicht, wie das passieren konnte. Timur hat doch nur Gutes getan …« Sie begann zu erzählen. »Ist schlimm für uns. Alle drehen durch, jeder auf seine Art – der eine macht andere fertig, der andere sich selbst.« Sie lachte bitter. »Hab den ganzen Tag nichts runtergekriegt, und was ich gegessen habe, habe ich wieder ausgekotzt.«

Sanna war erschrocken, obwohl sie von früheren Beratungsgesprächen wusste, dass viele Jugendlichen ihren Kummer und ihre Wut gegen sich selbst richteten. Das eigene Gewicht war in einer chaotisch erscheinenden Welt oft das Einzige, was sie kontrollieren konnten. »Du musst auf dich aufpassen. Es hilft niemandem, wenn du zusammenbrichst.«

»Ist doch egal, was mit mir ist.«

»Quatsch.«

»Ich bin Müll.«

»Sag das nicht! Wie kommst du auf so was?«

Vivien schwieg. »Ich hab mich um die anderen gekümmert, musste für Alicia da sein und für Raffa.«

»Sind das deine besten Freunde?«

Vivien zog die Nase hoch, nickte. »Alicia ist toll. Sie sieht super aus und kommt überall klar. Raffa ist wie ein kleiner Bruder für mich, obwohl er älter ist. Ich mag auch Idris. Der kümmert sich um seine Geschwister. Ständig telefoniert und chattet er mit denen. Hat für jeden einen Rat. Und mit Elanie kann man gut reden. Nur nicht über …« Sie schüttelte den Kopf.

»Eigentlich mag ich alle. Sie sind alles, was ich habe. Aber ich kann nicht allen helfen, das schaffe ich nicht.«

Die Informationen und Namen wirbelten durch Sannas Kopf. *Zu viel auf einmal...* »Was ist mit deiner Familie?«, wagte sie, ein heikles Thema anzusprechen.

»Meine Mutter hat einen Neuen. Dem war ich im Weg. Und mein Vater ... Zu dem gehe ich nicht zurück. Auf keinen Fall! Für den war ich nur ein Unfall. Der wollte mich nie.« Tiefe Verzweiflung sprach aus Viviens Worten.

Sanna war erschüttert. Wo waren eigentlich die Eltern, die sich um die Jugendlichen kümmern sollten? Warum kamen sie ihrem Erziehungsauftrag, der sogar im Grundgesetz festgeschrieben war, nicht nach? Liebten sie ihre Kinder denn gar nicht? Im Zwielicht sah Sanna, dass Vivien sie musterte.

»Wie ist es bei dir?«, fragte das Mädchen.

Derartige Gespräche waren oft ein Geben und Nehmen, das hatte Sanna schon gelernt. Was durfte sie verraten? »Ich habe nur meine Mutter. Meinen Vater habe ich kaum kennengelernt, der ist tot.«

»Echt? Das ist ja beinahe wie bei mir.«

Sanna nickte. »Ich habe gar keinen Betreuer am Feuer gesehen«, lenkte sie ab.

Vivien lockte eine vorbeistromernde Katze an, die sofort auf ihren Schoß sprang. »Bernd wollte etwas aus dem Haus holen. Das dauert manchmal. Und Merret musste sich hinlegen. Der ging's nicht gut.«

Auf einmal schoss um die Ecke jemand auf sie zu. Sanna zuckte so zusammen, dass sie beinahe vom Ballen gefallen wäre. Er – denn es war eindeutig ein Er, das sah sie, obgleich er im Schatten war – baute sich vor ihr auf. »Wer ist das? Was will die hier? Ist die von den Bullen?« Schon packte er Sannas Arm. »Komm ins Licht, damit ich dein Gesicht sehen kann!«

Sanna entwand sich seinem Griff.

»Nico, lass das! Sie will mir helfen! Wir können ihr vertrauen!«

Er starrte Vivien an, dann wieder Sanna. »Was willst du hier? Hier haben heute schon genügend Leute herumgeschnüffelt!«

»Sanna arbeitet für *We – Jugendliche helfen Jugendlichen.* Ich hab in den letzten Stunden viel mit ihr geredet. Das hilft mir.«

»Du kannst mit den anderen reden. Mit Alicia, mit mir.«

»Das ist nicht dasselbe.«

Nico schnaubte. »Das schnall ich nicht. Ist aber auch egal. Ich will, dass sie abhaut oder die anderen sie auch sehen. Keine Geheimnisse!« Er schob Sanna auf das Lagerfeuer zu.

Sanna suchte Viviens Blick. Ihre Knie waren weich. Das Mädchen protestierte nicht mehr, ging aber so nah neben ihr, dass sich ihre Arme berührten. Vielleicht war es doch keine so gute Idee gewesen, allein hierherzukommen. Vielleicht hätte sie wenigstens ihre Teamleiterin informieren sollen. *We – Jugendliche helfen Jugendlichen* war offener organisiert als *U25,* die Suizidprävention der Caritas, bei der ebenfalls ehrenamtliche Heranwachsende ab sechzehn Jahren im Einsatz waren. Das kam vielen entgegen, führte aber auch dazu, dass die Teamleiter manchmal nicht alles im Blick hatten. Zumindest kam es Sanna so vor. Darüber hatte ihre Mutter sich schon oft genug aufgeregt. Aber Liv war in dieser Hinsicht ohnehin eine echte Helikoptermutter.

Sie hatten das Feuer erreicht, das aus einer alten Waschmaschinentrommel loderte. Ein Mädchen filmte mit dem Smartphone, wie ein Junge im Feuer stocherte und einen Funkenregen in den Himmel aufsteigen ließ.

Nico schloss die Filmende in den Arm. Sie war sehr hübsch, wirkte mit ihrer schicken Kleidung allerdings deplatziert und schien so gar nicht zu diesem Muskelpaket zu passen. »Schaut mal, was ich gefunden habe. Vivien hat einen Gast«, sagte er.

Der Jugendliche, der wie hypnotisiert im Feuer gestochert hatte, drehte sich zu ihnen um. Er trug eine Baseballmütze, die seine Augen verschattete, und Kopfhörer, die an Kabeln über seine Ohrmuscheln baumelten, was albern aussah. Neben dem Knistern des Feuers war Gewisper aus den Kopfhörern zu hören. »Was will die hier?«

Vivien trat vor und hob deeskalierend die Hände. »Reg dich nicht auf, Raffa.« Wieder berichtete sie, woher sie Sanna kannte und dass sie ihr vertraute.

»Warum redest du nicht mit mir, wenn du reden willst?« Nicos Freundin wirkte angefressen.

»Sei nicht böse, Alicia«, sagte Vivien mit einem flehenden Unterton, der Sanna aufstieß.

»Warum sollte ich böse sein?« Alicia klang noch immer eingeschnappt.

»Ihr habt telefoniert. Und jetzt ist diese Sanna ganz zufällig auf Sylt?«, fragte Raffa argwöhnisch.

»Ich wollte ohnehin heute nach Sylt, mein Freund lebt hier. Aber wenn es nicht passt ...« Sanna verstummte und trat ein paar Schritte zurück. Die Situation lief aus dem Ruder.

Vivien hielt sie auf. »Nein, bitte bleib!«

»Woher willst du wissen, dass die Bullen die nicht eingeschleust haben? Undercover?«, fragte Raffa. Sein ganzer Körper versteifte sich, seine Augen aber flatterten hin und her.

»Mach dich nicht lächerlich, Raffa! Warum sollten sie? Wenn Vivien ihr vertraut, können wir das auch. Willst du?« Ein hochgewachsener Schwarzer reichte dem misstrauischen Jugendlichen eine Zigarette, die sehr nach einem Joint aussah, und öffnete den Kreis am Lagerfeuer ein Stück. »Komm ruhig näher, ist noch ganz schön kalt abends. Wir trinken gerade einen auf Timur.« Er öffnete eine Bierflasche mit einer anderen, indem er die Kronkorken verkeilte, und hielt sie Sanna hin. »Timur war ein guter Mann. Ich bin Idris.«

Sie stießen an. Sanna mochte eigentlich kein Bier, nippte aber daran. Nun stellten sich auch die anderen noch einmal vor. Nicos Freundin hieß Alicia. Ein stilles Mädchen mit einem langen Zopf stellte sich als Elanie vor.

Die Hitze schlug gegen Sannas Wangen, während die Nachtkälte sich von Füßen und Rücken aus breitmachte. Vivien stand neben ihr. Sanna sah, wie die Finger des Mädchens zitterten, als sie die Zigarette entgegennahm. Am liebsten hätte sie sich wieder mit ihr zurückgezogen, um in Ruhe miteinander sprechen zu können.

»Du musst Raffa entschuldigen. Die Bullen schnüffeln den ganzen Tag hier herum, fragen uns aus, verdächtigen uns oder baggern uns an«, sagte Idris.

»Baggern euch an?«

»Der eine Bulle macht jedes Mal Stielaugen, wenn er Vivien sieht«, sagte Nico.

Die anderen lachten verächtlich.

Vivien schien weiter in sich zusammenzusinken, nickte aber. »Ich musste mit dem reden, damit sie Nico in Ruhe lassen.«

Nico hob die Schultern. »Bin ein bisschen ausgetickt.« Er feixte. »Mir kommt keiner dumm, Alter, ein Bulle schon gar nicht!« Er klatschte sich mit Raffa ab, während Idris das nicht so lustig zu finden schien.

Sanna bemühte sich um einen neutralen, nicht allzu ablehnenden Gesichtsausdruck. Es war wohl besser, wenn die Jugendlichen nicht erfuhren, dass ihre Mutter zu diesen Polizisten gehörte.

Raffas Blick wanderte erneut zu Sanna. »Ich hab deinen Namen nicht richtig mitgekriegt. Wie heißt du noch mal?«

»Sanna ... Sanna Buhnsen«, sagte Sanna gepresst. Jetzt würde Liv erst recht sauer auf sie sein.

* * *

Liv rappelte sich hoch, spürte schmerzhafte Abschürfungen an den Händen und pochende Knie. Das würde blaue Flecke geben. Jetzt erst erkannte sie ihn.

»Huch! Das war aber ungeschickt von dir! Du bist doch sonst immer so perfekt.« Andreas' Tonfall war ätzend.

»Was sollte das?«

»Ich weiß nicht, was du meinst.«

»Du hast mir ein Bein gestellt!«

»Du spinnst ja! Du bist gestolpert. Färben die Jugendlichen mit ihrer Paranoia schon auf dich ab?« Andreas kam näher. Ein dünnes Lächeln schlich sich auf sein Gesicht. »Und selbst wenn – wie willst du das beweisen? Ich will dir mal was sagen, Lammers: Ich lasse mir das von dir nicht mehr gefallen. Ich lasse mich nicht von dir beiseitedrängen, nicht herumschubsen, nicht schlechtmachen. Die Zeiten sind vorbei.«

Liv umklammerte ihr Handy, als könnte sie sich damit verteidigen. »Nichts davon habe ich getan«, sagte sie bemüht ruhig.

Andreas kam ihr so nahe, dass sein Gesicht ihres beinahe berührte. Liv wich zurück, bis sie hinter sich die Hausmauer spürte. »Von Anfang an hast du mir meinen Platz im K1 streitig gemacht. Seit du da bist, gibt es nur Ärger. Allein durch deine Unfähigkeit kam es zu meinem Unfall.«

»Das ist eine Lüge! Du –«

Andreas fuhr ihr über den Mund. »Deinetwegen habe ich die Teamleitung verloren. Deinetwegen stehe ich vor Hasselbrecht schlecht da. Deinetwegen wird meine Familie ein beschissenes Bild von mir haben, wenn sie davon erfährt. Das geht nicht. Ich will heiraten. Karriere machen.«

Liv hätte ihn gern zurückdrängt, ihn verbal zur Schnecke gemacht. Doch dann wäre die Situation möglicherweise nur noch heftiger eskaliert. Und sie hatte keinen Zeugen, niemanden, der ihr zu Hilfe kommen konnte.

Andreas war so nah, dass sie seinen Atem auf ihrem Gesicht spüren konnte. Seine Augen funkelten. »Du wirst mich von jetzt an in Ruhe lassen. Und wenn du überhaupt etwas zu meiner Arbeit sagst, dann lobst du sie.«

»Sonst was?«

»Sonst wirst du öfter und heftiger stürzen, als es dir lieb sein dürfte.« Andreas machte auf dem Absatz kehrt und verschwand in einem benachbarten Durchgang.

Mit galoppierendem Herzen lauschte Liv seinen Schritten, bis sie verklungen waren. Jetzt erst fiel ihr das Handy wieder ein. Sie flüsterte: »Bist du noch da?«

»Mein Gott, Liv!«, rief Sebastian. Sein Bariton klang höher als üblich. »Ich benachrichtige auf dem Festnetz parallel bereits die Polizei!«

»Leg lieber auf!«

»Warum? Ist er jetzt weg? Was hat er dir getan? Wer war das? Kannst du ihn beschreiben?«

»Du hast alles mitangehört?« Sie nahm einige tiefe Atemzüge.

»Nicht wirklich.«

»Es ... war Andreas. Ich glaube ... Er dreht durch.«

Es dauerte ein wenig, bis Sebastian antwortete. »Du musst ihn anzeigen, wegen Tätlichkeit.«

»Ich bin nicht sicher, dass er mir ein Bein gestellt hat.«

»Wie auch immer – so geht das nicht weiter!«

Liv dachte an Andreas' Unfall, an seine Freundin und seine Eltern, an den Druck, unter dem sie alle standen. »Er war immer ein guter Polizist. Wenn ich ihn anzeige, könnte das seine Karriere vernichten.«

»Aber du *musst* es tun!«

»Lass mich darüber nachdenken. Wir reden darüber, wenn du auf Sylt bist.«

Diesmal schwieg Sebastian länger. »Wenn du meinst«, sagte er schließlich.

14

Liv goss heißes Wasser über die Haferflocken, rührte einen Löffel Honig ein, streute Walnüsse sowie eine geschnittene Banane und eine Dattel darüber. Von ihren Kollegen von der Mordkommission war noch keiner in der Küche des Gästehauses aufgetaucht, und Liv war froh darüber. Es war ihr schwergefallen, in den Schlaf zu finden. Nicht nur der Fall war ihr durch den Kopf gegangen, sondern auch das Zusammentreffen mit Andreas. Immer wieder war sie die Situation durchgegangen, dennoch war sie nicht sicher, ob sie gestolpert war oder ob Andreas nachgeholfen hatte. Auf jeden Fall hatte er sie bedroht, und deshalb hatte Sebastian natürlich recht: Sie musste Andreas anzeigen – auch wenn sie nachvollziehen konnte, dass ihr Kollege unglücklich über die Zurücksetzung war. Und obgleich sie Skrupel hatte und innerhalb des Teams nicht als illoyal, als Petze, als Nestbeschmutzerin dastehen wollte.

Sie ging an Hennes' Zimmer vorbei und erkannte sofort den treibenden Rhythmus von Iggy Pops *The Passenger*. Sie wusste, dass sie mit ihrem Kollegen reden musste. Gleichzeitig scheute sie dieses Gespräch.

Als hätte Hennes gespürt, dass sie gerade vorbeiging, riss er die Tür auf. Er hatte ein Schweißband um die Stirn – ein anderes als gestern, er schien eine ganze Kollektion zu besitzen –, trug einen Siebzigerjahre-Sportdress – beinahe schon wieder modern – und hatte ein hochrotes Gesicht. Offenbar trieb er gerade Frühsport. »Moin, Liv. Eine Runde ... Zirkeltraining?«, fragte er keuchend. »Bist du dabei?«

»Bin schon beim Frühstück.«

»Komm trotzdem rein.« Hennes schloss die Tür hinter ihr und drehte die Musik leiser. Auf dem Boden seines Zimmers lag eine Isomatte, daneben Fitnessbänder. Er hielt eines der Bänder, als wollte er seilspringen, und stellte die Füße auf die Mitte. Dann dehnte er das Band, indem er die Arme seitlich über den Kopf streckte, wobei er unwillkürlich eine Grimasse zog.

Wäre Liv nicht zu bedrückt gewesen, hätte sie sich über den Anblick amüsiert. »Wow, du bist bald fitter als wir alle.«

»Bald? Wenn schon Oldie, dann wenigstens fit.« Hennes' Grinsen verflog. »Du willst mir etwas erzählen, schrieb Sebastian.«

Einen Augenblick lang war Liv stinksauer. Hätte sie sich doch denken können, dass Sebastian die Angelegenheit nicht auf sich beruhen lassen würde! Was mischte er sich da ein?

Sie setzte sich im Schneidersitz auf die Isomatte und rührte in ihrem Müsli. Es gefiel ihr nicht, zu einer Entscheidung gedrängt zu werden. Andererseits machte ihr Freund sich vermutlich Sorgen; wahrscheinlich hätte sie genauso gehandelt wie er. Man durfte nicht zusehen, wenn Unrecht geschah. Schon gar nicht, wenn es jemanden betraf, den man liebte. Dennoch empfand sie seine Einmischung als indiskret. Knapp und sachlich berichtete sie Hennes von dem Zusammenstoß mit Andreas.

»Wie bitte?« Hennes riss zu stark an den Fitnessbändern. Sie glitten ihm aus den Händen und schnellten um seine Füße zurück, wo sie sich verhedderten. »Das darf doch nicht wahr sein! Ganz bestimmt hat er dir ein Bein gestellt!« Ungeduldig versuchte er, sich aus dem Bandsalat zu befreien, machte es damit jedoch nur noch schlimmer.

Livs Ärger verflog ein wenig, und sie half ihm, sich zu befreien.

»Du musst mit Hasselbrecht darüber sprechen, ihn anzeigen!«

Noch einmal ging Liv das Für und Wider für sich durch. »Die ganze Nacht habe ich darüber nachgedacht. Ja, ich werde mit Hasselbrecht sprechen. Aber erst will ich Andreas die Gelegenheit geben, sich zu entschuldigen. Wenn ich es öffentlich mache, zerstöre ich seine Karriere.«

»Er selbst zerstört seine Karriere.« Hennes packte die Bänder zusammen und riss sich das Schweißband ab, das einen Streifen auf seiner Stirn hinterließ. »Ich finde es nicht richtig zu warten.«

»Es ist meine Entscheidung.«

Hennes kniff die Lippen zusammen, seine Finger zuckten. »Eins sage ich dir, Liv: Wenn du es nicht tust, dann werde ich es ansprechen. Und zwar bald. Außerdem lasse ich dich kein Moment mehr mit ihm allein, da kannst du sicher sein.«

Da Hennes sich noch frisch machen musste, ging Liv in ihr Zimmer. Sie wollte ihr Müsli aufessen, doch es war kalt, und ihr war der Appetit vergangen. Sie überlegte kurz, Sebastian anzurufen, doch dann hätte sie ihn möglicherweise wegen des Vertrauensbruchs zur Rede gestellt. Es wäre besser, bei diesem Gespräch nicht mehr emotional um die Deckenlampe zu kreisen.

Sie wählte Sannas Nummer, aber ihre Tochter erreichte sie auch jetzt nicht. Vermutlich lag sie noch mit Kimi im Bett. Den Gedanken an das Sexualleben ihrer Tochter schob sie eilig weg. *Nicht zu viel darüber nachdenken!* Also eine Sprachnachricht: »Lütte, ich hoffe, du bist gut auf Sylt angekommen. Sehen wir uns zum Mittagessen? Oder vielleicht heute Abend? Oder hast du mit Kimi andere Pläne? Lass uns auf jeden Fall nachher telefonieren.«

Dann rief sie Elise an. Ihre Großmutter war offenbar gerade mit irgendetwas beschäftigt, denn es raschelte und knackte heftig in der Leitung.

»Schön, dass Peet für euch auf die Schnelle ein Apartment in Keitum gefunden hat, oder? Ist zwar klein, aber immerhin. Sebastian hat dir bestimmt schon davon erzählt, nicht wahr?«, sagte Elise.

»Nein, das muss er wohl vergessen haben. Er hat lediglich gesagt, dass er und Noah bald auf die Insel kommen.« Wann genau, hatte er allerdings nicht erwähnt, fiel Liv auf.

»Ich habe Sanna die Adresse schon gesagt. Dann muss sie nicht die ganze Zeit in Kimis Räucherbude hocken.«

»Wieso? Was hat Sanna ...« Livs Blick blieb an der Uhr hängen. Sie erschrak. »Ups, gleich ist Besprechung. Sag mal, hast du gestern Abend mit ihr gesprochen? Auch nicht? Nein, schon gut – ich treffe sie bestimmt nachher.«

Dennoch hatte Liv ein mulmiges Gefühl, als sie das Gespräch beendete. Sei nicht albern, die Kids haben einfach anderes zu tun, als sich bei ihren Eltern zu melden!, versuchte sie, sich zu beruhigen.

Vor der Absperrung um den Muschelkutter hatte sich eine Menschenansammlung gebildet. Auf den nebligen Abend war ein klarer Morgen gefolgt, und der Verkehr auf den Straßen ließ erkennen, dass immer mehr Urlauber eintrafen.

Die Besprechung im Kommissariat war verhältnismäßig kurz und fokussiert gewesen. Eine fiebrige Atmosphäre hatte sich über das Team gelegt, denn die Blutspurenanalyse hatte Reste großer Blutmengen in der Nähe des Führerstandes sichtbar gemacht. Der Abgleich der Substanz unter Timur Roters' Fingernägeln und des Rostes sowie der Farbe des Kutters würde noch einige Stunden dauern, genau wie der Vergleich der Blutspuren mit dem Blut des Opfers.

Hilke Hasselbrecht hatte Livs Fund gewürdigt und sie und Hennes noch einmal zum Kutter geschickt. Als sich Liv und Hennes nun durch die Menge schoben, erkannte sie etliche

Journalisten unter ihnen, und von der anderen Seite näherte sich bereits Jo Faschler, ein Sylt-Vlogger, mit dem sie schon öfter zu tun gehabt hatte.

Er hielt seine Kamera mit ausgeklapptem Display auf einem kleinen Gimbal. »Frau Lammers, ist es richtig, dass dieser Muschelkutter in Verbindung mit dem Mord an Timur Roters steht?«, sprach er sie an.

Schnell waren weitere Journalisten zu ihm aufgeschlossen und bestürmten sie mit Fragen:

»Haben Sie die Tatwaffe bereits gefunden?«

»Besteht Gefahr für die Urlauber auf dieser Insel? Sind wir auf Sylt noch sicher?«

»Kein Kommentar«, knurrte Hennes.

»Im Kommissariat wird heute Mittag eine Pressekonferenz stattfinden. Informieren Sie sich bitte über die Polizeipressestelle«, sagte Liv etwas verbindlicher.

»Du bist immer viel zu nett«, brummte Hennes, als sie unter der Absperrung hindurchschlüpften.

»Die machen auch nur ihren Job.«

»Und sie machen ihn besser als unser Kollege.« Hennes warf einen finsteren Blick auf Andreas, der gerade Erk Pagelsen zum Büro des Hafenmeisters führte, das sie weiterhin für Befragungen nutzen durften.

»Da gebe ich Ihnen recht«, sagte Andreas laut. »Diese Herumtreiber haben keine Ahnung vom echten Leben. All diese Maßnahmen, die angeblich der Resozialisierung dienen, reißen ein Loch in unsere Finanzkassen und nehmen den Kindern und Jugendlichen Geld und Chancen, die sie verdient hätten. Aber mit dieser Meinung stehe ich ziemlich allein da.«

Erk Pagelsen nickte eifrig. »Beruhigend, wenigstens einen zu finden, der nachvollziehen kann, was mich so aufregt ... Und mir wird hier die Existenzgrundlage genommen! Das ist doch nicht richtig!«

Als Andreas sie bemerkte, verstummte das Gespräch. Er warf Liv einen warnenden Blick zu und beschleunigte seinen Schritt.

»Hast du das gehört? Andreas kann sich doch nicht ernsthaft auch noch mit Pagelsen verbrüdern?«, platzte Hennes heraus. »Nach dem Fund auf dem Kutter ist der eindeutig ein Verdächtiger!«

»Auch darüber werden wir wohl mit Hasselbrecht sprechen müssen. Wir können nur hoffen, dass Andreas zumindest während der Befragung Professionalität walten lässt, sonst könnten die Ermittlungsergebnisse später infrage gestellt werden«, sagte Liv ernüchtert.

Petze. Nein, korrekte Polizistin.

Sie versuchte, Hasselbrecht anzurufen. Ihre Chefin war jedoch wieder einmal in einer Besprechung mit dem Staatsanwalt und den Tourismusleuten, die darauf drängten, die Ermittlungen unauffälliger voranzutreiben. Der Muschelkutter war inzwischen gepflastert mit Spurenmarken, der Spurenpfad entsprechend eng.

Botersen-Evers fing sie ab, sobald sie das Schiff betreten hatten, und umriss die große, unregelmäßig geformte Fläche, auf der das Luminol das Blut angezeigt hatte. Weitere Blutspritzer hatten in der Nähe sichtbar gemacht werden können. »Hat geleuchtet wie auf einer Neon-Mottoparty. Das dürfte der Ort sein, an dem Timur Roters ermordet wurde«, sagte er.

»Wahrscheinlich ist das so. Diese Hypothese verfolgen wir. Jedenfalls, bis die Ergebnisse aus dem Labor etwas anderes besagen«, meinte Hennes.

»Die geometrische Form der Blutspritzer könnte auf ein dynamisches Geschehen hinweisen.«

»Weitere Spuren?«, fragte Liv.

»Bislang nicht. So ein Messer könnte überall versteckt sein.«

Liv sah auf den Hafen hinaus, über dem Möwen kreisten und immer wieder im Sturzflug ins Wasser stießen. »Oder es ruht auf dem Grund des Hafenbeckens. Wir sollten schon einmal die Taucherstaffel benachrichtigen.«

»Erst mal drehen wir das Schiff auf links.« Botersen-Evers wies auf einen schlaffen weißlichen Sack, der aus einer Kiste hervorquoll. »Vor allem die Big Bags schauen wir uns an. Ebenfalls PP, also Polypropylen. Wie die Fasern in Roters' Wunden.«

Liv zog die Schultern hoch. Also hatte der Täter Timur Roters möglicherweise einen der voluminösen Säcke übergestülpt, ehe er ihn erstochen hatte. Roters hatte nichts sehen können. Und der Täter hatte seinem Opfer bei seinem Todeskampf nicht in die Augen schauen müssen. Es musste für Timur Roters furchtbar gewesen sein. Die Enge. Die Panik. Die Schmerzen. Blanke Todesangst.

Hennes drehte sich langsam im Kreis. »Was ist also vorgefallen? Warum war Timur Roters hier? Hat er vom Deck seines Seglers aus etwas gesehen, was ihn hergelockt hat? Wollte er sich mit jemandem treffen? Mit Erk Pagelsen vielleicht?«

Auch Liv nahm die Umgebung in sich auf. »Auf jeden Fall hat der Täter geplant und nicht hitzköpfig gehandelt, was im Widerspruch zum Befund des Übertötens steht. Bevor er Roters angriff, hat er die Überwachungskameras manipuliert. Er hat sich einen Big Bag beschafft und sein Opfer überwältigt. Vermutlich hatte er mehrere Messer dabei. Und anschließend muss er das Deck gespült haben, sonst wäre jemandem die Blutlache aufgefallen«, sprach sie ihre Überlegungen aus.

»Wenn wir gleich mit den Seeleuten sprechen, müssen wir herausbekommen, ob am Morgen nach der Tat auf dem Schiff irgendetwas anders war als sonst, das steht fest.«

Sie ließen sich über die weiteren Spuren und Funde informieren und stießen anschließend zu ihren Kollegen, um die Seeleute zu befragen, die auf dem Kutter Dienst taten. Keinem von ihnen war etwas aufgefallen. Liv schien es allerdings ein wenig, als ob sie mauerten.

Als sie mit den Befragungen fertig waren und zu ihrem vorläufigen Hauptquartier im Büro des Hafenmeisters zurückkehrten, war auch Hilke Hasselbrecht eingetroffen. »Das war das letzte Mal, dass ich mit diesen Tourismusleuten gesprochen habe, da kann unser werter Staatsanwalt machen, was er will. Soll Leipoll sich doch selbst mit denen auseinandersetzen! Oder die Pressestelle, die sind für so etwas zuständig!«, rief sie ungewohnt maulig. Sie kniete sich hin, um ihre Schnürsenkel zu richten, denn wie so oft trug sie im Einsatz zu ihrem stilvollen Kostüm Turnschuhe.

»Wo sind Bente und Andreas?«, wollte Hennes wissen.

»Ihre Befragung hat neue Erkenntnisse gebracht. Deshalb sind sie zur Wohngruppe vorgefahren. Erk Pagelsen berichtete, dass er mehrfach heftige Streitigkeiten zwischen Timur Roters und Bernd Beversen beobachtet hat. Dabei soll es zu Handgreiflichkeiten gekommen sein. Auch sagte Pagelsen, dass die Jugendlichen bei diesen Auseinandersetzungen zeitweise anwesend waren. Darüber müssen wir dringend mehr erfahren. Deshalb werdet ihr die Befragungen in der Wohngruppe unterstützen, während die Kollegen sich hier bei Anwohnern und Jachtbesitzern umhören. Es kann doch nicht sein, dass ein Mann auf einem Kutter im Hafen umgebracht wird und niemand etwas beobachtet! Allerdings gibt es auch für Pagelsens Treffen mit Merret Roters bislang keine Zeugen.«

»Also könnte die Aussage ein Ablenkungsmanöver sein«, konstatierte Liv.

»Auch das müssen wir herausfinden.«

»Chefin, was Andreas angeht ...«, begann Hennes.

Doch Hilke Hasselbrecht wandte sich bereits dem Staatsanwalt zu, der soeben den Raum betreten hatte. Offenbar wollte Roman Leipoll dringend mit ihr sprechen. »Das muss warten«, sagte sie.

15

Tinnum, 12.05 Uhr

Als sie die Diele betraten, öffnete sich die Tür zum Spielzimmer. Elanie kam ihnen entgegen, gefolgt von Bente. Dann drängte auch Vivien heraus, ein Buch an die Brust gedrückt, aus dessen Mitte ein hellblaues Lesezeichen spitzte. Die Mädchen waren rotwangig und wirkten aufgeregt.

Durch die Küchentür sah Liv, wie Nico eine Backform mit Fett ausstrich, während Alicia und Raffa auf dem Tisch daneben saßen, Musik hörten und mit den Beinen baumelten. Ein düsterer Sound, aber mit treibendem Gesang. Kurz und heftig sehnte Liv sich nach ihrem Schlagzeug. Vermutlich würde sie durch den Fall wieder etliche Bandproben verpassen. Hatte sie eigentlich ihr Übungspad und ein Paar Sticks dabei?

»Gut, dass ihr da seid«, begann Bente und unterbrach damit ihre Gedanken.

»Wir haben ihn«, verkündete Andreas, als er auf den Flur trat; er hielt etwas in der Hand, was Liv nicht erkennen konnte. Ein Schatten huschte über sein Gesicht, als er Liv und Hennes entdeckte. »Wir haben wertvolle Hinweise für euch. Husch, husch.« Er machte eine lässige Geste und verschwand wieder im Spielzimmer.

Bente krauste die Stirn. »Ist heute ein bisschen drüber, der Gute. Aber tatsächlich sind wir auf etwas gestoßen. Am besten, ihr kommt kurz mit.«

Andreas setzte sich breitbeinig auf den bequemsten Sessel und drehte eine der kleinen Holzfiguren, die auf dem Regal in der Diele gestanden hatte, zwischen den Fingern wie Hennes sonst seinen Anti-Stress-Würfel. »Ihr habt sicher gehört, dass es uns gelungen ist, herauszufinden, dass Timur Roters und Bernd Beversen sich gefetzt haben. Vivien und Elanie haben diese Aussage bestätigt. Beversen sei von Anfang an gegen das Projekt mit dem Segelboot gewesen, habe auch sonst etliche Methoden von Timur Roters für verkehrt gehalten. Die beiden müssen sich ganz schön angegiftet haben, und einmal, als Timur Beversen aufhalten wollte, hat dieser wohl seine Hand weggeschlagen. Beinahe hätten sie sich geprügelt. Was aber noch interessanter ist, ist dies.« Er hielt die Holzfigur zwischen Daumen und Zeigefinger. Es handelte sich um einen detailgenau gearbeiteten Schäferhund. »Bernd Beversen schnitzt gern. Diese Holzfiguren hat er mit seinem Lieblingsmesser gestaltet. Das trägt er anscheinend stets bei sich.« Andreas sprang auf, als sei es ihm gerade erst eingefallen. »Und genau das werden wir jetzt suchen.«

»Das Schnitzmesser wurde also nicht von der KTU mitgenommen und untersucht?«

»Offenbar hat Bernd Beversen es uns verschwiegen. Deshalb werden wir ihn uns jetzt vornehmen. Ihr könnt ja in der Zwischenzeit die restlichen Jugendlichen dazu befragen.« Es gefiel Andreas sichtlich, die aus seiner Sicht wichtigste Aufgabe übernehmen zu können.

Als sie in die Diele traten, stand die Tür zum Büro offen, und sie konnten durch den Spalt sehen, dass Bernd Beversen und Merret Roters über diverse Papiere diskutierten.

Während Bente und Andreas anklopften und Beversen um ein Gespräch baten, gingen Hennes und Liv in die Küche. Nico war offenbar gerade dabei, Glasur anzurühren, und wirkte außergewöhnlich entspannt. Die Mädchen standen beieinander, und es schien, als redeten Alicia und Elanie auf Vivien ein. Idris war nicht zu sehen.

»Dürfen wir euch noch ein paar Fragen stellen?«, fragte Liv.

»Kann gerade nicht«, sagte Nico und hielt grinsend die verklebten Hände hoch. Die Mädchen und Raffa verließen wortlos den Raum. Nico schnitt eine Grimasse. »Wo ist Idris, wenn man ihn braucht? Also gut, wenn's sein muss. Aber gehen wir dazu in mein Zimmer.« Er wusch sich die Hände.

Liv war froh, dass die Befragungen der Jugendlichen bislang so unbürokratisch verliefen. Selbst eine Einbestellung zur Befragung ins Kommissariat konnte sich Tage, wenn nicht Wochen hinziehen. Sie musterte die Plakate von schwer tätowierten und goldkettenbehängten Männern, die die Wände pflasterten. Nico flegelte sich aufs Bett, schaltete auf seinem Handy Musik an. Der Sound war schlecht und die Melodie einfach. Ein rauer Gesang, der einen jedoch in den Bann zog.

»Bist ein großer Rap-Fan, was? Tupac, Eminem und Kendrick Lamar … Und das ist Juice Wrdl?« Liv wies auf ein Plakat.

Nico wirkte überrascht. »Hätte nicht gedacht, dass Sie sich damit auskennen.«

»Nur ein wenig. R. Kelly würde ich aber heute nicht mehr hören. Ich will nicht, dass ein verurteilter Straftäter noch Geld verdient, weil ich seine Musik streame.«

Der Jugendliche schien über etwas nachzudenken. Dann schaltete er die Musik leiser und lehnte sich zurück, als ginge ihm jetzt erst auf, mit wem er es zu tun hatte. Verschränkte Hände hinter dem Kopf, zuckende Muskelstränge in den Oberarmen, von denen Liv noch nicht einmal geahnt hatte, dass es sie gab, geschweige denn den Namen wusste. Schließlich sagte er: »Darf man von jemandem Fan sein, der ein echter Bad Boy war, sich aber gebessert hat?«

Sprach er von einem der Rapper, oder spielte er auf eine reale Person an? Vielleicht sogar auf eine Person, die er kannte oder gekannt hatte? »Schwere Frage. Kommt vielleicht darauf an, wie *bad* jemand ist.«

»Der Sänger, dessen Song wir hören. X. Also XXXTentacion.« Nico wies auf ein anderes Poster. »Hat Leute vermöbelt, angeblich sogar seine schwangere Freundin. Hat aber später versucht, es wiedergutzumachen. Anderen zu helfen. Gutes zu tun. Und die Musik ist genial.«

»Trotzdem ist das übel. Schwierige Frage also, müsste man sich genauer anschauen. Da könnte dasselbe gelten wie für R. Kelly. So jemand sollte nicht belohnt werden«, sagte Liv ehrlich.

Nico schnaubte verächtlich. »So gut kennen Sie sich also doch nicht aus! XXXTentacion verdient nichts mehr. Ist tot. Genau wie die meisten der anderen auch. Erschossen.« Mit dem Zeigefinger ging er die Reihe ab, als würde er eine Pistole abdrücken. »Tot, tot, tot.« Er wies auf ein Gruppenfoto, auf dem Timur, Merret und Bernd inmitten der Jugendlichen auf dem Segelboot standen. Alle sahen glücklich aus, und auch Nico und Raffa grinsten breit.

Als Nico weitersprach, klang er heiser. »Wir waren wie eine Familie. Jetzt ist er auch tot. *Rest in peace*, Mann.« Er schluckte, musste sich räuspern. »Also, was wollen Sie?«

»Wir haben mit Erk Pagelsen gesprochen.« Die Reaktion in Nicos Gesicht war derart frappant, dass Hennes den Satz eine Weile in der Luft hängen ließ. »Der Muschelfischer hat Anschuldigungen erhoben …«, sagte er dann.

Nico sprang auf. Seine Gelassenheit war verpufft. Er zitterte. »Was er auch gesagt hat, ist gelogen!« Er schrie beinahe.

In diesem Augenblick flog die Tür auf. Merret Roters stand im Türrahmen, sichtlich wütend. »Kommen Sie bitte sofort in die Diele!«

Verwirrt folgten Hennes und Liv ihr. Hinter sich hörten sie, wie Nico die Tür zuschlug und in seinem Zimmer herumbrüllte; etwas polterte. Auch Bente und Andreas holte Merret Roters aus dem Raum, in den sie sich zurückgezogen hatten. Sie baute sich vor den Ermittlern auf. »Ich verlange, dass Sie sofort den Hof verlassen. Hier werden keine weiteren Befragungen stattfinden. Sie haben unsere Höflichkeit und Gutgläubigkeit ausgenutzt. Unseren Wunsch, Ihnen bei der Suche nach dem Mörder meines Mannes behilflich zu sein.« Ihre Stimme bebte. »Aber Sie haben es übertrieben. Sie haben ...«

»Ich kann mir gut vorstellen, dass Sie uns loswerden wollen.« Andreas zeigte ein selbstgefälliges Grinsen. Am Rande der Diele tauchte nun auch Bernd Beversen auf, bleich, die Hände tief in die Hosentaschen geschoben. »Wie wir gerade erfahren haben –«

»Das sollten Sie nicht hier ... Die Jugendlichen sollten bei diesem Gespräch nicht anwesend sein«, unterbrach Beversen ihn laut.

»Sie sollten dieses Haus sofort verlassen«, ging Merret Roters erneut dazwischen. »Ab jetzt läuft alles ausschließlich über die offiziellen Kanäle: Vorladung, Befragung nur in Anwesenheit von Erziehungsberechtigten und Anwälten. Ich habe Sie viel zu lange schalten und walten lassen, wie Sie wollten. Sie haben unsere Hilflosigkeit, unseren Schock ausgenutzt.«

Wenn Liv auch nicht begriff, was Merret Roters' Empörung ausgelöst hatte, drängte es sie doch zu protestieren. Schließlich hatte sie mit Roters und Beversen ausführlich über den Ablauf der Ermittlungen und die offiziellen Regelungen gesprochen. Doch ehe sie etwas sagen konnte, erhob Andreas die Stimme.

»Nur zu verständlich, dass Sie nicht möchten, dass ans Licht kommt, dass –«

»Andreas, *stop it!*«, versuchte Bente, ihn zu unterbrechen, doch Andreas ließ sich nicht beirren.

»… dass es Beweise dafür gibt, dass Sie ein Verhältnis mit Erk Pagelsen hatten und dieser durchaus einen heftigen Groll gegen Ihren Mann hegte«, fuhr Andreas unbeirrt fort.

Die Jugendlichen tuschelten. Merret Roters wurde bleich. »Mich werden Sie ab sofort ebenfalls offiziell vorladen müssen, wenn Sie etwas von mir wollen. Auch wenn das die Ermittlungen in die Länge zieht«, sagte sie stahlhart.

In diesem Moment fiel Liv am Rande ihres Gesichtsfelds eine Bewegung auf. Elanie war zusammengebrochen.

16

Die Kommissare verließen, wie verlangt, das Gebäude. Merret Roters, Bernd Beversen und die Jugendlichen hatten sich sofort um Elanie gekümmert und sie keines Blickes mehr gewürdigt. Livs Wangen brannten. Sie schämte sich für Andreas' Auftreten, war zugleich aber voller Wut. Aus Eitelkeit und Reizbarkeit hatte ihr Kollege verbrannte Erde hinterlassen. Ja, mehr noch, er hatte die Gefühle von Opfern mutwillig verletzt.

Andreas stürmte voraus zu den Dienstwagen. »Wie konntest du mir so in den Rücken fallen!«, keifte er Bente an.

»Du weißt genau, dass grenzwertig war, wie du die Mädchen befragt hast. Schon da wolltest du nicht auf mich hören. Was du jetzt getan hast …«

Eine Tür knallte, ein Motor heulte auf. Im nächsten Moment raste Andreas allein vom Hof.

Seufzend stieg Bente zu Hennes und Liv ins Auto. Die Ermittler schwiegen, als sie losfuhren. Liv mochte und vertraute Bente, fragte sich aber trotzdem, ob sie ihm jetzt schon von ihrer Auseinandersetzung mit Andreas berichten sollte. Schließlich tat sie es.

Bente strich sich unwirsch über die winzigen Bartstoppeln. »Ich verstehe, dass du nicht gleich zu Hasselbrecht gegangen bist. In unserem Job fasst man einander nicht immer mit Samthandschuhen an. Trotzdem müssen gewisse Regeln gewahrt bleiben, *goddammit*.«

Liv suchte die Sitzflächen ab. »Wo ist der Asservatenbeutel mit Beversens Messer?«, fragte sie.

Bente half zu suchen und blickte dann starr aus dem Fenster, während er eine Lakritzschachtel aus der Tasche kramte. »Wollen wir mal hoffen, dass Andreas ihn hat.«

Hennes stieß einen ungläubigen Laut aus. Gleichzeitig trommelte er mit den Fingern auf das Lenkrad. »Das ist alles richtig beschissen gelaufen! Das Gespräch mit Nico hat sich so gut angelassen! Ganz klar, dass er etwas verbirgt. Nur werden wir jetzt nicht mehr herausfinden, was – zumindest nicht in absehbarer Zeit.«

Liv pickte ein Lakritz aus der Tüte, die Bente ihr hinhielt. Heute hatte ihr Kollege schokoladenüberzogene Dragees dabei, die auf dieselbe Weise hergestellt waren wie die Lakritzlollis, die es sonst nur auf dem Jahrmarkt gab. Die Süße half ihr, ihren Stresslevel abzusenken, dann aber zerbiss sie das Bonbon doch ungeduldig. »Auf jeden Fall hat Nico eindeutig auf Erk Pagelsens Anschuldigungen reagiert. Es muss also etwas vorgefallen sein, was er beobachtet hat oder an dem er beteiligt war. Wir müssen versuchen, auf anderem Wege herauszufinden, was da los war.«

Im Kommissariat war Andreas nicht zu sehen. Liv und ihre Kollegen wollten zu Hilke Hasselbrecht gehen, wurden jedoch von ihrem Sylter Kollegen Urs aufgehalten. »Frau Hasselbrecht ist gerade in einem Gespräch. Eine Videokonferenz. Der Rechtsmediziner, soweit ich weiß.«

»Doktor Gerlich?«

Urs nickte.

Liv war erstaunt. Gab es noch etwas wegen der Obduktion von Roters zu besprechen? Lag der DNA-Abgleich der Blutspuren vom Muschelkutter vor? Oder könnte es etwa um Andreas gehen? Wenn ja, was hatte Sebastian vor? Impulsiv klopfte sie, öffnete die Tür und trat ein. Hennes und Bente folgten ihr. Die Chefin der Mordkommission sowie der Staatsanwalt saßen mit ernsten Mienen vor dem Bildschirm.

Hasselbrecht runzelte die Stirn und tauschte einen Blick mit dem Staatsanwalt, sagte dann aber: »Treten Sie ein, und schließen Sie die Tür hinter sich, Liv. Hennes und Bente, Sie können auch bleiben. Würden Sie Ihre Vermutung wieder bitte noch einmal wiederholen, Dr. Gerlich?«

Liv sah auf dem Monitor, wie Sebastian sich über den Nasenrücken rieb, als suchte er die Brille, die er früher immer getragen hatte, um älter zu wirken. Wie Liv war er stets einer der Jüngsten in seinem Bereich gewesen. Seine nächsten Worte ließen ihre Befürchtungen wahr werden.

»Nachdem Liv mir von Andreas' aggressivem Verhalten berichtet hat, habe ich rekapituliert, was ich über Andreas' Persönlichkeit, die Schädelverletzungen und sein Verhalten weiß. Bekanntermaßen gehen Schädelhirntraumen häufig mit Persönlichkeitsveränderungen einher. Diese können so weit führen, dass der Patient nicht mehr steuerungsfähig ist beziehungsweise aggressiv, aufbrausend oder unkontrollierbar wird. All dies scheint mir auf Ihren Kollegen zuzutreffen, und ich habe angeregt, eine ärztliche sowie interne Untersuchung oder Ähnliches vorzunehmen, um eine Fremdgefährdung zu vermeiden.«

Sebastian straffte sich und richtete die Kamera neu aus. »Sie wollen sicher unter sich sein, wenn Sie meinen Einwurf diskutieren.« Noch einmal sah er Liv an. Sein Blick war klar und unsicher zugleich.

Liv hätte sich ihm gern entzogen, denn sie nahm ihm seine Einmischung übel. Was sie ihm anvertraut hatte, hätte er nicht einfach weitergeben dürfen! Sie rang sich ein halbes Lächeln ab und wandte sich den anderen zu. Ihr war klar, dass sie ungerecht war, sie konnte aber nicht aus ihrer Haut.

»Wir haben Ihre Zeit lange genug in Anspruch genommen,

Doktor Gerlich. Vielen Dank,...«, begann Hasselbrecht, als Andreas hereinplatzte.

»Chefin, ich wollte Ihnen Bericht erstatten ...« Er sah in die Runde und klappte den Mund zu, als ahnte er, dass etwas im Argen war.

* * *

Der kalte Rauch hing so dicht in dem kleinen Zimmer, dass Sanna Kopfschmerzen bekam. Sie hatte es noch nie gemocht, wenn ihre Freunde rauchten, und seit es bei ihnen gebrannt hatte, hatte sich ihre Abneigung dagegen noch verstärkt. Noch immer wälzte Kimi sich im Bett hin und her, während sie schon lange im Sessel saß und zu lesen versuchte. Nach der durchgemachten Nacht war er nicht in der Stimmung für Wassersport.

Auch ihr saß die Nacht in den Knochen – und die vielen Energydrinks, die Idris ihr aufgenötigt hatte. Die Jugendlichen hatten am Lagerfeuer noch aufgedreht, sowohl die Musik als auch die Stimmung, und weit und breit war kein Betreuer zu sehen gewesen. Irgendwann war sogar Raffa aufgetaut, scherzhaft hatte er sie als Polizeispitzel bezeichnet, worüber sie kaum hatte lachen können. Sie hatte versucht, mit Vivien zu reden, und dabei die anderen beobachtet. Was hatte sie aus der Bahn geworfen? Weshalb waren sie in der Wohngruppe? Sicher, über Nicos Wutanfälle waren Witze gemacht worden, bis er keinen Spaß mehr verstanden hatte und ausgeflippt war. Da Alicia duschen gegangen war, hatte Elanie ihn beruhigen müssen, worauf Raffa eifersüchtig reagiert hatte. Als der Junge das Feuer irgendwann nur noch mit großer Anstrengung mit Ästen, Altpapier und Verpackungen am Glimmen hielt, hatte Idris ihr schließlich seine Lebensgeschichte erzählt. Es war eine Welt, so fremd und hart, wie Sanne sie sich kaum vorstellen konnte. Seine Träume hatten sie dennoch berührt, und sie wünschte ihm, dass er sie irgendwann wahr machen würde. Idris hatte sich Timur zum Vorbild genommen und wollte ebenfalls irgendwann Jugendlichen zu einem besseren Leben verhelfen, am besten auf einem eigenen, tierfreundlich geführten Bauernhof. Ihr Gespräch war erst abgebrochen, als er mitten in der Nacht einen Anruf von einer seiner Schwestern bekommen hatte, die offenbar in einer Notlage war.

Sehnsüchtig sah Sanna zum Fenster. So schönes Wetter! Sie rüttelte an Kimis Schulter. »Lass uns rausgehen, ein bisschen surfen oder kiten.«

Kimi versuchte, die Augen zu öffnen, was ihn enorme Kraft zu kosten schien. »Das Wetter ist viel zu schlecht.«

»Das Wetter ist nie zu schlecht.« Sie legte ihren Romantasy-Wälzer beiseite. »Wenn du nicht mitkommst, gehe ich allein. Wir könnten auch ins Schwimmbad oder ein bisschen bummeln.«

»Was ist das denn für ein Oma-Schnack? Außerdem kostet das nur Geld.« Er zog sie zu sich. »Ich weiß etwas, was Spaß macht und nichts kostet.«

Sanna spürte seine Erregung, doch der Rauchgeschmack seines Kusses schreckte sie ab. Sie schälte sich aus Kimis Armen. »Willst du nicht lieber aufstehen? Ich glaube, dein Vater hat vorhin versucht, dich zu erreichen.«

Kimi zog die Decke höher und grunzte.

»Außerdem ist Post gekommen. Ich habe dir den Brief auf den Tisch gelegt.«

Endlich öffnete Kimi die Augen. Einen Lidschlag später war er am Tisch und riss den Umschlag auf. Enttäuschung flackerte über sein Gesicht, was Sanna leidtat. Wieder eine Absage?

»Wollen wir doch was Schönes unternehmen?«

»Keine Zeit. Du sagtest doch, dass mein Vater angerufen hat. Er braucht bestimmt Hilfe in der Pension.« Bemüht, seine Gefühle zu überspielen, schlüpfte Kimi in Hose und Shirt. »Du kannst ja mitkommen, helfen.«

Das Display ihres Handys leuchtete auf. Vivien. »Vielleicht später. Ich muss los, zu meiner Mutter«, log sie und schob ihr schlechtes Gewissen beiseite. Weder ihre Mutter noch ihr Freund mussten wissen, was sie vorhatte.

* * *

Er hämmerte mit der Faust gegen die Mauer, bis seine Knöchel bluteten. Erst dann lehnte er keuchend die Stirn gegen den kühlen Beton. Wie rasend hatte er sein Gepäck aus seinem Zimmer geholt, darauf bedacht, niemandem zu begegnen. Die Scham brannte heißer als der Hass – und das wollte etwas heißen. Jetzt konnte er das Telefonat nicht länger aufschieben.

»Ihr braucht nicht mehr zu kommen«, presste Andreas nach einer knappen Begrüßung heraus. »Das lohnt sich nicht. Wir kommen bald zurück, machen von Flensburg aus weiter ... Tut mir auch leid. Du wirst das Apartment doch irgendwie stornieren können? Ja, ich weiß, dass die Kleinen sich gefreut haben. Nein, ich bin nicht angespannt. Alles in Ordnung, wirklich, Babsi.«

Er hätte schreien mögen. Unendliche Kraft kostete es ihn, einen halbwegs liebevollen Ton anzuschlagen.

Babsi klang gestresst, hatte sich auf ein paar Tage auf der Insel gefreut. Er ebenso. Wenn sie nun eine Stornogebühr aufgebrummt bekämen, würde es ganz schön wehtun.

Sein Leben lag in Scherben. Und das nur wegen dieser Lammers und dieses hochnäsigen Leichendoktors! Aber dafür würden sie büßen. Auf keinen Fall würde er nach Flensburg zurückkehren und sich begutachten lassen, wie die Hasselbrecht es verlangt hatte ...

* * *

Um sie herum war es finster. Still. In der Enge der Kammer konnte sie überlaut ihren eigenen Atem hören. Und es stank. Nach Angst, nach Gewalt, nach Körperflüssigkeiten, über die sie lieber nicht nachdenken wollte, und nach Katerstimmung. Trotzdem atmete Liv tief durch. Nachdem Hilke Hasselbrecht sie zu Andreas' Verhalten befragt und dafür gerügt hatte, dass sie nicht sofort davon berichtet hatte, hatte Liv das Gefühl gehabt, im Kommissariat keine Luft mehr zu bekommen. Am liebsten wäre sie ans Meer geflohen, wäre einfach nur gelaufen, von einem Inselende zum anderen, ganz allein. Doch in wenigen Minuten stand die Teambesprechung an, und da Andreas nun abreisen würde und sie endlich eine Spur hatten, oder besser: mehrere Spuren, war es umso wichtiger, dass sie teilnahm. Wohin hätte sie auch fliehen sollen? In die Toilette?

Sie lehnte sich gegen die schwere Eisentür und dachte daran, wie viele Gefangene hier schon auf ihre Freilassung gewartet hatten. Als sie sicher war, dass niemand in der Nähe war, verließ sie die Zelle. Sofort weitete sich ihre Brust. Es war eine Schnapsidee gewesen, sich hierherzuflüchten. Im Untergeschoss des ehemaligen Amtsgerichts hüllten einen die Jahrzehnte ein, in denen hier Recht und auch Unrecht gesprochen worden waren. Aber sie hatte unbedingt allein sein wollen, für ein paar Minuten wenigstens. Auch auf Sebastians Anrufe und Nachrichten hatte sie nicht reagiert.

An der Treppe kam Momke ihr entgegen. »Da bist du! Wir haben dich schon überall gesucht. Was machst du denn hier?« Er sah sich um. »Du hast doch nicht etwa … Bist du in einer Zelle gewesen?«

»Ich wollte nur etwas überprüfen. Jetzt begreife ich, warum hier renoviert werden muss«, improvisierte Liv. »Lass uns hochgehen.«

»Ja, und dann müssen alle hier raus. Das gesamte Kommissariat muss umziehen. Umso wichtiger, dass die Leitung stimmt. Deshalb wollte ich mich bewerben.« Er sah sie erwartungsvoll an.

Liv war überrumpelt von Momkes Ankündigung, zugleich aber auch erleichtert, dass er nicht auf ihrer Mini-Flucht herumritt. »Das bedeutet aber auch noch mehr Arbeit. Mehr Bürokratie. Willst du das? Und was hält Ioanna davon?«

Momke druckste herum. »Auf jeden Fall wäre es ein Aufstieg. Und ich könnte auf Sylt bleiben.« Er wandte sich um, ging vor. Nach ein paar Schritten sagte er: »Das ist ja ein Ding mit Andreas. Nicht, dass ich ihn gut kenne, aber ... Stimmt es, dass –«

»Ich will nicht darüber reden.«

Momke nickte konsterniert. »Auf jeden Fall reist er wohl ab.«

Einer weniger. Wie sollen wir das schaffen? Hoffentlich bekommen wir bald Verstärkung.

Im Erdgeschoss war ein Durcheinander von Stimmen zu hören. »Die Berichterstattung hat die üblichen Wichtigtuer auf den Plan gerufen. Ich hoffe, dass auch ein paar echte Zeugen dabei sind«, meinte Momke. Aus der Küche kam ihnen ein deftiger Geruch entgegen. »Mmh, Gulaschsuppe! Wollen wir kurz abbiegen? Die anderen können ja schon mal ohne uns anfangen.« Momke grinste lausbübisch, was Liv guttat.

»Wir können die Besprechung auch in die Küche verlegen«, schlug sie vor.

»Das wird wohl nichts. Dazu sind wir zu viele.«

Als sie das Stockwerk erreicht hatten, auf dem sich die Räume der Kripo Sylt befanden, verstand Liv Momkes Bemerkung. Ein Teil der Verstärkung war gerade eingetroffen. Sie begrüßte etliche Kommissare und Polizisten von anderen Dienststellen; mit einigen hatte sie früher bereits zusammengearbeitet.

Nach den vielen Gesprächen und Ereignissen der letzten Tage und Stunden war es für alle gut, zunächst noch einmal die

Details des Falls zusammenzufassen. Bis zu Timur Roters' Abfahrt nach Hörnum gegen 21 Uhr hatte sein letzter Tag beinahe lückenlos rekonstruiert werden können. Am Hafen selbst hatte ein Jachtbesitzer ihn gegen 21.35 Uhr noch gesehen. Die Überwachungskameras des Muschelkutters oder anderer Schiffe hatten das Segelboot nicht im Blick gehabt. Auf den Aufnahmen der Webcam auf dem Leuchtturm waren zwar Bewegungen von Booten und Autos zu sehen; um welche es sich handelte, war allerdings nicht zu erkennen. Die Videokameras des Muschelkutters waren gegen 21.45 Uhr abgeklebt worden. Als man eine halbe Stunde später die Abdeckung wieder entfernt hatte, hatte das Deck ausgesehen, als wäre nichts geschehen; es hatte lediglich nass geglänzt. Damit ließ sich zumindest die Todeszeit einigermaßen sicher eingrenzen.

Hilke Hasselbrecht streute ungewöhnlich viel Kandis in ihren Ostfriesentee. Obgleich sie eine kompetente und entscheidungsstarke Hauptkommissarin war und in ihrem Leben schon viele Hindernisse und Schicksalsschläge überwunden hatte, schien ihr die Auseinandersetzung mit Andreas zugesetzt zu haben. Denn natürlich hatte er es nicht gut aufgenommen, dass er die Insel und damit auch die Ermittlungen vor Ort verlassen und sich von Ärzten begutachten lassen sollte; wie es danach mit ihm weiterging, sollte erst nach der heißen Phase der Ermittlungen besprochen werden.

»In den letzten Stunden haben sich verschiedene Ermittlungslinien ergeben, die wir weiterverfolgen werden«, führte Hasselbrecht aus. »Zum einen scheint Timur Roters häufig in Auseinandersetzungen mit seinem Kollegen Bernd Beversen verwickelt gewesen zu sein, die teilweise handgreiflich ausgetragen wurden. Darüber hinaus ist Beversen ein begeisterter Schnitzer und trägt anscheinend immer ein Messer bei sich. Ob dieses Messer mit den Erkenntnissen aus der Obduktion in Übereinstimmung gebracht werden kann und ob sich Blutanhaftungen daran finden, wird die kriminaltechnische Untersuchung zeigen. Auch konnte das nächtliche Alibi von Herrn Beversen noch nicht bestätigt werden.«

Sie trank einen Schluck Tee. »Des Weiteren gibt es Hinweise darauf, dass Roters' Ehefrau Merret ein wie auch immer geartetes Verhältnis zu dem Muschelfischer Erk Pagelsen hat. Was das Alibi am Tatabend angeht, haben beide eine übereinstimmende Aussage gemacht. Wobei Merret Pagelsens Aussage unvollständig geblieben ist, weil sie das Gespräch abbrach.«

Hasselbrecht räusperte sich ungehalten. »Erk Pagelsen hat regelmäßig Streit mit Timur Roters gesucht; es ging dabei vor allem um das Verhalten der Jugendlichen. Leider wird sich Frau Roters weder heute noch in den nächsten Tagen zu diesem Thema äußern. Staatsanwalt Leipoll wird alles in die Wege leiten, damit wir schnellstmöglich mit Herrn Pagelsen und Frau Roters sprechen können. Konflikte hat es ebenfalls mit dem Nachbarn, dem Bauern Mertens, gegeben, doch dessen Frau sagte aus, dass er zur Tatzeit bei ihr gewesen sei.«

»Was ist mit den Jugendlichen, die bei Timur Roters in Obhut waren?«, fragte Kay Ohms, ein Kommissar der Kieler Mordkommission.

»Waren zur Tatzeit zusammen und haben ein Alibi. Dieses gilt einschließlich Timur Roters' Pflegetochter Elanie.«

»Gibt es Auffälligkeiten bei den Anruflisten?«

»Bislang fehlten uns die Kapazitäten, um die Analyse abzuschließen. Roters' Handy ist nach wie vor verschwunden und nicht aufspürbar. Die Taucherstaffel dürfte morgen früh eintreffen. Vielleicht finden wir das Handy im Hafenbecken. Außerdem werden wir durch die Suchhundestaffel unterstützt, um einen möglichen weiteren Lagerraum oder Schuppen in Hafennähe zu finden, den Timur Roters genutzt hat und von dem sonst niemand etwas weiß. Anscheinend sind die Impeller und Seeventile bestellt und geliefert worden, das geht aus seinen Papieren hervor.«

»Wurden die Jugendlichen darauf angesprochen? Warum haben die den Lagerraum nicht erwähnt?«

»Weil dessen Existenz bislang mehr als fraglich war.« Hasselbrecht blätterte in der Akte. »Die Jugendlichen erwähnten lediglich das Regal im Jachtclub.«

Die Kommissare tauschten konsternierte Blicke.

»Und wie sieht es mit der kriminellen Vergangenheit von Timur Roters aus? Könnte die ihn eingeholt haben, wie es ein Kollege vermutet?« Bente hatte die Frage gestellt, und Liv musste anerkennen, dass sie diesen Verdacht bislang noch nicht vollständig hatten ausräumen können.

»Diese Ermittlungslinie verfolgen wir ebenfalls. Dafür haben wir Kontakt zu den Kollegen in Hamburg aufgenommen«, sagte Hilke Hasselbrecht schmallippig. Sie erhob sich. »Nun denn, verteilen wir die Aufgaben.«

In diesem Augenblick meldete ein Kollege einen Anruf von Merret Roters. Gleichzeitig erschien »Unbekannter Anrufer« auf dem Display von Livs Handy. Obgleich sie gespannt war, was Roters wollte, nahm sie das Gespräch an.

»Ist dort Kommissarin Lammers? Hier ist Babsi Maue. Ich ... bin die Lebensgefährtin von Andreas. Wir haben uns schon mal kurz auf dem Kommissariat gesehen.«

Liv ging ein paar Schritte zur Seite, damit sie für das Telefonat mehr Ruhe hatte. »Ich erinnere mich. Hallo, Frau Maue.«

»Babsi, bitte.«

»Freut mich, Babsi. Ich bin Liv, aber das weißt du sicher. Ich nehme an, du meldest dich aus einem bestimmten Grund bei mir.«

»Es geht um Andreas. Er ... Er hat mich gerade angerufen und gesagt, dass wir nicht nach Sylt kommen sollen. Er klang dabei so merkwürdig. Ehrlich gesagt macht er mir schon länger

Sorgen. Ich wollte wissen ... Ich wusste nicht, an wen ich mich sonst wenden sollte. Ich will keinen Ärger machen, aber ... Gibt es in der Abteilung Probleme? Hat Andreas Stress?«

»Wie kommst du darauf?«

»Er ist so angespannt, länger schon. Aufbrausend. Und zugleich ... sprunghaft. Ich habe das Gefühl, er erzählt mir nicht alles.« Babsi verstummte. »Du machtest einen sympathischen Eindruck. Ich dachte, ich könnte dich vielleicht fragen ...«

Liv runzelte die Stirn. Also war auch Andreas' Lebensgefährtin aufgefallen, dass er sich anders verhielt. Liv wollte sie nicht ausfragen, durfte ihr aber auch keine Interna verraten. »Es ist ein komplexer Fall. Wir brauchen kompetente Unterstützung auf dem Festland«, wich sie aus. Das klang zu harmlos, zu nett. »Andreas hat ... Wir haben es mit einer Gruppe von Jugendlichen zu tun, und da sind die rechtlichen Anforderungen besonders hoch.«

»Andreas hat sich danebenbenommen. Er soll aus der Schusslinie genommen werden.« Babsi klang ernüchtert.

»Du ahnst sicher, dass ich darüber nicht reden darf.«

Ein tiefer Seufzer. »Deshalb seine miese Laune. Hoffentlich ...«

Liv überwand sich. »Babsi, ich muss das fragen, um sicherzugehen ... Ist Andreas euch gegenüber aggressiv? Flippt er dir oder deinen Kindern gegenüber aus?«

In der Leitung knisterte es, als würde sie um den halben Erdball herumführen. Dann antwortete Babsi.

∗ ∗ ∗

Ein dunkler Raum voller Staub und Geheimnisse. Im Schatten schlich er weiter, wollte unbedingt unbemerkt bleiben. Dabei hatten sich alle zurückgezogen, ausgelaugt durch die Ereignisse und das viele Grübeln.

Als er sein Ziel erreicht hatte, hielt er inne und lauschte. Der Wind heulte über das Dach, pfiff durch die Ritzen. Es war eine verfluchte Insel. Ständig rüttelten Böen an ihm, als wollten sie auch noch die letzten vernünftigen Gedanken fortblasen.

Mit einem gezielten Schlag ließ er das Brett einen Spalt aufspringen. Das Versteck war perfekt. So perfekt, dass es nicht einmal die Polizei gefunden hatte. Vorsichtig hob er seinen Schatz aus dem Hohlraum. Er bewunderte das makellose Funkeln der Klinge im Restlicht. Aber was war das? Ein Makel, zwischen Schneide und Heft!

Sorgfältig polierte er das Blut vom Stahl. Auch das würde nun kein Bulle mehr entdecken. Das Messer sah aus wie neu. Bis er es wieder benutzen würde. Und das würde er. Er konnte nicht anders.

Er verschloss sein Versteck und wandte sich um. Erst jetzt bemerkte er die Handykamera, die auf ihn gerichtet war, und auf einmal drehte sich alles um ihn. *Nicht das! Nur das nicht!* Schon stürmte er los.

Das Messer in seiner Hand hatte er ganz vergessen.

17

Vivien wartete bereits an dem Feldweg in der Nähe des Hofs und kam Sanna entgegen, noch während sie ihr Fahrrad an einem Zaun anschloss. Sie sieht echt fertig aus, dachte Sanna, als sie die fettigen Haare, die Augenringe und die rot leuchtenden Pickel sah, an denen Vivien ganz offensichtlich herumgefummelt hatte. Jetzt, bei Tageslicht, fiel Sanna auf, wie dünn das Mädchen war.

Vivien schob die Hände in die Jackentaschen, gleichzeitig wirkte ihr Gesichtsausdruck, als wäre sie Sanna am liebsten um den Hals gefallen.

»Ist noch etwas passiert?«, fragte Sanna mitfühlend.

»Die Polizei war schon wieder da. Die lassen uns einfach nicht in Ruhe.«

»Hat dieser Polizist dich wieder genervt?« Sanna konnte den Zorn in ihrer Stimme kaum unterdrücken. Es war schlimm genug, dass ein Erwachsener, der Kinder und Jugendliche schützen sollte, das Gegenteil tat. Dass ausgerechnet ein Polizist so gravierend gegen alle Regeln verstieß, konnte sie nicht fassen. Ob ihre Mutter davon wusste? Drückte sie ein Auge zu, wenn es um ihren Kollegen ging? Unwillkürlich schüttelte Sanna den Kopf. Nein, so war Liv nicht. Oder doch? Was wusste sie schon, wie ihre Mutter ihre Arbeit machte? Viel zu wenig.

Sie liefen ein Stück auf den Hof zu, wieder war Vivien ganz nah neben ihr. »Ja, das auch ...«, sagte sie langsam. »Hat mir seine Telefonnummer zugesteckt. Gesagt, er würde mich mal zum Essen einladen, weil ich ihm so geholfen habe.«

Sanna schoss das Bild eines kleinen roten Männchens aus einem Pixar-Film durch den Kopf; so wie das Wutmännchen würde sie jetzt gern auch ausflippen. »Er hat *was?*«

Vivien musste über ihren entsetzten Tonfall lachen, und Sanna ging auf, dass sie das Mädchen noch nie lachen gesehen hatte. Es war ein echtes Lachen, leise und ansteckend, aber leider war es schnell verebbt. »Jupp. Krass, oder?«

»Inwiefern hast du ihm denn geholfen?«, fragte Sanna und wusste im selben Moment, dass sie mit dieser Frage Viviens Vertrauen verspielen konnte.

Abwägend blickte Vivien sie an. Neben ihnen versperrte ein grober Lattenzaun den Zugang zu einem kleinen Teich, auf dem Enten paddelten. Vivien schwang sich auf den Zaun, und Sanna tat es ihr nach, wodurch die einfache Konstruktion ins Wanken geriet. Sie tauschten erschrockene Blicke, lachten dann jedoch erneut. »Ich hab ihm nur erzählt, dass Timur und Bernd öfter miteinander Streit hatten. Bernd ist ein richtiger Erbsenzähler, der hat oft an Timur herumgenörgelt. Außerdem trägt er ständig sein Schnitzmesser mit sich herum.«

Sannas Augen wurden weit. »Du meinst, er könnte Timur …«

»Das glaube ich eigentlich nicht. Aber wer weiß schon, wozu jemand fähig ist.« Sie rieb sich schaudernd über die Arme. »Auf jeden Fall dachte ich, dass die Polizei das wissen sollte. Doch dann haben die schon wieder derart auf Nicos Nerven herumgetrampelt, dass er ausgeflippt ist.«

»War dafür auch dieser Polizist verantwortlich?«

»Nee. Dieser alte Zausel und die jüngere Langhaarige.«

Hennes und Liv also. »Was haben die denn gemacht?«, fragte Sanna unschuldig.

Vivien zog den Kopf zwischen die Schultern. »Nico war so fertig, mit dem konnte man nicht mehr reden. Dabei hat er vorher ganz friedlich gebacken. Das bringt ihn runter, weißt du. Glücklicherweise ist Merret dazwischengegangen. Aber das ist noch nicht alles.« Sie seufzte schwer und sah Sanna von der Seite an. »Alicia ist stinksauer auf mich, weil ich mit dir gechattet und mich mit dir getroffen habe. Wenn die wüsste, dass wir jetzt schon wieder miteinander reden ...«

»Das verstehe ich nicht. Warum ist Alicia denn deswegen sauer? Ich dachte, sie ist deine Freundin.«

Vivien überlegte lange. »Ja, das dachte ich auch. Das habe ich mir zumindest immer gewünscht. Aber wer will schon mit jemandem wie mir befreundet sein?«

»Du bist bestimmt eine tolle Freundin. Das weiß ich jetzt schon – und ich habe dich gerade erst kennengelernt.«

Ein Strahlen überzog Viviens Gesicht. »Nett, dass du das sagst! Du weißt ja nicht, wie das ist, wenn man sein ganzes Leben lang hört, wie überflüssig und scheiße man ist.«

Sanna konnte den Gedanken daran kaum ertragen. Gleichzeitig hatte ihr Großvater sie ebenfalls immer wieder fertiggemacht. Und nicht nur das ... »Das tut mir leid«, sagte sie schnell. »Ein bisschen weiß ich schon, wie das ist. Mein Großvater hat auf mir und meiner Mutter auch immer herumgehackt. Er hat mich sogar geschlagen, und einmal ...« Ihre Stimme brach. Verdammt, sie hatte gedacht, sie hätte diese Gefühle überwunden!

»Du musst es nicht erzählen, wenn es zu wehtut. Was für ein Arsch!« Vivien legte den Arm um sie. Sie gerieten ins Wanken, der Zaun knarzte, und sie fielen rückwärts ins weiche, feuchte Gras. Beide kicherten. Am liebsten hätte Sanna diese Unbeschwertheit festgehalten, aber Vivien wurde schnell wieder ernst. »Alicia ist so ...« Ihr schienen die Worte zu fehlen. »Sie muss immer im Mittelpunkt stehen. Alles muss sich um sie drehen. Und dass ich dir mehr Vertrauen geschenkt habe als ihr, nervt sie.«

»Manche Dinge kann man einem Fremden leichter erzählen als seiner besten Freundin.«

Sanna war erstaunt, als das Mädchen den Kopf an ihre Schulter legte. »Ich hatte gleich das Gefühl, dass du mich verstehst.«

Sie schwiegen lange, blickten in den unendlich scheinenden Himmel und lauschten den Vögeln, die den Frühling zu feiern schienen. Sanna hoffte, dass Vivien mehr über ihre Gemütsverfassung und darüber, was sie bewegte, erzählen würde, wollte sie jedoch nicht bedrängen.

Plötzlich gab Viviens Handy einen Signalton von sich. Sofort setzte sie sich auf und kramte in ihrer Jackentasche. »Das ist Alicia, ich muss da ran.« Ihr Blick flog über die Nachricht. »Ach du Scheiße!«

Sobald sie den Stall betraten, war Sanna klar, dass es ein Fehler gewesen war, Vivien zu begleiten. Andererseits hatte sie das Mädchen nicht allein lassen wollen, nicht in diesem Gemütszustand. Das Holzgebäude war groß. An den Seiten gab es Boxen für Tiere, in manchen lagerten jedoch lediglich Stroh, Kanister oder Gerätschaften. Es war dunkel, Licht fiel nur durch die Türen an den Enden des Gebäudes herein und durch einen breiten Spalt zwischen den Dachpfannen. Der Wind rüttelte am Dach und trug das Meckern von Schafen und Lämmern zu ihnen. Auf der Fläche zwischen den Tragebalken standen die Jugendlichen beieinander, einen Schritt entfernt stand eine Frau und ihnen gegenüber ein Mann mit Ballonmütze, der ein Messer in den Händen hielt.

Sanna erschrak. Vivien aber ging sofort zu Alicia, und die Jugendlichen öffneten ihre Reihen, damit sie sich zwischen sie stellen konnte. Alicia hielt ihr Handy umklammert. Ließ sie das überhaupt je los?

»Ihr wisst genau, dass ich immer ein Messer bei mir trage, um zu schnitzen«, sagte der Mann.

»Und genau so ein Messer hat die Polizei bereits beschlagnahmt. Woher kommt also dieses ...« Die Frau brach ab und fuhr herum, als habe sie erst jetzt bemerkt, dass Vivien jemanden mitgebracht hatte. »Wer ist das Mädchen?«

Auf einmal starrten alle Sanna an, die nicht verhindern konnte, dass ihr die Hitze in die Wangen schoss.

»Das ist Sanna ... Eine Fre... eine Schulfreundin«, sagte Vivien.

Der Ballonmützen-Mann schob das Messer in die Scheide. »Hätten wir das also geklärt, Merret.« Er wandte sich an die Jugendlichen. »Ihr habt auch sicher Besseres zu tun, als hier herumzustehen. Und du, Alicia, löschst jetzt bitte die Aufnahme.« Er machte Anstalten, den Stall zu verlassen.

Die Jugendlichen wisperten. Nico trat ihm in den Weg. »Ich finde, das Messer sollte der Polizei übergeben werden. Wer ist noch meiner Meinung?«

Zögerlich hoben sich mehrere Hände.

Der Mann wirkte ungehalten. »Ihr glaubt doch nicht ernsthaft, dass das die Tatwaffe ist? Dass ich etwas ...« Er atmete tief durch. »Timurs Verlust und der Druck, den die Polizei ausgeübt hat, waren zu groß. Es ist kein Wunder, dass ihr verwirrt und durcheinander seid. Ihr –«

»Rede uns nicht ein, dass wir verrückt sind! Du bist es, der hier ein Messer versteckt hat!« Raffa war sichtlich erregt.

»Reiß dich zusammen, Raffa! Hast du deine Medikamente nicht genommen?«

Die Jugendlichen drängten sich um den Angesprochenen, als könnten sie ihn so schützen.

Merret trat einen Schritt vor. »Du solltest nicht persönlich werden, Bernd.«

»Ihr seid doch auch per–«

»Du hast eine Vorbildfunktion. Schon vergessen?«

»Nein, Merret. Das habe ich nicht«, schnappte Bernd

zurück. »Nun gut, rufen wir die Polizei noch einmal an. Obgleich ich daran erinnern möchte, dass wir uns einig waren, dass die Fragerei ein Ende haben muss, damit hier nicht noch mehr Traumata aufgerührt werden. Aber wenn du das mit deinem pädagogischen Selbstverständnis vereinbaren kannst ...«

Merret starrte ihn an. Dann sagte sie, sichtlich um Kontrolle ringend: »Vivien, würdest du bitte aus der Küche einen neuen Gefrierbeutel holen? Damit wir das Messer verpacken können. Und dann schickst du deine Schulfreundin bitte nach Hause.«

»Sanna und ich ... Wir müssen noch ... etwas besprechen.« Vivien wich den Augenpaaren aus, die auf sie gerichtet waren. Dann verschränkte sie die Arme vor der Brust, als wollte sie sich selbst umarmen. »Okay, ich mach ja schon.«

* * *

Hennes saß dem Seemann gegenüber am Tisch, als Liv das Tablett mit Kaffee und Keksen heranbalancierte; sie hatte das Duell im Schnick, Schnack, Schnuck verloren, zu dem sie sich hatte hinreißen lassen. Hoffentlich hatte sie niemand dabei gesehen. Da die Seeleute, die auf Erk Pagelsens Muschelkutter arbeiteten, bei ihrem ersten Gespräch nur wortkarg Auskunft gegeben hatten, würden sie sich diese nun noch einmal intensiver zur Brust nehmen.

Rob Joken, vierunddreißig, hatte ohne Abschluss die Schule verlassen und war mehrere Jahre zur See gefahren, ehe er nach Sylt zurückgekehrt war, um auf dem Fischkutter seines Vaters zu helfen. Als dieser sein Geschäft einstellte, hatte er bei Erk Pagelsen angeheuert. Hennes übernahm es, die Formalien zu klären. Sichtlich nervös rieb Rob Joken sich die aufgeschrammten Finger.

Liv verteilte Kaffee. »Sieht übel aus«, sagte sie mit Blick auf Jokens Hände. Könnte er sich die Wunden beim Abwehrkampf mit Timur Roters zugezogen haben?

»Habe ich Ihrem Kollegen gerade erzählt. Der kennt das mit den Muscheln, die haben scharfe Kanten. Wenn man da einmal vergisst, die Handschuhe wieder anzuziehen, ist es schon passiert.«

»Ja, ist gefährlich auf See, das weiß ich aus langjähriger Erfahrung. Hut ab, dass Sie dabeibleiben«, meinte Hennes.

Rob Joken nippte an dem Kaffee. »Das liegt mir im Blut. Alle meine Vorväter waren Fischer. Das ist nun mal das, was ich am besten kann.«

»Warum haben Sie nicht den Betrieb Ihres Vaters übernommen?«, wollte Liv wissen.

»Ihr Kollege hätte diese Frage sicher nicht gestellt.« Rob Joken warf Hennes einen kumpelhaften Blick zu. »Heute ist es kaum noch möglich, als Fischer genug zu verdienen. Die hohen Energiepreise, die Fangquoten, die Konkurrenz durch Großkonzerne, all das macht einen kaputt.«

»Erk Pagelsen versucht's dennoch.«

»Der hat geerbt und seine ganze Kohle in den Muschelkutter gesteckt. Außerdem hat er Geld von einem Privatinvestor auf Sylt bekommen, der das Traditionshandwerk für die Insel erhalten will. Das finde ich gut. Es können sich vor den Großkonzernen, die die Fischerei dominieren, nicht alle verkriechen wie die Muräne in ihrer Höhle.«

»Um wen handelt es sich bei diesem Privatinvestor?«

»Um Heribert Naggelmann, Besitzer eines Lebensmittelgroßhandels. Lebt im Sonnenland.«

Liv notierte sich den Namen. Das Wohngebiet war so etwas wie ein Vorort Lists. »Wie ist Ihr Verhältnis zu Erk Pagelsen?«

Schulterzucken. »Er ist der Kapitän. Mein Chef. Es ist sein Schiff.«

»Das klingt, als wären sie nicht immer einverstanden mit dem, was er tut«, meinte Liv.

»Das habe ich nicht gesagt. Er ist ein guter Seemann. Von mir werden Sie nichts Gegenteiliges hören. Auf See ist es wichtig, dass man zusammenhält – stimmt doch, oder?« Rob Joken hatte sich erneut demonstrativ Hennes zugewandt.

»Erzählen Sie uns vom 7. April«, forderte Liv ihn auf.

»Ich habe an dem Tag gegen 18.45 Uhr den Kutter verlassen. Ich weiß das so genau, weil ich mit meiner Verlobten verabredet war. Sie wollte für mich und Freunde kochen, da komme ich ungern zu spät.«

»Was gab es denn?«

»Fischeintopf. Ich habe noch ein paar frische Muscheln mitgebracht, die brauchen ja nicht lange.«

Sie ließen sich die Namen der Freunde geben. Dann fragte Liv: »Ist Ihnen an diesem Tag etwas aufgefallen? War Erk Pagelsen anders als sonst? Haben Sie Timur Roters gesehen?«

»Erk war wie immer. Roters war auf dem Segelboot, mit den Jugendlichen. Deren Rapmusik ist mir gewaltig auf den Senkel gegangen.«

»Ist nicht jedermanns Sache, das stimmt«, gab Liv zu. »Wie hat sich Erk Pagelsen mit Timur Roters und den Jugendlichen verstanden?«

»Die hatten ständig Stress.« Rob Joken berichtete über die Auseinandersetzungen und Erk Pagelsens Schimpftiraden.

»Handelte es sich dabei nur um verbale Auseinandersetzungen? Oder ist tatsächlich etwas vorgefallen? Haben sich die Jugendlichen etwas zuschulden kommen lassen?«

»Soweit ich weiß, nicht. Die haben einfach genervt. Waren kackfrech. Kein Respekt vor Erwachsenen.«

»Ist Ihnen einer der Jugendlichen besonders aufgefallen?«

»Dieser muskulöse Typ mit dem Iro wirkt manchmal echt gefährlich. Unkalkulierbar, so was macht mir Angst. Der andere natürlich, der Schwarze. Bei so einem weiß man nie. Und das meine ich nicht rassistisch. Auf See sind alle gleich, da zählt, was man kann, und nicht, wie man aussieht.«

Liv presste die Zähne aufeinander. Es war so typisch: etwas Rassistisches sagen und dann gleich hinterherschieben, dass man kein Rassist ist. Auch Hennes schien eine Erwiderung auf der Zunge zu liegen, aber ehe er das Gesagte kommentieren konnte, ergänzte Rob Joken: »Eines der Mädchen ist uns ein paarmal angegangen. Von wegen Tierquälerei und so. Als ob Muscheln Gefühle hätten! Außerdem ist unsere Fischerei total nachhaltig.«

»Muscheln haben zwar kein Gehirn, aber Nervenbahnen. Es ist also nicht ausgeschlossen, dass sie Schmerzen fühlen können«, warf Liv ein. »Können Sie das Mädchen beschreiben?«

»So eine mit strähnigen Haaren und üppigem Vorbau. Kann mir gut vorstellen, dass die Erks Ruf beschädigen wollen, sein Geschäft kaputt machen. Deshalb werden diese Gerüchte über ihn verbreitet.«

Verschwörungstheorien allüberall.

»Herr Pagelsen erwähnte Diebstähle im Hafen«, sagte Hennes vage. Sie hatten keinen Hinweis auf eine ungewöhnliche Häufung derartiger Delikte gefunden.

»Einbruch und Vandalismus kommen auf Jachten immer mal vor. Könnte sein, dass die Jugendlichen damit zu tun haben.«

»Genaueres wissen Sie nicht?«

»Nö.« Der Seemann sah blinzelnd von Hennes zu Liv. »Wenn ich Sie richtig verstanden habe, glauben Sie, dass Erk etwas mit Timurs Roters' Tod zu tun haben könnte. Aber eher geht ein Wal durchs Bullauge. Erk hat eine große Klappe, aber er würde niemals einem Menschen etwas antun. Seit er mit Merret zusammen ist, ist er ohnehin viel ruhiger –« Er riss die Augen auf. Seine Lippen formten ein schmales Band.

»Seit wann sind die beiden ein Paar? Also Merret Roters und Erk Pagelsen?«, fragte Liv.

»Die beiden ... ein Paar ... Ich bin nicht sicher ... Ich glaube nicht ...« Rob Joken starrte in seinen Kaffee.

»Herr Joken, machen Sie sich keine Sorgen. Sie haben uns kein Geheimnis verraten. Bei Ermittlungen lässt sich eine derartige Beziehung nicht lange verbergen«, versicherte Liv ihm.

Der Mann wirkte erleichtert. »Erk hat regelmäßig seine Tage, wie man so sagt. Mal ist er total nett, mal aufbrausend. Aber seit er Merret kennt, ist seine Stimmung besser.«

»Sie haben die beiden zusammen beobachtet?«

»Nein, die sind immer sehr, wie sagt man noch gleich, *diskret*. Erk erwähnte mal, dass Merret es den Jugendlichen schonend beibringen will. Das findet Erk natürlich albern, aber bei ihr hält er sich zurück.«

»Wusste Timur Roters von der Affäre?«

Rob Joken schüttelte den Kopf. »Nicht dass ich wüsste.«

»Die beiden Männer haben also nicht wegen Merret gestritten?«

Entschieden verneinte der Seemann. »Das hätte ich mitbekommen.«

Als Liv und Hennes ins Verhörzimmer traten, sprang Erk Pagelsen auf. Durch die dunkelblaue Lodenjacke mit dem breiten Kragen und den glänzenden Messingknöpfen wirkte er noch bulliger als gestern an Bord. »Was wird das hier? Bin ich etwa verhaftet? Wissen Sie nicht, dass jeder Tag, den ich nicht mit dem Schiff rausfahre, bares Geld kostet?«

»Setzen Sie sich bitte, Herr Pagelsen«, sagte Hennes. »Ich kenne den Druck, unter dem Sie stehen, sehr gut. Seien Sie versichert, dass wir Ihr Schiff so schnell wie möglich freigeben werden. Glauben Sie mir, wir haben genug zu tun – wir werden uns nicht länger auf Ihrem Schiff aufhalten als unbedingt nötig.«

»Und nein, Sie sind nicht verhaftet«, ergänzte Liv. »Wir befragen Sie nach wie vor als Zeugen. Angesichts der Spurenlage würde ich Ihnen jedoch raten, sich kooperativ zu zeigen.«

»Wollen Sie mir etwa drohen?«

»Das haben wir nicht nötig.« Ruhig belehrte Liv Erk Pagelsen über seine Rechte. »Ich möchte noch einmal auf den Abend des 7. April zurückkommen.«

Ein genervter Blick auf die Protokollantin. »Ist das eine Arbeitsbeschaffungsmaßnahme? Das habe ich doch nun schon x-mal zu Protokoll gegeben!«

»Wir würden es gern noch einmal hören, um Ihre Angaben mit denen anderer Zeugen abzugleichen.«

Pagelsen seufzte theatralisch. »Jo, wir sind gegen 18.30 Uhr in den Hafen von Hörnum eingelaufen. Die Mannschaft und ich haben das Deck klargemacht, und ich habe die Jungs nach Hause geschickt. Ich habe noch etwa eine Stunde an Bord gearbeitet und bin dann in meine Wohnung, um mich frisch zu machen. Merret kam gegen 21.30 Uhr. Wir wollten zusammen einen Drink nehmen und über das nächste Gemeindefest reden. Die Gemeindemitglieder planen verschiedene Aktionen, und wir haben Ideen gesammelt. Sie blieb bis etwa 23 Uhr, dann ging ich ins Bett. Todmüde, denn mein Wecker klingelt regelmäßig um drei.«

»Wie würden Sie Ihr Verhältnis zu Merret Roters beschreiben?«

»Auch das habe ich schon gesagt!« Er betete die immergleichen Sätze herunter.

»Wir haben Hinweise darauf, dass Merret Roters und Sie ein Verhältnis haben. Warum sagen Sie uns nicht gleich die Wahrheit – ehe wir weiter in Ihrem Leben herumstochern müssen?«

Erk Pagelsens Kiefermuskeln mahlten. »Jo, Merret und ich sind zusammen«, gab er knurrig zu. »Das ist nichts, wofür wir uns schämen müssten. Wäre Timur nicht gestorben, würde das keinen Menschen interessieren.«

»Seit wann sind Sie ein Paar?«

»Seit etwa zwei Monaten. Merrets Ehe ist schon lange eine Farce.« Pagelsen sprang auf. »Sie ruinieren mich und nerven mich mit den immergleichen Fragen! Merken Sie denn nicht, dass mir jemand etwas in die Schuhe schieben will?«

»Wer sollte Ihnen die Tat in die Schuhe schieben, wer könnte Sie schädigen wollen?«

»Was weiß denn ich? Meine Konkurrenten vielleicht. Jemand, der meine Muschelfischerei übernehmen möchte. Militante Umweltschützer. Irgendwelche Gestörten. Ich habe Roters jedenfalls nicht getötet.«

Liv trat an den Computer, auf dem die Übertragung einer Vernehmung lief. »Gibt es noch eine weitere Befragung?«, fragte sie erstaunt ihren Kollegen Ole, einen Computerforensiker, den das LKA abgeordnet hatte.

Dieser nickte. »Bei Bernd Beversen wurde noch ein Messer gefunden. Offenbar hatte er es in einem Schuppen versteckt, wurde aber von den Jugendlichen ertappt. Hasselbrecht hat ihn ins Kommissariat schaffen und schmoren lassen, während das K6 das Messer untersucht. Bente und Rabia befragen ihn.«

18

Während Merret den Mürbeteig ausrollte, bis er ganz dünn war, las Elanie aus einem ihrer Fantasyromane vor; so mussten sie nicht über das sprechen, was zu wehtat, und waren abgelenkt. Nach ihrem Zusammenbruch hatte Merret sich monatelang nur von Fastfood ernährt. Nur langsam hatte sie gemerkt, wie sehr Backen und Kochen ihr fehlten. Heute wusste sie, dass beides ihr half, ins Gleichgewicht zu kommen. Wenn andere spazieren gingen oder meditierten, hantierte sie in der Küche, und je komplizierter ein Rezept war, desto besser war es für ihren Seelenfrieden. Einen ähnlichen Effekt erreichte sie nur, wenn sie im Garten werkelte. Auch für einige der Jugendlichen war Backen wie Therapie. Für Nico beispielsweise gab es nichts Besseres, um runterzukommen. Schade nur, dass diese Leidenschaft nicht früher entdeckt worden war.

Den ganzen Tag schon schwankte sie zwischen Wutanfall und Heulkrampf, ein sicheres Zeichen dafür, wie angegriffen ihr Nervenkostüm war. Sobald sie anfing nachzudenken, war es mit ihrer Beherrschung vorbei. Konzentriert lauschte sie Elanies Stimme. Ihre Pflegetochter hatte sich in die Kissen auf der Eckbank gekuschelt und war ganz in die Geschichte eingetaucht. Das Mädchen wirkte so ruhig, als könnte nichts es erschüttern. Auch das Vorlesen war inzwischen eine lieb gewonnene Gewohnheit. Anfangs hatte Elanie, sobald sie keine Lust mehr gehabt hatte, in der Küche zu helfen, herumgetobt und für Chaos gesorgt. Bis Timur ihr eines Tages ein Buch in die

Hand gedrückt und sie gebeten hatte, daraus vorzulesen. Zunächst hatte Elanie sich schwergetan, doch irgendwann hatte auch sie angefangen, die Zeit zu genießen, in der sie gemeinsam etwas erschufen und in die Abenteuer der *Drachenreiter*, der *Woodwalkers*, von *Harry Potter* oder jetzt der Assassinin Celaena aus *Throne of Glass* eintauchten. Manchmal gesellten sich die anderen zu ihnen, halfen oder hörten einfach zu, doch heute schien jeder allein sein zu wollen.

Merret kleidete die Tarteförmchen aus und schob sie in den Backofen. Die Erdbeeren hatte sie bereits mariniert, nun bereitete sie die Cremefüllung mit Mascarpone vor und zupfte die Minzblättchen ab, die der Dekoration dienen sollten. Als die Törtchen fertig waren und zum Auskühlen auf dem Rost standen, setzte sie sich auf die Bank und kuschelte sich an Elanie.

»Ich bin so froh, dass ich dich habe«, sagte sie und küsste ihre Tochter auf die Stirn.

Elanie knickte ein Eselsohr in die Seite, wie Timur es immer getan hatte, und obwohl Merret dies für eine Unart hielt, verschwamm wieder ihr Blick.

»Glaubst du wirklich, dass Bernd etwas mit … mit Timurs Tod zu tun hat?«, fragte Elanie mit brüchiger Stimme.

Merret zog die Schultern hoch. Sie wusste nicht mehr, was sie glauben sollte. Auf einmal kam ihr alles, was sie in den letzten Monaten getan hatte, vollkommen falsch vor. Wie hatte sie sich nur so verrennen können? Wann und warum hatten Timur und sie aufgehört, ehrlich miteinander zu reden? Sie erinnerte sich nicht an den Moment, an dem alles angefangen hatte, umso mehr aber an denjenigen, an dem sie selbst falsch abgebogen war.

Ihre Brust wurde eng. Wie viel Kraft es sie gekostet hatte, alles zu verdrängen … Sie suchte den Esstisch nach ihrem Handy ab, entdeckte es aber nicht. Erwartungsvoll blickte Elanie sie an, und jetzt erst ging Merret auf, dass sie ihr eine

Antwort schuldig geblieben war. »Nein, ich glaube, Bernd hat Timur nichts getan. Der Täter muss ein Fremder sein. Man konnte sich über Timur ärgern, man konnte mit ihm diskutieren, man konnte wütend auf ihn sein, aber niemand, der ihn wirklich kannte, hätte ihm so etwas antun können.« Als Merret es aussprach, wusste sie, dass dies wirklich ihre Überzeugung war. »Hast du mein Handy gesehen?«

Elanie schüttelte den Kopf. Merret legte ihr den Arm um die Schulter und drückte sie an sich. »Wie geht es den anderen, was ist dein Eindruck? Kommen sie klar?«

»Timurs Tod macht allen zu schaffen. Und du weißt, wie sie sind, darüber reden wollen sie mit Erwachsenen nicht.«

»Und du?« Elanie schlang die Arme um ihren Hals und drückte sich an Merret, als wäre sie noch ein Kind, das nicht im Kindergarten bleiben wollte. »Es ist schwer, ich weiß. Aber wir müssen das zusammen durchstehen. Wir schaffen das, wir zwei«, sagte sie schließlich.

Als Elanie sich wieder von ihr löste, schob Merret die zusammengefaltete Zeitung auf dem Tisch beiseite. Darunter entdeckte sie ihr Handy. Sie drehte es um und erschrak. Vierzehn verpasste Anrufe. Wann hatte sie es stumm geschaltet? Als sie durch die Anrufliste scrollte und die Einträge las, wusste sie, dass es gut gewesen war, jeden Einzelnen dieser Anrufe verpasst zu haben.

»Sind die Törtchen fertig? Wollen wir die anderen holen?«

Merret nickte. Das war ein Vorteil, wenn man mit Jugendlichen zusammenlebte – man konnte kochen und backen, so viel man wollte, und fand fast immer einen begeisterten Abnehmer. Ihr stockte kurz der Atem, als ihr der Gedanke durch den Kopf schoss, ob sie wohl weiter in dieser Jugendgruppe würde bleiben können oder ob Elanie und sie nun heimatlos würden. Timurs Tod hatte ihr Leben in jeder Hinsicht erschüttert. Was hatte sie nur getan?

In diesem Augenblick zeigte ihr Handy erneut einen Anruf an. Eine Hitzewelle ergriff Merret, und ihr Herz schlug schneller. Rasch drückte sie den Anrufer weg. Hoffentlich hatte Elanie nichts gesehen.

* * *

Fassungslos starrte Erk auf das Display seines Handys. Immer wieder waren seine Anrufe ins Leere gegangen, aber dieses Mal hatte Merret ihn weggedrückt. Er hasste es, wenn eine Frau ihn zappeln ließ. Seit der langen Befragung durch die Polizei war er ohnehin auf Zinne. Der finanzielle Verlust, den die erzwungene Pause bedeutete, war gravierend. Auch fragte er sich, was sein Investor nun von ihm hielt. Was hatten seine Leute ausgesagt? Musste er sich Sorgen machen? Unwillig legte er das Handy zur Seite. Und nun auch noch Merret! Dabei hatte er gedacht, sie sei anders. Sie war ja auch anders gewesen bei ihren vielen Begegnungen.

Bilder, wie er sie in der Kirchengemeinde kennengelernt hatte, schossen ihm durch den Kopf. Ihre ersten Treffen. Wie sie aufeinander abgefahren waren. Merret erst zögerlich, um dann die Skrupel umso rasanter über Bord zu werfen. Sehnte sie sich denn nicht nach ihm, jetzt, wo sie frei füreinander waren? Oder hielten diese Jugendlichen sie wieder auf Trab? Um diese Zeit? Sie musste doch auch mal Feierabend machen! Außerdem war das pure Zeitverschwendung – denen war doch eh nicht zu helfen! Die mussten einfach mal richtig arbeiten, dann würden sie schon zur Besinnung kommen! Er konnte nicht einmal sagen, ob er Elanie in seiner Nähe haben wollte, wenn Merret und er ein Paar wären. Er hatte seine Frauen gern für sich; sie sollten sich ganz auf ihn konzentrieren, ihm die Wünsche von den Augen ablesen. Bisher hatte Merret nur wenig Anweisungen gebraucht, um sich gefügig zu zeigen.

Erregung wallte in ihm auf, als er an ihre letzten Begegnungen dachte. Er wollte sie sehen, sie spüren, hielt es kaum ohne sie aus.

Unruhig lief er in seinem Apartment auf und ab, rannte schließlich hinaus, die Tür hinter sich zuwerfend. Ihn auf dem Festland festzuhalten, einen Mann der Meere! Das würde er sich nicht mehr lange gefallen lassen. Genauso wenig wie Merrets abweisendes Verhalten.

* * *

Schlagermusik schallte auf die Paulstraße, übertönt vom nicht immer text- und notensicheren Gesang der Feiernden. »Das muss man auch wollen«, sagte Liv, die froh war, die Bar verlassen zu haben.

»Und ich will das nicht.« Hennes schob sich einen Nikotinkaugummi in den Mund.

Ihre Abschlussbesprechung war kurz gewesen. Bernd Beversen hatte standhaft abgestritten, etwas mit dem Mord an Timur Roters zu tun zu haben; eine Faszination für Messer hatte er allerdings im Laufe der Befragung zugegeben. Das Messer im Schuppen habe er schlicht und ergreifend vergessen, hatte er behauptet, was Liv für gelogen hielt.

Das Ergebnis der kriminaltechnischen Untersuchung würde mindestens zwölf Stunden dauern. Immerhin hatten sie die Bestätigung bekommen, dass Farbe und Rost unter Timur Roters Fingernägeln den Materialien auf dem Muschelkutter entsprachen. Dass es sein Blut war, das an der Schiffswand klebte. Einige Ermittler würden in den nächsten Stunden weiteren Spuren nachgehen, Anruflisten und Videoaufnahmen überprüfen, aber Liv und ihre Kollegen waren von ihrer Chefin dazu angehalten worden, Feierabend zu machen. Ermittlungen in einem Tötungsdelikt seien ein Langstreckenlauf und kein

Sprint, hatte sie ihre Mitarbeiter erinnert. Wenn es heute keine brandeiligen Vorfälle mehr gab, die einen Einsatz nötig machten, sei es besser, sich etwas Ruhe zu gönnen.

Da sie noch immer nicht den Mann gefunden hatten, mit dem sich Bernd Beversen in der Nacht von Timur Roters' Tod getroffen hatte, hatten Liv und Hennes sich bereit erklärt, sich in einigen der bei Homosexuellen beliebten Bars und Restaurants umzuhören. In den Gaststätten hatten jedoch alle abgewinkt, und bei der Lautstärke in der Bar war jedes vernünftige Gespräch unmöglich gewesen. Sie wollten gerade auseinandergehen, als ihnen einer der Gäste hinterherkam. Attraktiv, athletisch, blond.

»Sie sind von der Polizei, stimmt das? Und es geht um eine wichtige Ermittlung?« Auf der Miene des Mannes zeichnete sich eine Mischung aus Sensationsgier und Skrupel ab.

»Das ist richtig«, sagte Hennes. »Wir suchen einen Mann, der in der Nacht vom 7. auf den 8. April in den Dünen südlich von Westerland war und dort eine Bekanntschaft machte.«

»Hübsche Formulierung.« Der Mann lächelte Hennes an. »Und wenn es so wäre? Das ist nicht verboten, oder?«

»Nein, das ist es nicht. Wir suchen einen Zeugen in einem Kapitalverbrechen. Es ist wichtig, dass Sie uns weiterhelfen, wenn Sie etwas wissen. Oder dass Sie uns sagen, wer etwas wissen könnte.«

Das Lied verklang, und nun brandete Jubel auf, weil ein Ballermann-Hit gespielt wurde. Liv drängte es weiterzugehen. Das war nun wirklich nicht ihre Musik.

»Gehen wir ein Stück. Ich bin nicht scharf darauf, dass jemand sieht, dass ich mich mit Ihnen unterhalte«, sagte der Fremde. Wieder lächelte er Hennes an. »Also, nicht dass Sie glauben, dass ich etwas dagegen hätte, mit Ihnen gesehen zu werden.«

Baggerte er Hennes etwa an? Hennes mied ihren Blick, dennoch entschied Liv sich, ihm die Befragung zu überlassen.

»Sie waren also an dem Abend in den Dünen?«

»Ja, ist ein Klassiker fürs Cruisen. Leider haben etliche einschlägige Lokalitäten auf Sylt zugemacht. Es gab sogar mal eine Disco und eine Sauna. Kennen Sie die noch?«

»Nicht mein Spezialgebiet«, wich Hennes aus. »Können Sie uns den Mann beschreiben, den Sie dort getroffen haben? Und können Sie sich an die Uhrzeit erinnern?«

Die Angaben des Mannes bestätigten Bernd Beversens Alibi, und so bedankte sich Hennes für die Information. »Wenn Sie dann bitte morgen noch einmal ins Revier kommen, um Ihre Aussage schriftlich aufzugeben?«

»Aber nur, wenn Sie die Aussage aufnehmen.« Der Mann zwinkerte.

Hennes blieb gelassen. »Tut mir leid, das kann ich nicht versprechen.«

»Wir können uns auch mal in der Bar treffen oder etwas essen gehen.«

»Auch das muss ich ablehnen«, sagte Hennes.

»Der Altersunterschied spielt keine Rolle.«

Liv hatte das Gefühl, Hennes erlösen zu müssen. »Danke noch mal. Wir müssen weiter.«

Als sie das Gästehaus der Polizei erreicht hatten, atmete Liv durch. »Feierabend! Ich schnappe mir mein Gepäck und ziehe um. Sanna ist ja inzwischen auch auf der Insel – dann können wir zusammenwohnen. Vielleicht schafft es Sebastian auch noch für ein paar Übernachtungen hierher. Peet hat uns ein kleines Apartment organisiert.«

»Klingt ganz, als wolltest du die Ermittlungen für einen Familienausflug nutzen«, bemerkte Hennes trocken.

Liv grinste. »Du weißt, ich mache es mir gern nett. Wenn der Fall es denn zulässt – und im Augenblick ist es nicht nötig, dass wir die Nächte durcharbeiten.«

»Du brauchst dich nicht zu entschuldigen. Wir müssen alle

auf unsere Kräfte achten – die nächste Nachtschicht kommt früh genug.«

»Und du?«

»Ich gehe noch mal ins Kommissariat zurück. Hab was vergessen.«

Eine Viertelstunde später lenkte Liv den Dienstwagen in Richtung Keitum. Sie überlegte kurz, ob sie ihre Freundin Katharina zurückrufen sollte, die ihr einige Nachrichten hinterlassen hatte, entschied sich dann aber dagegen. Nach dem langen Tag war sie froh, einen Augenblick ihre Ruhe zu haben und die Eindrücke sacken lassen zu können. In dieser Phase der Ermittlungen war die Ungeduld immer groß, weil alle wussten, dass Spuren schnell abkühlten. Gleichzeitig liefen viele Ermittlungsstränge parallel, und es war nötig, die unterschiedlichen Anhaltspunkte und Persönlichkeiten, die mit dem Fall in Verbindung standen, mit etwas Abstand zu bewerten und zu gewichten. Das unglücklich verlaufene Gespräch mit Nico fiel ihr wieder ein, und sie fuhr an den Straßenrand, um sich bei einer Streaming-Plattform einige Lieder des von ihm erwähnten Rappers herauszusuchen. Musik würde ihr jetzt guttun und ihr helfen runterzukommen.

Während sie weiterfuhr, lauschte sie der Musik. Die Songs waren erstaunlich vielseitig, oft einfach und gleichzeitig von hypnotischer Kraft. Sie konnte nachvollziehen, dass Nico davon fasziniert war. Einige Titel waren jedoch auch morbide, beinahe gruselig. *Hearteater, why'd you eat my heart alive …*

Ein Telefonanruf unterbrach den Song, als sie in die schmalen Straßen Keitums einbog. Katharina.

Liv schaltete die Freisprechanlage ein, und sofort drang die Stimme ihrer Freundin zu ihr. »Tut mir leid, dass ihr in ein Apartment ausweichen musstet. Aber ich habe Besuch, die Hütte ist voll.«

Liv lächelte. »Hütte« war bei Katharinas opulenten Wohnverhältnissen eine grandiose Untertreibung. Aber vermutlich war das eine Frage der Perspektive. »Kein Problem, du hast uns schon so oft aufgenommen.«

»Und das immer gern.« Katharina lachte. »Hättest du dich entschieden, das Erbe deines Vaters anzutreten, hättest du dieses Problem nicht. Dann hättest du ein eigenes Haus auf der Insel. Was ist denn Stand der Dinge?«

Liv wollte eigentlich nicht darüber reden, gleichzeitig vertraute sie Katharina. Sie war ihre älteste Freundin und hatte ihr auch in den schweren Jahren die Treue gehalten. Deshalb war sie eine der wenigen, die über das Testament Bescheid wussten. Sie seufzte. Da Katharina ihr vor einigen Monaten sehr geholfen hatte, hatte sie eigentlich ein Recht auf eine Antwort. »Du hattest recht«, sagte sie. »Ich konnte das Erbe tatsächlich ausschlagen und dennoch einen Pflichtteil einfordern. Ich bin echt froh, dass Ocke mich nicht noch aus dem Grab heraus in eine Auseinandersetzung mit meiner Schwester zwingen kann. Zum Glück gibt es einige undeutliche Formulierungen im Testament. Erstaunlich, dass meinem Vater solch ein Fehler unterlaufen ist. Genauso wenig kann ich mir allerdings vorstellen, dass er das einkalkuliert hat. Wie auch immer: Ich werde wohl einen Pflichtteil bekommen. Meine Schwester tobt natürlich trotzdem.« Livs Brust wurde beim Gedanken an ihre Schwester eng, und sie zwang sich, sachlich zu bleiben. Unter allen Vorwürfen Annikas wog am schwersten, dass sie der Ansicht war, Liv habe ihre Ehe und das Leben ihres Mannes Enno zerstört. Frust und Zorn mischten sich in Livs Gefühle.

Katharina schnaubte zustimmend, und Liv fuhr fort: »Zur Berechnung des Pflichtteils muss zunächst die Nachlasshöhe eruiert werden, wobei alle Aktiva und Passiva berücksichtigt werden müssen – du siehst, wie intensiv ich mich damit auseinandersetzen musste ...« Liv lachte trocken. »Deshalb hat Annika aber auch viele Möglichkeiten, alles zu verschleppen.«

Sie hielt auf einem engen gepflasterten Parkplatz. Über ihre komplizierten Familienverhältnisse zu sprechen und gleichzeitig das Apartment zu suchen war ihr jetzt einfach zu viel. »Die Bewertungsverfahren sind wohl ziemlich kompliziert, und wahrscheinlich wird auch meine Anwältin nicht schlecht verdienen.«

»Das Geld für die Anwältin solltest du locker übrig haben. Jeder weiß, dass Ocke millionenschwer war.«

»Stimmt auch wieder. Seltsamerweise schüchtert mich der Gedanke an das viele Geld ein wenig ein«, gab Liv zu. »Dabei hat Elise jeden Cent umdrehen müssen, als sie sich damals um mich kümmerte. Und als Alleinerziehende weiß ich nur zu gut, was es heißt, wenn man sich etwas nicht leisten kann. Es wäre also fahrlässig, auf den Pflichtteil zu verzichten. Damit muss ich mir zumindest keine Sorgen mehr darüber machen, wie ich Sanna unterstützen kann, falls sie studieren möchte. Und das Loch, das ihr Auslandsjahr in unsere Familienkasse reißt, wird auch gestopft. Damit wäre ich schon mehr als zufrieden.«

Sie plauderten noch etwas weiter, Katharina erzählte kurz von sich, und sie nahmen sich vor, sich an einem der nächsten freien Tage zu sehen.

Liv startete erneut den Motor und hatte wenige Augenblicke später das Einfamilienhaus erreicht, in dem sie die nächsten Tage verbringen würde, ein einfacher Spitzgiebelbau aus den Siebzigerjahren. Sanna wartete bereits vor der Tür. Sie lehnte an dem Friesenwall und hatte die Arme vor der Brust verschränkt.

Liv sah ihrer Tochter sofort an, dass etwas in ihr schwelte. Hatte sie Sanna verärgert? Hatte ihre Tochter deshalb nicht auf ihre Anrufe reagiert? Oder hatte Sanna Streit mit Kimi? Sie stieg aus dem Auto und wollte Sanna in die Arme schließen, spürte jedoch, wie ihre Tochter versteifte. »Schön, dich zu sehen! Alles in Ordnung bei dir?«

»Klar«, schnappte Sanna. »Unser Apartment befindet sich anscheinend auf der Rückseite, im Souterrain, scheint ein finsteres Loch zu sein.« Sie musterte Liv. »Du hast also meine Collegejacke! Ich hab sie die ganze Zeit gesucht!«

»Weil du meine Windjacke versust hast.«

»Habe ich nicht!«

Eine fruchtlose Diskussion.

Sie klingelten bei den Vermietern, einem älteren Ehepaar. Die Frau schlurfte ihnen voraus ums Haus. »Normalerweise vermieten wir nicht mehr. Das Alter, wissen Sie? Ist doch eine Menge Arbeit. Aber für Herrn Harksens Freunde haben wir noch mal eine Ausnahme gemacht.«

»Das wissen wir zu schätzen«, sagte Liv.

Als die alte Dame die Tür der Ferienwohnung öffnete, schlug ihnen ein muffiger Geruch entgegen. Ein altmodisches Wohnzimmer mit Schlafcouch, dazu eine winzige lichtlose Kammer mit einem schmalen Bett. Sanna sah Liv entsetzt an.

Kaum waren sie allein, sagte Sanna: »Hätte ich das gewusst, wäre ich vielleicht doch besser bei Kimi geblieben.«

»Ach, wir machen uns das hier schön«, sagte Liv und vermied es, die abgewetzten Möbel genauer zu betrachten. Glücklicherweise hatte sie eine bunte Wolldecke dabei, mit der man jedes Zimmer aufpeppen konnte.

»Was gibt's zu essen? Oder hast du keinen Hunger?«

Typisch Teenager!

»Vielleicht hat der Supermarkt …« Liv blickte auf ihr Handy. *Zu spät.* »Oder wir bestellen uns was.«

Sanna sah sich wenig begeistert um. Fröstelnd rieb sie sich über die Arme. »Wir könnten auch noch irgendwo hinfahren, in einen Imbiss oder ein Restaurant.«

»Ich habe heute so viele Leute gesehen und war so viel unterwegs – ich würde mich freuen, wenn wir eine Pizza bestellen und es uns hier gemütlich machen könnten, also so gemütlich wie möglich.«

Eine halbe Stunde später hatten sie alle Kerzen entzündet, die sie im Apartment gefunden hatten. Liv hatte ihre Wolldecke über das Sofa gebreitet und ihre Tochter um die Wahl einer Playlist gebeten. Taylor Swift und Lorde untermalten die wenigen Bruchstücke, die Sanna über ihren Tag preisgab.

»Der Fall scheint ja ganz schön Wellen zu schlagen. Ich bin im Netz immer wieder darüber gestolpert«, sagte Sanna unvermittelt.

Liv wunderte sich über Sannas Ton, der ungewohnt aggressiv klang. »Na ja, wie man's nimmt. Auf jeden Fall sind die Tourismusleute nicht gerade begeistert. Apropos Wellen: Warst du mit Kimi schon surfen? Wie ist das Meer?«

Sanna ging auf die Frage nicht ein. »Wie ist das eigentlich mit den Jugendlichen? Die dürft ihr doch gar nicht so befragen, oder? Gibt es da nicht so eine neue Richtlinie?«

»Habt ihr darüber bei *We* gesprochen? Wir befragen sie ja nur als Zeugen, nicht als Verdächtige«, sagte Liv knapp und wandte sich ihrem letzten Pizzastück zu.

»Habt ihr schon einen Verdächtigen? Ist es einer der Sozialarbeiter aus der Jugendgruppe? Oder ein Fremder?«, fragte Sanna.

Liv erhob sich und begann abzuräumen. Sie begriff nicht, warum Sanna so viel fragte. »Du weißt doch, Lütte, dass ich nicht darüber sprechen darf. Möchtest du noch einen Tee? Ich habe ein paar Beutel in der Tasche.«

Nach dem Essen zog Sanna sich sofort in die Kammer zurück, um zu telefonieren. Liv klappte das Sofa auseinander und machte ihr Bett bereit. Sollten Sebastian und Noah wirklich kommen, würde es ganz schön eng werden. Und gemütlich war es wirklich nicht. Sie spürte, dass der Ärger über Sebastians Einmischung noch immer nicht verflogen war. Kurz überlegte sie, ihn heute nicht anzurufen. Doch sie hasste es, mit ungelösten Problemen zu Bett zu gehen. Also startete sie einen Videoanruf. Sie wollte ihn sehen, während sie sprachen.

Sebastian sah müde und zugleich erfreut über ihren Anruf aus. »Ich weiß, ich habe mit meiner Einmischung meine Kompetenzen überschritten«, sagte er sofort.

»Nicht nur das. Außerdem war es eigentlich meine Angelegenheit …«

»Schon. Aber stell dir vor, Andreas' Zustand würde sich weiter verschlechtern und er würde einem Kollegen oder einem Zeugen etwas antun! Du würdest dir Vorwürfe machen, dass du ihm nicht Einhalt geboten hast. Zumindest muss sein medizinischer Zustand überprüft werden, alles andere ist unverantwortlich«, sagte er sanft. »Trotzdem möchte ich mich bei dir entschuldigen. In aller Form. Ich hätte dich fragen müssen, ob du damit einverstanden bist, dass ich mit Frau Hasselbrecht über Andreas spreche.«

Liv musste an das Telefonat mit Babsi denken, in dem diese zugegeben hatte, dass Andreas ihr und den Kindern gegenüber zeitweise aufbrausend war und sie sogar schon einmal gefürchtet hatte, er könnte die Hand gegen sie heben.

Sebastian sah sie an, und die bernsteinfarbenen Sprenkel in seinen Augen funkelten. »Wenn du lieber weiter sauer auf mich bist, anstatt in Ruhe mit mir über deinen Tag zu reden …« Wehmut und Erschöpfung sprachen aus seinen Worten.

In diesem Moment erkannte Liv, dass ihr Ärger längst verpufft war. Sebastian hatte es gut gemeint, und letztlich liebte sie ihn auch dafür, dass er Haltung zeigte. »Nein, ich habe erst einmal genug geredet«, sagte sie. »Erzähl mir lieber von deinem Tag.«

19

Liv schlüpfte bereits in ihre Schuhe, als Sanna aus ihrer Kammer schlurfte. Die Sonne ergoss sich zitronenfarben ins Souterrain. Liv wollte ihre Tochter an sich drücken, doch Sanna wirkte, ohne etwas zu sagen, kratzbürstig. »Bist du aus dem Bett gefallen? Ich dachte, du schläfst aus. Du hast doch Ferien!«

»Konnte nicht mehr schlafen.«

Liv musterte ihre Tochter. Irgendetwas schien Sanna zu beschäftigen. »Hast du heute was Schönes vor? Bist du mit Kimi unterwegs? Wollt ihr kiten oder surfen? Das Wetter scheint ja perfekt zu sein! Vielleicht ein bisschen zu wenig Wind.«

»Mal sehen. Ich leg mich noch mal hin.« Sanna reckte sich und gähnte herzhaft. Dabei rutschte ihr T-Shirt hoch und enthüllte das Bauchnabelpiercing, das Liv nicht hatte verhindern können. Ihr fiel die E-Zigarette wieder ein, die sie in der Sporttasche gefunden hatte. Schlechtes Thema für heute Morgen.

Sanna bemerkte ihren missbilligenden Blick. »Und du? Geht ihr wieder Jugendliche ärgern?«

»Wie kommst du darauf?«

»Nur so«, sagte Sanna ausweichend und steuerte das Badezimmer an.

»Jetzt warte aber mal! So geht es nicht. Ich möchte wissen, was du damit meinst. Du kannst nicht einfach so einen Spruch raushauen und dann verschwinden.«

»Ich kann mir eben vorstellen, dass es nicht leicht für die Jugendlichen aus der Wohngruppe ist, wenn ihr überall herumschwirrt. Wenn ich mich so in die hineinversetze ...« Sanna öffnete die Badezimmertür.

Noch einmal hielt Liv sie auf. »Ich finde, du versetzt dich ein bisschen zu viel in andere Jugendliche hinein! Und dann auch noch in welche, die du gar nicht kennst. Aber zu deiner Beruhigung: Wir halten uns auch in diesem Fall streng an die Vorschriften.« Liv wünschte, es wäre die Wahrheit. »Willst du mir nicht Tschüss sagen?«

Sanna war bereits im Bad verschwunden.

* * *

Schon oft waren sie hier durch die Felder gegangen. Sie hatten gelacht, gespielt, gesungen oder waren durch den Regen getanzt. Frei und unbeschwert. Heute aber kam es Vivien so vor, als schleppte sie Steinbrocken hinter sich her. Dabei hatten sie nicht einmal die schweren Schulrucksäcke dabei, sie sollten lediglich Brötchen holen. Eigentlich hatten sie heute Morgen mit Merret zusammen backen wollen, doch die kam überhaupt nicht in die Gänge. Immer wieder verschwand sie in der Toilette, aus der dann erstickte Schluchzer drangen. Offenbar waren sie alle in der Achterbahn ihrer Gefühle gefangen. Niederschmetternde Trauer, unterbrochen von winzigen Momenten der Hoffnung oder gar der Freude.

Dass der Wind die Rufe der Schafe und Lämmer zu ihr trug, machte Viviens Laune nicht besser. Der Schlachttermin rückte näher. *Wir dürfen nicht zulassen, dass ...* Sie schob den Gedanken weg. Jetzt konnte sie ohnehin nichts machen. Gemeinsam mit Merret hatten sie entschieden, dass sie heute Alltag simulieren würden. Vor allem Alicia schien das zu belasten. Äußerlich sah man ihr natürlich nichts an. Sie war perfekt gestylt und geschminkt wie stets, aber ihre Laune war unterirdisch, und sie schwieg so laut, dass sie auch hätte schreien können. Elanie hingegen hatte extrem getrödelt, weshalb sie zu zweit vorgegangen waren. Es hätte Vivien nicht gewundert, wenn Elanie sich einfach wieder verkrochen hätte. Immer wieder seufzte Alicia tief, doch Vivien war ebenso niedergeschlagen und weigerte sich, ihre Freundin zu fragen, was los war. Es interessierte sich ja auch niemand dafür, wie es in ihr aussah.

Ohne die Gespräche mit Sanna wäre sie durchgedreht. Hätte längst aufgegeben. Es war doch klar, dass so etwas hatte passieren müssen. Mist kommt zu Mist, hätte ihr Vater gesagt. Sie wäre in eine Pfütze gelatscht, hätte sie nicht abrupt einen Hüpfer gemacht. In der Nacht hatte es geregnet.

Ein erneutes Seufzen neben ihr. Jetzt hielt Vivien es nicht mehr aus. »Wir hängen alle durch, Herumstöhnen macht es nicht besser!« Wie zickig sie klang! Sie wandte sich Alicia zu und verzog den Mund zu etwas, das ein Lächeln sein sollte. Die Simulation eines Lächelns. Mehr ging nicht, denn seit Timurs Tod fühlte sie sich hohl. *Eine Fake-Vivien.* »Willst du mir nicht einfach sagen, was dir durch den Kopf spukt?«

»Warum sollte ich das?«

»Ich bin deine Freundin.«

»Bist du das?«

»Was ist das für eine Frage?« Sie suchte den Horizont. Dicke Wolken wurden vom Wind über die Landschaft geschoben. Ein lautstarkes Zwitschern, ein winziger Vogel hüpfte über den Weg. Machte der etwa so einen Lärm? Viviens Laune hellte sich auf. Wenn sie nur mit Tieren ihre Zeit verbringen könnte, wäre sie glücklich. Tiere urteilten nicht.

Alicia seufzte ein weiteres Mal. »Ich weiß nicht mehr, wem ich vertrauen kann. Du hast doch diese Sanna geholt. Du ziehst sie mir vor.« Sie zog eine Schmollschnute.

Es war typisch, dass Alicia nur an sich dachte. Aber Vivien sehnte sich schon so lange danach, ihre beste Freundin zu sein, dass sie auch diesmal nachgab. »Wie kannst du das sagen? Wir *sind* Freundinnen. Und Sanna ist nett, findest du nicht? Es hat mir geholfen, mit ihr zu reden.«

»Es ist also vorbei? Sie wird dich nicht mehr besuchen?«

»Doch, schon. Ein-, zweimal noch, bis ihre Ferien beendet sind. Das ist doch nicht schlimm, oder?« Vivien wagte es, den Arm um Alicia zu legen, und zu ihrem Erstaunen schossen dieser Tränen in die Augen.

»Ich kann nicht fassen, dass Timur tot ist. Und Merret ...« Alicia tupfte sich behutsam das Gesicht ab, um ihr Make-up nicht zu ramponieren. »Sie wirkt so kühl. Ständig schaut sie auf ihr Handy.«

Wie hatte Alicia Merrets Trauer nicht bemerken können? »Das stimmt nicht. Sie trauert, sie reißt sich nur vor uns zusammen, damit wir nicht sehen, dass sie weint.«

»Sie ist komisch.«

Vivien spürte altbekannte Beklemmungen in sich aufsteigen.

»Die ganze Zeit hat Merret uns etwas verschwiegen. Und Elanie ... Ob sie weiß, dass Merret ...«

Schritte nahten, ein Keuchen. Wie aufs Stichwort kam Elanie angetrabt. Sie trug ihre pinke Regenjacke, die sie hasste, Merret zuliebe aber anzog. »Was ist mit Merret?«, fragte sie.

Alicias Gesicht versteinerte. »Wir haben uns lediglich gefragt, wie deine Pflegemutter mit dem neuen Sozialarbeiter klarkommen wird. Und ob die Polizei wohl an Bernds Messer Blutspuren findet.«

Elanies Gesicht verdüsterte sich. »Das frage ich mich auch.«

* * *

Gerade noch rechtzeitig huschte Liv in den Raum. Nach der Diskussion mit Sanna hatte sie Luft schnappen müssen. Grübelnd war sie am grünen Ufer Keitums entlanggewandert, das sich wellengleich zum Watt hin ergoss. Sie hatte mit Elise telefoniert, die Zeit vergessen und auf dem Rückweg beinahe rennen müssen. Warum nur waren die Beziehungen zu denen, die man am meisten liebte, so kompliziert? Die Worte ihrer Tochter hatten Liv verletzt, und sie hatte sich vorgenommen, bald in Ruhe mit ihr über alles zu reden.

»Die Taucherstaffel ist bereits eingetroffen und macht sich an die Arbeit«, berichtete Hilke Hasselbrecht. »Hoffen wir, dass sie die Tatwaffen auf dem Grund des Hafenbeckens finden.«

»Warum nehmen wir Erk Pagelsen nicht in U-Haft? Wir hätten ihn gestern nicht wieder laufen lassen dürfen. Sein Schiff war eindeutig der Tatort. Er muss etwas mit der Tötung von Timur Roters zu tun haben!«, sagte Rabia.

Bente winkte ab. »Wir haben nicht genug in der Hand. Merret Roters hat sein Alibi bestätigt. Solange wir keine gegenteiligen Aussagen oder Beweise haben, bringt es uns nicht weiter, ihn in U-Haft zu nehmen. Die Frage wäre viel eher, ob er observiert oder abgehört werden sollte.«

»Das werde ich gleich nachher mit dem Staatsanwalt diskutieren. Was haben wir noch?« Die K1-Chefin blickte in die Runde.

»Gestern Abend haben wir tatsächlich noch den Mann gefunden, der Bernd Beversens Alibi bestätigen konnte«, berichtete Hennes. »Er wird heute ins Kommissariat kommen, um seine Aussage zu Protokoll zu geben.«

»Und Beversens Zweitmesser?«

»Das Messer, das er im Schuppen versteckt hat, ist noch im Labor. Ob Blut von Timur Roters darauf ist, werden wir erst in ein paar Stunden erfahren.«

Als Nächstes fassten die Kollegen die von ihnen geführten Befragungen zusammen. Besonders interessierten Liv die Gespräche mit dem Träger der Jugendwohngruppe und mit Merret

Roters, die zu Protokoll gegeben hatte, zur Tatzeit mit Erk Pagelsen zusammen gewesen zu sein; andere Zeugen gab es nicht.

Als sie nach dem Ende der Besprechung auseinanderstrebten, hielt Bente sie auf. »Andreas hat sich krankgemeldet.«

»Hat er Sylt verlassen?«

»Das will ich stark hoffen.«

Aus der Backstube in der Westerländer Fußgängerzone duftete es himmlisch. Dennoch war jetzt keine Zeit für ein gemütliches zweites Frühstück. »Wir würden es vorziehen, wenn Sie einen Augenblick Ihre Arbeit unterbrechen könnten, um mit uns zu sprechen. Anderenfalls müssten wir Sie ins Revier einbestellen.«

Sabrina Schulz, Erk Pagelsens ehemalige Lebensgefährtin, sah auf. Sie trug einen weißen Kittel und um die Haare ein Netz. »Ich muss noch diese Friesentorte fertigstellen, dann habe ich ein paar Minuten Zeit. Warten Sie so lange im Verkaufsraum? Ich bin gleich bei Ihnen.«

Während sie warteten, betrachtete Liv die Auslage in der Bäckerei und überlegte, auf welche der Köstlichkeiten sie wohl am ehesten verzichten könnte.

»Ich nehme nur ein Stück frischen Butterkuchen, danke der Nachfrage«, sagte Hennes mit einem verschmitzten Lächeln.

Liv grinste. »Wir sind echt wie ein altes Ehepaar. Irgendwann verständigen wir uns wortlos.«

»Wäre auch nicht das Schlechteste. Wird ohnehin zu viel gelabert.«

Sabrina Schulz war fertig, schaute in den Verkaufsraum und bedeutete ihnen, ihr in den Hinterhof zu folgen. Dort öffnete sie den Kittel, zog die Haube ab und holte eine E-Zigarette hervor. Hektisch klickte sie den Feuerknopf. »Sie wollen mit mir über Erk reden?« Sie blies eine dicke Rauchwolke aus. »Was hat er angestellt?«

»Wie kommen Sie darauf, dass er etwas angestellt haben könnte?«

»Erk ist nicht der Mann, dem etwas zustößt. Er lässt sich nichts gefallen. Von niemandem.«

»Sprechen Sie aus Erfahrung?«

Sie schnaubte abschätzig. »Wir waren drei Jahre ein Paar. Er hat mir die Trennung nicht gerade leicht gemacht.«

»Inwiefern?«

Sabrina Schulz sah sie prüfend an und wandte sich dann an Liv. »Kennen Sie das, wenn jemand behauptet, besser zu wissen, was Sie denken und fühlen, als Sie selbst? Wenn jemand ständig Ihre Gefühle infrage stellt? Ihnen alle Entscheidungen abnimmt und es vermeintlich nur gut damit meint?«

»Solche Menschen gibt es. Da ist es schwer, sich treu zu bleiben, sich abzugrenzen.«

Sabrina Schulz nickte heftig. »Am Ende habe ich gar nicht mehr gewusst, was ich denken oder fühlen soll. Immer hat Erk mir ein schlechtes Gewissen eingeredet, wenn ich etwas anderes wollte als er. Und als ich genug hatte und mich trennen wollte, hatte ich gar keine Ruhe mehr.«

»Wieso? Was ist dann passiert?«

»Ständige Anrufe. Richtiggehend Telefonterror war das. Andauernd tauchte er auf, wollte eine letzte Aussprache.«

Liv runzelte die Stirn. Das klang bedrohlich. Derartige Situationen eskalierten häufig – zulasten der Frauen. »Und dann?«

»Dann drohte ich damit, ihn anzuzeigen. Er ließ mich in Ruhe. Dass am nächsten Tag mein Auto zerkratzt wurde, war nach Ansicht der Polizei Zufall.« Sie wischte sich etwas Mehl von der Wange. Die Zigarette schien sie vergessen zu haben. »Also, warum sind Sie hier?«

»Wann haben Sie Herrn Pagelsen zuletzt gesehen?«

»Das muss etwa zwei Wochen her sein. Beim Geburtstag

eines gemeinsamen Freundes. Ich kam, er ging. Tönte, er sei noch verabredet. Es klang durch, dass es sich um eine Frau handelte.«

»Woraus schließen Sie das?«

»Er wirkte selbstzufrieden, ging entspannt mit mir um, als habe er endlich mit unserer Beziehung abgeschlossen.«

»Haben Sie seine Freundin kennengelernt? Wissen Sie mehr über diese Frau?«

Sabrina Schulz verneinte.

»Hat Herr Pagelsen Ihnen gegenüber je einen gewissen Timur Roters erwähnt?«

Sie zog noch ein paarmal an ihrer E-Zigarette und wusch sich dann sorgfältig die Hände an einem Waschbecken, das sich neben der Tür befand. »Das ist dieser Typ, dessen Segelboot auf dem Liegeplatz neben Erks Kutter liegt, oder? Der mit den schwer erziehbaren Jugendlichen?« Als die Kommissare dies bestätigten, fuhr Schulz fort: »Erk hat sich oft über diesen Roters aufgeregt. Die Jugendlichen bräuchten eine harte Hand, müssten lediglich arbeiten gehen wie anständige Leute und bei Straftaten in den Knast, damit sie ihre Lektion lernen, meint er. Mit Kuschelpädagogik hat er nichts am Hut.«

»Er hat sich also mit Roters gestritten? Ist es dabei Ihres Wissens zu Handgreiflichkeiten gekommen?«

Sabrina Schulz trocknete sich die Hände ab und blickte sie an, als sei ihr erst jetzt etwas klar geworden. »Timur Roters ist der Tote, der bei Hörnum gefunden wurde, oder? Und Erk soll etwas damit zu tun haben? Ich habe die Nachrichten nicht verfolgt ...«

»Würden Sie es ihm zutrauen?«

Die Frau zögerte. »Ich habe mit Erk zwar viel Zeit verbracht, aber dass ich ihn durchschaue, kann ich nicht behaupten. Manchmal tickt er einfach aus.«

Am liebsten hätte Liv schon auf der Fahrt zu den Croissants und dem Butterkuchen gegriffen, die sie noch gekauft hatte, doch Hennes überredete sie zu warten, bis sie in Hörnum waren. Er hatte recht, die Kollegen freuten sich bestimmt ebenfalls über das ofenwarme Gebäck.

Als sie ankamen, war der Parkplatz am Kiosk vollgestellt. Die Taucherstaffel war inzwischen eingetroffen, und neben dem Transporter standen Pressluftflaschen, Trockenanzüge und Kisten mit Lungenautomaten und sonstigem Equipment. Einer der Polizeitaucher überwachte den Einsatz vom Kai aus, andere waren offensichtlich bereits im Wasser.

Diskutierend stand Erk Pagelsen vor Momke und schleuderte in einer Geste der Entrüstung die Hände in die Luft. Während das Segelboot anscheinend inzwischen freigegeben war, war sein Kutter noch gesperrt. »Jeden Tag, an dem mein Schiff im Hafen bleibt, verliere ich bares Geld. Haben Sie das nicht begriffen? Sie treiben mich in den Ruin!«

»Eine gründliche kriminaltechnische Untersuchung braucht seine Zeit. Außerdem haben wir Ihren Investor informiert –«

»Ich weiß! Aber Herr Naggelmann verliert ebenfalls die Geduld! Die Saatmuscheln müssen *jetzt* raus!«

Liv legte das Gebäck auf einen Klapptisch und ging zu den Tauchern. Auf der anderen Seite des Hafenbeckens standen auch heute Schaulustige. Dieses Mal hielten sie jedoch nicht nach Seerobben Ausschau, sondern beobachteten den Einsatz der Taucherstaffel.

»Schon was gefunden?«, fragte Liv.

»Jede Menge«, meinte der Polizeitaucher, wandte den Blick aber nicht vom Wasser ab. »Ist schon erschreckend, was alles auf dem Grund eines Hafenbeckens landet. Aber noch kein Messer und auch kein Handy, worauf deine Frage vermutlich abzielt.«

Die Wasseroberfläche kräuselte sich, und etwas Dunkles, Glattes tauchte auf. Kurz dachte Liv, dass es sich um einen Seehund handelte, doch der trug wohl kaum eine Taucherbrille. »Könnt ihr den Suchradius nicht ausweiten?«

»Theoretisch schon. Praktisch ist es schon jetzt eine anstrengende, mühselige und langwierige Arbeit«, erklärte der Leiter der Polizeitaucherstaffel, der zu ihnen getreten war. »Die Sicht ist schlecht, und die Taucher müssen den Meeresboden Stück für Stück abtasten. Es kann also dauern, bis wir mit unserem Gebiet fertig sind, selbst wenn wir uns nur das Umfeld des Muschelschiffs vornehmen.«

Hennes blickte blinzelnd auf die See hinaus. »Letztlich ist eh fraglich, ob der Täter die Waffe hier entsorgt hat. Ich vermute auch, dass er die Leiche nicht ins Hafenbecken geworfen hat – die Gefahr wäre zu groß gewesen, dass sie sich unter einem der Stege verfängt und schnell wieder auftaucht. Hätte ewig gedauert, bis die Strömung sie ins offene Meer getragen hätte. Wenn überhaupt.«

Der Polizeitaucher stimmte zu. »Wenn ich in diesem Hafen jemanden auf einem Schiff umgebracht hätte, würde ich mir ein kleines Boot schnappen, auf die Nordsee hinausfahren und die Leiche dort über Bord werfen. Die Strömung vor Hörnum ist ...«

»... gefürchtet«, vervollständigte Liv den Satz. Dass sie nicht früher darauf gekommen waren! »Also muss auch vor der Hafenmole gesucht werden. Außerdem gibt es möglicherweise weitere Spuren, wenn ein Boot im Spiel war.«

»Könnte sein. Für uns war es gestern jedenfalls kein Problem, ein Motorboot zu leihen, um eine kurze Spritztour zu machen«, sagte Hennes nachdenklich. Liv und er tauschten Blicke. »Das Opfer hat viel Blut verloren, und auf dem Muschelschiff hat der Täter einige Spritzer übersehen. Wenn er ein Boot benutzt hat, um Roters wegzuschaffen, könnten wir auch dort noch Spuren finden. Gehen wir also noch einmal ins Büro des Hafenmeisters.«

Eine Stunde entdeckten sie am nächstgelegenen Kai ein Motorboot, das bei genauem Hinsehen verdächtige Spuren aufwies. Das Boot gehörte einem Hamburger, der es jedoch nur wenige Tage im Jahr zum Makrelenfischen nutzte. Dunkel und schlierig, wie sie waren, konnten die Spuren auf Blut hinweisen.

Liv spürte ein Prickeln zwischen den Schulterblättern, als sie die Kriminaltechnik informierte. Hatte der Täter auf diesem Boot in der Eile Blutflecken übersehen, könnte er auch DNA hinterlassen haben.

* * *

Erk fixierte einen Punkt hinter dem Hörnumer Hafen, während Heribert Naggelmann eine Muschel aus dem roten Emailletopf pickte. Geschickt benutzte er leere Muschelschalen, um das Fleisch herauszuschälen.

Er lässt mich hier stehen wie einen Bittsteller! Erks Finger verkrampften.

»Gibt es denn nichts, was Sie tun können, um die Angelegenheit zu beschleunigen, Pagelsen?« Mit einer geübten Handbewegung schob Naggelmann die Schalen ineinander, sodass sie einen schwarzgrauen Zopf bildeten. »Diese Ermittlungen werfen kein gutes Licht auf unser Unternehmen«, wiederholte er, was er Erk schon mehrfach gesagt hatte.

Erk presste die Zähne so heftig aufeinander, dass er sie knirschen hören konnte. »Ich sagte bereits, dass ich alles getan habe, was in meiner Macht steht. Ich habe keine Ahnung, wie die Polizei auf die Idee kommt, dass ich etwas mit diesem …« Er suchte nach den richtigen Worten, denn er musste unbedingt jedweden Zweifel ausräumen.

Warnend blickte der Investor ihn an, dann flackerte sein Blick zu den Gästen an den Nebentischen.

»Was auch immer auf dem Kutter geschehen ist – ich habe nichts damit zu tun«, beteuerte Erk. »Entweder ist das ein böser Zufall, oder jemand will mich ... uns fertigmachen.«

Die Miene des Investors verdüsterte sich noch weiter. »Es reicht, Pagelsen!« Der Ton war so abfällig, dass Erk sich beherrschen musste, um ihm dafür nicht die Fresse zu polieren. »Ich habe nichts mit Ihren ... Machenschaften zu tun! Vergessen Sie nicht, dass ich die Mehrheit bei dieser Unternehmung habe!«

Erks Zähne knirschten. »Schon gut. Ich werde noch mal mit der Polizei reden.«

Naggelmann widmete sich wieder seinem Muscheleintopf. »Nichts anderes erwarte ich von Ihnen.«

Eine halbe Stunde später hatte Erk sowohl mit einigen seiner Mitarbeiter als auch mit der Polizei gesprochen – ohne Erfolg. Nachbarn waren vorbeigekommen, die seinen Gruß demonstrativ ignoriert hatten. Einer hatte sogar »Mörder« gezischt, dies jedoch geleugnet, als Erk ihn wutentbrannt zur Rede gestellt hatte. Zum wiederholten Mal versuchte er, Merret anzurufen, doch entweder hörte sie das Klingeln nicht, oder sie ignorierte ihn erneut.

Als er gerade das Handy wieder wegstecken wollte, bemerkte er, wie Naggelmann das Restaurant verließ. Neben ihm ging Rob Joken, Erks Vormann. Die Männer schienen sich ausgesprochen gut zu verstehen und schüttelten einander einvernehmlich lächelnd die Hand. Verbündeten die beiden sich etwa gegen ihn? Spielte Naggelmann mit dem Gedanken, Erk abzusägen und durch Rob auszutauschen? Fiel sein Mitarbeiter ihm in den Rücken?

Anscheinend, und das, ohne mit der Wimper zu zucken, erkannte Erk. Wundern würde es ihn nicht. Rob stammte ebenfalls aus einer Seefahrerfamilie und brannte darauf, sich beweisen zu können.

Erks Körper kribbelte vor Zorn. Am liebsten hätte er etwas zerschlagen. Ein saurer Geschmack breitete sich in seinem Mund aus. Das hatte er nicht verdient. Die würden schon sehen, was sie davon hatten!

* * *

Sanna wandte sich vom Meer ab. Kimi hatte gerade in enormer Höhe einen Deadman vollführt, ausgerechnet bei auffrischendem, böigem Wind. Sie wollte keine Spielverderberin sein, und doch war es bei diesen Bedingungen viel zu gefährlich, wenn die gestreckten Füße und das Board gen Himmel wiesen und die vom Controlbar gelösten Hände gen Wasser. Seine Kumpel fanden das natürlich nicht, sondern versuchten, es Kimi nachzutun.

Es war, als ob Kimi besonders cool sein müsste, seit er eine Absage nach der anderen kassierte. Vorhin erst hatte er weitere Briefe vor ihr versteckt und war ihren Fragen ausgewichen. Sannas Zähne schlugen aufeinander. Sie fror wie Hölle. Zitternd schälte sie sich aus dem Neoprenanzug. Sie war lange auf dem Wasser gewesen und viel zu oft vom Board gestürzt.

Als sie sich endlich abgetrocknet und angezogen hatte, tauchte Kimi hinter ihr auf, tropfnass und mit blauen Lippen. »Was machst du denn?«

Sanna fiel es schwer, ihm etwas vorzuspielen. Andererseits konnte sie nicht einschätzen, was er zu ihrer geheimen Mission sagen würde, ob er sie gutheißen und Liv gegenüber dichthalten würde. »Ich muss noch mal los. Soll etwas für meine Mam erledigen. Einkaufen. Nachher ist es sonst wieder zu spät«, improvisierte sie.

»Soll ich dich fahren?« Es klang widerwillig.

»Nicht nötig. Ich nehme das Rad und den Bus. Es sei denn, du willst auch aufhören. Du frierst doch auch, und der Wind …«

»Besten Dank, ich bleibe noch.« Kimi klang angepisst. »Die Bedingungen sind perfekt, und ich bin fit.«

Sanna schoss die Hitze in die Wangen. »Ich wollte damit nicht sagen –«

»Ständig den Babysitter zu spielen ist langweilig. Ich bleibe lieber bei den Jungs«, unterbrach er sie.

»Okay. Sei nicht sauer. Ich hab's Liv versprochen«, sagte Sanna entschuldigend. »Außerdem muss ich was mit ihr besprechen.«

»Wegen Japan?« Kimi verzog das Gesicht und wandte sich ab.

Sannas Herz schnürte sich ein. Was war nur mit ihnen los? Warum war so eine große Distanz zwischen ihnen? »Sehen wir uns nachher?«, rief sie ihm nach.

»Du weißt ja, wo du mich findest.«

20

Der auf die Bohlen gewehte Sand knirschte unter Sannas Turn-
schuhen. In einem sanften Bogen entfernte sich der Holzsteg
von der Küste und führte in das Südwäldchen im Schatten des
Hörnumer Leuchtturms, wohin Vivien sie gebeten hatte. Das
Mädchen hatte bei seinem Anruf erschüttert geklungen, was es
Sanna leichter gemacht hatte, ihren eigenen Kummer wegzu-
schieben.

Viv hatte lange auf sie warten müssen. Die Fahrt nach
Westerland war schier endlos gewesen. Kaum Zeit war für den
Umstieg in den Anschlussbus nach Hörnum geblieben, aber
immerhin hatte der Busfahrer ihr keinen Stress gemacht, als sie
ihr Bike auf dem Fahrradträger befestigt hatte. Da es auf dem
sandigen Weg nur störte, hatte Sanna es an der Bushaltestelle
angeschlossen. Eine gute Entscheidung, denn nun mündete der
Holzsteg auf einem unbefestigten Waldweg, über dem sich die
Baumkronen wölbten wie ein grüner Tunnel.

Ein Rotkehlchen flatterte erschrocken auf, als Sanna ins
Dickicht ging. Das Wäldchen wirkte erstaunlich wild. Überall
lagen umgestürzte Stämme, halb bewachsen von Moos. Flech-
ten baumelten dürr wie Altmännerbärte an den Ästen. Für
Sanna war es verblüffend, auf der eigentlich kargen Insel so
eine Wildnis vorzufinden.

Wie ein Häufchen Elend saß Vivien auf einem umgestürzten
Baum. Als sie Sanna bemerkte, lief sie ihr entgegen und nahm
Sannas Hand. »Da bist du ja! Ich will dir etwas zeigen.«

Sie schlugen sich durchs Gesträuch bis zu einer winzigen Lichtung. Der Stamm eines verwachsenen Baumes, den ein Sturm niedergedrückt haben musste, bildete eine natürliche Bank. Vivien setzte sich und lehnte sich gegen die abgestorbenen Aststummel. »Wir dürfen wieder auf das Boot. Die Polizei hat es freigegeben. Die anderen sind schon dort, aber ich … Ich konnte das nicht. Zu viele Erinnerungen«, sagte Viv leise.

»Willst du mir davon erzählen?«

Während Vivien sprach, kratzte sie mit dem Fingernagel Muster in den grünlich schimmernden Baumstamm. »Alle sind erleichtert, weil die Polizei jetzt offenbar eine Spur hat. Zumindest wissen die Bullen wohl, wo Timur getötet wurde. Und zum Glück ist dieser aufdringliche Polizist nicht wieder aufgetaucht.« Sie verstummte, sichtlich angegriffen.

»Vielleicht ist er schon abgezogen worden«, sagte Sanna vage. Mist, auch darauf hatte sie Liv ansprechen wollen!

»Meinst du?«

»Könnte sein, wenn es einen Verdächtigen gibt. Vielleicht muss auf dem Festland weiterermittelt werden. Sicher habt ihr bald eure Ruhe.«

»Danke, dass du das sagst. Das beruhigt mich.« Vivien schien sie abzuchecken. »Du wirkst angegriffen.«

»Stress mit meinem Freund«, gab Sanna zu. Vivien fragte nach, und Sanna war erleichtert, darüber reden zu können, wenn sie auch nicht alles verraten konnte, was sie bedrückte.

Bibbernd zog Vivien die Schultern hoch. Die Sonne war verschwunden, und im Schatten der Bäume wurde es kühl. »Wollen wir den anderen helfen? Würdest du mich begleiten?«

»Meinst du, die haben nichts dagegen?«

»Auf einem Boot kann man jede Hand gebrauchen, hat Timur immer gesagt. Und wenn ich möchte, dass du dabei bist, werden sie schon nichts einzuwenden haben.«

Sie gingen die Promenade hinunter zum Hafen. Der Katamaran nach Cuxhaven legte gerade ab. Überall waren Polizeiautos zu sehen, viele Menschen in Uniform. Sanna sah sich um. Sie wollte nur ungern ihrer Mutter begegnen. »Ich glaube, das ist doch keine so gute Idee. Ich will keinen Stress mit deinen Freunden.«

Vivien nahm erneut ihre Hand. »Du darfst mich nicht im Stich lassen!«

Sanna wunderte sich über die Inbrunst, mit der Vivien ihr Anliegen herausgebracht hatte. Es schien ihr wirklich wichtig zu sein. »Wo ist das Segelboot denn?«

Vivien wies auf eine Stelle, die von den Polizeitransportern ein gutes Stück entfernt war. »Normalerweise liegt es neben dem Muschelschiff, aber die Polizei hat uns einen anderen Platz zugewiesen, weil sie irgendwas im Hafenbecken suchen. Na, egal, Hauptsache, wir haben unsere Ruhe.«

Sanna zog sicherheitshalber die Kapuze über den Kopf, damit niemand sie erkannte. »Ganz schön fieser Wind hier«, murmelte sie und beschleunigte den Schritt, was Vivien nur recht zu sein schien.

Die Jugendlichen waren auf dem Schiff beschäftigt. Einige schliffen, andere hämmerten, schraubten oder pinselten die Planken an. Als sie das Schiff betraten, sahen sie auf. Alle wirkten alarmiert, misstrauisch, nicht nur Raffa.

»Auf einem Segelboot kann man jede Hand gebrauchen«, zitierte hingegen Idris und hielt Sanna einen Pinsel hin.

Mit Eintritt der Dämmerung stellten die Jugendlichen die Arbeit ein. Hinter der Polizeiabsperrung waren vor Kurzem die Strahler aufgeflammt und tauchten diesen Teil des Hafens in ein unwirkliches Licht. Die Polizeitaucher waren zwischenzeitlich mit einem Boot vor die Mole gefahren, hatten immer wieder Dinge vom Meeresboden ans Ufer gebracht, waren jetzt aber ebenfalls verschwunden.

Sanna hatte sich bewusst Aufgaben gesucht, die ihr Sichtschutz boten. Sie hatte ihre Mutter und Hennes vorhin zwar aus der Ferne gesehen, es aber geschafft, dass diese sie nicht entdeckten. Vivien hatte sich nach einer Weile Alicia zugewandt, mit der sie seither angeregt flüsterte. Sanna war derart abgemeldet, dass sie schon mit dem Gedanken gespielt hatte, einfach zu verschwinden. Doch dann hatte Elanie sich zu ihr gesellt und sie über ihr Leben und ihre Hobbys befragt. Es war ein Eiertanz gewesen, nicht zu viel zu verraten und gleichzeitig wegen ihrer Verschlossenheit keinen Verdacht zu erregen. So hatte sie über Handball gesprochen, über das Schultheater, über Surfen und Kiten. Sie hatte sich mit der Jugendlichen gut unterhalten, und auch die anderen waren nach und nach aufgetaut.

»Mann, habe ich einen Hunger! Du kommst doch mit?«, fragte Idris.

»Ich weiß nicht. Ich bin eigentlich mit meinem Freund verabredet«, sagte Sanna. Sie dachte an das Foto, das Kimi gepostet hatte. Er und seine Freunde saßen schon wieder um die Shisha, neben sich Chipstüten. Wollte sie wirklich dorthin?

Auf einmal war Vivien wieder bei ihr, die Augen geweitet. »Nein, bitte, begleite uns! Wer mitgeholfen hat, muss auch mitessen.«

»Natürlich kommst du mit.« Alicia sprach so entschieden, dass es keinen Widerspruch zuließ.

Sie gingen zu den Fahrrädern, und auch Sanna holte ihres. Gegen den Wind zu radeln war anstrengend, aber sie machten immer wieder kleine Wettrennen und hatten Spaß. Sanna war froh, außer Sichtweite der Polizei zu sein. Auf ihrem Handy hatte sie gesehen, dass Liv und Kimi ihr Nachrichten geschickt hatten, sie hatte sie aber nicht gelesen; also brauchte sie auch nicht zu reagieren.

Merret schien es heute nicht zu stören, dass sie die Jugendlichen begleitete. Auf einen mehr oder weniger beim Essen komme es ohnehin nicht an, sagte sie. Gemeinsam kochten und aßen sie, gingen dann ins Spielzimmer und kickerten einige Runden. Vivien zog sich auf einen Sessel zurück und grübelte. Als Sanna mit ihr reden wollte, fragte Raffa, ob sie wieder ein Lagerfeuer machen wollten.

»Ich glaube, ich geh lieber ins Bett«, meinte Vivien.

Alicia winkte ab. »Jetzt schon? Vergiss es.«

»Kommst du auch mit ans Feuer, Sanna?« Viviens Frage klang beinahe flehentlich, und Sanna begriff nicht, warum.

»Lass sie doch, wenn sie lieber abhauen will.« Alicia zog Vivien aus dem Sessel. Diese streckte die Hand nach Sanna aus. Kopfschüttelnd lief Alicia Nico nach. Sanna und Vivien folgten ihnen hinaus. Wenig später saßen sie auf abgeschabten Monochairs und entzündeten Holz und Geäst. Auch die anderen kamen nun hinzu. Das Knistern des Feuers mischte sich in vereinzelte Vogelschreie, Hundebellen und das Blöken der Lämmer.

»Der Wagen ist gekommen, als wir vorhin gekocht haben«, sagte Elanie düster. »Morgen geht es los.«

»Das dürfen wir nicht zulassen!«, brach es aus Vivien heraus, die auf einmal ihre Lethargie abgeschüttelt zu haben schien.

»Was können wir schon tun? Der Baue–«

Idris fiel Raffa ins Wort. »Genau. Wir können gar nichts tun. Am besten sind wir morgen wieder beim Segelboot, dann bekommen wir gar nicht mit, was hier passiert.«

»Nur weil wir es nicht sehen, findet es nicht nicht statt! Ich bin dafür, dass wir es verhindern!«, rief Vivien.

»Vergiss es! Viel zu gefährlich!«

Eine Diskussion brach aus, und auf einmal schien es zwei Lager unter den Jugendlichen zu geben. Die Mädchen waren dafür, etwas zu tun, die Jungen dagegen. Sanna begriff nichts.

»Worum geht es eigentlich?«, fragte sie schließlich.

»Der Bauer nebenan hat einen mobilen Schlachter bestellt. Der wird ab morgen die Lämmer erschießen, damit die Sylter Restaurants sie zu Ostern als Festtagsmenü servieren können«, sagte Vivien voller Abscheu.

»Das ist ja ätzend!«, rief Sanna.

»Genau deshalb müssen wir etwas tun.«

Die Jungen hatten unterdessen weiterdiskutiert. »Ohne uns. Wir dürfen nicht riskieren –«

»Natürlich ohne euch. Kommt!« Alicia machte eine bestimmende Geste, und die Mädchen, auch Sanna, folgten ihr zum Schuppen.

Während die anderen redeten und einen Plan schmiedeten, rasten Sannas Gedanken. Natürlich wollte auch sie, dass die Lämmer weiterlebten. Was aber wäre, wenn der Bauer sie bemerkte oder gar beobachtete und filmte? Was sie hier planten, war eine Straftat! Sofort hörte sie Livs Stimme in ihrem Kopf. *Hausfriedensbruch, Einbruch. Jugendstrafe.* Und wie so oft fragte Sanna sich, was das Schlimmste wäre, was passieren könnte. *Der Bauer könnte uns anzeigen. Ich könnte von Liv ein Donnerwetter zu hören bekommen. Wozu würde man uns verurteilen? Zu Sozialstunden? Alles halb so wild, also. Hoffentlich.*

Eine Stunde später schlichen sie aufgedreht und mühselig das erregte Lachen unterdrückend durch das Buschwerk zum Lagerfeuer zurück, wo sie neben den Jungs wieder die Plätze ihrer strohgestopften Dummys einnahmen. Die getrockneten Halme schüttelten sie aus den Wolldecken auf den Boden.

»Und? Wie ist es gelaufen?«, wollte Nico wissen, den es kaum auf dem Plastikstuhl hielt.

»Das will ich gar nicht wissen!« Raffa hielt sich die Ohren zu. »Der hat euch bestimmt gesehen, und dann bekommen wir den nächsten Ärger – aber diesmal richtig!«

»Uns kann keiner was«, gab Idris Entwarnung. »Immerhin waren wir nicht untätig. Haben den Betreuern Fotos geschickt, auf denen es so aussieht, als säßet ihr mit am Feuer. Mit Selbstauslöser gemacht.« Auf den Bildern waren die Jugendlichen im Feuerschein; von den Mädchen waren nur die wollbedeckten Rücken – also die Strohdummys – zu sehen. Aufgeregt wispernd berichtete Alicia von ihrer erfolgreichen Mission und zeigte Videoschnipsel – wann hatte sie die gemacht? –, wobei ihr Elanie und Vivien immer wieder ins Wort fielen.

»Und dann hat Sanna kurzerhand mit einem Nagel das Torschloss aufgefriemelt«, berichtete Elanie gerade begeistert.

Stolz wallte in Sanna auf. Sie genoss den Zusammenhalt und war glücklich, mitgemacht zu haben. Hatte es sich also gelohnt, dass sie einmal beobachtet hatte, wie Liv mit einem Dietrich ein Schloss geknackt hatte …

Einige Zeit später hörten sie Rufe auf dem Bauernhof, dann sahen sie Taschenlampen über die Felder zucken. Kurz darauf röhrte ein Quad zum Hof. Als der Bauer auf das Lagerfeuer zustürmte, mit knapper Not gebremst von Merret und dem neuen Sozialarbeiter, der sich heute Morgen als Patrik vorgestellt hatte, wurde Sanna mulmig. Hoffentlich hatten sie keine Spuren hinterlassen! Hoffentlich hatte niemand sie gesehen! Und hoffentlich löschte Alicia die Videos.

»Ihr verdammten Gören! Ihr wart das! Gebt es zu!«, brüllte Mertens, kaum hatte er sie erreicht.

Idris erhob sich. »Herr Mertens, ich weiß nicht, wovon Sie reden.« Er klang ganz ruhig.

»Nun tut doch nicht so scheinheilig! Ihr habt die Lämmer rausgelassen!« Der Bauer schoss auf Idris zu, und Patrik und Merret konnten gerade noch verhindern, dass er ihn packte. Auch Nico ballte nun die Fäuste und musste von Alica gebändigt werden.

»Stimmt, was er sagt?«, fragte der Sozialarbeiter.

»Nein, das stimmt nicht. Wir haben die ganze Zeit am Lagerfeuer gesessen. Wir haben dir ein Foto und einen Snap geschickt, vergessen? Du bist doch erst eben hier gewesen und hast uns alle gesehen«, sagte Alicia. »Vielleicht war das Tor nicht richtig geschlossen, und die Lämmer sind ganz von allein abgehauen.«

Der Bauer drängte sich näher an das Feuer, sein Gesicht war eine hasserfüllte Grimasse. »Ich werde morgen jeden einzelnen Meter zwischen diesem Lagerfeuer und meinem Hof absuchen, und wenn ich auch nur eine Fußspur finde, die beweist, dass ihr meinen Besitz geschädigt habt, setzt es eine Anzeige für jeden von euch!«

Sanna hielt unwillkürlich die Luft an. Kaum zu übersehen, wie hart diese Drohung alle traf.

»Jetzt ist es aber genug!« Merret trat noch einen Schritt vor. »Sie haben doch gehört, was die Jugendlichen gesagt haben! Wenn die sagen, dass sie hier am Lagerfeuer gesessen haben, dann stimmt das auch. Außerdem habe ich hier ein Beweisfoto.« Sie hielt ihr Handy hoch.

Schnaubend machte Mertens auf dem Absatz kehrt. »Dass Sie diese Lügner auch noch in Schutz nehmen! Schämen Sie sich!«

* * *

Wie immer hatte Idris im Badezimmer freie Bahn. Raffa nahm es mit der Körperhygiene nicht so genau, und Nico war noch mit Alicia beschäftigt, wie man an rhythmischen Lauten aus seinem Zimmer hören konnte. Das Adrenalin schien die beiden angetörnt zu haben.

Er rief einen Gutenachtgruß ins Untergeschoss, wo der neue Sozialarbeiter mit Merret diskutierte. Die anderen antworteten. Solche Momente hatte es in grauer Vorzeit auch in seiner Familie gegeben. Seine Mutter hatte immer gelacht und zum Schluss gerufen: »Gute Nacht, John-Boy«, obwohl keines seiner Geschwister John hieß. Als er einmal nachfragte, hatte sie eine uralte Serie namens *Die Waltons* erwähnt. Idris unterdrückte ein Seufzen. Die Erinnerung daran machte ihm das, was er vorhatte, etwas leichter.

Noch einmal schaute Idris, ob er freie Bahn hatte. Ja, alle waren in ihren Zimmern, und Sanna war mit ihrem Fahrrad davongeradelt. Er fand es cool, dass sie bei der Befreiungsaktion mitgemacht hatte. Überhaupt begriff er nicht, warum Alicia so an ihr herumnörgelte. Vermutlich war sie eifersüchtig, weil sich Vivien, die sonst wie ein Schatten an ihr klebte und sie anhimmelte, von ihr abnabelte. Elanie hatte sich schon vor einer Weile in die Einliegerwohnung zurückgezogen, und jetzt folgte ihr endlich auch Merret. Eine ganze Weile hatte ihre Erzieherin versucht, aus ihnen herauszubekommen, ob sie etwas mit der Befreiungsaktion zu tun hatten; natürlich hatten sie geleugnet. Er beneidete die beiden darum, dass sie einander Trost spenden konnten. Merret und Elanie waren ein gutes Team, beinahe eine richtige Familie. Eine kaputte Familie, wie so viele andere. Wie seine.

Draußen zuckte noch immer der Schein der Taschenlampen über die Felder. Stimmen waren zu hören; hoffentlich waren die Lämmer wirklich entkommen und nicht vor das nächste Auto gesprungen.

Idris griff nach der Jacke und zog seine Zimmertür leise zu. Er schlich auf Zehenspitzen den Flur entlang bis zu einem Fenster, das man mit einem Kniff öffnen und über das man aufs Vordach in den Garten klettern konnte. Ganz still stand er dort, starrte in die Finsternis. Eine bessere Gelegenheit als heute Nacht hatte es nicht gegeben, außerdem drängte die Zeit. Wenn er nichts tat, würde er bald auffliegen. Daran gab es keinen Zweifel. Er hatte keine Wahl.

Er atmete tief durch und schob seine Haare unter die Wollmütze. Die Nacht schreckte ihn nicht. Dafür war er schon zu oft abgehauen und allein unterwegs gewesen, hatte zu viele brenzlige Situationen erlebt. Er wusste, was er aushalten konnte. Und er wusste auch, was er nicht würde ertragen können. Dinge, die so schlimm waren, dass er sie sich nicht auszumalen wagte. Ebendeshalb musste er sich jetzt aus der Wohngruppe schleichen.

* * *

»Gute Nacht, Idris!«, hörte Elanie Merret rufen. Dann kam ihre Pflegemutter in die Wohnung und weiter ins Schlafzimmer. Sie setzte sich zu ihr ans Bett und strich ihr über die Haare. »Willst du nicht langsam mal wieder in deinem Zimmer schlafen?«, fragte sie sanft.

Elanie schüttelte den Kopf. »Vielleicht in ein paar Tagen. Oder ein paar Wochen. Ich möchte nicht allein sein.«

Merret lächelte traurig. »Das geht mir, ehrlich gesagt, ebenso. Ich bin so froh, dass du da bist! Dass uns jetzt auch noch Mertens derartig zusetzt, hat gerade noch gefehlt. Hauptsache, er benachrichtigt nicht wirklich die Polizei.«

»Wegen Timur lässt die Polizei uns jetzt in Ruhe, oder? Sie haben doch eine Spur gefunden, heißt es in den Nachrichten. Glaubst du wirklich, dass Erk –«

»Nein!«, sagte Merret heftig. Sie senkte die Stimme. »Das kann ich mir nicht vorstellen.«

»Wirst du ihn …« Elanies Stimme verklang. Der Streit mit Merret über Erk und ihre Handynachricht an ihn standen ihr noch lebhaft vor Augen. Sie hasste es, wenn Merret sauer auf sie war. Außerdem hatte die Polizei sie behandelt, als hätten sie was zu verbergen. Was sie ja auch hatten.

»Ob ich ihn wiedersehen werde?« Merret rieb sich über das

Gesicht, und in dieser Geste lag die ganze Traurigkeit, die sie so verzweifelt zu überspielen versuchte. »Erk ist ein Freund, und einen Freund lässt man nicht fallen, oder? An seine Schuld werde ich erst glauben, wenn es dafür handfeste Beweise gibt. Genauso halte ich Bernd für unschuldig, bis das Gegenteil bewiesen ist.« Sie stieß die Luft aus. »Es hat keinen Sinn zu spekulieren. Kümmern wir uns lieber um das, was wir ändern können. Leben wir von Tag zu Tag. Anders geht es im Moment ohnehin nicht.« Sie zog Elanies Decke hoch, küsste sie auf die Stirn und wollte zum Badezimmer gehen. Am Fenster machte sie halt. Sie starrte hinaus.

»Ist irgendwas?«, fragte Elanie mit brüchiger Stimme.

»Alles in Ordnung«, behauptete Merret, ging aber doch nicht ins Bad, sondern hinaus.

Elanie überlegte, ob sie ihr folgen oder ebenfalls aus dem Fenster spähen sollte, kuschelte sich dann aber tiefer unter die Decke und zog ihr Handy hervor. Sie war immer vorsichtig, was neue Bekanntschaften anging. Diese Sanna machte zwar einen netten Eindruck, aber man wusste nie, was jemand verbarg – das hatte sie in ihrer Herkunftsfamilie und im Heim schmerzhaft lernen müssen. Unwillkürlich zog sie die Schultern ein. Manche Erinnerungen würde sie nie loswerden.

Eben hatte sie »Sanna Buhnsen« in die Suchmaschine eingegeben und keinen Treffer erzielt, jedenfalls keinen, der auf diese Sanna passte.

Sie versuchte es noch einmal, jetzt ohne Anführungszeichen, und setzte das Stichwort »Flensburg« hinzu. Wieder nichts.

Elanie überlegte. Was hatte Sanna noch über sich erzählt? Vielleicht hatte sie ja auch den Nachnamen falsch geschrieben? Sie löschte den Namen und versuchte es mit verschiedenen Wortkombinationen, wie »Schule«, »Jugendtheater«, »Surfen«, »Kiten« und »Handball«. Als sie endlich ein Foto fand, auf dem die richtige Sanna zu erkennen war, stockte ihr der Atem.

* * *

Andreas öffnete das Autofenster, um frische Nachtluft hereinzulassen. Er fühlte sich fiebrig, wie zerschlagen. Seit er sich krankgemeldet hatte, war er ständig in Bewegung gewesen. Er dachte gar nicht daran, sich Hasselbrechts Befehl zu fügen. Was bildete die sich ein? Überhaupt: Was bildeten sich dieser Leichendoktor und diese Lammers ein? Er war nicht krank, sondern auf der Höhe seiner Kraft, ein erfahrener Ermittler, der wusste, was er tat! Und genau das würde er unter Beweis stellen.

Gestern war er mit der Bahn nach Hamburg gefahren, um einige Knastbrüder und Weggefährten von Timur Roters zu suchen. Er hatte nicht zu auffällig mit seinem Polizeiausweis wedeln können, damit keine unerwünschten Anrufe getätigt wurden. Diese Vorsicht hatte allerdings wohl dazu beigetragen, dass er nicht erfahren hatte, was er gehofft hatte. Die Kriminellen hatten entweder behauptet, keinen Timur Roters zu kennen, oder erzählt, dass dieser ein absoluter Spießer und gesetzestreu geworden sei.

Andreas starrte auf die Straße. Egal, was sie sagten: Er wusste, dass mit diesem Roters und seiner angeblich so friedlichen Wohngruppe etwas faul war. Was er gerade gesehen hatte, hatte seinen Verdacht bestätigt. Er hatte den Mietwagen am Rande des Feldes geparkt und den Hof der Wohngruppe mithilfe eines Nachtsichtgeräts observiert. Eigentlich hatte er auch die Schuppen noch einmal durchsuchen wollen, aber dann hatte er einige interessante Beobachtungen gemacht.

Andreas schnalzte zufrieden. Seine Ergebnisse konnten sich sehen lassen. Er würde sich einen ruhigen Parkplatz suchen und im Auto schlafen, denn für eine Übernachtung in einer Pension fehlte ihm das Geld. Außerdem war er offiziell krankgeschrieben.

Gerade wollte Andreas den Motor starten und leise losfahren, als er eine Bewegung am Anbau des Hofs bemerkte. Noch einmal schaltete er das Nachtsichtgerät ein. Er schnalzte erneut. Endlich kam Bewegung in die Sache!

21

Merret war noch einmal durch das Haus gelaufen und hatte kontrolliert, ob alle in ihren Zimmern verschwunden waren und endlich Ruhe herrschte. Erschöpft schloss sie die Tür ihrer Einliegerwohnung und lehnte sich mit dem Rücken gegen das Türblatt. Ihr Atem war flach, ihr Hals eng. War das Panik, die sich in ihr regte? Oder pure Verzweiflung?

Auch aus dem Schlafzimmer drang kein Licht. Sie war erleichtert, dass es ihr gelungen war, gegenüber ihrer Pflegetochter ruhig zu bleiben. Was Erk anging, hatte sie gleichmütiger geklungen, als es in ihrem Inneren aussah.

Merret sog stockend die Luft ein. Endlich stand sie einmal nicht unter Beobachtung. Musste kein Vorbild sein. Ein Schluchzer stieg aus ihrer Kehle auf. Sie zwang sich, stumm zu weinen. Den ganzen Tag über hatte sie gekämpft, sich ihre Erschütterung nicht anmerken zu lassen. Sie hatte Elanie und den anderen Jugendlichen Trost zugesprochen und Alltag vorgegaukelt. Hatte versucht, der Polizei, ihrem Chef und Bernd gegenüber Haltung zu wahren. Dass der Träger der Einrichtung Unterstützung geschickt hatte, auch in psychologischer Hinsicht, war notwendig und vorhersehbar gewesen, hatte ihr jedoch zusätzlich zugesetzt. Sie war mit den Nerven am Ende, wollte aber nicht riskieren, krankgeschrieben zu werden. Dabei hatte sie das Telefonat mit dem Bestatter wegen der Trauerfeier für Timur mehrfach abbrechen müssen, weil sie beinahe zusammengeklappt war.

In einem Weinkrampf ließ sie sich an der Tür hinuntersinken. Eingerollt wie ein Säugling lag sie auf dem Boden, während ihre Tränen strömten. Sie wusste nicht, wie es weitergehen sollte. Wie sie so weiterleben sollte. Erst jetzt, wo Timur tot war und sie ihn verloren hatte, wusste sie wieder, was sie aufs Spiel gesetzt hatte. Sie war so dumm gewesen!

Als der Tränenfluss endlich versiegte, stemmte sie sich auf Knie und Hände. Vom Couchtisch leuchtete ihr ihr Handy entgegen. Sie wusste genau, wer anrief und was er wollte. Aber sie konnte es ihm nicht geben, nicht mehr.

Merret starrte über den Schuppen auf den dunklen Horizont, bis ihre Augen brannten. Sie musste sich geirrt haben. Da war nichts. Dafür leuchtete ihr Handy erneut auf. Doch sie wollte auch dieses Mal den Anruf nicht annehmen.

Sie hatten schwere Schuld auf sich geladen, beide. Sie hatte an Timurs Seite hier in der Wohngruppe ihre Erfüllung gefunden, war den Jugendlichen eine Mutter, eine Freundin, ein Counterpart. Und sie war es gern, weil sie wusste, dass es wichtig war. Eine Aufgabe, vor der sich in dieser Gesellschaft viel zu viele drückten. Erziehung war unbequem, mühevoll. Dazu kam, dass sie viele der Jugendlichen wirklich mochte. Einige liebte sie wie eine Mutter. Alles würde sie für diese Kinder tun.

Aus dem Augenwinkel nahm sie etwas wahr, doch als sie erneut aus dem Fenster spähte, war dort nichts mehr. Nur die windzerzauste Finsternis und die Lichtkuppel über Westerland. Doch, da – ein flackernder Schein im Schuppen!

War das Mertens, der nach seinen Lämmern suchte? Immer wieder blitzte es zwischen den Ritzen und im schiefen Fenstermosaik auf. Oder waren das Flammen? Könnte das der Feuerteufel sein, der im Stall des Bauern gezündelt hatte? Er würde doch nicht etwa …

Panik überfiel sie. Was, wenn Schuppen und Hof in Brand gerieten? Stand so ein Reetdach erst einmal in Flammen, war es kaum zu löschen. Ihre Schützlinge könnten in Lebensgefahr sein!

Hektisch schnappte Merret ihr Handy und lauschte an der Schlafzimmertür. Nur Atemgeräusche. Dann rannte sie los, so schnell und so leise sie konnte. Das Herz hämmerte ihr bis in den Hals, als sie endlich den Vorhof erreichte. Nebel hing über den Feldern. Sie schnupperte. Es roch nach Feuer, aber dafür könnte genauso gut ihr Kamin oder der des Bauern verantwortlich sein. Sie huschte zur Tür, ihre Knie zitterten. Sie war noch nie besonders mutig gewesen. In ihrem Innersten war sie feige und schwach. Erst Timur hatte das Beste aus ihr herausgeholt. Und wie hatte sie es ihm gedankt? Ihr Magen rebellierte urplötzlich. Sie hatte den Schuppen erreicht. Das Tor stand offen. Das Licht war verschwunden.

»Ist da jemand?«, rief Merret gedämpft. Sie hielt ihr Handy umklammert, ging unsicher einige Schritte hinein. In diesem Augenblick legte sich eine Hand auf ihren Mund, eine andere schob sich um ihre Taille.

Wer war das? Und wie hatte er so schnell und unbemerkt hinter ihr auftauchen können? Sie wandte sich, strampelte, wollte weglaufen, konnte sich jedoch nicht befreien. Der Angreifer presste sie an sich, sodass es ihr vorkam, als könnte sie jeden seiner Muskeln spüren. War er es? Aber warum tat er ihr das an? Warum sprach er nicht mit ihr?

Er schob die Hand in ihren Hosenbund, ließ die Finger tiefer wandern. Sie wollte das nicht, wollte um Hilfe schreien. Da wisperte er ihr etwas ins Ohr. Jetzt erkannte sie auch seinen Geruch, und ein wenig ließ ihre Anspannung nach.

»Wenn du nicht einmal mit mir telefonierst, muss ich eben zu dir kommen. Ich musste dich sehen, dich spüren.« Er gab ihren Mund frei, ließ seine Hand zwischen ihre Beine wandern. Merret stieß erstickt den Atem aus. Schlagartig mischten sich Lust und Angst. Vom ersten Tag an hatte er ihr gegeben, was sie zu lange schon vermisst hatte. Instinktiv hatte er gewusst, wonach sie sich sehnte, als wäre es mit Edding auf ihre Stirn gekritzelt.

»Wir können nicht ... nicht hier ... nicht jetzt ... nie mehr ... Wir haben Fehler ...«, stammelte sie.

»Das wirst du bald anders sehen. Jetzt, wo wir füreinander frei sind.« Er umfing sie so, dass sie schwach wurde, wieder einmal. Es würde ihr guttun, sich gehen zu lassen, etwas anderes zu fühlen, etwas, was nicht Schmerz oder Schuld war. Gleichzeitig hatten seine Worte wie eine Drohung geklungen. Ihre Zweifel kehrten zurück.

Auf Erks Kutter hatte man Timurs Blut gefunden. Auf Erks Kutter war Timur ermordet worden. Erk wollte sie für sich, das hatte er ihr oft genug gesagt. Und er verabscheute Timurs Toleranz im Umgang mit den Jugendlichen, die tatsächlich weiter gegangen war, als Merret es gutgeheißen hatte; vor allem zuletzt.

Auf einmal war ihre Erregung verdampft wie ein Wassertropfen auf einer heißen Herdplatte. Sie wollte sich aus seiner Umarmung befreien, musste ihn aber von sich stoßen, um von ihm loszukommen. »Lass mich! Das geht jetzt nicht!« Vielleicht würde es nie mehr gehen.

In seinen Augen blitzten Unverständnis und Wut, als er ihre Schultern packte und sie gegen die Holzwand stieß. »So gehst du nicht mit mir um!«

* * *

Hennes fuhr den Computer herunter und löschte die Schreibtischlampe. Im Kommissariat brannten nur noch vereinzelte Lichter. Auch seiner Lebensgefährtin Rachel hatte er längst einen Gutenachtgruß geschickt. Ihr gegenüber hatte er behauptet, Feierabend gemacht zu haben. Tatsächlich war er müde, der

Tag saß ihm in den Knochen. Doch sein Wille hatte ihn angetrieben. Er hatte seinen Renteneintritt doch nicht hinausgezögert, um eine ruhige Kugel zu schieben!

Er ging durch den Empfangsraum des Polizeireviers, das ehemalige Amtsgericht, und wollte sich gerade von den Kollegen verabschieden, die hier die Stellung hielten, als jemand seinen Namen rief.

»Hier wird ein Einbruch gemeldet, in einer Garage am Hörnumer Hafen«, sagte der Polizist und hielt die Hand über die Sprechmuschel.

Hennes wollte schon abwinken und auf die Nachtschicht oder den nächsten Tag verweisen; er hatte mit ihrem eigenen Fall wirklich genug zu tun.

»In der aufgebrochenen Garage liegen Rechnungen, die auf Timur Roters ausgestellt sind. Das ist dem Anrufer aufgefallen, weil er den Namen in der Zeitung gelesen hat.«

Auf einmal war Hennes' Müdigkeit wie weggeblasen. »Und der Einbrecher?«

»Ist flüchtig. Ein weiterer Zeuge ist anscheinend hinter ihm her.«

* * *

Müde schob Liv die Zahnbürste durch ihren Mund. Es war 23.45 Uhr. Viel zu lange hatte sie mit Sebastian telefoniert. Dieses Mal hatte sie vor allem zugehört, was er auf dem Herzen hatte. Und das war einiges. Larissa litt unter den Folgen der Behandlung, weshalb fraglich war, ob er und Noah nach Sylt kommen konnten. Obgleich Larissa sich Noah gegenüber tapfer gab, spürte ihr Sohn doch, wie es um sie stand, und reagierte darauf mit Bauchschmerzen und Albträumen. Sebastian wollte beiden helfen, geriet jedoch selbst an seine Grenzen. Außerdem hatte ein schwerer Fall von häuslicher Gewalt ihn nach

Dienstschluss in der rechtsmedizinischen Ambulanz des Instituts festgehalten.

Auch sie selbst hatte die Ereignisse des Tages noch nicht abschütteln können. Sie ließ die letzten Stunden Revue passieren, die mit ermüdenden Routinearbeiten ausgefüllt gewesen waren, die nicht zu den erhofften Ergebnissen geführt hatten. Schließlich dachte sie an Sanna. Ihre Tochter war den ganzen Tag unterwegs gewesen und auch jetzt noch nicht wieder aufgetaucht. Sie hatte auf keine von Livs Nachrichten reagiert, was höchst ungewöhnlich war. Schmollte Sanna noch immer?

Kurz überlegte Liv, Kimi anzuschreiben. Aber eigentlich wollte sie ihrer Tochter nicht hinterhertelefonieren. Irgendetwas lag ihr auf der Seele, doch Sanna weigerte sich, mit ihr darüber zu sprechen. Das war untypisch; eigentlich hatten sie ein gutes Verhältnis und nur wenige Geheimnisse voreinander.

War das eine Veränderung, die das Erwachsenwerden einfach mit sich brachte? Hatte Sanna Liebeskummer? Probleme mit Kimi? Oder hatte es mit ihrer ehrenamtlichen Tätigkeit zu tun? Liv war stolz darauf, dass Sanna sich bei *We* für andere einsetzte, fand aber zugleich, dass die verantwortlichen Sozialarbeiter die Sorgen der jugendlichen Berater zu wenig auffingen.

Liv spülte den Mund aus, wusch sich das Gesicht und cremte es ein. *Was war heute schön?*

Unwillkürlich schloss sie die Augen, spürte die Frühlingssonne auf ihrem Gesicht, den Salzgeschmack auf den Lippen und den Wind in den Haaren. *Auf Sylt zu sein, natürlich. Der Spaziergang am Grünen Kliff. Und ...* Sie schlüpfte ins Bett, als ihr Handy einen Trommelwirbel von sich gab. War was mit Sanna? Beinahe erleichtert erkannte sie Hennes' Nummer und nahm das Gespräch an.

Kurz darauf war Liv bereits auf dem Weg zu ihrem Auto. In der Diele hielt sie inne. Dort lag Sannas Kleidung, dreckbespritzt und voller Haarflusen. Liv hatte gar nicht mitbekommen, dass ihre Tochter nach Hause gekommen war. War sie reiten gewesen? Auf jeden Fall hätte sie ihre Sachen auch direkt wegräumen können. Pubertät hin oder her – so ging es wirklich nicht weiter!

* * *

Idris schlug einen Haken und rannte um die nächste Hausecke. Verdammt, im Dunkeln sah alles gleich aus! Wäre der Typ nicht aufgetaucht, hätte er in der Garage alles in Ordnung bringen und schnurstracks zu seinem Fahrrad gehen können. So aber hatte er Hals über Kopf fliehen müssen. Weil er Kapuze und Mütze tief ins Gesicht gezogen hatte, hatte er zudem nicht gut sehen können und war gegen einen Poller gestolpert. Sein Schienbein fühlte sich schon jetzt an, als würde es das Hosenbein sprengen. Das Schlimmste aber war: Er hatte zwar die wichtigsten Spuren vernichten können – hoffte er zumindest –, alles andere hatten diese Greisin, die offenbar unter seniler Bettflucht litt, und ihr riesiger Köter jedoch verhindert. Und als wäre das nicht schon übel genug, war aus heiterem Himmel auch noch dieser andere Typ aufgetaucht. Seine Statur hatte ihn an einen der Bullen erinnert. Den, der Vivien angebaggert hatte. Bitte, mach, dass ich mich irre!

Er schwang sich über einen Zaun und war endlich wieder an seinem Fahrrad. Im selben Augenblick hörte Idris Schritte. Er fuhr herum. Etwas flog durch die Luft, ihm entgegen.

Idris riss die Arme hoch – zu spät. Der Mann warf sich auf ihn, holte ihn von den Füßen. Idris schlug auf dem Boden auf, nur leicht gedämpft durch seinen voluminösen Rucksack.

»Hab ich dich!«, knurrte der Mann. »Ich hab's doch gewusst! Halt endlich still! Polizei!«

Verzweifelt bemüht, den Angreifer abzuwehren und gleichzeitig sein Gesicht zu verstecken, trat und schlug Idris um sich.

Das war tatsächlich dieser Bulle! Er durfte ihn nicht erkennen, durfte ihn nicht festhalten.

Der Bulle warf ihn auf den Rücken, wollte seine Hände zusammenbinden. Jetzt zerrte er an seiner Kapuze. *Nicht!* Wenn die Polizei ihn erst einmal hatte, würde alles auffliegen, und er würde in den Knast wandern. Alle seine Bemühungen wären umsonst gewesen. Und seine Geschwister ...

Die Angst mobilisierte seine Kraftreserven. »Lassen Sie mich los! Ich habe nichts getan!« Idris bockte so heftig, dass es ihm gelang, den Mann abzuwerfen und auf die Füße zu kommen. Der Kerl wollte ihn an seinem Rucksack festhalten, doch Idris befreite seinen Arm aus dem Träger und schwang mit dem Rucksack herum, drehte sich im Kreis – und schlug zu.

Ein dumpfes Geräusch, als der Rucksack den Kopf des Polizisten traf. Der Reißverschluss platzte auf, und silbrig weiß und knisternd ergoss sich das Plastik auf den Boden. Trotz des Treffers warf sich der Bulle ihm noch einmal wankend entgegen. Das war ja wie in einem Zombiefilm! Würde er denn nie aufgeben?

* * *

Blaulicht blinkte mit dem Schein des Leuchtturms um die Wette. Liv passierte das ehemalige Leuchtfeuer der Hörnum Odde, das inzwischen nur noch zur Dekoration neben dem Fußweg stand, und den Supermarktparkplatz. Schon in der Nähe des Wäldchens sah sie die ersten Polizisten. Sie parkte ihr Auto auf dem Seitenstreifen am Blanken Tälchen und steuerte sofort den Rettungswagen an, in den die Sanitäter gerade jemanden verluden. Sie rieb sich die Augen. »Ich muss träumen! Oder spinne ich?«

Hennes fing sie ab. »Liv!«

»Sehe ich richtig: Ist das Andreas? Was ist mit ihm? Ist er

schwer verletzt? Und was macht er überhaupt hier?«, brach es aus ihr heraus.

»Das hätte ich ihn auch gern gefragt, aber er ist bewusstlos. Hat einen Schlag auf den Schädel bekommen.«

»Nicht schon wieder!« In ihren Ärger mischte sich Besorgnis. Wie hatte Andreas sich so leichtsinnig in Gefahr bringen können? »Und der Einbrecher?«

»Hat jede Menge Spuren hinterlassen. Den kriegen wir. Die ersten Suchmaßnahmen sind eingeleitet. Hasselbrecht trommelt gerade die Verstärkung zusammen. Komm!« Hennes ging zu dem Zaun am benachbarten Fußballfeld, das notdürftig von Schaulustigen frei gehalten wurde. Liv folgte ihm.

»Offenbar ist der Einbrecher zwischen die Häuser geflohen. Andreas ist hinterher. Beim Fußballplatz muss es zum Kampf gekommen sein, das hat einer der Anwohner beobachtet. Andreas wurde vermutlich mit einem Rucksack oder einer Tasche niedergeschlagen, im weiteren Kampf stürzte er. Ob der Schlag oder der Sturz für seinen Zustand verantwortlich ist, ist noch nicht zweifelsfrei zu sagen. Sein Gegner verschwand jedenfalls Richtung Mittelweg. Dort verliert sich die Spur.«

Liv wunderte sich. Hörnum war nicht gerade groß, andererseits war es natürlich spät, viele Anwohner dürften bereits geschlafen haben.

Mit ihren Taschenlampen beleuchteten sie eine zerwühlte und lückenhafte Rasenfläche, auf der zahlreiche Blister verstreut waren.

»In der Garage sind noch mehr«, berichtete Hennes. Sie würden mit der Untersuchung warten, bis die KTU durch war. Denn egal, ob Andreas rechtmäßig oder unerlaubt hier gewesen war – der Angriff auf einen Polizisten war ein schwerwiegendes Delikt, das genauestens erforscht und geahndet werden musste.

Ein Stück entfernt redete ein Streifenpolizist mit einer zierlichen Hundebesitzerin, die sich auf eine Bank gesetzt hatte; ihr Hund war beinahe größer als sie. Das musste ihre Zeugin sein.

Hennes und Liv traten näher und baten sie, zu berichten, was sie gesehen hatte.

»Um diese Zeit ist es hier immer sehr ruhig. Ich genieße es, wenn nachts niemand mehr auf der Straße ist und ich die Gegend für mich habe. Doch dann habe ich den Typen an der Garage gesehen. Er hat sie ganz verstohlen geöffnet und ist hineingeschlüpft. Die Garage gehört einem Nachbarn, wissen Sie? Und ich weiß, dass er schon lange nicht auf der Insel war. Da dachte ich mir, dass da etwas nicht stimmt. Ich bin hingegangen und habe mich am Garagentor bemerkbar gemacht. Da ist der Kerl näher gekommen und hat mich bedroht.«

»Was genau hat er getan?«

»Er sah wütend aus. Und er hielt etwas in den Händen. Einen Rucksack und etwas Längliches.«

Liv nickte. Den länglichen Gegenstand hatten sie gefunden. Dabei handelte es sich um einen Besenstil, mit dem – der Kerbe nach zu urteilen – sonst das Tor aufgehalten wurde. »Was hat er damit getan? Hat er versucht, Sie zu schlagen?«

»Nicht direkt«, gab die Frau zu. »Aber er hätte es tun können! Dann hätte ich allerdings Mausi auf ihn gehetzt!« Sie tätschelte ihrem Hund den Kopf, der ganz und gar nicht mausklein und unscheinbar aussah.

»Wie hat er ausgesehen? Können Sie ihn beschreiben?«

»Irgendwie gefährlich. Sein Gesicht hat im Schatten gelegen, und er trug eine Kapuze.«

»Aber es war ein Mann, da sind Sie sicher?«

»Ich glaube schon. Der Statur nach auf jeden Fall.«

Liv unterdrückte ein Seufzen. Zeugen waren leider notorisch unzuverlässig.

»Er hat Sie also bedroht. Was passierte dann?«, fragte Hennes.

»Ein zweiter Typ kam hinzu. Er brüllte, ich solle zurücktreten, er sei von der Polizei. Dann überschlugen sich die Ereignisse. Plötzlich stürzte der Einbrecher heraus und stieß uns beiseite, rannte über die Straße. Der Polizist fragte noch, ob alles okay mit mir sei, und folgte ihm dann sofort. Wenn er nicht gewesen wäre ... Wer weiß, was dieser Einbrecher mir angetan hätte! Ich habe mich nicht einmal bei ihm bedankt. Wie geht es diesem Polizisten?«

»Unser Kollege wird medizinisch versorgt. Wir richten ihm gern Ihren Dank aus.«

Die Zeugin erhob sich.

»Soll ein Kollege Sie nach Hause begleiten?«

»Danke, nein, ich habe ja Mausi.« Sie folgte ihrem Hund die Straße entlang.

»Da geht der Hund mit der alten Dame spazieren«, murmelte Hennes.

Inzwischen waren die Kriminaltechniker eingetroffen, und Liv und Hennes schlüpften in Schutzausrüstung, um die Garage kurz in Augenschein nehmen zu können.

»Siehst du, da sind die Impeller und die Seeventile – wusste ich's doch.« Zufrieden wies Hennes auf Hebel und Metallteile. »Gleich neben den entsprechenden Lieferscheinen, ausgestellt auf Timur Roters.«

Sie entdeckten diverse Umzugskisten und Werkzeuge. In der hintersten Ecke waren einige Kisten beiseitegeschoben. Eine große Umzugskiste stand auf, vor ihr lag eine weitere Verpackung. Als sie näher traten, erkannte Liv, dass die gesamte Schachtel randvoll mit Medikamenten war. Sie las die Namen. »Xanax, Valium, Ritalin, Diazepam, Tilidin – wie krass! Das sieht aus, als würde hier jemand mit Medikamenten dealen.« Sie sah Hennes an. »Ob Andreas doch recht hat?«

* * *

Merret schreckte hoch. Was war das für ein Poltern? Sie lauschte, doch Elanie neben ihr schlief ungerührt weiter. Vorsichtig schälte Merret sich aus dem Bett. Sie war nass geschwitzt, das Nachthemd und die Decke klebten an ihrem Körper. Nach dem hässlichen Streit mit Erk, dem sie nur knapp entkommen war, war sie ins Haus zurückgekehrt und wieder ins Bett gegangen, doch allzu schnell hatten Albträume sie heimgesucht. Ihre Handgelenke schmerzten noch immer, und die waren nicht das Einzige.

Unwillkürlich schüttelte es sie. Konnte das wieder Erk sein? Jetzt hörte sie Schritte. Ihre Nackenhaare stellten sich auf, sie zitterte. Dennoch wich sie nicht zurück. Sie trug die Verantwortung für die jungen Menschen in diesem Hause, nicht zuletzt für ihre Pflegetochter.

Auf Zehenspitzen schlich sie zur Tür und hinaus auf den Flur. Ein langer Schatten zuckte über das Holz. Ihr Herz dröhnte in ihren Ohren, und plötzlich drängte es sie, die Polizei zu informieren, sich in den Schutz der Staatsmacht zu stellen. Vielleicht war sie ungerecht gewesen. Hatten die Beamten nicht nur ihre Arbeit getan? Versuchten sie nicht lediglich, den Mord an Timur aufzuklären? Merret sah sich nach etwas um, womit sie sich würde verteidigen können, doch da war nichts. Der Lichtschein bewegte sich, der Schatten flackerte über die Wände, dann kam die Gestalt auf sie zu.

Erst jetzt erkannte sie ihn. Idris. Er wankte, und Blut befleckte sein Gesicht. Sofort stürzte sie zu ihm. »Was ist passiert?«

»Ich …« Er starrte sie an. Seine Hilflosigkeit traf sie tief. Was auch vorgefallen war, machte diesem sonst so gleichmütigen und geschmeidigen jungen Mann zu schaffen. »Ich … Ich hab … Scheiße gebaut.«

»Was genau ist passiert? Sag es mir, keine Ausflüchte!«

Kaum hatte sie diese Worte ausgesprochen, brach es aus ihm heraus. Er habe Medikamente in der Garage gebunkert.

Nur für Notfälle. Für den Fall, dass er irgendwann nicht mehr weiterkonnte. Nie habe er sie anrühren wollen. Er stehe voll hinter der No-Drugs-Regel der Wohngruppe. Heute Abend aber sei ihm der Gedanken gekommen, dass die Polizei sie finden und ihm daraus einen Strick drehen könnte. Das habe er verhindern müssen. Um jeden Preis. Doch dann habe eine Spaziergängerin ihn bemerkt und für einen Einbrecher gehalten. Bei der Flucht sei er gestürzt.

Stumm starrte Merret ihn an, jeder Satz war wie ein Schlag. »Du hast wieder diese Scheißdrogen genommen? Hast du den anderen davon gegeben?«

»Nein, Merret, wirklich nicht! Ich schwör. Es war mehr so eine … psychologische Notreserve.« Seine Stimme war hoch vor Erregung und Angst.

Sie sah ihm an, wie ernst es ihm war. Wie wichtig es ihm war, dass sie ihm glaubte. Aber konnte sie ihm wirklich glauben?

»Hat Timur von den Medikamenten gewusst?«, fragte sie mit rauer Stimme.

Idris verneinte. Fahrig wischte er sich das Blut von der Wange, verschmierte es dabei nur noch mehr.

In Merrets Kopf ging alles durcheinander. »Wir müssen dich versorgen«, sagte sie schließlich. Über alles andere würde sie sich später in Ruhe klar werden müssen.

22

Merret schenkte sich die vierte Tasse Kaffee ein. Nachdem sie Idris versorgt hatte, hatte sie kaum noch geschlafen. Zu viel war ihr im Kopf herumgegangen. Noch immer wusste sie nicht, was sie tun sollte. Sie musste nicht mit der Polizei über Idris sprechen, konnte sich auf ihre Schweigepflicht berufen. Aber war es richtig, die Information zurückzuhalten? Und was war mit Erk? Er hatte ihr gestern eine Heidenangst eingejagt, schien besessen von ihr zu sein. In seinen Worten hatte etwas Drohendes gelegen. Er würde wiederkommen, hatte er angekündigt, sie »noch zur Besinnung bringen«. Dass sie sich ihrer Gefühle längst nicht mehr sicher war, wollte er nicht wahrhaben. Sie sei durcheinander, hatte er ihr einzureden versucht, nicht sie selbst. Sie liebten einander, seien füreinander bestimmt. Und jetzt, wo Timur aus dem Weg sei …

Merret schauderte. Sie fühlte sich hilflos, vollkommen überfordert. Ein Schluchzen stieg in ihr auf, das sie mit einem weiteren Schluck Kaffee hinunterspülte. Dann fasste sie einen Entschluss. Sie brauchte Hilfe, musste mit der Polizei über alles sprechen.

Eine Nachricht schien auf ihrem Handy auf. Obgleich sie Erk gesperrt hatte, erkannte sie sofort, dass die Nachricht von ihm war. Er musste ein anderes Telefon benutzt haben. Ehe sie sie löschen konnte, hatte sie schon die ersten Worte gelesen:

Wenn Du dies siehst, wirst Du wissen, was Timur das Leben gekostet hat. Auch wenn Du es nicht wahrhaben ...

Mit bebenden Fingern rief sie die komplette Nachricht auf. Der Ausschnitt eines Fotos war angehängt. Was sie sah, brachte ihre Welt erneut ins Wanken. Nein, sie konnte nicht verantworten, dass der Polizei dieses Foto zugespielt wurde.

Als habe er nur darauf gewartet, dass sie die Nachricht las, schrieb Erk:

Wenn Du erfahren willst, was dahintersteckt, komm auf meinen Kutter. Jetzt. Ich erwarte Dich.

* * *

Nach der kurzen Nacht erschien ihr das Apartment besonders trist. Auf einmal vermisste sie ihr Zuhause, Elise und Sebastian schrecklich. Sanna war zwar bei ihr ... doch zugleich war sie es auch nicht. Am liebsten hätte Liv sich noch einmal umgedreht. Ihre Glieder waren schwer, und sie spürte einen leichten Druck im Kopf, der von ihrem verspannten Nacken auszugehen schien. Sie war erst gegen drei Uhr im Bett gewesen. In der Nacht hatten sie noch einige Stunden nach dem Einbrecher gesucht, aber keinen Hinweis auf dessen Verbleib gefunden. Nach dem Ersten Angriff hatten sie der Kripo Sylt die weiteren Arbeiten überlassen.

Müde griff Liv nach ihrem Handy.

Hasselbrecht hatte geschrieben, dass sie erst um zehn im Revier erwartet wurde. Kimi bat sie, Sanna zu grüßen, er habe sie gestern nicht mehr erwischt. Also doch Zoff bei dem jungen Paar?

Sie rief Sebastian an, freute sich, ihn zu sehen, wenn auch nur auf dem Bildschirm ihres Smartphones. Seine Miene verdüsterte sich jedoch, als er ihren Bericht hörte. »Ein wiederholtes Schädel-Hirn-Trauma kann gravierende Folgen haben. Es kann sein, dass dein Kollege nicht aus dem Koma aufwacht oder er dauerhaft geschädigt ist. Es war leichtsinnig, dass er sich auf diese Aktion eingelassen hat.«

»Vermutlich wollte Andreas beweisen, dass er auf der richtigen Spur ist«, sagte Liv. »So wie es aussieht, könnte er recht gehabt haben. Eine schnelle Recherche gestern Abend hat ergeben, dass zumindest einige der Medikamentenchargen als gestohlen gemeldet worden sind.« Etliche der auf die Medikamente gedruckten Nummern waren in den offiziellen Registern aufgetaucht.

»Ihr müsst also noch mal auf den Hof zurück und der Spur in der Wohngruppe nachgehen, obwohl das langwierig und schwierig werden dürfte?«

»Das müssen wir ohnehin. Der Nachbar, Bauer Mertens, will Anzeige gegen die Jugendgruppe erstatten, weil die Jugendlichen angeblich bei ihm eingebrochen sind und seine Lämmer freigelassen haben.«

Nachdem sie sich von Sebastian verabschiedet hatte, erhob Liv sich und zog sich aus, um unter die Dusche zu springen. Im Flur lagen noch immer Sannas schmutzige Klamotten. Liv zögerte, wollte den Gedanken festhalten, der am Rande ihres Bewusstseins lauerte, doch dafür war sie noch zu müde. Sie drehte das Wasser auf und ließ es heiß auf ihren Körper prasseln, bis sie das Gefühl hatte, den Tag durchstehen zu können. Sie musste sich überwinden, zum Schluss auf Kalt zu schalten. Noch einmal ging sie die Geschehnisse der Nacht durch. *Der Einbruch, der Angriff, die Lämmer ...* Konnte es einen Zusammenhang geben?

Ihr kam ein unangenehmer Gedanke. Eilig trocknete sie sich ab, putzte sich die Zähne und zog sich an. Im Flur kniete sie sich neben Sannas Kleidung und untersuchte sie. Sie zupfte die Haarbüschel ab und hielt sie ins Licht. Nein, das waren keine Hundehaare. Diese Haare stammten eher von Schafen – oder Lämmern. Kaum war ihr der Verdacht durch den Kopf geschossen, stand sie auch schon in Sannas Zimmer.

Ihre Tochter saß in ihrem Bett und schob das Handy unter die Decke, als sei sie bei etwas ertappt worden. Kurz bereute Liv, dass sie nicht durchgeatmet und ihre Gedanken sortiert hatte.

»Spinnst du? Du hast mich erschreckt!«, rief Sanna.

»Wo warst du gestern Abend?«

Das Gesicht ihrer Tochter verschloss sich, was Liv schmerzte. Sie hätte sich eine Strategie zurechtlegen sollen, aber sie war so erbost, dass sie nicht hatte warten können.

»Was ist denn los? Du redest ja mit mir, als wäre ich eine deiner Verdächtigen!«, fauchte Sanna.

Liv setzte sich zu ihrer Tochter ans Bett. Sie wollte ihr einen Kuss auf die Wange geben, doch Sanna wich zurück. »Entschuldige. So war das nicht gemeint. Ich wollte nur wissen, wo du gestern warst. Deine Klamotten sehen aus …«

»Kimi und ich wollten eine Abkürzung nehmen und haben uns verlaufen.« Sanna schwindelte, ohne rot zu werden.

Liv versteifte. »Das stimmt nicht. Du warst gestern gar nicht mehr bei Kimi. Er hat mir eine Nachricht geschickt.« Sie entschied sich zu bluffen. »Du warst auf dem Hof, bei der Wohngruppe. Du hast mit den Jugendlichen zusammen die Lämmer befreit.«

Sanna starrte sie an, als suchte sie nach etwas, packte dann ihr Handy und sprang auf. Liv setzte nach: »Wer hat Kontakt zu dir aufgenommen? Vivien? Oder Elanie? Weiß deine Teamleiterin, dass du die Jugendlichen triffst? Wenn ich mich recht erinnere, ist das gegen die Regeln …«

Ihre Tochter wollte abhauen, doch Liv folgte ihr. »Warte! Antworte gefälligst!« Sie umfasste Sannas Handgelenk.

Ihre Tochter fuhr herum. »Bulle bleibt Bulle, sogar zu Hause, was? Hauptsache, ihr könnt die bedrängen und drangsalieren, die schwächer sind als ihr!«, schrie sie und riss sich los.

»Du weißt genau, dass das nicht stimmt! Von wem hast du das? Von Nico?«

»Lass mich in Ruhe!« Sanna stürmte in Oversize-T-Shirt und Unterwäsche hinaus und verschwand türenknallend im Bad.

Liv blickte ihr mit rasendem Herzen nach, sicher, dass ihre Tochter gleich zur Besinnung kommen würde. Doch Sanna kam nicht zurück.

* * *

Als Merret in Hörnum eintraf, lag noch immer Dunst in der Luft. Vier Tage war es her, dass ganz in der Nähe Timurs Leiche gefunden worden war. Jetzt hantierte am Hafen nur ein einsamer Angler, was Merret recht war. Unter einem Vorwand hatte sie sich vom Hof entfernt, aber da die Jugendlichen noch schliefen und später mit Bernd und Patrik das Stalldach reparieren würden, würde niemand sie vermissen. Für das Mittagessen würde sie sich etwas Schnelles einfallen lassen, vielleicht Pfannkuchen, die gingen immer.

Merret kämpfte gegen die Übelkeit an, die in ihr aufstieg. Kannte sie den Mörder? Würde sie ihm gleich gegenüberstehen? Oder würde sie lediglich auf Erk treffen, den Mann, der sie in Versuchung geführt hatte? Zu dem sie sich gerettet hatte, um sich nicht mit ihrer auseinanderdriftenden Ehe auseinandersetzen zu müssen. Elanie hatte ihr den Kummer angemerkt, hatte mit ihr zu reden versucht. Aber Merret hatte ihre Pflegetochter nicht mit ihren Sorgen belasten wollen. Viel zu oft gerieten Kinder in den Beziehungskrieg ihrer Eltern, wurden in Konflikten aufgerieben, die sie nicht bewältigen konnten.

Mit bröckeligem Mut tauchte Merret unter dem Absperrband durch, das um Erks Kutter im Wind flatterte. Es widerstrebte ihr, einen Fuß auf das Schiff zu setzen. Durfte Erk hier sein? Durfte er das Schiff überhaupt betreten? Und warum, um alles in der Welt, war sie hier? Warum suchte sie ihn auf, obwohl er sie gestern derart bedrängt und bedroht hatte? Die Andeutungen, die Erk gemacht hatte, kreisten in ihrem Kopf. Sie war hier, weil sie diejenigen schützen wollte, zu deren Schutz sie sich verpflichtet hatte. Deshalb musste sie ohne Polizei auskommen. Und sie war hier, weil sie herausfinden musste, ob Erk etwas mit Timurs Tod zu tun hatte. Damit sie wusste, woran sie bei ihm war. Vielleicht gab er ihr gegenüber etwas zu, was die Polizei nie herausbekommen würde. Schon jetzt war unübersehbar, wie sehr die Jugendlichen unter dem Mord und der Ungewissheit litten.

Kurz ließ Merret die Anzeichen Revue passieren, die ihr in den letzten Tagen aufgefallen waren: Nicos Wutanfälle. Vivs Magersucht. Alicias Waschzwang. Auch Idris' gewalttätige Verzweiflungstat war letztlich auf seine grundlegende Verunsicherung zurückzuführen. Nicht dass sie ihn entschuldigen wollte …

Am Rande ihres Sichtfelds bewegte sich etwas. Der Hafenmeister ging mit einer Brötchentüte an der Halle des Jachtclubs vorbei. Hatte er sie bemerkt? Als sie den Muschelkutter betrat, meinte sie ein leichtes Wubbern des Motors wahrzunehmen. Wollte Erk etwa auslaufen, obgleich das Schiff gesperrt war?

Ihr Blick wanderte zu der Stelle, an der Kreidestriche erahnen ließen, dass dort die Blutspuren gefunden worden waren. Merret keuchte erstickt auf. Ihr Magen schoss hoch, und beinahe hätte sie sich erbrochen. Dann sah sie Erk am Eingang des Steuerstands, und trotz ihrer Ängste schlug ihr Herz schneller. In Troyer, Wollmütze und Arbeitshose stand er lässig gegen die

Zarge gelehnt. Sein Lächeln war so strahlend, als hätte es ihre Begegnung im Schuppen nie gegeben.

»Was für ein Glanz auf diesem bescheidenen Kutter!« Er trat zu ihr und drückte ihr einen Kuss auf die Lippen, ehe sie zurückweichen konnte.

Merret unterdrückte eine Grimasse. »Der Motor läuft. Du willst doch nicht etwa ablegen? Es sieht nicht so aus, als hätte die Polizei den Kutter schon freigegeben.«

Ein Schatten huschte über sein Gesicht, doch er lächelte ihn weg. »Der Motor lädt nur die Batterien auf und treibt das Kühlaggregat an.« Er legte die Hand in ihre Halsbeuge und zog sie an sich. Seine rauen, kräftigen Hände, deren zupackende Berührungen sie sonst so erregt hatten, ließen sie nun erschaudern. »Ich freue mich, dass es dir besser geht. Du arbeitest zu viel, und die psychische Belastung setzt dir ebenfalls zu, das konnte man dir gestern ansehen. Aber es gibt ja ein Licht am Ende des Tunnels.« Erneut lächelte er, doch seine Augen blieben starr.

Am liebsten hätte sie sich sofort von ihm losgemacht. Doch sie musste in die Finger bekommen, was in seinem Besitz war. »Du wolltest mir etwas zeigen«, sagte sie und folgte ihm kurz darauf widerstrebend in den Steuerstand. Bis vor Kurzem hatten die nautischen Instrumente und das altertümliche Steuerrad sie stets fasziniert. Sie hatte Erk aufregend männlich gefunden – ein »richtiger« Kerl, ganz anders als Timur, der immer sanfter und nachgiebiger zu werden schien. Jetzt jedoch schüchterte Erk sie ein.

Auf dem klappbaren schmalen Bootstisch aus poliertem Teak lag Erks Mobiltelefon. Obgleich sie liebend gern geflohen wäre und das Schiff verlassen hätte, trat sie näher.

»Ich hätte dir das gern erspart«, sagte Erk. »Aber ich fürchte, es ist nötig, dass du Bescheid weißt. Damit deine Seele zur Ruhe kommt und du frei für deinen neuen Lebensabschnitt bist. Einen Lebensabschnitt an meiner Seite.« Schwer ruhte seine Pranke auf ihrer Schulter. Dann öffnete er die Fotosammlung auf seinem Handy.

Wie in Zeitlupe nahm Merret es an sich. Sie hatte gewusst, was sie erwartete, und doch traf der Anblick des ersten Bilds sie ins Herz. Das Segelboot war zu sehen, eine Nahaufnahme. An Deck Timur und das Mädchen, seine Hände um ihre Taille, ihr Mund auf seinem. Achtern stand Nico, der die beiden mit hasserfülltem Blick anstarrte.

Das zweite Foto: Nico stellte Timur zur Rede, zornig bis in die Haarspitzen.

Schlagartig war ihre Übelkeit zurück.

»Das ist hart, ich weiß. Niemand wird gern betrogen«, sagte Erk.

Sie schluckte, nickte, wischte eine Träne mit dem Ärmel ab. Langsam ließ sie sich gegen die Bank sinken. Durch die offene Tür trug eine Brise Fischgeruch zu ihnen. Was sollte sie tun?

»Ich wollte der Polizei die Fotos nicht zuspielen, ohne mit dir gesprochen zu haben. Ich weiß, was diese Jugendlichen dir bedeuten – obwohl sie dein Vertrauen gar nicht verdienen. Die hätten eher eine Abreibung nötig. Und dieser Bengel hier …«, er wollte Merret das Handy abnehmen, doch sie hielt es umklammert, also wies er auf Nico, »ist gleich darauf auf Timur losgegangen. Ich konnte leider nicht weiter fotografieren, weil ich hier anpacken musste. Aber ich habe gesehen, wie er Timur angriff. Da war so viel Hass in seinen Augen! Dem traue ich alles zu. Aber wenn ich der Polizei das Foto jetzt schicke und sie unser Alibi endlich akzeptieren, kommen sie vielleicht dem wahren Täter auf die Spur!«

Blitze tanzten vor Merrets Augen, und sie konnte nur mit Anstrengung ihren Frühstückskaffee bei sich behalten. Dann fasste sie sich ein Herz, holte aus und schleuderte das Smartphone durch die Tür. Ein sattes Platschen verriet, dass es im Wasser gelandet war.

»Bist du bescheuert?! Warum hast du das gemacht?«, brüllte Erk und verpasste ihr eine Ohrfeige.

Der Schmerz brannte heiß, holte sie aber auch zurück in die Gegenwart. »Weil Nico kein Mörder ist. Und weil sein Leben vorbei wäre, würde die Polizei ihn für einen halten.«

Angriffslustig schob Erk sein Kinn vor. Würde er sie noch einmal schlagen? »Und was ist mit mir? An mich denkst du wohl gar nicht!«

Ihr Magen zuckte. Saurer Geschmack stieg ihr in den Mund. »Doch, ich denke an dich. Und ich weiß, wann ich dich in der Nacht, in der Timur starb, verlassen habe.«

Drohend kam er näher. »Was willst du damit andeuten?«

Merret schüttelte eilig den Kopf. Sie sollte ihn nicht noch mehr provozieren. »Ich … muss los … Ich muss zurück, zum Hof …«

Ehe sie Anstalten machen konnte zu gehen, hatte er sie schon an den Oberarmen gepackt, herumgeschleudert und die schmale Treppe hinuntergestoßen. Sie stieß sich heftig, als sie die Stufen hinunterfiel, knickte mit dem rechten Fuß um, schlug auf dem Boden auf. Der stechende Schmerz in ihrem Knöchel ließ sie aufschreien.

Sofort war Erk bei ihr. Er riss sie hoch, fummelte das Handy aus ihrer Jackentasche und schubste sie in die Kajüte. Die Tür flog zu, der Schlüssel drehte sich im Schloss. Ihre Protestrufe ignorierte er.

Merret rüttelte am Türgriff. »Lass mich hier raus, Erk! Das kannst du nicht machen!«

Dann übertönte das Dröhnen des Motors ihr Schreien. Durch das Bullauge sah sie, wie der Hafen von Hörnum an ihr vorbeizog.

* * *

Während sie sich für die Besprechung einen Kaffee holten, erzählte Liv Hennes von ihrem Zusammenstoß mit Sanna. Sie hatte es im Apartment nicht mehr ausgehalten und war vorzeitig ins Revier gefahren.

»Das war nicht unbedingt klug von dir, das musst du zugeben. Sanna einfach so zu verdächtigen und mit Anschuldigungen zu konfrontieren ...«, brummte Hennes. »Kein Wunder, wenn sie ausflippt.«

»Dass du mir jetzt auch noch in den Rücken fällst!«, sagte Liv ärgerlich. Gleichzeitig machte sie sich Sorgen. Nur selten hatten Sanna und sie so heftig gestritten, und wenn, dann hatten sie sich schnell wieder versöhnt. Der Vorwurf ihrer Tochter hatte sie tief getroffen. »Ich würde wetten, dass ich recht habe. Wenn auch der Ton vielleicht nicht optimal war, der Inhalt des Gesprächs war richtig.«

»Da hat also die Ermittlerin gesprochen, nicht die Mutter.«

»Da haben die Ermittlerin *und* die Mutter gesprochen.«

Hennes raufte sich die Haare. »Mit deinem Sturschädel wirst du es nur verschlimmern! Mach dir klar, was du willst: ein gutes Verhältnis zu deiner Tochter haben – oder sie schützen. So, wie du es angefangen hast, landest du in einer Sackgasse. Ganz abgesehen davon haben wir keinen Beweis dafür, dass die Jugendlichen die Lämmer befreit haben.«

Liv hätte gern weiter mit Hennes diskutiert, doch sie waren schon jetzt die Letzten, und im Besprechungszimmer herrschte bereits konzentrierte Ruhe. Nur das Rascheln von Papier war zu hören.

»Sie werden sich sicher fragen, wie es unserem Kollegen geht. Nun ... Herr Bork ist noch immer auf der Intensivstation«, begann Hasselbrecht ernst.

»Wenn ich mich richtig erinnere, war er vom Fall abgezogen und sollte zurück aufs Festland. Was hat er hier getrieben?«, wollte Kay, ein Kieler Kommissar, wissen.

»Im Krankenhaus haben wir uns den Inhalt seiner Taschen angeschaut. Wir haben einen Fahrschein nach Hamburg gefunden«, berichtete Rabia.

»Was ist mit seinem Handy?«

»Ausgeschaltet. Wir warten darauf, dass er aufwacht.«

Liv überlegte. Es wäre in dieser Situation tatsächlich nur schwer zu vermitteln, dass sie sein Handy untersuchen ließen, wenn es zum Zeitpunkt des Überfalls ausgeschaltet gewesen war. Abgesehen davon würde Andreas es ihnen möglicherweise übel nehmen. »Er war auf die Idee fixiert, dass Timur Roters noch kriminell gewesen sein könnte. Vielleicht wollte er vor Ort recherchieren«, sagte sie.

»Möglich. Wir können uns bei den Hamburger Kollegen erkundigen, obgleich es unwahrscheinlich ist, dass er zu ihnen Kontakt aufgenommen hat. Er wusste ja, dass nicht erlaubt ist, was er macht.« Es schien, als würde Hasselbrecht einen Fluch unterdrücken. »Kommen wir also zu dem, was wir wissen: Der Besitzer der Garage befindet sich derzeit auf Weltreise. Wir haben ihn zwischen Tonga und den Cook-Inseln erreicht. Für die Zeit seiner Abwesenheit hat er Timur Roters das Nutzungsrecht für die Garage eingeräumt, per Handschlag, weshalb wir keinen Hinweis darauf gefunden haben. Der Staub auf den Kisten und Gerätschaften weist darauf hin, dass auch Roters die Garage nur unregelmäßig genutzt hat.«

»Und die gestohlenen Medikamente?«, ging Bente ungeduldig dazwischen.

»Dazu wollte ich gerade kommen. Die meisten lassen sich mit Einbruchdiebstählen in Apotheken in Verbindung bringen. Es handelt sich um Medikamente, die als Drogen beliebt sind und auf dem Schwarzmarkt gutes Geld bringen. Wie Sie wissen, ist vor allem Tilidin in der Hip-Hop-Szene angesagt. Wollen wir nicht hoffen, dass dieser Trend sich auch in Schleswig-Holstein weiter ausbreitet.«

Liv nickte unwillkürlich. Das verschreibungspflichtige Schmerzmittel galt in Rapperkreisen als Lifestyle-Droge, und der Missbrauch hatte vor allem in den Berliner Stadtteilen Neukölln und Wedding für Schlagzeilen gesorgt, zumal Tilidin aggressiv machte. *Gib mir Tilidin, ja, ich könnte was gebrauchen, Wodka-E, um die Sorge zu ersaufen …*

Ekelhaft, wie Rapper wie Capital Bra Jugendliche verführten, dachte Liv.

»Auf den Pappkisten befinden sich diverse Fingerabdrücke, unter anderem von Timur Roters, aber auch von Idris Akim, einem Bewohner der Jugendwohngruppe, die Roters betreute. Akim wurde bereits früher wegen des Handels mit Betäubungsmitteln verdächtigt. Ihn sollten wir schnellstmöglich eingehender befragen. Die am Eingang der Garage gefundenen Gummihandschuhe tragen allerdings die Fingerabdrücke von Erk Pagelsen. Mein Dank gilt Botersen-Evers und seinem Team für die umgehende Analyse«, referierte Hasselbrecht.

Liv hielt unwillkürlich die Luft an. *Roters, Pagelsen und jetzt auch noch Idris.* »Was könnte Erk Pagelsen in dieser Garage gewollt haben? Wenn er unser Täter ist – hatte er dort vielleicht die Tatwaffe versteckt? Oder hatte Timur Roters etwas gegen Pagelsen in der Hand, was dieser in der Garage vermutete?«, spekulierte sie.

»Möglicherweise haben wir die Tatwaffe oder die Tatwaffen bereits«, warf Botersen-Evers ein. »Die Polizeitaucher haben gestern ein Obstmesser aus dem Hafenbecken und ein Anglermesser sowie ein Austernmesser an der Küste direkt vor Hörnum geborgen, die derzeit spurenkundlich untersucht und mit den Ergebnissen der Obduktion verglichen werden. Eines hat eine recht auffällige Scharte.«

»Das könnte passen«, meinte Hennes.

»Das Zweitmesser von Bernd Beversen ist hingegen sauber. Kein Hinweis auf Timur Roters' DNA.«

»Was ist mit dem Motorboot und den Spuren, die aussahen wie Blut?«, wollte Liv wissen.

»Dabei handelt es sich tatsächlich um Blut. Ob von Timur Roters, wird sich noch zeigen. Für die weiteren Spuren – Fasern und DNA – haben wir bislang ebenfalls noch keinen Treffer.«

»Wir statten also Erk Pagelsen und der Jugendwohngruppe einen erneuten Besuch ab«, hielt Liv fest.

»Der Staatsanwalt versucht gerade, einen Eilbeschluss für uns zu erwirken.«

»Was wissen wir über den Hausfriedensbruch und die Befreiung der Lämmer, die der Nachbar gemeldet hat?«, fragte Liv unbewegt.

»Nicht Neues, die Anschuldigungen müssen noch überprüft werden. Das können Momke und Rabia übernehmen.«

Noch während sie die Aufgaben verteilten, stürzte Urs herein. »Ein Anruf des Hafenmeisters. Erk Pagelsens Kutter hat gerade den Hafen verlassen. Anscheinend ist Merret Roters an Bord.«

23

Vivien zog sich die Decke über den Kopf. Sie zitterte, und ihr war schlecht. Sie wollte niemanden sehen, am liebsten den ganzen Tag nicht, denn es gelang ihr immer weniger, sich zusammenzureißen, wenn sie mit den anderen zusammen war. Was hatte sie nur getan! Zum Glück war das Bett neben ihrem leer. Alicia war ausgeflogen, wieder einmal. Beinahe jede Nacht schlich sie sich zu Nico.

»Hey, Bro, was geht?«, hörte sie aus dem Flur, und zog auch ihr Kissen über den Kopf. Dann: »Wie siehst du aus?« Das war Raffa. Er kiekste erschrocken. »Was hast du gemacht? Leute, kommt mal!«

Auch das Kissen reichte nicht. Vivien schob sich die Hände über die Ohren, bildete mit den Handflächen Muscheln, in denen sich das Rauschen ihres Blutes verstärkte. Ein beruhigendes Geräusch.

Ich kann nicht mehr. Ich habe keine Kraft. Ich halte es nicht mehr aus. Die Worte ihrer Mutter waren nun ihr eigenes Mantra. Vererbte Überforderung, sagten die Sozialarbeiter immer. Deshalb wusste Vivien auch, dass sie genauso enden würde, früher oder später. Sie war zu schwach. Klammerte sich an Menschen, damit die ihr halfen. Doch letztlich konnte sie keinem vertrauen. Letztlich dachte jeder nur an sich, nutzte jeder sie aus. Alle hatten ihr Ding durchgezogen, sogar Alicia. Die stand gefühlt ohnehin nur noch unter der Dusche, als könnte sie den Schrecken der Ereignisse abwaschen.

Auch deshalb hatte Vivien sich an Sanna geklammert, obwohl sie diese nicht einmal richtig kannte. Auch Sanna würde sie fallen lassen, früher oder später. Auch Sanna würde erkennen, dass sie es nicht wert war.

Trampeln, ganz in ihrer Nähe.

Lasst mich in Ruhe! Sie krümmte sich zusammen, die Hände fest auf die Ohren gepresst.

Jemand riss ihr die Decke weg. Sie begann sofort zu zittern, trotz ihres Schlafanzugs aus dickem Sweatshirtstoff, den Alicia ihr abgetreten hatte.

»Du musst kommen! Sofort! Idris ist verletzt!«

Idris? Viviens Herz setzte ein Schlag aus. Widerwillig öffnete sie die Augen einen Spalt. Raffa, blass vor Schrecken.

Aus dem Flur drangen weitere Stimmen.

Idris protestierte: »Lass gut sein. Das ist nichts.«

Raffa fuhr herum. »Das sieht nicht aus wie nichts!«

»Raffa hat recht. Was hast du gemacht, Alter?« Nico brüllte beinahe, senkte dann aber die Stimme. »Willst du uns alle ...«

Raffa zog an ihrem Handgelenk, warf ihr einen flehenden Blick zu. »Du kennst dich doch mit Erster Hilfe aus.«

Notgedrungen. Und viel mehr, als mir lieb ist. Viviens Vater hatte ihre Mutter nicht nur mit Worten fertiggemacht. Vivien kroch nun doch aus dem Bett und folgte Raffa auf den Flur. Dort standen Nico und Elanie bei Idris, Alicia lehnte an der Zimmertür, seltsam distanziert wie schon die ganze Zeit.

Viviens Hals schnürte sich zusammen. Lange waren sie auf dem Hof wie eine Familie gewesen, doch jetzt schien alles auseinanderzubrechen. Entsetzen überlagerte ihre Beklemmung. Idris trug Boxershorts und T-Shirt wie so oft beim Schlafen. Sein linkes Auge war blau und zugeschwollen. Die Lippen wirkten durch eine Schorfschicht doppelt so dick wie normal, frische Blutstropfen verschmierten die Haut. Auch von seinem Haaransatz aus rann Blut über die Schläfe, das er in einer Geste der Hilflosigkeit mit zerknülltem Klopapier abzuwischen versuchte. Seine Hände waren zerschrammt, genau wie die Knie.

Vivien eilte zu ihm, auf einmal besonnen, als habe sich ein Schalter in ihrem Kopf umgelegt. *Notfallmodus.* Sie nahm Idris das Klopapier ab. »Bist du hingefallen? Auf den Kopf? Hast du Sehstörungen? Schmerzen?« Sie bewegte den Zeigefinger vor seinen Augen.

Auf einmal kam eine Stimme aus dem Erdgeschoss: »Guten Morgen! Alles in Ordnung bei euch?«

Sie tauschten alarmierte Blicke. Der neue Betreuer!

»Ja, alles okay!«, rief Elanie fröhlich. »Es gibt nur Diskussionen, wer zuerst ins Bad darf. Das Übliche.«

Vivien macht eine Geste. »Alle in Idris' Zimmer«, wisperte sie. »Alicia, kannst du den Erste-Hilfe-Kasten aus dem Bad mitbringen?«

Sobald sie in dem Zimmer waren, redeten Nico und Raffa auf Idris ein. Der ließ sich auf sein Bett sinken. Überall lag Werbe-Tinnef, den er gewonnen hatte, außerdem Briefe, die er nach Gewinnspielen bekommen hatte. Das Ausmaß erschreckte Vivien – beschäftigte er sich denn mit nichts anderem mehr?

»Was ist denn nun passiert?«, forschte Nico nach.

»Warst du gestern noch unterwegs? Hast du dich rausgeschlichen? Wen hast du getroffen?«, sprudelte Raffa los.

»Du warst weg? Bist du crazy, oder was?« Nico konnte die Wut in seiner Stimme kaum noch im Zaum halten. »Was, wenn die Polizei das mitbekommt?«

Vivien klaubte Desinfektionsmittel, Mullbinden und Pflaster aus dem Kasten und schob sich zwischen die streitenden Jungen. »Das muss warten. Ich muss mir erst mal seine Wunden ansehen.«

Während sie Idris leise zu seinen Verletzungen und den Schmerzen befragte, die Wunden reinigte und bepflasterte, hörte sie, wie die anderen hinter ihnen erregt diskutierten. Über der Schläfe hatte Idris offenbar lediglich eine Platzwunde. Auch die aufgesprungene Lippe sah schlimmer aus, als die Verletzung war.

Kaum war sie fertig, drängte Nico sie weg und baute sich vor Idris auf. »Ich will jetzt wissen, was passiert ist! Sofort!«

Idris schob die verpflasterten Hände unter seine Achseln. »Ich war gestern Nacht noch in der Garage.«

»*What the* ...«, brauste Raffa auf.

Nervös räusperte Idris sich. »Ich hatte dort ... In einer Kiste ... Noch einige, ihr wisst schon ... Medikamente ...«

»Nein, nein, nein!« Raffa begann zu wimmern, tänzelte auf und ab, als müsste er dringend pinkeln.

Nico packte Idris am T-Shirt und riss ihn hoch. »Das ist nicht dein Ernst, Mann! Wir hatten doch gesagt ...«, presste er zwischen zusammengebissenen Zähnen hervor.

Alicia warf sich um seinen Hals und redete besänftigend auf ihn ein. Angewidert ließ Nico Idris los und starrte ihn an. »Weißt du eigentlich, was du damit riskierst? Weißt du, was du uns damit antust? Ich dachte, alles ist weg. Du hast versprochen –«

Idris sprang auf. »Du hast leicht reden! Du hast keine sieben Geschwister, für die du sorgen musst! Glaubst du, ich hatte nicht selbst Panik, dass die Bullen darauf stoßen? Früher oder später werden sie die Garage finden! Wie konnte ich ahnen, dass einer der Bullen ausgerechnet an diesem Abend –«

»Was? Du hast mit einem *Bullen* gekämpft? Das kann doch nicht wahr sein!« Nicos Schrei ging in ein unartikuliertes Brüllen über, das durch Alicias Hand nur notdürftig erstickt wurde. Rasend vor Wut schickte er sich an, seine Freundin wegzustoßen, doch er beherrschte sich im letzten Augenblick und richtete seinen Zorn wieder auf Idris, dem er einen Schlag vor die Brust versetzte.

Idris krachte aufs Bett, sprang aber wieder auf die Füße und packte nun seinerseits Nico am Kragen. »Du musst dich gerade aufspielen! Du hast doch …«

Ehe die anderen reagieren konnten, schlugen die beiden aufeinander ein. Raffa raufte sich die Haare und lief wimmernd an der Zimmerwand auf und ab, also mussten Alicia und Vivien sich zwischen die beiden werfen.

Vivien war zum Weinen zumute. »Streitet doch nicht!« Ihre Stimme klang dünn. Auch diese Worte hatte sie schon viel zu oft gerufen.

Elanie wollte ebenfalls schlichten, doch Idris unterbrach sie. »Ich habe es verkackt, Leute, ich weiß. Das tut mir ehrlich leid. Ich wünschte, ich könnte es ungeschehen machen. Bitte … Verzeiht mir.« Verzweifelt streckte er die Hände zu ihnen. »Komm schon, Nico. Bitte, Raffa! Alica, Elanie, Viv …«

Sein zerknirschter Blick machte sie schwach.

»Und der Bulle?«, fragte Raffa.

»Hat mich nicht erkannt. Ich schwör. Ich hatte Kapuze und Mütze auf.«

Nico presste sich die Hände an die Schläfen, klatschte dann aber doch mit Idris ab.

»Gangsta-Style, Alter!«, rief Raffa halbherzig, tat es Nico jedoch nach. Vivien und die anderen umarmten ihn. Vivien kamen die Tränen. Es tat so gut, dass sie sich wieder versöhnten. Dass sie zusammenstanden.

Ein Klopfen schreckte sie auf. »Was ist bei euch los? Wollt ihr nicht endlich zum Frühstück kommen?«

Alle erstarrten, und wieder war es Elanie, die die Situation rettete. »Alles in Ordnung, wir kommen gleich.« Sie machte eine flatternde, antreibende Geste und schaffte es damit, dass ihre Freunde sich voneinander lösten und ein verkrampftes Lächeln aufsetzten. Dann erst öffnete Elanie die Tür.

Ihr neuer Sozialarbeiter linste hinein, trat ein und sah sich um.

»Wir proben für einen Sketch, den wir bei der nächsten Geburtstagsfeier aufführen wollen. Hat Merret dir davon nicht erzählt?«, improvisierte Elanie.

Patrik schüttelte den Kopf. Dann wies er auf Nico. »Merret hat mir eine Notiz zu deinem Fahrradsturz hinterlassen. Kommst du klar, oder müssen wir zum Arzt fahren?«

»Komme klar«, sagte Idris gepresst.

Der Sozialarbeiter sah Elanie an. »Wo ist Merret eigentlich? Ich habe nach ihr gerufen und ihr eine Nachricht aufs Handy geschickt. Aber sie reagiert nicht.«

Elanies Augen wurden weit. »Ich dachte, sie ist im Büro, im Garten oder bei den Pferden.«

»Da ist sie nicht. Zumindest habe ich sie nicht gefunden.«

Elanies Gesicht versteinerte, und sie verschwand, um das Bauernhaus abzusuchen. Wenig später kehrte sie zurück und versuchte, ihre Mutter anzurufen. Offensichtlich ohne Erfolg.

»Merrets Telefon ist aus«, sagte sie mit dünner Stimme.

Blicke flogen hin und her. Sie eilten los, um das gesamte Grundstück abzusuchen. Schließlich kamen sie erneut bei Elanie zusammen, die vor dem Eingang stand. Ganz blass war sie vor Sorge.

»Hast du Merret inzwischen erreicht?«, wollte Vivien wissen.

Ruckartig ging Elanies Kopf hin und her.

»Sie musste sicher nur etwas besorgen, und der Akku ihres Handys ist leer«, redete Vivien ihr gut zu, obgleich auch ihre Gedanken Achterbahn fuhren.

»Das sagst du so! Was, wenn auch ihr etwas zugestoßen ist? Wenn jemand auch ihr etwas angetan hat? Oder sie sich selbst, aus Kummer? Dann ist auch mein Leben vorbei!« Elanie brach in Tränen aus, wurde von Weinkrämpfen geschüttelt.

Vivien und Alicia umarmten sie fest. »Sag doch so was

nicht«, wisperte Vivien, obgleich sie gut nachvollziehen konnte, was ihre Freundin fühlte.

* * *

»Weit ist Pagelsen nicht gekommen«, knurrte Hennes und stemmte sich gegen den Wind. Das eilig gecharterte Motorboot sprang klatschend über die Wellen. Nachdem sie gehört hatten, dass Merret Roters an Bord des Kutters war, obgleich sie eigentlich in der Wohngruppe sein sollte, und Erk Pagelsen mit ihr den Hafen unerlaubt verlassen hatte, hatten sie sofort die Wasserschutzpolizei und das SEK benachrichtigt. Hier war eindeutig Gefahr im Verzug, zumal der Hafenmeister Merret Roters schreien gehört hatte. Möglicherweise hatten sie es mit einer Geiselnahme zu tun, die für das Opfer lebensbedrohlich werden könnte …

Liv spürte, wie ihre Schultern versteiften. Hätten sie diese Entwicklung vorhersehen, diese Tat verhindern können? Hatten sie Erk Pagelsens Aggression unterschätzt? Wenn er tatsächlich so impulsiv war, wie es nun den Anschein hatte, würde er in das Täterprofil für das Tötungsdelikt passen. Andererseits erschien es ihr absurd, ausgerechnet mit einem Muschelkutter fliehen zu wollen …

»Oder er wollte das eigentlich gar nicht. Hier sind doch gleich seine Muschelbänke«, sagte sie nachdenklich. Warum war Merret Roters überhaupt zu ihm auf das Schiff gestiegen?

Hennes lauschte am Handy.

»Was Neues von der Wasserschutzpolizei?«, wollte Liv wissen.

»Dauert noch ein bisschen. Ist schließlich ein ganzes Stück von Brunsbüttel bis hierher.« Kopfschüttelnd steckte Hennes das Handy weg. »Die hätten die Wasserschutzpolizei nie so eindampfen dürfen. Dass die Station auf Sylt zugemacht wurde, ist ein Unding. Und das haben wir jetzt –« Er verstummte, als das Tempo des Motorboots gedrosselt wurde und Hasselbrecht das Megafon hob. Sie hatten den Muschelkutter nun fast erreicht.

»Herr Pagelsen, hier spricht Kriminalhauptkommissarin Hilke Hasselbrecht vom K1 Flensburg. Wir fordern Sie auf, gemeinsam mit Merret Roters das Deck zu betreten und anschließend in den Hörnumer Hafen zurückzukehren.«

Gespannt blickten die Kommissare auf den Muschelkutter. Das Motorgeräusch des kleinen Schiffs veränderte sich, und schließlich tauchte Erk Pagelsen an der Reling auf.

»Was soll das Theater?«, rief er. Sie waren jetzt so nah, dass sie ihn auch ohne Megafon verstehen konnten. »Ich will lediglich die Saatmuscheln ausbringen. Ich kann mir keine weitere Verzögerung leisten, sonst ist die nächste Ernte gefährdet! Das mögen Sie als Bürohengste nicht verstehen, aber es gibt Dinge, die man nicht auf dem Schreibtisch hin und her schieben kann. Die müssen gemacht werden – und zwar jetzt!«

»Sie haben eine Straftat begangen. Das Schiff war noch nicht durch Polizei und Staatsanwaltschaft freigegeben«, beharrte Hasselbrecht. »Wo ist Merret Roters?«

»Nicht hier.« Selbst auf die Entfernung war erkennbar, wie ungehalten Pagelsen war.

»Wir wissen, dass Frau Roters bei Ihnen an Bord ist. Die Wasserschutzpolizei und das SEK sind unterwegs.« Unverhohlen schwang die Androhung gravierender Konsequenzen in Hasselbrechts Worten mit.

»Nicht aufregen!«, rief Pagelsen schnell. »Merret ist in der Kombüse. Ich hole sie.« Er verschwand unter Deck.

Liv sah Hennes an. »Ob das eine gute Idee ist? Immerhin ist sie vermutlich nicht freiwillig mit ihm gefahren.« Ohne die

Wasserschutzpolizei und das SEK in der Nähe würde ein schnelles Eingreifen bei Gefahr im Verzug schwierig.

* * *

Noch einmal schob Merret die EC-Karte in den Türschlitz, ruckelte sie hoch und runter und versuchte so, die Tür zu öffnen – nichts rührte sich. Warum war das im Fernsehen immer so einfach? Frustriert hämmerte sie gegen das Holz. Selbst das Bullauge war vernietet.

Mit kurzen, flachen Atemzügen kämpfte sie gegen die Panik an, die in ihr tobte. Was hatte Erk vor? Wollte er sie entführen? Ihr etwas antun? Sie wollte nicht glauben, dass er Timur getötet hatte, doch der Verdacht ließ sich inzwischen nicht mehr von der Hand weisen. Warum sonst verhielt er sich so aggressiv und besitzergreifend? Warum hatte sie ihn nicht früher durchschaut? Wie hatte er sich so gut verstellen können? Und warum nur hatte sie ihn provoziert, sein Smartphone über Bord geworfen? Und doch war das die einzige Möglichkeit gewesen, diejenigen zu schützen, die ihr am Herzen lagen.

Schritte polterten über das Deck. »Merret!« Bebender Zorn lag in Erks Ruf. »Hast du die Scheißbullen alarmiert?«

Sie wich zurück, ihr Blick flackerte durch die Koje. Es gab keinen Ausweg. Nichts, wo sie sich verstecken konnte.

24

Tinnum, 11.05 Uhr

Bernd rückte unruhig die Gegenstände auf dem Schreibtisch hin und her. Es hieß, dass manche Psychologie studierten, um sich selbst behandeln zu können. Das war bei ihm nicht anders gewesen. Selbstverletzendes Verhalten bei Jungen war ein Tabu – das hatte er selbst erlebt. Er hatte diese psychische Störung schnell überwunden; nur die Faszination für Messer war geblieben. Inzwischen gelang es ihm, seine Unzulänglichkeiten besser zu überspielen. Er drehte zum wiederholten Mal sein Handy um und sah, dass eine Nachricht aufblitzte. Sein Mann hatte ihm die Einkaufsliste für heute Abend geschickt. Wie fürsorglich! Ergänzt hatte er die Liste mit einer Nachricht: Und vergiss nicht schon wieder das Olivenöl!

Alles wie immer also, Gott sei Dank! Bislang hatte er seinen kleinen Ausflug in die Dünen verheimlichen können, und wenn die Polizei ihn endlich in Ruhe ließe, würde das auch so bleiben. Sicherheitshalber hatte er den Träger der Einrichtung gebeten, seine Bewerbung auf Timurs Posten vorerst zur Seite zu legen, und dieser hatte sich daran gehalten. Er sah auf.

»Natürlich kennst du die Jugendlichen besser, Bernd«, sagte Patrik gerade. Sein Ton war so salbungsvoll, dass Bernd schon genervt war. »Allerdings sollte dir bekannt sein, dass Betriebsblindheit in sozialen Berufen wie unserem durchaus vorkommt. Objektiv betrachtet halte ich es für wichtig, die Jugendlichen über den Verbleib von Merret aufzuklären. Vor allem die Pflegetochter muss informiert werden. Es zu verschweigen könnte als Vertrauensbruch gewertet werden. Das wiederum könnte verheerende Folgen haben, vor allem in Anbetracht der derzeitigen Lage.«

Bernd runzelte unwillig die Stirn. Jeder Satz war ein Anschlag auf seine Nerven, die zum Zerreißen gespannt waren.

»Es ist ganz offensichtlich, dass in dieser Wohngruppe in den vergangenen Monaten einiges, sagen wir, *schiefgelaufen* ist ...«

Konnte der nicht endlich das Maul halten? Bernd sprang auf, lief unruhig umher, seine Finger kribbelten. Gleich würde er sich nicht mehr beherrschen können, dann könnte für nichts garantieren. Auch Timur hatte er zuletzt kaum noch ertragen.

* * *

Vivien verharrte im Flur. Die Stimmen der anderen drangen aus der Küche zu ihr herüber. Seit der ergebnislosen Suche nach Merret saßen sie zusammen, versuchten, sich gegenseitig zu beruhigen und zu trösten. Vor allem Elanie brauchte ihre Unterstützung. Nicht dass sie durchdrehte vor Sorge! Seit einigen Stunden waren sie wieder eine eingeschworene Gemeinschaft, und auch Vivien hatte ihren Kummer zurückdrängen können. Glücklicherweise schienen auch Nico und Raffa ihren Groll gegen Idris vergessen zu haben. Bei den Sozialarbeitern war hingegen etwas im Busch. Die verschwiegen ihnen etwas, da war sie sicher ...

Das Freizeichen dröhnte in ihren Ohren. Verdammt, warum erreichte sie Sanna denn nicht? Den anderen gegenüber spielte Vivien die Starke, Zuversichtliche, aber sie musste mit jemandem reden, dem sie ihre Angst um Merret gestehen konnte. Dieser Muschelfischer war unberechenbar – oft genug hatte er sie heftig angefeindet. Vielleicht hatte er Merret entführt, weil er sie für sich wollte!

Zum wiederholten Mal hinterließ Vivien Sanna eine Nachricht. Sie hörte Schritte und schob sich hinter einen Schrank. Gleich darauf stand Idris vor ihr. Auch er telefonierte, anscheinend wieder einmal mit einem seiner Brüder. »Ich bin so stolz auf dich, jetzt musst du nur noch ...« Er bemerkte sie, verstummte, beendete dann das Gespräch. »Alles in Ordnung bei dir?«

Am liebsten wäre sie ihm um den Hals gefallen, wagte es aber nicht.

»Was machst du denn so lange hier? Komm zurück zu uns.« Er nahm ihre Hand.

Viviens Herz flatterte, doch an der Küche ließ er sie los. Als sie sich wieder zu den anderen auf die Eckbank setzte, wurden die Stimmen von Bernd und Patrik im Büro lauter.

»Jetzt hör doch mal zu, Bernd! Wenn die Polizei Pagelsen nicht für den Täter hielte, würden sie nicht so einen Aufstand veranstalten. Und jetzt ist Merret in seiner Gewalt! Was, wenn er auch noch ihr –«

»Was redest du denn da?«

Zischende Stimmen, eine knallende Tür.

Die Jugendlichen sahen sich aus schreckgeweiteten Augen an. Die Bedeutung des Gehörten breitete sich wie ein ansteckender Virus zwischen ihnen aus. Dann schluchzte Elanie erneut auf.

* * *

Sanna schleppte das Kite ans Ufer des Königshafens und stapfte barfuß zu ihrem Rucksack, um ihr Handy zu checken. Nach dem Streit mit ihrer Mutter war sie sofort zu Kimi geradelt und hatte ihn überredet, kiten zu gehen. Jetzt fühlte sie sich etwas entspannter. Von Liv hatte sie gelernt, dass sie Stress beim Sport abbauen konnte.

Liv! Erneut regte sich ihr Ärger. Die Erwachsenen hatten doch keine Ahnung!

Sie entsperrte ihr Handy. Erschrocken bemerkte sie, wie oft Vivien versucht hatte, sie anzurufen. Während sie die Nachrichten anhörte, blickte sie auf die geschützte Bucht, auf der Kimi Wind und Wellen ritt, und das dahinterliegende Panorama von List. Sofort versuchte sie, Vivien zurückzurufen, doch die nahm das Gespräch nicht an.

Sanna schälte sich aus dem Neoprenanzug. Feine Sandkörnchen und Meersalz glitzerten auf ihrer Gänsehaut. Vom Strand her kam Kimi angelaufen. Er wollte sie in die Arme schließen, doch sie löste sich ungeduldig von ihm. »Ich muss noch mal los. Meine Mutter ...«

Sein Gesicht verdüsterte sich. »Willst du mir nicht sagen, was du wirklich machst? Wohin du wirklich gehst? Deine Mutter ist doch nur ein Alibi. Genauso wie ich, wenn du ihr erzählst, dass du zu mir gehst, wenn du etwas anderes erledigst. Ich begreife nur nicht, was. Hast du einen anderen?«

»Nein!« Sanna musste bei der Vorstellung beinahe lachen. »Nein, wirklich nicht.«

»Glaubst du nicht, dass ich die Wahrheit verdient habe?«

* * *

»Wie oft soll ich Ihnen das denn noch sagen? Ich habe nichts mit dem Mord an Timur Roters zu tun! Jo, Merret ist meine Geliebte. Aber sie hat mich freiwillig begleitet.« Erk Pagelsen warf sich auf seinem Stuhl zurück und verschränkte die Arme vor der Brust.

Nachdem er Merret Roters an Deck geholt hatte, hatte er sich bereit erklärt, ihnen in den Hafen zu folgen. In Hörnum hatten sie Erk Pagelsen noch an Bord in U-Haft genommen. Mit sichtlicher Arroganz hatte er auf die Anwesenheit eines

Anwalts verzichtet und laut deklamiert, er habe nichts getan und daher nichts zu befürchten.

Gemeinsam mit Merret Roters waren sie ins Polizeirevier gefahren, um beide getrennt voneinander zu befragen. Roters hatte allerdings vorher noch medizinisch und psychologisch versorgt werden müssen – so viel dazu, dass sie ihn »freiwillig« begleitet hatte.

»Daran gibt es begründete Zweifel. Frau Roters hat angegeben, dass Sie sie körperlich bedroht, eingesperrt und gezwungen haben mitzufahren«, sagte Liv bemüht ruhig.

»Kompletter Schwachsinn! Merret ist dünnhäutig, was verständlich ist. Sie weiß nicht, was sie sagt. Wir lieben uns.«

»Was haben Sie mit dieser Entführung bezweckt?«, wollte Hennes wissen.

»Das. War. Keine. Entführung.« Pagelsen spie die Worte geradezu aus. »Ich wollte lediglich die Saatmuscheln ausbringen. Wann geht das endlich in Ihren …« Im letzten Augenblick kniff er die Lippen zusammen. Seine Kiefermuskeln spielten.

»Selbst wenn wir Ihnen Glauben schenken: Sie haben sich über eine polizeiliche Anweisung hinweggesetzt und damit eine Straftat begangen.«

»Wenn das verzweifelte Sichern der eigenen Existenzgrundlage schon eine Straftat ist, weiß ich's auch nicht mehr!«

»Warum haben Sie Merret Roters geschlagen, die Treppe hinuntergestoßen und eingesperrt?«

»Das ist eine Lüge. Ich liebe Merret. Ich würde sie nie schlagen und einsperren. Auf der Treppe ist sie gestolpert. Der Seegang, wissen Sie?«

Hennes schüttelte entrüstet den Kopf. »Tinnef. Beschreiben Sie uns den Abend, an dem Timur Roters starb. Was taten Sie, nachdem Merret Roters Sie verlassen hat?«

Schweigen. Liv konsultierte ihre Notizen, dann blätterte sie in der Akte. »Frau Roters gab an, Sie gegen 23.15 Uhr verlassen zu haben. Diese Aussage wird bestätigt durch eine Nachbarin, die zu diesem Zeitpunkt von ihrer Arbeit in der Gastronomie nach Hause kam.«

Erk Pagelsens Fuß wippte hektisch. »Dann habe ich mich umgedreht und geschlafen. Zeugen gibt es dafür keine. Haben Sie etwa immer Zeugen, wenn Sie im Bett liegen?«

»Was haben Sie gestern Abend gemacht?«

»Geschlafen.«

»Frau Roters gab an, Sie hätten sie auf dem Hof aufgesucht und bedrängt.« Erk Pagelsen starrte Liv wortlos an. »Anschließend sind Sie nach Hörnum zurückgefahren und –«

»Ins Bett gegangen. Ein Fischer steht früh auf. Ich weiß, davon haben Polizisten keine Ahnung, deshalb sage ich es noch einmal.«

»Welche Verbindung haben Sie zu den Garagen im Blanken Tälchen in Hörnum?«

»Keine.«

Liv unterdrückte ein Seufzen. »Und warum wurden dann Ihre Handschuhe in einer Garage gefunden, die Timur Roters nutzte?«

Pagelsen sprang auf. »Da will mir jemand was in die Schuhe schieben! Schon wieder! Erkennen Sie das Muster nicht? Ich war nie in dieser Garage, kenne die gar nicht! Deshalb habe ich auch keine Ahnung, wie meine Handschuhe dort hinkommen. Genauso wenig, wie ich eine Ahnung habe, warum Timur Roters ausgerechnet auf meinem Schiff ermordet worden ist. Der einzige Grund, der mir dafür einfällt, ist, dass mir jemand etwas anhängen will. Das müssen doch selbst Sie begreifen!«

Liv bemühte sich um äußerliche Gleichmut. Was, wenn Pagelsen sie angreifen würde? »Beruhigen Sie sich. Und setzen Sie sich wieder.«

Scheinbar gelassen stützte Hennes die Unterarme auf den Tisch und beugte sich vor. »Tscha, das ist die Frage. An Bord

Ihres Schiffs wurde Timur Roters ermordet. Wir haben im Hafenbecken und in der Nähe des Hafens Muschelmesser sichergestellt, die Ihren Messern und auch der Tatwaffe sehr ähneln. Zudem wurden Ihre Handschuhe in Timur Roters Garage gefunden.«

Pagelsen schwieg, als würde ihm erst jetzt die Tragweite der Anschuldigung klar. »Ich möchte nun doch einen Anwalt anrufen«, sagte er ernüchtert. »Aber eines noch: Wenn Sie mit Merret reden, dann sprechen Sie sie doch auf die Fotos auf meinem Handy an, auf denen zu sehen ist, wie ihr Timur mit Alicia flirtet und Nico ihm dafür an den Hals gehen will.«

Liv und Hennes merkten auf. »Zeigen Sie uns diese Fotos!«

Pagelsen schnaubte. »Das würde ich gern. Merret hat mein Handy allerdings im Hafenbecken versenkt. Aus falsch verstandener Fürsorge und einem ausgeprägten Helferkomplex. Und jetzt möchte ich einen Anwalt anrufen.«

Einige Augenblicke später zogen Liv und Hennes sich in die Kaffeeküche zurück, um das Gespräch Revue passieren zu lassen. Liv öffnete den Kühlschrank, um Milch herauszuholen, und entdeckte eine Vorratsdose, auf der »KP BE« stand. Sie linste hinein. Ein Salat. Sah lecker aus. Eine homöopathische Menge frischer Spinat mit eingelegten Pfirsichen und jeder Menge geschnittener Datteln. Offenbar setzte Botersen-Evers jetzt auf natürliche Zuckerquellen. Davon allerdings gab es hier reichlich.

»Entweder ist Erk Pagelsen sehr abgebrüht, oder er hat wirklich nichts mit dem Mord an Timur Roters zu tun«, sagte Liv, als sie Schale und Kühlschrank wieder geschlossen hatte.

»Oder er ist ein guter Schauspieler, und er und Merret Roters spielen uns was vor. Hypothesen gibt es zuhauf. Erk könnte Timur umgebracht haben, um Merret für sich zu haben. Merret und Erk könnten sich verschworen haben, um Timur los zu sein, und als Merret klar wurde, was sie getan hat, gab sie Erk den Laufpass. Wäre nicht das erste Mal, dass Täter ihre Motive nach der Tat infrage stellen.«

»Manchmal denkt man zu viel um die Ecke, und die Täter sind viel schlichtere Gemüter«, widersprach Liv. »Andererseits hat Pagelsen uns gerade einen weiteren möglichen Täter geliefert. Wenn Timur eine Affäre mit Alicia hatte, könnte es sein, dass Nico die Sicherungen durchgegangen sind.«

»Oder dass Merret so enttäuscht und eifersüchtig war, dass sie ihre große Liebe bestrafen wollte. Keine sollte Timur für sich haben, wenn sie ihn verlor.«

Merret Roters saß wie ein Häufchen Elend auf ihrem Stuhl. Ihre Wunden waren verbunden, der geschwollene Fuß mit einem Kühlpack versehen und hochgelegt, doch trotz ihres Zustands hatte sie darauf bestanden, im Revier zu bleiben, um ihre Aussage zu machen.

Liv schaltete das Aufnahmegerät ein und belehrte sie über ihre Rechte als Zeugin. »Wie geht es Ihnen, Frau Roters?«, fragte sie dann.

Merret Roters sah sie weidwund an. »Ich will einfach nur noch nach Hause, zu Elanie. Aber erst möchte ich meine Aussage machen. Ich bin froh, dass ich nicht mehr auf dem Schiff bin. Erk derart ausgeliefert zu sein war schrecklich.«

Liv nickte. »Das ist verständlich. Wir wissen es zu schätzen, dass Sie uns berichten wollen, was geschehen ist. Auf der Fahrt nach Westerland haben Sie bereits einiges erwähnt, aber Sie haben sicher Verständnis dafür, dass Sie diese Aussagen noch einmal ordnungsgemäß zu Protokoll geben müssen. Wollen wir mit heute Nacht anfangen?«

Merret Roters betrachtete ihre Fingernägel, die wieder schwarz von Gartenerde waren. Sie berichtete von dem überraschenden Besuch von Erk Pagelsen im Schuppen und von seinem Versuch, sie zu verführen. »Er war sehr wütend über meine Reaktion. Hat mir einzureden versucht, dass ich spinne und dass ich mich zusammenreißen soll. Aber ich ... Meine Gefühle ... Er ist so jähzornig.« Ihr Blick verhakte sich hilfesuchend in Livs. »Was, wenn Erk tatsächlich etwas mit dem Mord an Timur zu tun hat?«, fragte sie leise.

»Das werden wir herausfinden. Herr Pagelsen ist dann einfach gegangen?«

»Ich bin gegangen. Obwohl er alles getan hat, um mich aufzuhalten, bin ich gegangen, ohne mich noch einmal umzudrehen.« Ein grimmiger Ausdruck schlich sich auf Merret Roters' Züge. »Am nächsten Morgen bat er mich per Textnachricht, zu ihm aufs Schiff zu kommen.«

»Warum sind Sie diesem Wunsch gefolgt, obgleich Ihre nächtliche Begegnung so bedrohlich war?«

»Ich fand, dass er eine letzte Aussprache verdient hat. Ein Fehler. Wenn man bedenkt, wie viele letzte Aussprachen in Partnerschaften tödlich enden ... Ich war leichtsinnig.« Merret schauderte.

»Würden Sie Erk eine Gewalttat zutrauen?« Roters hatte sich gerade etwas geöffnet, also wählte Liv den Vornamen.

Merret Roters zögerte. »Ich weiß es nicht. Manchmal denke ich, ich kenne ihn gar nicht richtig. Ich weiß nur, dass ich Angst vor ihm hatte, nachts im Schuppen und heute auf dem Muschelkutter.«

Die Ermittler ließen sich die morgendliche Begegnung am Hörnumer Hafen und den Streit aus Merrets Perspektive schildern. »Warum hat Herr Pagelsen aus Ihrer Sicht so aggressiv reagiert?«

»Weil ich ihm gesagt habe, dass ich unsere Affäre beenden will. Dass ich ihn nicht liebe.«

Prüfend blickte Liv sie an. »Wie haben Sie auf die Fotos reagiert, die Herr Pagelsen Ihnen zeigte?«

Merret Roters Gesicht schien auseinanderzufallen. »Von welchen Fotos reden Sie?«

»Die Fotos, auf denen Ihr Mann mit Alicia und Nico zu sehen ist. Unsere Kollegen aus der Computerforensik beschaffen die Dateien gerade aus der Cloud. Das Smartphone wird sich ja vermutlich nicht erholen, nachdem man es aus dem Hafenbecken geborgen hat.«

Merret Roters starrte sie an, bebend. Dann schossen ihr die Tränen in die Augen, und sie weinte lautlos. »Ich wusste … Ich wusste von Timur und Alicia … und Nicos nur allzu verständlichem Problem damit. Aber ich wollte nicht … Erk hat Nico des Mordes beschuldigt. Das ist eine Lüge! Nico mag ein Aggressionsproblem haben, aber zu einer solchen Tat wäre er nicht fähig. Wenn jedoch so ein Gerücht erst einmal in der Welt wäre, wäre es nicht wieder einzufangen. Nicos Zukunft wäre unwiderruflich geschädigt. Deshalb bitte ich Sie: Vergessen Sie Erks Anschuldigungen!«

Hennes drehte unruhig einen Kugelschreiber. »Sie wussten also, dass Ihr Mann eine Affäre mit Alicia hatte?«

»Ich habe es befürchtet.« Wieder musste Merret Roters sich die Tränen abwischen. »Es war nicht zu übersehen, dass Alicia in Timur verknallt war. Und Elanie hatte mir erzählt …« Sie brach ab.

»Was hat Ihre Pflegetochter erzählt?«

»Sie hat sich darüber empört, dass Alicia sich benimmt, als habe sie einen Crush auf Timur – ihre Worte … Wir haben darüber geredet, und ich konnte Elanie davon überzeugen, dass wir eine glückliche Ehe führten.« Sie lachte bitter. »Bis dahin hatte Timur den Schwärmereien der Mädchen immer standgehalten. Mein Mann hatte hohe moralische Maßstäbe, doch als ich Alicia und ihn in den letzten Monaten beobachtet habe, war ich mir seiner manchmal nicht mehr sicher. Als ich ihn darauf ansprach, leugnete er entrüstet. Aber seitdem war etwas zwischen uns, etwas, was mich vermutlich in Erks Arme getrieben hat ... Eine Distanz. Eine Sprachlosigkeit. Ich wünschte, Timur und ich hätten ehrlich über alles reden können. Ich wünschte, er hätte mir die Wahrheit gesagt!«

»Sie waren enttäuscht von ihm. Wütend. Das ist nur verständlich.«

»Und doch habe ich ihn nicht getötet. Wie oft soll ich das denn noch sagen? Ich war Sonntagabend mit Erk zusammen, und danach bin ich nach Hause gefahren. Kann es sein, dass Sie ziemlich im Nebel stochern? Mal soll Erk es gewesen sein, dann Bernd, dann wieder ich ... Wissen Sie eigentlich, was Sie tun?«

»Wir schon. Bei anderen sind wir nicht sicher. Sie können mir doch nicht erzählen, dass Sie Timurs Verhalten einfach so ertragen haben.« Merret mauerte.

»Wer könnte noch von dieser Verliebtheit gewusst haben?«, wollte Liv schließlich wissen.

»Alle auf dem Hof. Alle, die gesehen haben, was ich gesehen habe.« Ausführlich beschrieb Merret den vertrauten Umgang der beiden miteinander, und es war, als risse sie damit die Narbe in ihrer Seele immer weiter auf. Sie sank in sich zusammen, die Arme um den Bauch geschlungen, die Stimme abgehackt.

»Wie hat Nico darauf reagiert? Können Sie sein Verhalten genauer beschreiben?«

»Eifersüchtig, wie sonst? Ein paarmal dachte ich, er würde handgreiflich werden, aber er konnte sich Timur gegenüber immer beherrschen.« Entschieden schüttelte Merret den Kopf. »Nein, er war es nicht. Wenn Sie mit Nico und den anderen Jugendlichen über die Sache reden würden, würde Ihnen klar werden, dass er dazu niemals fähig wäre.«

»Das würden wir gern, und zwar so schnell wie möglich. Aber Sie wissen selbst, wie viele Regularien wir dafür einhalten müssen. Es kann dauern, bis wir dieses Missverständnis aus der Welt schaffen können.«

Merret Roters sah auf. »Es wäre nur eine Befragung, oder? Es besteht doch kein Verdacht gegen Nico?«

»Wir würden die Jugendlichen lediglich als Zeugen befragen, das ist richtig.«

Zunächst, zumindest. Aber auch das musste Merret Roters klar sein, ohne dass sie es aussprachen.

25

Westerland, 16 Uhr

Auf den Tischen im Polizeirevier lockte Rhabarberkuchen mit Baiserhaube, den Rabia mitgebracht hatte. Thermoskannen mit Kaffee und Tee standen bereit, doch die Mitglieder der Soko waren sich einig, dass sie so wenig Zeit wie möglich verlieren durften. Alle trugen hochkonzentriert Unterlagen zusammen, erledigten letzte Telefonate. Liv spürte unter ihrer fiebrigen Erregung eine gewisse Müdigkeit und riss die Fenster auf. Fünf Tage im Dauereinsatz, und selbst am Wochenende würde sie kaum freihaben. Sonne und Wind trugen eine Ahnung von perfekten Frühlingstagen zu ihnen. Während andere ein Stück Kuchen auf die Hand nahmen und unbekümmert den Boden vollkrümelten, drapierte Hilke Hasselbrecht ihr Stück auf einem Porzellanteller.

»Die Ereignisse machen eine Zwischenbesprechung unumgänglich, damit wir alle auf den gleichen Stand bringen und unsere Hypothesen austauschen können. Denn Hypothesen dürften wir diverse haben.« Hasselbrecht legte ihre Kuchengabel auf den Teller und tupfte sich den Mund mit einer Serviette ab. Dann fasste sie die Entwicklungen der letzten Stunden zusammen.

Liv nahm sich nun auch ein Stück. Der Rhabarber war weich und angenehm säuerlich, aber die Baiserhaube so süß, dass es ihren Mund beinahe verklebte. Sie bemerkte Botersen-Evers' sehnsüchtigen Blick.

»Beginnen wir mit den Ergebnissen der Rechtsmedizin.

Zwei der drei im Meer gefundenen Messer lassen sich mit den Abwehrverletzungen und Wunden von Timur Roters in Verbindung bringen. Bei dem schartigen Austernmesser handelt es sich mit ziemlicher Sicherheit um die Tatwaffe, das haben Experimente ergeben. Das kleine Obstmesser hingegen ist Massenware, sodass es sich bei der Tatwaffe um dieses, aber auch um ein ähnliches Modell handeln könnte.«

Botersen-Evers starrte an dem Kuchen vorbei. »Was die Computerforensik angeht, haben wir keine neuen Erkenntnisse. Bislang konnte das gefundene Handy von Erk Pagelsen noch nicht wieder eingeschaltet werden, es wird noch getrocknet. Einen Zugang zur Cloud haben wir noch nicht.«

Hilke Hasselbrecht wog das Haupt. »Es mag einiges auf Erk Pagelsen als Täter hinweisen; wir haben jedoch zu wenig in der Hand, um ihn länger in Haft zu behalten. Die Beweislage ist sehr dünn. Wir werden in den nächsten Stunden daher verschiedene Ermittlungsrichtungen verfolgen müssen.« Sie wandte sich an Liv und Hennes. »Ich möchte, dass Sie beide Merret Roters in die Wohngruppe folgen und mit den Jugendlichen sprechen.«

»Nur wir zwei?«

Hasselbrecht nickte. »Wir müssen parallel Erk Pagelsen weiter abklopfen. Sollte sich der Verdacht gegen ihn erhärten, würde ich ihn ungern aus der U-Haft lassen müssen. Andererseits hielte ich es für falsch, das Vertrauen zu verletzen, das Merret Roters uns entgegenbringt. Es ist höchst heikel, in dieser Situation weitere Gespräche mit den Jugendlichen zu führen. Besonderes Fingerspitzengefühl ist nötig.«

»Wir werden die Jugendlichen also nicht voneinander separieren?«

»Nach Möglichkeit werden Sie sie getrennt befragen, das schon. Aber nicht nur die Situation ist brisant, sondern auch das Thema. Schließlich wird sexueller Missbrauch von Schutzbefohlenen – und darunter würde eine derartige Beziehung zwischen Timur Roters und Alicia Fernwald fallen – nach Paragraf 174 StGB mit einer Freiheitsstrafe von drei Monaten bis fünf Jahren bestraft. Es geht also darum herauszufinden, ob die beiden tatsächlich eine Beziehung hatten und wie Nico Karben darauf reagiert hat. Ich könnte mir vorstellen, dass besonders für diese Gespräche viel Zeit nötig ist. Je nach Wunsch werden Roters, Beversen, ein anderer Betreuer oder Therapeut dabei anwesend sein.«

»Wenn die Jugendlichen nicht mit uns reden wollen, wird es zäh«, sagte Hennes düster.

»Wir müssen uns darauf verlassen, dass Merret Roters uns eine Brücke baut. Ihr ist daran gelegen, Nico und Alicia zu entlasten. Das wird auch im Interesse der anderen Jugendlichen sein.«

»Was ist mit den Medikamenten? Werden wir diesbezüglich bei Idris Akim nachhaken?«, wollte Rabia wissen.

»Auf jeden Fall. Parallel hören sich einige Kollegen um, ob und wo auf Sylt derzeit mit Medikamenten gedealt wird.« Auch diese Aufgabe wurde vergeben.

»Was die Medikamentendiebstähle angeht, aus denen die Chargen stammen, wird gerade recherchiert, welche Erkenntnisse es aus den Ermittlungen gibt und ob etwas auf eine Verbindung zu Idris Akim oder Timur Roters hinweist.« Botersen-Evers liebäugelte mit dem letzten Stück Kuchen. Doch Hennes schnappte es ihm vor der Nase weg.

Liv schwirrte der Kopf. Während der Ermittlungen hatten sie schon viele Geheimnisse aufgedeckt. Sie mussten aufpassen, dass sie sich weder verzettelten noch Aspekte aus den Augen verloren. »Was Neues von Andreas?«, fragte sie.

»Noch nichts. Wir warten stündlich auf die Nachricht aus dem Krankenhaus, dass er aufgewacht ist.«

Die Bewohner des Hofs saßen auf einer windgeschützten Terrasse in der Sonne. Vivien flocht Alicia die Haare, während Nico und Idris sich über etwas auf dem Handy amüsierten und Elanie geschmierte Brote verteilte.

Als Hennes und Liv auf dem Hof ankamen, verflog die entspannte Stimmung augenblicklich. Reserviert nickten die Jugendlichen ihnen zu. Die verhaltene Reaktion ließ Liv hoffen, dass Merret die Jugendlichen über den Besuch informiert hatte und diese sich ihren Fragen nicht verweigern würden. Sofort bemerkte sie auch die Verletzungen in Idris' Gesicht, verkniff sich jedoch eine Bemerkung.

Als auch Bernd Beversen hinzukam, eine Kanne Kakao in der Hand, legte Merret Roters ihr Brot zurück auf den Teller. »Elanie und ich fangen an. Wir werden uns dazu mit den Kommissaren ins Büro zurückziehen.« Sie sah in die Runde, suchte kurz mit jedem ihrer Schützlinge Blickkontakt. »Ihr müsst euch keine Sorgen machen. Entweder Bernd oder ich werden bei jedem Gespräch dabei sein, wenn ihr es möchtet. Es geht nicht um irgendwelche Verdächtigungen oder Anschuldigungen, sondern ganz einfach darum, Sachverhalte zu klären, damit wir diesen Albtraum möglichst schnell hinter uns lassen und nach vorn schauen können. So schwer es uns allen auch fällt.«

Ein tapferes Lächeln. Elanie drückte ihre Hand. Als sie die Terrasse verließen, blieben die Jugendlichen stumm.

»Ich muss noch schnell etwas aus dem Auto holen, geht ihr schon einmal vor«, sagte Liv. Sie ging zum Wagen, nahm ihren Rucksack, kehrte dann aber auf anderem Weg ins Haus zurück und stieg noch einmal die Stufen empor, ehe sie das Büro ansteuerte.

Neben dem Viereck, das die zwei Schreibtische bildeten, stand ein kleines Sofa mit einem Sessel. Beide waren mit verblichenem lavendelblauen Samt bezogen und wirkten, als stünden sie schon seit Jahrzehnten hier.

Merret und Elanie nahmen auf dem Sofa Platz, Hennes überließ Liv den Sessel und zog sich selbst einen der Bürostühle heran. Noch immer ihre Hand haltend, suchte Merret Elanies Blick. »Ich habe eben lediglich gesagt, dass die Polizei noch einige Fragen hat und ich es gut finden würde, wenn ihr den Ermittlern darüber Auskunft geben würdet, was sie wissen wollen. Bei diesen Fragen geht es um ...« Es fiel Merret Roters sichtlich schwer, es auszusprechen, aber weder Hennes noch Liv ergriffen das Wort.

Merret sah ihrer Pflegetochter in die Augen. »Du hast beobachtet, dass Alicia und Timur ... und du weißt, dass sie ...«

Elanie runzelte die Stirn. Ihr überraschter und zugleich ungehaltener Blick verunsicherte Merret Roters offenbar. Sie holte tief Luft, bevor sie weitersprach: »Dass die beiden ... dass sie eine Grenze überschritten haben, die sie nicht hätten überschreiten dürfen.«

Elanie blieb stumm, biss sich auf die Unterlippe. Liv glaubte, ihr ansehen zu können, dass sich ihre Gedanken überschlugen. Wusste sie wirklich Bescheid, oder war die Information für sie neu? Und wenn sie es wusste: Hatte sie das Gefühl, ihre Freundin zu verraten, wenn sie darüber sprach? Wem galt ihre Loyalität mehr: ihrer Pflegemutter oder ihrer Freundin?

Nun senkte Elanie die Lider und zupfte in Zeitlupe ein loses Haar aus ihrem Zopf. »Ja, ich habe beobachtet, dass Timur anders mit Alicia umging als mit den anderen. Oder besser: dass Alicia seine Nähe gesucht hat. Ich fand sie zeitweise regelrecht aufdringlich, aber so ist sie nun mal. Einmal habe ich beobachtet, dass Timur Alicia ziemlich cool abblitzen ließ, als die mit ihm flirtete. Als wir allein waren, hat er gesagt, dass manche ihre Grenzen austesten müssten – Jungen wie Mädchen, das sei er gewohnt. Aber er hat mir versichert, dass er diese professionelle Grenze nie überschreiten würde. Abgesehen davon liebe er nur dich, Merret.« Elanies Wangen röteten sich, als sie ihre Pflegemutter ansah.

»Warum hast du mir nie davon erzählt?« Merret wirkte konsterniert.

»Du wusstest doch, dass er dich liebt. Du kanntest ihn besser als ich. Ich dachte, es wäre nicht nötig.« Elanie sah auf ihre Hände. »Ich wollte ... keine Zweifel säen.«

»Nur um das klarzustellen: Du glaubst also nicht, dass Alicia und Timur eine Affäre hatten?«, hakte Hennes ein.

»Auf keinen Fall.«

»Trotzdem war Nico wütend auf Timur. Nico schien nicht so sicher zu sein, was Alicias Gefühle anging«, konstatierte Liv.

Elanie hob die Schultern. »Na ja, Alicia hat sich ganz schön an Timur rangeworfen. Wie sollte Nico das finden?«

»Wie hat sich Nicos Wut auf Timur gezeigt? Hat er ihn angemacht? Gab es Handgreiflichkeiten?«

»Davon weiß ich nichts. Oder doch, manchmal haben die beiden gestritten. Aber jeder streitet mal. Normal. Alles andere ... Wir sind doch noch Kinder, irgendwie.« Sie suchte den Blick ihrer Mutter. »Darf ich jetzt wieder zu den anderen?«

»Ja, klar. Danke dir. Magst du ...« Merrets Blick wanderte von Hennes zu Liv.

»Wir würden gern mit Raffa reden.«

»Magst du Raffa zu uns schicken? Und vielleicht erzählst du den anderen nicht gleich, worüber wir gesprochen haben. Es ist kein Geheimnis, ich möchte nur nicht, dass sie sich gegenseitig durcheinanderbringen. Es geht schließlich darum, dieses unschöne Gerücht auszuräumen, das Erk Pagelsen in die Welt gesetzt hat.«

»Der Kerl hat behauptet, Nico hätte Timur etwas angetan? Was für ein Idiot!«, brach es aus Elanie heraus. Dann fasste sie sich, gab ihrer Mutter einen Kuss auf die Wange und ging.

Kaum eine Minute später betrat Raffa das Büro. Er war äußerst angespannt, sein Rücken steif, und er ging wie auf Eiern. Weit von Merret Roters entfernt setzte er sich auf die Sofalehne. Über seinen Ohren hingen wieder die Kopfhörer, aus denen Musik wisperte, aber auf Merrets Wunsch hin schaltete er sie aus.

Das Gespräch mit ihm war dennoch kurz. Er behauptete, nichts von einer besonderen Nähe zwischen Alicia und Timur mitbekommen zu haben, und sagte, Nicos Wut auf Timur sei ihm völlig neu.

»Wir würden gern als Nächstes mit Alicia reden«, erklärte Hennes. Liv und er hatten abgesprochen, Idris als Letzten zu befragen; falls dieser etwas mit den gestohlenen Medikamenten zu tun hatte, durfte er ruhig ein wenig schmoren.

Alicia setzte sich gleich darauf auf die Sofakante und sagte sofort: »Ich hatte nichts mit Timur. Gut, ich hatte vielleicht einen kleinen Crush. Aber hey: Der war uralt. ›Alter Mann‹ habe ich ihn immer genannt – Sie können die anderen fragen.« Sie lachte nervös und mied es, zu Merret zu sehen.

»Du hast mit ihm geflirtet«, hielt Hennes fest.

»Nur ein wenig, aus Spaß. Als ich gemerkt habe, dass Nico das nicht lustig findet, habe ich's gelassen. Es ist eine Schweinerei, dass jemand wie dieser Muschelfischer einfach Fotos von uns macht und Lügen verbreitet. Das ist doch auch verboten, oder? Und genauso schlimm ist, dass Sie ihm mehr glauben als uns.« Alicia verschränkte die Arme vor der Brust.

»So ist es nicht. Wir glauben dir und den anderen. Es ist unsere Pflicht, jedem Verdacht nachzugehen«, erklärte Liv. Sie nahm aus ihrem Rucksack die Box mit den Erinnerungsstücken an Timur Roters, die sie eben noch schnell vom Dachboden geholt und in einem Asservatenbeutel verstaut hatte.

Zu ihrem Erstaunen reagierte Alicia, als hätte sie diese nie gesehen. »Das ist ja seltsam! Das Halstuch hat Timur ewig gesucht. Er war sicher, er hätte es verloren.«

»Ist das deine Box?«

»Meine?« Sie lachte auf. »Nein. Warum sollte ich diesen alten Kram sammeln?«

»Wem könnte die Schachtel sonst gehören?«, wollte Liv wissen. Sie richtete die Frage auch an Roters, die ebenfalls überrascht wirkte und keine Ahnung hatte. »Dann werden wir sie wohl auf Fingerabdrücke untersuchen lassen müssen.«

Wieder fragten sie nach Timurs und Nicos Reaktion, nach Streitereien zwischen den beiden. Wie es zu erwarten gewesen war, nahm Alicia ihren Freund in Schutz.

Als Liv und Hennes sie endlich entließen, wartete Nico bereits an der Tür.

Liv runzelte die Stirn. Hatte der Junge etwa gelauscht? Offenbar war er bereits bestens darüber im Bilde, was sie wissen wollten. Ärgerlich!

Er ließ sich auf den Stuhl fallen, stützte die Hände auf die Knie und sagte fest: »Timur und ich haben das geklärt wie Männer. Wir haben uns ausgesprochen und die Angelegenheit ausgeräumt. Mehr gibt es dazu nicht zu sagen. Dieses Gerücht, das dieser Muscheltyp in die Welt gesetzt hat, ist eine Frechheit. Er will von sich ablenken, das ist alles. Wir haben oft genug hören müssen, wie er blöde Sprüche über uns macht. Wenn Timur uns verteidigte, kam es zum Streit zwischen den beiden. Dass Merret sich ausgerechnet mit dem einließ, habe ich nicht begriffen. Das war Verrat.« Er warf Merret einen abschätzigen Blick zu. »Das weißt du auch, Merret. Ich habe mit meiner Meinung nicht hinterm Berg gehalten. Das haben wir jetzt von deinen Spielereien.«

Merret war blass geworden. »Willst du mir etwa die Schuld an Timurs Tod geben?«

»Nein, aber ich glaube, ihr Erwachsenen solltet wissen, was ihr tut und wen ihr mit eurem Benehmen verletzt.« Ohne ein weiteres Wort ging er hinaus.

Liv schwirrte der Kopf von den vielen Aussagen, den Eindrücken und Gedanken, die die Gespräche in ihr ausgelöst hatten. Sie bat Merret Roters, das Fenster öffnen zu dürfen, und sah auf den Hof hinaus. Ein aufgebocktes Fahrrad stand neben einer mit Wasser gefüllten Wanne. Das Vorderrad war ausgebaut. Neben dem Fenster hing eine Liste mit Telefonnummern, außerdem ein Kalender für die Termine der Sozialarbeiter und der Bewohner.

Beides hatten die Kollegen bereits angesehen und überprüft. Liv hatte sich die Ergebnisse noch nicht im Detail angeschaut, weil nach Aussage ihrer Kollegen nichts Relevantes dabei herausgekommen war. Dennoch war es ihr wichtig, ein Gesamtbild zu bekommen, vor allem von dem Opfer. Überhaupt war für ihren Geschmack Timur Roters viel zu sehr aus dem Fokus geraten.

Vivien, die sie als Nächstes zum Gespräch baten, wirkte abwesend. Immer wieder mussten sie nachhaken und ihre Fragen wiederholen. Das Mädchen schien verpeilt, als stünde es unter Drogen. Mechanisch kraulte es eine Katze, die ein beinahe unnatürlich tiefes Schnurren ausstieß. Inhaltlich stimmten Raffas und Viviens Aussagen überein, beide brachten sie kein Stück weiter. Auch sie leugnete, dass es sich bei der Box mit den Erinnerungsstücken um ihre handelte.

Jetzt war die Reihe an Idris, doch gerade als Merret losgehen wollte, um ihn zu holen, gesellte er sich zu ihnen.

»Diesen speziellen Look hattest du bei unserer letzten Begegnung noch nicht«, sagte Hennes und wies auf Idris' Gesicht.

»Kleiner Fahrradunfall, gestern Abend. Musste noch schnell zum Briefkasten, ein paar Postkarten einstecken. Gewinnspiele. Ihr wisst … Sie wissen schon. Da ist der Reifen geplatzt.« Idris räusperte sich. »Es geht um Alicia und Timur? Ich fand es ganz schön dreist, wie Alicia Timur angemacht hat. Aber Timur war cool, auf den lasse ich nichts kommen. Er hätte nie was mit einer Schutzbefohlenen angefangen. Und ob Nico deshalb so wütend war, dass er Timur was angetan hat? Sie hören doch bestimmt selbst, wie lächerlich dieser Gedanke klingt.«

Er wollte wieder aufstehen, doch Liv hielt ihn auf. »An dich haben wir noch ein paar Fragen, wenn du erlaubst«, begann sie zu Merret Roters' sichtlichem Erstaunen. »Und zwar haben wir in der Garage, die Timur Roters für den Bootsbau nutzte, eine Kiste mit Medikamenten gefunden. Weißt du, woher die stammen oder was er damit vorhatte?«

»Medikamente? Pflaster und Aspirin, oder was?«

»Nein, wir reden von einer auffällig großen Menge ungewöhnlicher Medikamente.«

»Ist mir nicht aufgefallen. Ich weiß nur, dass die Garage eigentlich jemand anderem gehört, der dort auch eigenen Kram gelagert hat. Vielleicht sollten Sie den Typen mal fragen.«

»Auf der Kiste sind Fingerabdrücke – von Timur Roters und von dir.« Hennes' Worte hingen im Raum.

Merrets Augen wurden groß. Sie beugte sich vor, saß, als wäre sie auf dem Sprung. »Moment mal, davon wusste ich nichts. Wollen Sie etwa andeuten, Idris könnte …«

»Wir befragen Ihren Schützling lediglich, das hatten wir doch vereinbart«, versicherte Liv ihr. »Also, Idris, hast du eine Erklärung dafür, wie deine Fingerabdrücke auf diese Kiste kommen?«

»Vermutlich habe ich sie mal beiseitegeschoben, als wir etwas gesucht haben. Die Garage ist ziemlich eng und vollgestellt.«

»Das könnte tatsächlich eine Erklärung sein. Allerdings haben wir uns über dich informiert. Wir wissen, dass du wegen des Dealens mit Medikamenten Probleme hattest. Ein seltsamer Zufall, oder? Es wäre sicherlich vorteilhaft, wenn du uns jetzt sagen würdest, was du zu sagen hast.«

Merret Roters erhob sich abrupt. »Was machen Sie da für Andeutungen? Du musst darauf nicht antworten. Das war nicht abgemacht.«

Idris blieb ruhig. »Das ist lange vorbei. Ich mache keine krummen Sachen mehr. Ich weiß von den Medikamenten in der Garage nichts. Abgesehen davon ist der Besitz verschreibungspflichtiger Medikamente nicht strafbar, das wissen Sie sicherlich.«

»Der Handel damit kann sehr wohl mit einer Geld- und Freiheitsstrafe von bis zu fünf Jahren geahndet werden. Außerdem handelt es sich um gestohlene Medikamente«, sagte Hennes ruhig.

In diesem Augenblick klingelte Livs Telefon. »Entschuldigen Sie mich kurz.« Sie ging zum Fenster, meldete sich. »Andreas ist wieder aufgewacht? Das ist ja wunderbar. Wir kommen gleich nach den Befragungen ins Krankenhaus.« Sie lauschte noch kurz und beendete dann das Gespräch. »Ein Kollege von uns wurde gestern Abend in Hörnum angegriffen. Seitdem lag er im künstlichen Koma. Von dem Täter fehlt jede Spur, das scheint derzeit auf Sylt zu grassieren.«

Sie versuchte, aus Idris' Gesicht eine Reaktion zu lesen, doch es blieb unbewegt.

»Das tut mir leid zu hören. Können wir jetzt weitermachen? Wie ich sagte: Ich habe eben zum ersten Mal von den Medikamenten gehört. Und jetzt entschuldigen Sie mich, ich habe noch ein Fahrrad zu reparieren.«

Idris ging hinaus.

Als Liv sich umwandte, stand Merret Roters mit geballten Fäusten vor ihr. »Ich hoffe, Sie sind zufrieden. Ich will Sie jetzt nämlich nicht mehr sehen.«

* * *

Merret wartete, bis die Kommissare endlich abgefahren waren. Keinen Augenblick länger ertrug sie die beiden auf ihrem Hof.

Bernd war nirgends zu sehen. Dafür saßen die Jugendlichen wieder auf der Terrasse und diskutierten aufgeregt. Vor allem die Mädchen schienen sich wegen etwas in den Haaren zu haben. Ging es um die Box, die die Polizisten auf dem Dachboden gefunden hatten?

Sobald der Dienstwagen der Kommissare außer Sicht war, ging Merret schnurstracks zu Idris, der angefangen hatte, das Fahrrad instand zu setzen. Er hämmerte auf die Felge des verbogenen Vorderrads. »Sag mir jetzt bitte, dass du nichts mit dem Angriff auf den Polizisten zu tun hast!«, fauchte sie leise. »Und sag mir, dass du nichts mit dem Diebstahl der Medikamente zu tun hast!« Sie schnaubte, blickte in den Himmel, als würde sie dort Rat finden, setzte dann hinzu: »Oder besser: Sag mir die Wahrheit.«

Idris machte sich gerade und sah ihr in die Augen. Beide bemerkten, dass die Gespräche auf der Terrasse verstummt waren und die anderen zu ihnen herübersahen. Doch Merret konnte in diesem Augenblick nicht aus ihrer Haut.

»Ich habe nichts mit dem Angriff auf den Polizisten und dem Diebstahl der Medikamente zu tun«, sagte Idris gefasst.

Merret starrte ihn an, versuchte, in seinem Gesicht zu lesen, ob er die Wahrheit sprach. Idris war ein geübter Lügner, hatte bereits als Kind lernen müssen, sich durchzuwurschteln. Auf dem Hof allerdings hatten sie vereinbart, auf Lügen zu verzichten. Genauso hatte jeder Bewohner unterschrieben, sich an die strikte No-Drugs-Regel zu halten. Erneut kam ihr der Gedanke, dass Idris Timur hintergangen haben könnte. Vielleicht war ihr Mann dem Jungen auf die Spur gekommen und hatte ihn wegen des Missbrauchs, des Diebstahls und vielleicht auch Dealens mit Medikamenten zur Rede gestellt. Hatte ihm Konsequenzen angedroht.

Merret erstarrte. Oft genug hatte Idris gesagt, dass er um keinen Preis ins Gefängnis wollte. Dass er es niemals riskieren würde, seine Familie im Stich zu lassen, diese nicht mehr unterstützen zu können. Und doch war er dieses Risiko eingegangen. Wenn er aufflog, würde er im Jugendgefängnis landen. Hätte Timur ihn gedeckt, auch dieses Mal? Oder hätte er ihn ins Gefängnis wandern lassen? Und was würde Idris in Kauf nehmen, um Jugendarrest zu verhindern? Wäre er eines Mordes fähig? Der Gedanke verstörte sie zutiefst.

»Glaubst du mir etwa nicht?«

Merret wischte sich erschöpft mit dem Handrücken über die Stirn. »Ich wünschte, dieser Albtraum wäre vorbei«, sagte sie, statt auf seine Frage einzugehen.

Sie wandte sich ab, um ins Haus zu gehen. An der Tür sah sie, wie die anderen zu Idris gingen. Kurz brandete eine Diskussion auf, dann stoben alle in unterschiedliche Richtungen davon, wie Merret vom Bürofenster aus beobachten konnte.

Bernd räusperte sich. Sie hatte gar nicht mitbekommen, dass er inzwischen ebenfalls das Büro betreten hatte, und zuckte zusammen. »Ich habe zufällig gehört, wie Timur und Idris über Medikamente diskutierten. Timur war stinksauer, aber Idris behauptete steif und fest, davon weg zu sein. Er würde nichts mehr nehmen, auch nicht mehr dealen.«

Entgeistert starrte Merret ihn an. »Mir hat Timur nichts davon erzählt.«

»Ich glaube, er hat dir einiges nicht erzählt. Timur wollte dich nicht beunruhigen.«

»Woher stammen denn nun diese Medikamente?«

»Ebendas wollte Timur herausfinden.«

Merret ließ sich auf das Sofa sinken und schlug sich die Hände vors Gesicht. »Ich begreife das nicht. Es ist alles so verworren. Alle haben Geheimnisse! Nicht einmal die Polizei scheint zu wissen, was sie tut.« Sie riss die Hände herunter, fixierte Bernd mit ihrem Blick. »Hat Timur mit dir auch über Alicia gesprochen?«

»Nein. Mir war aber klar, dass die Mädchen für ihn schwärmen. Timur war ein Frauentyp. Ich bin froh, dass in dieser Hinsicht für mich nie eine Gefahr bestand.«

26

Ihr Dienstwagen holperte über den unebenen Weg zwischen den Feldern. »Fahren wir noch schnell zur Klinik, um herauszufinden, wie es Andreas geht?«, wollte Hennes wissen.

Liv sah ihn von der Seite an. »Er ist noch nicht aufgewacht. Zumindest hat mich die Klinik nicht darüber informiert. Der Anruf war von Katharina.« Ihre Freundin hatte bei Livs Improvisation kurz gestutzt, dann aber gesagt, dass Liv später zurückrufen solle.

»Du wolltest wissen, wie Idris auf die Nachricht reagiert.« Hennes pfiff anerkennend. »Ganz schön gewitzt, Frau Lammers!«

»Was für einen Eindruck hattest du?«

»Idris wirkte schockiert, so viel steht fest.« Er überlegte. »Wir haben mehrere Messer gefunden, die als Tatwaffe infrage kommen. Es gibt unterschiedliche Spurenmuster. Warum gehen wir trotzdem davon aus, dass es sich um nur einen Täter handelt? Es könnten doch auch Idris und Nico oder Erk und Merret gewesen sein. Oder alle zusammen. Jeder gibt dem anderen ein Alibi – perfekt.«

Der Gedanke erschreckte Liv. Ein einzelnes Opfer, das einer verschworenen Gruppe ausgeliefert war – ein gemeinschaftlicher Mord hatte etwas Grausiges. »Mord und Totschlag durch Jugendliche sind selten, derartige Gemeinschaftstaten erst recht«, wandte sie ein.

»Selten, aber nicht undenkbar.«

»Für mich schon.« Liv schüttelte sich. »Trotzdem stimmt natürlich, was du sagst. Wir sollten die Option im Blick behalten.«

Schweigend fuhren sie weiter. Beide schienen die Hypothesen in Gedanken weiter durchzuspielen. Erst das Klingeln des Telefons durchbrach die Stille. Hennes nahm den Anruf über den Freisprecher entgegen und lauschte. Als er das Gespräch beendet hatte, sagte er: »Andreas ist tatsächlich aufgewacht. Er ist stabil genug, dass ein Kollege ihn befragen kann. Ich bin gespannt, was er uns zu sagen hat.«

Schon als sie sich über den Krankenhausflur dem Zimmer näherten, in dem Andreas untergebracht war, hörten sie seine schleppende Stimme. »Das ist doch eine Lappalie! Ich bin absolut in der Lage, die Klinik zu verlassen und meine Kollegen zu unterstützen.«

»Herr Bork, ich muss Ihnen in aller Deutlichkeit sagen ...«

Eigentlich wollte Liv das Gespräch nicht unterbrechen, sie wollte aber auch nicht als Lauscherin dastehen, also machte sie sich bemerkbar.

»Die wollen mich nicht rauslassen!«, beschwerte Andreas sich bei seinen Kollegen, sobald er sie bemerkte.

Sie traten ein. Liv erschrak, wie schlecht Andreas aussah, versuchte aber, sich nichts anmerken zu lassen. Er war bandagiert und an diverse Geräte angeschlossen. Er verzog das Gesicht, als er sie erkannte.

»Sicherheit geht vor, das ist doch klar. Du bist bald wieder bei uns im Team«, beruhigte Hennes ihn. »Jetzt musst du uns aber erst mal erzählen, was los war. Und zwar alles, mit allen schmutzigen Details.« Er blinzelte, schien aber den richtigen Ton getroffen zu haben.

Andreas setzte an, sich in einer zerknirschten Geste über den Kopf zu streichen, hielt aber inne, als strenge die Bewegung ihn zu sehr an. Perplex bemerkte er den Verband. »Ich hab wohl Mist gemacht. Ist Hasselbrecht sehr sauer?«

Hennes zog sich einen Stuhl ans Bett und setzte sich. »Na ja, einen Orden verleihen wird die Chefin dir nicht gerade. Abgesehen davon haben wir uns vor allem Sorgen um dich gemacht. Du kennst das ja: Wenn einer von uns angegriffen wird, rücken wir noch enger zusammen. Wir sind ein Team. Und genau deshalb hättest du die Alleingänge lieber lassen sollen. Es war ja keine Schikane, dass Hasselbrecht dich aufs Festland geschickt hat. Es ist zu deinem Besten. Du bist ein prima Polizist, und wir wollen möglichst lange etwas von dir haben.«

»Das aus dem Mund eines quadratschädeligen Dickkopfs ...« Andreas lehnte sich zurück in die Kissen. Offenbar beruhigten Hennes' Worte ihn. »Ihr wisst, dass ich die ganze Zeit an Timur Roters' weißer Weste gezweifelt habe. Ich bin deshalb mit der Bahn nach Hamburg gefahren und habe mich bei seinen alten Weggefährten umgehört. Ganz dezent natürlich.«

Er gewann an Sicherheit zurück, wirkte regelrecht stolz. »Aber auch die Kriminellen halten zusammen. Keiner hat auch nur eine Andeutung gemacht, dass Timur Roters nach wie vor einer von ihnen sein könnte. Pfff!« Er stieß ungläubig die Luft aus. »Also bin ich nach Sylt zurück und habe den Hof und die Wohngruppe beobachtet. Ich wusste, dass da irgendetwas faul ist. Tatsächlich habe ich nicht nur gesehen, wie einige der Jugendlichen vom Grundstück des Nachbarn zum Hof zurückkehrten, sondern auch, wie jemand nachts mit dem Fahrrad das Grundstück verließ.«

»Warte kurz«, mischte Liv sich ein. »Wann war das ungefähr? Um welche Jugendlichen handelte es sich? Hast du mitbekommen, was sie gemacht, worüber sie geredet haben?«

»Es waren die Mädchen, da bin ich fast sicher. Eine war zusätzlich dabei, die ich nicht erkannt habe. Zu dunkel.«

Andreas antwortete unwillig, als sei es eine Zumutung, mit Liv zu sprechen.

Liv ignorierte es. Sie war erleichtert, dass er Sanna nicht erkannt hatte.

»Dann kamen der Bauer und seine Helfer und fuchtelten mit ihren Taschenlampen herum«, fuhr Andreas fort. »Aber ich wollte mich nicht einmischen. Mich nicht zu erkennen geben, schließlich wart ihr reichlich gemein zu mir. Meine Aussage konnte ich genauso gut später machen. Ich habe auch einige Aufnahmen der Szenen. Außerdem haben die Nachbarschaftsstreitigkeiten ja nichts mit dem Mord an Roters zu tun.« Er seufzte schwer. »Und dann ist noch etwas passiert: Jemand verließ den Hof. Ich habe ihn unauffällig observiert. Zunächst hat er einige Abkürzungen genommen, und ich dachte, ich hätte ihn verloren. Aber er hielt sich südwärts, und da es da gar nicht so viele Straßen gibt, habe ich ihn schnell wiedergefunden. Je weiter er fuhr, desto langsamer wurde er, und ich musste Vorsicht walten lassen und Abstand halten, um nicht entdeckt zu werden. Gerade in Hörnum war das nicht ganz so einfach. Aber es gelang.«

Er schwieg zufrieden.

»Du hast bei dem Supermarkt geparkt«, hielt Liv fest. Dort hatten sie Andreas' Mietwagen gefunden.

Andreas blickte sie finster an und nickte, verzog dann aber das Gesicht, weil anscheinend sein Schädel schmerzte. »Als ich den Kerl erreichte, war die Garage bereits aufgebrochen, und die Spaziergängerin stand mit ihrem Hund davor. Ich wusste, dass Gefahr im Verzug ist, und wollte einschreiten, doch er griff mich sofort an und stieß uns beide beiseite. Ich musste kurz nach der alten Dame sehen und verlor dadurch wertvolle Zeit. Dann habe ich die Verfolgung aufgenommen, konnte ihn stellen, und es kam zum Kampf.« Ausführlich beschrieb er den Angriff.

Seine Schilderung erinnerte Liv an Bilder aus einem Action-film.

»Ich hatte ihn fast dingfest gemacht, doch dann verpasste er mir einen Schlag mit dem Rucksack. Ich stürzte unglücklich – und er entkam.«

Liv hatte erwartet, dass er einen Namen sagen oder beschreiben würde, um wen es sich handelte, doch nichts dergleichen geschah. »Hast du ihn erkannt?«, fragte sie schließlich ungeduldig.

»Es war dieser Idris, dieser Schweinehund! Ich bin ganz sicher.«

* * *

Der Streit war furchtbar gewesen. Einer hatte dem anderen Vorwürfe gemacht. Alle hatten auf Nico oder Alicia herumgehackt, diese wiederum hatten den anderen vorgeworfen, sie verraten zu haben. Dann war es gegen Idris gegangen. Als Raffa den Streit nicht ausgehalten hatte und ausgeflippt war, hatte er die volle Breitseite abbekommen.

Vivien hatte sich ruhig verhalten, hatte sich weggeduckt. Und doch hatte sie genau gespürt, dass es nur eine Frage der Zeit war, bis auch sie im Kreuzfeuer stehen würde. Sie hatte es nicht ausgehalten und war ins Badezimmer geflüchtet, wo sie sich die Hände auf die Ohren gepresst hatte. Jetzt dröhnte ihr das Freizeichen ihres Handys entgegen. Verdammt, warum erreichte sie Sanna denn nicht! Sie musste mit jemandem reden, der mit diesem Wahnsinn hier nichts zu tun hatte!

Zum wiederholten Mal hinterließ Vivien ihr eine Nachricht. Endlich war der Lärm verstummt, und nun wagte sie es, das Bad zu verlassen. Sie hoffte, dass Alicia wie so oft bei Nico sein würde, doch als sie ihr Zimmer betrat, stand Alicia über das Bett gebeugt und warf ihre Klamotten in eine große Reisetasche.

»Was machst du?«, fragte Vivien beinahe tonlos.

Alicia ging zum Waschbecken, schob die Ärmel hoch und seifte sich Hände und Arme ein, als wäre sie ein Chirurg vor einer Operation. »Wie sieht es denn aus? Ich haue ab! Ich werde sagen, dass ich hier nicht mehr klarkomme und in eine andere Wohngruppe möchte. Im Zweifelsfall gehe ich auch für eine Zeit ins Heim.«

»Ins Heim? Im Ernst?« Anblick und Worte trafen Vivien mehr, als sie geahnt hatte. »Was sagt Nico dazu?«

Nun bürstete Alicia ihre Fingernägel so aggressiv, dass es Vivien schon beim Zusehen wehtat. »Nico und mich kann ohnehin nichts auseinanderbringen. Jede Trennung ist nur auf Zeit.«

»Und ich?«

Alicia fuhr herum. Ihr Make-up war völlig verschmiert, und Wasser tropfte von ihren hummerroten Händen auf den Boden. »Und du? Du hast doch hinter meinem Rücken um Timur herumgeschleimt. Seine Sachen eingesammelt wie ein Stalker! Glaubst du, ich wüsste nicht, dass die Box vom Dachboden dir gehört?« Sie schnaubte. »Und dann tust du so nett! Wahrscheinlich warst du nur in meiner Nähe, weil ich mich so gut mit ihm verstanden habe!«

»Das ist nicht wahr! Es ist nicht meine Box! Und du bist meine beste Freundin!«

»Das hast du wirklich geglaubt? Arme Vivien ... hast nie gemerkt, dass ich dich nur geduldet habe, Mitleid mit dir hatte. Du bist so erbärmlich, so langweilig!«

Vivien wich zurück, tief getroffen. Ihre Knie waren weich wie Pudding. Alles ging kaputt, brach auseinander. Was hielt sie jetzt noch zurück?

* * *

Statt eine formelle Abschlussbesprechung abzuhalten, trafen sie sich in einem Schnellrestaurant. Sie alle hatten Hunger, und die Restaurantleiterin hatte ihnen einen eigenen Raum anbieten können.

»Andreas hat einen Verdacht geäußert, wer der Einbrecher und Angreifer war: Idris Akim. Die Fotos und Videos, die Andreas mit seinem Handy gemacht hat, sind allerdings kaum verwertbar; die Qualität ist zu schlecht«, berichtete Hennes. Gleichzeitig fixierte er beschwörend seinen Pager, als könnte er ihn so zum Vibrieren bringen; es dauerte doch sonst nicht so lange, bis das Essen fertig war. Sie alle waren erleichtert, dass Andreas den Angriff so gut überstanden hatte. Den Konsequenzen seines Handelns würde er sich allerdings stellen müssen.

»Sein Verdacht gegen Idris Akim wird durch den Fingerabdruck gestützt, den wir von Andreas' Lederjacke haben nehmen können«, ergänzte Botersen-Evers.

»Idris wird behaupten, dass er Andreas' Jacke auf dem Hof in der Hand gehabt hat«, gab Liv zu bedenken. »Haben wir Ergebnisse, was die Medikamente angeht?«

»Wir haben uns bei unseren Kontakten in der Drogenszene auf Sylt und in Niebüll umgehört. Offenbar lassen sich derartige Medikamente über einen anonymen E-Mail-Briefkasten bestellen. Die Übergabe findet anscheinend in einer öffentlichen Toilette in der Nähe des Westerländer Bahnhofs statt. Der eine reicht das Geld von der einen Kabine durch den Schlitz in der Seitenwand zur anderen und erhält dafür die gewünschten Medikamente. Scheint vor allem bei jungen Leuten beliebt zu sein – das ist hier auf der Insel nicht anders als auf dem Festland. Eine Sache von ein paar Sekunden, bei der Käufer und Verkäufer einander nicht sehen. Medikamentenmissbrauch ist allerdings nach Auskunft unserer Informanten kein Massengeschäft, sondern auf Sylt eher die Ausnahme. Wir haben beantragt, auf dieses Mail-Postfach zuzugreifen.«

»Nehmen wir an, Idris Akim verdiene sich mit dem illegalen Medikamentenhandel ein paar Euro zusätzlich …«, begann Liv.

»Ein paar Euro? Das ist ja wohl maßlos untertrieben! Du tust so, als wäre das ein Kavaliersdelikt, Liv!«, unterbrach Rabia sie empört.

»Keineswegs«, widersprach Liv. »Ich bin mir der Schwere des Delikts durchaus bewusst. Nehmen wir also an, Idris deale mit Medikamenten. Er wird es nicht regelmäßig tun – wofür die angestaubte Menge Verpackungen in der Garage spricht – und deshalb keine Unsummen verdienen. Was macht er dann mit dem Geld? Schickt er es seinen Geschwistern? Per Online-Bezahldienst, oder überweist er es? Oder bunkert er es irgendwo? Und, wenn ja, warum haben wir es auf dem Hof nicht gefunden?« Liv räusperte sich. »Haben wir einen Hinweis darauf, dass Timur Roters davon wusste? Hat er vielleicht häufiger als üblich das Gespräch mit Idris gesucht? Hat er einen Vorgesetzten eingeschaltet? Hingen einige seiner Telefonate der letzten Wochen möglicherweise damit zusammen?«

»Interessante Fragen, auf die wir derzeit keine Antworten haben«, sagte Hasselbrecht. »Was ist mit den Lämmern von Bauer Mertens? Der Vorwurf der Sachbeschädigung, des Hausfriedensbruchs und der Sachentziehung steht im Raum.«

»Auch hier sind Andreas' Aufnahmen nicht brauchbar. Die Jugendlichen leugnen die Tat«, berichtete Liv, die deshalb insgeheim erleichtert war.

Momke übernahm. »Fingerabdrücke gibt es nicht, und Fußspuren lassen sich den Jugendlichen nicht zuordnen. Theoretisch könnte es genauso gut einer der Helfer oder ein Fremder gewesen sein. Wir fragen gerade bei den Bewohnern der angrenzenden Häuser nach, ob ihnen zur betreffenden Zeit etwas aufgefallen ist, auch bei Spaziergängern, Fahrrad- oder Autofahrern – bislang ergebnislos.«

Hasselbrecht klopfte mit den Fingerknöcheln auf den Tisch. »Immerhin wissen wir, dass Timur Roters' Leiche mit einem Motorboot aus dem Hafen verbracht wurde. Die DNA-Analyse hat einen Treffer geliefert.« Wie aufs Stichwort vibrierten und blinkten ihre Pager im Chor.

Endlich Essen! Liv freute sich auf ihr Fischerfrühstück mit Bratkartoffeln und Nordseekrabben.

Hasselbrecht sah in die Runde. »Wir machen jetzt Feierabend. Morgen sehen wir uns in aller Frische wieder und hoffen, dass wir endlich einen Durchbruch in dieser Ermittlung erzielen.«

»Damit es sich wenigstens lohnt, wenn wir das Wochenende durcharbeiten«, setzte Momke schicksalsergeben hinzu.

* * *

Sie taumelte durch den Sand, dem Meer entgegen. Schon konnte sie die Brandung hören, die nach ihr zu rufen schien. Sie stolperte, wäre beinahe gestürzt. Es war nicht nur die Dunkelheit, die ihr die Sicht erschwerte. Seit sie den Hof verlassen hatte, war sie tränenblind. Ein Trost, dass niemand sie vermissen würde. Im Gegenteil: Es wäre eine Erleichterung für alle, wenn sie endlich weg wäre. Sie wollte mit niemandem mehr sprechen.

27

Sanna schälte sich aus dem Bett. Kimi war eingeschlafen, wie immer nach dem Sex. Vielleicht schlief er ja durch. Das wäre ganz gut, denn er hatte vorgehabt, noch Freunde zu treffen. Freunde, die gern und viel soffen und kifften – zu viel für ihren Geschmack.

Sie schaltete das Handy ein und sah, dass Vivien ein paarmal versucht hatte, sie anzurufen. Ein schlechtes Gewissen überfiel sie, als sie die Nachrichten hörte, gleichzeitig fühlte sie sich überfordert. Plötzlich verstand sie, warum es nicht gut war, wenn jemand mit psychischen Problemen nur einen Gesprächspartner hatte; zumindest wenn dieser kein Profi war.

Sie versuchte, Vivien anzurufen, doch deren Telefon war tot. Noch während sie Viviens Nachrichten schriftlich beantwortete, klingelte ihr Handy.

»Sanna? Hier ist Idris. Ich habe deine Nummer bei Vivs Sachen gefunden. Weißt du, wo Viv ist? Die Polizei war noch einmal hier und hat Druck gemacht, keine Ahnung, warum.« Idris zögerte. »Auf jeden Fall ist Vivien verschwunden. Wir machen uns Sorgen um sie ...«

Eine halbe Stunde später traf Sanna völlig außer Atem auf dem Hof ein. Kimi hatte sie einen Zettel hingelegt. Wie verrückt hatte sie in die Pedale getreten, doch der Gegenwind hatte sie gebremst. Überall in der Dunkelheit blitzten Lichtkegel auf.

Elanie eilte ihr entgegen. »Schön, dass du da bist! Du hattest doch zuletzt so eine enge Beziehung zu Vivien – hat sie dir erzählt, was sie vorhat? Hat sie dich vielleicht angerufen?«

Ein schlechtes Gewissen überfiel Sanna. »Sie hat versucht, mich anzurufen. Aber ich war heute schlecht zu erreichen. Was war denn eigentlich los?«

Elanie runzelte die Stirn. »Blöd, dass du ausgerechnet heute nicht erreichbar warst. Die arme Viv.«

Als wäre ich allein für Vivien verantwortlich! »Ganz stimmt das nicht«, widersprach Sanna. »Ich habe heute Morgen noch mit Vivien gesprochen.«

»Das war, bevor …« Elanie überlegte.

Andere kamen hinzu. Sie schienen sich nicht darüber zu wundern, dass Sanna da war.

»Nichts!«, rief Idris. »Keine Spur von Viv!«

»Auf dem Dachboden auch nichts. Ich habe in jeden Schrank geguckt.«

Sanna hielt es vor Ungeduld kaum aus. Vielleicht hätte sie wenigstens mit ihrer Mutter reden und unauffällig herausfinden sollen, wie der Stand der Dinge war. »Bevor was?«, fragte sie ungehalten.

Die anderen starrten vor sich hin. Schließlich erbarmte Idris sich. »Die Kurzfassung: Erk Pagelsen hat Merret auf seinem Kutter entführt. Die Polizei hat sie befreit und Pagelsen verhaftet. Aber dann hat Merret sich von den Bullen belatschern lassen. Und dann hat sie uns belatschert.«

Mücken und andere Insekten kreisten in den Lichtkegeln der Taschenlampen. Nico übernahm, und mit jedem weiteren Wort wuchs Sannas Wut. »Merret hat uns überredet, dass wir uns noch einmal von der Polizei befragen lassen. Nur als Zeugen, hieß es. Ganz harmlos. Aber dann ging es doch um die Fotos, die dieser Muscheltyp von Alicia und mir gemacht hat. Sie haben mir allen Ernstes vorgeworfen, ich hätte Timur umgebracht, weil ich eifersüchtig auf Alicia und ihn gewesen sei.«

»Dabei war zwischen mir und Timur nie irgendwas. Wir haben uns einfach nur gut verstanden – aber das begreifen manche Erwachsene einfach nicht«, setzte Alicia hinzu und nahm Nicos Hand. »Auf jeden Fall haben die Bullen uns so aggro gemacht, dass wir Beef miteinander bekamen. Ich war so sauer, dass ich abhauen wollte. Aber dann hatte Idris eine Nachricht von Viv.« Alicias Stimme bebte.

»Mich haben die Bullen auch unter Druck gesetzt. Brauche wohl einen Anwalt. Aber das hier ist wichtiger.« Idris zeigte Sanna sein Handy und las ihr einen Teil der Nachricht vor:

... auf jeden Fall tut es mir leid, wenn ich Dich und die anderen belästigt habe. Ich bin Müll, war es schon immer. Wie habe ich glauben können, dass sich etwas geändert hat? Doch damit ist es jetzt vorbei. Mit mir ist es jetzt vorbei.

»Seitdem ist Vivs Handy tot«, endete er.

Eine frostige Hand legte sich um Sannas Herz, als sie Viviens Worte noch einmal selbst las. Wie verzweifelt war das Mädchen! Wie wichtig wäre es gewesen, mit ihr zu reden! Für sie da zu sein! Würde Vivien sich etwas antun? »Wissen eure Erzieher schon Bescheid?«

»Noch nicht. Wir wollten erst einmal ...«

»Wir wollten sichergehen, dass Vivien sich nicht einfach nur auf dem Hof versteckt. Aber jetzt müssen wir mit Merret reden. Und die wird ganz sicher wieder die Bullen benachrichtigen.« Alicia schien der Gedanke nicht zu gefallen. Wie denn auch, wenn die Polizei Nico und sie einer Gewalttat verdächtigte? Und Idris beschuldigte? Warum auch immer.

Sanna zog die Schultern hoch. Das alles war total schräg! Sie würde auf jeden Fall alles tun, um Vivien zu suchen und zu schützen!

* * *

Liv war schweißnass. Mit ihren Sticks hatte sie ihr Übungspad bearbeitet. Fürs Schlagzeugtraining hatte sie sich Eminems Rap God herausgesucht, einen schnellen Song, der mit hundertachtundvierzig Beats pro Minute eine besondere Herausforderung für Drummer war.

Ein Anruf von Hilke Hasselbrecht unterbrach sie und setzte sie über Viviens Verschwinden in Kenntnis. »Ist Ihnen in Ihrem Gespräch was aufgefallen, Liv? Ich kann mir kaum vorstellen, dass Sie einen der Jugendlichen hart angegangen sind, schon gar nicht Vivien. Hat das Mädchen trotzdem besonders empfindlich auf Ihre Fragen reagiert?« Hasselbrecht wirkte ernsthaft besorgt. Auch Merret Roters fand Viviens Nachricht offenbar sehr beunruhigend, zumal das Mädchen bereits früher einmal Suizidabsichten geäußert hatte. Inzwischen schien es allerdings stabil gewesen zu sein.

»Nichts dergleichen«, sagte Liv. »Ich könnte mir höchstens vorstellen, dass die Jugendlichen anschließend noch über unsere Fragen gesprochen haben. Vor allem die Vorwürfe gegen Idris dürften ein Thema gewesen sein. Was allerdings Vivien damit zu tun hat, kann ich mir nicht erklären.«

Ein Fadenkreuz aus Lichtkegeln hing über dem Hof. Im Näherkommen machte Liv die Jugendlichen aus, und zu ihrem Entsetzen erkannte sie ihre Tochter in der Gruppe. Unauffällig zog sie Sanna in den Windschatten eines Schuppens. »Was machst du hier? Bist du verrückt, dich in eine laufende Ermittlung einzumischen?«

»Ich helfe lediglich, Vivien zu finden! Ihr tut ja nichts, außer die Jugendlichen derart fertigzumachen, dass sie keinen anderen Ausweg wissen.« Sanna blickte sie so zornig an, wie Liv es noch nie erlebt hatte. Schrecken und Trauer ihrer Tochter schnitten ihr ins Herz.

»Vivien ist also das Mädchen, mit dem du telefoniert hast.« Sanna nickte trotzig.

»Hast du eine Ahnung, wo sie ist?«

»Nein.«

Und wenn, dann würde ich es dir nicht sagen – Liv brauchte es nicht zu hören, um zu wissen, was ihre Tochter gerade dachte. Sie neigte sich zu ihr und griff impulsiv ihre Schulter. »Ist dir eigentlich klar, dass du mit deiner Einmischung unsere Ermittlungen gefährdest? Sollten wir jetzt den Mörder von Timur Roters finden, könnte ein findiger Anwalt unsere Ermittlungsergebnisse anfechten, da es eine persönliche Beziehung gibt.« Erfolg würde er damit vermutlich eher nicht haben, dennoch könnte ein derartiger Vorgang der Ermittlung und ihr selbst schaden.

Sanna schluckte, entwand sich aber ihrem Griff. »Ja, das könnt ihr: einschüchtern!«, zischte sie. »Da sieht man's wieder!«

»Ich schüchtere dich nicht ein. Und glaub mir, ich hätte nichts dagegen, in dieser Sache unrecht zu haben. Aber sollte am Ende dieses Verfahrens ein Täter auf freien Fuß kommen, weil meine Tochter diese Ermittlungen sabotiert, dann … dann …« Liv fand vor Wut keine Worte. »Dann weiß ich auch nicht!«, endete sie hilflos.

Sanna wich zurück. »Ich habe keine Zeit, mit dir zu streiten! Ich muss Viv finden!«

»Nein, du wartest.« Liv war ein Gedanke gekommen.

»Du kannst mich zu gar nichts zwingen!«

»Kann ich doch! Aber ich will es gar nicht. Ich appelliere nur an deinen gesunden Menschenverstand!« Liv sammelte sich. »Wissen die anderen Jugendlichen, dass wir zusammengehören?« Sanna schüttelte den Kopf. »Sie haben nie nach deinem Nachnamen gefragt? Dann kannst du jetzt einfach verschwinden. Hau ab, bevor es echte Probleme gibt.«

»Das mache ich auf keinen Fall! Ich suche weiter nach Viv. Davon wirst du mich nicht abhalten. Du verschweigst mir ja auch etwas!« Die Sätze brachen aus Sanna heraus, als hätte sie sie viel zu lange zurückgehalten. »Natürlich haben die mich nach meinem Nachnamen gefragt. Und weißt du, was ich gesagt habe? ›Buhnsen‹, habe ich gesagt. Wie mein Vater, dessen Namen du mir immer verschwiegen hast. Der tot war, ehe ich mit ihm reden konnte.« Es war, als holte Sanna noch einmal zu einem Schlag aus, und Liv wusste nicht, womit sie diesen Zorn verdient hatte. »Es ist *deine Schuld*, dass ich ihm die Fragen nicht mehr stellen kann, die ich an ihn habe. Nur weil *du* entschieden hast, mir meinen«, sie setzte das Wort mit den Zeigefingern in Anführungsstriche, »›Erzeuger‹ vorzuenthalten.«

»Und das aus gutem Grund!«, platzte Liv heraus.

»Dann sag mir diesen guten Grund! Es ist mein Recht, davon zu wissen. Wir Jugendlichen haben die Nase voll davon, dass ihr über uns bestimmt! Du siehst doch, wohin das führt!« Sanna schrie es beinahe. Sie bebte.

Spontan versuchte Liv, ihre Tochter in den Arm zu schließen, zu beruhigen, wieder zu Sinnen zu bringen, doch Sanna riss sich los.

»Du tust ja fast so, als hätte er dich vergewaltigt!« Es klang sarkastisch, so als sei die Vorstellung weit hergeholt oder ausgeschlossen. Doch als Sanna sah, wie ihrer Mutter die Gesichtszüge entgleisten, erkannte sie die Wahrheit. Mit einem Schlag war sie kalkweiß. »Er hat dich ... Ich bin ...« Sie taumelte zurück.

Liv stürzte zu ihr, wollte sie festhalten, aber ihre Tochter stieß sie von sich und rannte in die Dunkelheit. Liv lief ihr nach, doch Sanna war schnell im Dickicht verschwunden.

Keuchend blieb Liv stehen. »Sanna, bleib! Lass uns … reden!«

Keine Reaktion.

»Ich liebe dich, vergiss das nie!« Fahrig strich Liv sich eine Strähne aus dem Gesicht. Ja, sie hatte Sanna mehr als ein Detail über Boy Buhnsen verschwiegen. Aus gutem Grund verschwiegen. Wenn sie doch in Ruhe mit ihr reden, ihr alles erklären könnte!

»Was ist los?« Unvermittelt stand Hennes vor ihr.

Selten war Liv so erleichtert gewesen, ihn zu sehen. Leise gab sie ihm eine Zusammenfassung der Auseinandersetzung.

»Verdammich! Einen schlechteren Zeitpunkt hätte es wohl kaum geben können. Ist ja ehrenwert von dem Mädchen, dass es anderen helfen will, aber das ist nun wirklich der falsche Ort und der falsche Moment!« Hennes raufte sich die Haare. »Es hilft nichts, du musst dich jetzt auf den Fall fokussieren.«

Eine Mischung aus Empörung und Hilflosigkeit wallte in Liv auf. »Ich kann nicht einfach ignorieren, dass meine Tochter sich in unseren Fall einmischt. Wie kann ich verhindern, dass sie die Ermittlungen gefährdet? Und gleichzeitig helfen, Vivien zu finden?«

»Erst einmal musst du Hasselbrecht informieren.«

Etliche Male hatte sie versucht, Sanna anzurufen. Jetzt stand Liv in ihrem Ferienapartment. Doch auch da war ihre Tochter nicht. Sanna suchte also weiterhin nach Vivien. Genau das hatte Liv befürchtet. Hoffentlich trieb sie sich nicht allein in irgendwelchen dunklen Ecken der Insel herum. Immerhin war der Mörder noch immer weder bekannt noch gefasst.

Liv hätte gern mit jemandem geredet, wollte aber niemanden wecken. Sie sehnte sich danach, mit Sebastian zu sprechen. Sicher, Sebastian wäre bestimmt nicht sauer, wenn sie anrief, im Gegenteil. Aber er war nach einem anstrengenden Tag bei

Larissa im Krankenhaus und danach auf einem Elternabend gewesen und hatte sich abends um Noah gekümmert, der aus Angst um seine Mutter ständig Albträume hatte. Sebastians kurze Sprachnachricht hatte sie sich wünschen lassen, sie könnte ihm und seinem Sohn mehr beistehen. Doch Noah fremdelte noch immer mit ihr.

Am liebsten hätte Liv die Suchtruppen weiter unterstützt, aber ihre Aufgabe war eine andere, und sie war den Ermittlungen nützlicher, wenn sie sich jetzt ins Bett legte. Gleich nach dem Zusammentreffen mit Sanna hatte sie Hilke Hasselbrecht angerufen. Ihre Chefin war nicht begeistert über das gewesen, was Liv ihr berichten musste, hatte aber auch nicht darauf bestanden, dass Liv die Ermittlungen verließ. Sie solle nur dafür sorgen, dass ihre Tochter sich zukünftig von Vivien und den Bewohnern der Jugendwohngruppe fernhielt, hatte sie gesagt, was in dieser Situation jedoch nicht gerade leicht war.

Liv war sauer und enttäuscht. Noch nie war ihretwegen eine Ermittlung in Gefahr gewesen. Wie hatte Sanna so naiv sein können, sich auf diese Jugendlichen einzulassen? Gleichzeitig musste Liv einräumen, dass sie einen Teil der Schuld selbst trug. Sie hätte nachhaken müssen, hätte herausfinden müssen, womit Sanna sich beschäftigte, ihr einen Riegel vorschieben müssen. Nichts dergleichen hatte sie getan. Und jetzt …

Es fiel Liv schwer, sich aus der Suche herauszuhalten. Was, wenn Vivien etwas passierte? Noch einmal versuchte sie, ihre Tochter anzurufen. Mehrfach hatte sie ihr Nachrichten hinterlassen, ihr versichert, dass sie über alles reden würden, dass sie jede Frage über Boy Buhnsen beantworten würde, wenn Sanna das wollte. Sanna war verstört gewesen – wer wäre das nicht?

»Sanna, Lütte, lass mich nicht auf deiner Mailbox mein Innerstes enthüllen müssen, bitte! Bitte ruf mich an, damit wir über alles reden können. Ich werde dir alles erzählen, was du wissen willst. Und vergiss nicht: Ich liebe dich. Du bist das

Beste, was mir je passiert ist. Die Welt ist nun mal nicht Schwarz und Weiß, und auch meine Beziehung zu ...«, sie stockte, »Boy war es nicht. Ohne entschuldigen zu wollen, was er getan hat.«

Noch immer aufgewühlt vergewisserte Liv sich, dass der Klingelton des Handys eingeschaltet war, und legte es neben ihr Bett. Normalerweise hatte sie keine Probleme, in den Schlaf zu finden. Nun aber wälzte sie sich auf dem Laken, besorgt darüber, was ihre Tochter wohl gerade tat.

* * *

Sanna stolperte durch die Dunkelheit. Ihre Augen waren weit, bemüht, in der Finsternis möglichst viele Nuancen aufzunehmen. Die Worte ihrer Mutter hatten sie verstört. Wie hatte ihr Liv dies all die Jahre verschweigen können? Andererseits: Wie hatte Liv ihr es nicht verschweigen können?

Sanna war schlecht. Natürlich hatte sie schon oft darüber nachgedacht, was für ein Verhältnis Liv und Boy gehabt haben mochten. Sie wusste seit einigen Jahren, dass Boy deutlich älter gewesen war als ihre Mutter. Irgendwie war ihr auch klar gewesen, dass zwischen den beiden etwas im Argen gewesen sein musste. Gleichzeitig hatte sie die Hoffnung gehabt, dass sie mehr als ein Unfall gewesen war.

Sie stieß einen bitteren Laut aus, der in der Nachtstille unheimlich klang. Ja, ihre Zeugung war mehr gewesen ... Sanna presste die Hand auf ihren krampfenden Unterleib. Laut klangen ihre Füße auf den wettergegerbten Holzbohlen. Der Wind drückte die Feuchtigkeit der See durch ihre Kleidung und auf ihre Haut, die von einer Gänsehaut überzogen war. Einzig das Signalfeuer des Leuchtturms spendete ihr Trost. Jetzt ragte vor ihr das undurchdringlich wirkende Dunkel des Wäldchens auf. Ihre Schritte verlangsamten sich, als die Angst sie überfiel. Vielleicht hätte sie doch Idris' Angebot annehmen sollen.

Nach dem Streit mit ihrer Mutter hatte sie sich davongestohlen und war zu ihrem Fahrrad gelaufen, wo Idris sie überrascht hatte. Er hatte ihr angeboten, sie zu begleiten. Die Vorstellung, ihn an ihrer Seite zu haben, war ihr einerseits beruhigend erschienen. Andererseits hatte sie an die Gerüchte denken müssen, dass er mit Medikamenten dealte, und an die darin mitschwingende Befürchtung, er könnte etwas mit Timurs Tod zu tun haben. Beides hatte Elanie eher beiläufig erwähnt. Also war Sanna allein losgeradelt.

Nun versuchte sie, Kimi anzurufen, doch ihr Freund nahm das Gespräch nicht an. Vermutlich schlief er. Oder er war sauer auf sie, was sie ihm nicht verdenken konnte. Kurz spielte sie mit dem Gedanken, ihre Mutter anzurufen. Sie wusste, dass Liv alles stehen und liegen lassen würde, um ihr zu Hilfe zu eilen. Und doch wollte sie es nicht. Warum, verflixt, waren Beziehungen, war die Liebe, nur so kompliziert?

Sanna schaltete die Taschenlampe auf ihrem Handy ein und leuchtete auf den Boden, wo die Bohlen nun in den Sandweg übergingen. Gruselig sah der Wald aus. Zwischen den Ästen und dem Moos raschelte es. Empörte Vogelrufe waren zu hören, aufgestört.

»Viv?«

Wie dünn ihre Stimme klang! Ob sie in dieser Nachtschwärze Vivs Versteck überhaupt finden würde? Ihr Körper war steif vor Angst, ganz staksig lief sie. Immer lauter schienen die unheimlichen Geräusche zu werden, immer näher schienen sie zu kommen. Der Weg machte eine Biegung. Ging hier der Trampelpfad ab, der zu dem Versteck führte?

Sie leuchtete in die Dunkelheit. Neben ihr brach Geäst. Sanna fuhr herum. Im gleichen Augenblick traf sie ein Schlag, und Sanna konnte den panischen Schrei nicht mehr aufhalten, der schon lange in ihrer Kehle gelauert hatte.

28

Keitum, 13. April, 6.45 Uhr

Sannas Bett war noch immer unberührt. Erneut kontrollierte Liv ihr Handy. Nichts. Sorge legte sich wie eine eiserne Klammer um ihr Herz. Sie selbst war meistens furchtlos, mutig, vielleicht sogar leichtsinnig. Wenn es aber um ihre Lieben ging, um ihre Großmutter Elise oder ihre Tochter Sanna, war ihre Angst gewaltig. Kurz überlegte Liv, ob sie Elise wecken sollte, rief dann jedoch zunächst im Revier an. Auch hier nichts Neues. Vivien war nach wie vor verschwunden, es waren aber auch keine weiteren Verbrechen oder Vermisstenmeldungen eingegangen. Sie rief Elise nun doch an, sprach ihr einen Morgengruß auf den Anrufbeantworter. Postwendend rief ihre Großmutter sie zurück.

Elises Stimme klang angespannt. »Ich mache mir Sorgen um Sanna. Die Lütte hat mir gestern eine seltsame Nachricht auf Band hinterlassen. Die habe ich aber erst heute Morgen gesehen, als ich mit dem Hund loswollte. Gestern nach dem Bingo habe ich das Blinklicht übersehen.«

Liv erzählte ihr alles. »Auf eine seltsame Art und Weise bin ich froh, dass Sanna es endlich weiß«, schloss sie.

»Das verstehe ich. Trotzdem war es gut, dass du so lange damit gewartet hast. Jetzt ist Sanna reif genug, um damit klarzukommen.«

»Aber sie ist verschwunden. Ich habe keine Nachricht von ihr. Nichts. Hätte ich ihr doch nur nichts gesagt ...«

»Das hast du aber. Es ist zu spät, damit zu hadern. Passiert ist passiert. Sanna ist reifer und stärker, als du denkst.« Elises Stimme zitterte leicht. »Ach, ich würde dich jetzt gern in den Arm nehmen. Euch beide.«

Liv war ergriffen. »Und ich euch.«

Sie schwiegen in stillem Einverständnis.

»Spätestens zu Ostern komme ich zu Peet auf die Insel. Dann sehen wir uns.« Elise zögerte. »Vielleicht hat Sanna ja auch eine Nachricht auf das Handy geschickt. Wo ist das Ding bloß … Warte, ich suche es.«

Ein Lächeln regte sich auf Livs Lippen. Während die Jugendlichen oft mit ihren Smartphones verwachsen zu sein schienen, war es für Elise überflüssig, ja, sogar lästig. Es dauerte eine halbe Ewigkeit, bis sie sich wieder meldete und das Handy eingeschaltet hatte. Dann hatten sie Gewissheit.

»*Viv ist noch immer verschwunden. Mache mir solche Vorwürfe. Bin bei Kimi, melde mich später*«, las Elise vor, was Sanna geschrieben hatte.

Sie vereinbarten, dass sie beide versuchen würden, Sanna zu erreichen, und beendeten das Gespräch.

Während sie frühstückte, gingen Livs Anrufversuche ins Leere. Notgedrungen hinterließ sie Sanna eine weitere Nachricht und bat sie, sich zu melden und sich nicht weiter in den Fall einzumischen. Kurz blitzte in ihr der Gedanke auf, dass nicht Sanna die Nachricht an Elise geschickt hatte, sondern jemand, der ihrer Tochter etwas angetan hatte. *Du bist doch völlig verrückt, immer mit kriminellen Machenschaften zu rechnen! Typisch Polizistin.* Nein, der Tonfall stimmte. Sanna war bei Kimi, und das war gut so.

»Die Kriminalpolizei ermittelt derzeit in Sachen einer vermissten Jugendlichen aus Westerland und bittet Medien und Bevölkerung um Unterstützung. Die fünfzehn Jahre alte Vivien Hude ist etwa 1,65 Meter groß und von schlanker Statur. Sie könnte mit einem übergroßen Pullover und weiten Jeans bekleidet sein. Sie lebte in der ...«

Unruhig Liv überflog den Fahndungsaufruf. Obgleich es Samstag und noch sehr früh war, klingelten im Kommissariat ständig die Telefone. Sie las die Hinweise, die bereits eingegangen waren und im Laufe des Tages überprüft werden würden. Sogar die Hellseher waren offenbar Frühaufsteher; wie immer versicherten etliche, zu wissen, wo sich die Vermisste befand. Die Suchaktion würde heute noch einmal verstärkt werden. Auch sie würde sich baldmöglichst beteiligen.

Noch einmal schrieb sie eine Nachricht an Sanna: *Wenn du auch nur eine Ahnung hast, wo Vivien stecken könnte, musst du es mir sagen!* Gleichzeitig ließ Liv das Gefühl keine Ruhe, dass sie etwas übersehen hatten. Etwas, was ihnen dabei helfen würde, Viviens Verzweiflung zu verstehen, ihr Handeln nachzuvollziehen und sie schließlich zu finden. Obgleich die Zeit drängte, schob sie die Papiere beiseite, um Platz für die Akten zu machen. Sie musste noch einmal alles durchgehen, von vorn anfangen.

Liv brauchte einige Anläufe, bis sie sich auf die Akte konzentrieren konnte. Es war erstaunlich, wie viele Informationen in so kurzer Zeit zusammenkamen. Während sie las, vervollständigte sich in ihrem Kopf das Bild, das sie sich von Timur Roters gemacht hatte. Er war verantwortungsbewusst, hatte Pflichtgefühl und trat für die Jugendlichen ein. Als Ehemann schien er liebevoll gewesen zu sein. Ein fairer, kompetenter Kollege. Keinerlei Anzeichen für kriminelle Machenschaften, was Andreas' Beharren umso absurder erscheinen ließ. Immer wieder hatte Timur Roters das Gespräch gesucht, hatte mit den Heimen korrespondiert, aus denen die Jugendlichen gekommen waren, mit Angehörigen gesprochen und versucht, seinen Schützlingen den Weg zu ebnen, indem er bei Ausbildungsstellen ein gutes Wort für sie einlegte. In den Wochen vor seinem

Tod hatte er vor allem mit zwei Heimen in Kontakt gestanden. Dabei war es um die Biografien einiger Wohngruppenbewohner gegangen, hatte ein Polizist vermerkt, der offenbar die Telefonkontakte überprüft hatte. Auch mit der Schule hatte Timur häufig telefoniert.

Ob er sich auch nach Vivien erkundigt hatte? Was, wenn Vivien etwas gesehen oder herausgefunden hatte, was die Täterin oder den Täter in Gefahr brachte – und sie deshalb hatte verschwinden müssen?

Liv hatte sich auf einem Schmierzettel Stichworte notiert und fügte jetzt die Namen derjenigen hinzu, die in den Fokus der Polizei geraten waren. Bernd strich sie wegen seines Alibis, das inzwischen auch von anderer Seite bestätigt worden war.

Drei Namen umkreiste sie: Merret, Erk und Idris.

* * *

Merret Roters walkte eine weitere Portion Hefeteig durch, während Nico neben ihr Teile zu langen Teiglingen ausrollte und sie zu Zöpfen flocht. Die Atmosphäre war bedrückt, angespannt sogar, und sie konnte es den Jugendlichen nicht verdenken. Dass nun Vivien verschwunden war, machte auch sie fertig. Vor Sorge hatte sie kaum schlafen können, und gleich morgens hatten sie den Hof erneut abgesucht. Die Jugendlichen hatten vorgehabt, auf der Insel auszuschwärmen und die Orte aufzusuchen, an denen Vivien sich versteckt haben könnte, aber Merret hatte darauf bestanden, dass sie zunächst vernünftig frühstückten.

Sie unterdrückte ein Seufzen. Immerhin war Erk noch immer in U-Haft, das war ihr einziger Trost. Am Morgen hatte Nico einen Wutanfall bekommen, weil er sich beim Rasieren geschnitten hatte, und war kaum zu bändigen gewesen. Auch diese Lappalie bewies, wie blank die Nerven aller lagen. Alicia hatte sich nicht sehen lassen, erst spät hatte Elanie sie aus dem Zimmer locken können. Es sah aus, als hätten die beiden gelernt, was gut war, denn Alicia würde sich ranhalten müssen, um versetzt zu werden. Raffa hingegen hatte sich in einen der Schuppen zurückgezogen, wie er es oft tat, wenn ihm alles zu viel wurde. Idris schlief noch, und inzwischen fürchtete Merret, dass er doch eine Gehirnerschütterung erlitten haben könnte. Gestern Abend hatte sie noch mit einem Anwalt telefoniert, und sie hatten lange über eine Strategie gesprochen. Dabei war der wichtigste Rat des Anwalts gewesen, zu den Anschuldigungen zu schweigen. Schweigen war das erste Recht des Beschuldigten im Strafverfahren, denn so machte er von seinem Recht Gebrauch, nicht selbst an seiner Verurteilung mitzuwirken. Das eigene Schweigen durfte niemals zulasten eines Beschuldigten gewertet werden.

Ihr Handy klingelte. Auf dem Display erkannte Merret die Telefonnummer von Kommissarin Lammers. Sie wollte nicht mit ihr sprechen, dennoch musste sie wissen, ob es endlich Nachricht von Vivien gab. Sie wischte sich die mehligen Hände an der Schürze ab und ging einige Schritte an die Terrassentür. »Ist Vivien wieder da? Haben Sie sie gefunden?«

»Bislang leider nicht. Aber die Suchmaßnahmen wurden bereits ausgeweitet, und ein Hubschrauber sowie die Suchhundestaffel sind unterwegs, um die Suche zu unterstützen. Wir tun alles, um Vivien zu finden«, drang aus dem Hörer.

Noch einmal musste Merret beschreiben, wann sie Vivien zuletzt gesehen hatte, und Vermutungen darüber anstellen, wohin diese verschwunden sein könnte. Gereizt kam sie der Aufforderung nach.

»Ich habe allerdings noch eine andere Frage.« Nun sprach Liv Lammers sie auf die Telefonate an, die Timur in den Wochen vor seinem Tod mit verschiedenen Jugendeinrichtungen und Schulen geführt hatte.

Merret konnte ihr Unverständnis nicht mehr überspielen. »Das haben Ihre Kollegen doch schon ganz am Anfang gefragt. Ich weiß nicht, warum Sie sich dafür interessieren. Haben Sie denn wirklich nichts Besseres zu tun?« Hart stieß sie die Luft aus. »Die Gespräche mit den Heimen, aus denen die Jugendlichen in unserer Wohngruppe kommen, gehören zum Alltag. Einige unserer Jugendlichen haben davor im Haus Sonnenstrahl gewohnt, und vermutlich werden wir auch in Zukunft weitere von dort aufnehmen. Gleiches gilt für den Kontakt zur Schulleitung. Reine Routine.«

Merret bemerkte eine Bewegung am Rande ihres Gesichtsfelds. Elanie war kurz an der Terrasse aufgetaucht, hatte sich aber wieder zurückgezogen. Sie legte die Hand auf den Lautsprecher. »Du störst nicht, Elanie. Ich bin gleich hier fertig. Du kannst Nico und mir beim Backen helfen. Anschließend kümmern wir uns um die Pferde und den Garten. Wir müssen die Tomatenpflanzen pikieren.«

Mit einem zaghaften Lächeln tauchte Elanie auf der Terrasse auf und ging zu Nico in die Küche, während Merret das Gespräch beendete. Es fiel ihr schwer, einen versöhnlichen Abschluss zu finden, aber sie waren auf die Hilfe der Polizei angewiesen. »Bitte melden Sie sich, sobald Sie eine Spur von Vivien haben. Wir verlassen uns darauf, dass Sie Ihr Bestes geben.«

* * *

Inzwischen waren Livs Kollegen eingetroffen und versammelten sich für die morgendliche Besprechung.

»Wir sind uns sicher einig, dass die Suche nach Vivien Hude im Augenblick Vorrang hat, deshalb ist es auch in Ihrem Sinne, wenn wir unsere Zusammenkunft kurz halten«, begann Hilke Hasselbrecht. »Was wissen wir also? Hennes?«

»Vivien wurde zuletzt auf dem Hof gesehen. Alicia gab an, dass sie in ihrem gemeinsamen Zimmer mit Vivien gesprochen habe. Das muss gegen 20.45 Uhr gewesen sein. Vivien habe aufgewühlt gewirkt, wegen Timurs Tod und der Ermittlungen, sagt sie. Danach hat keiner Vivien mehr zu Gesicht bekommen. Der Hof wurde bereits ausführlich abgesucht, auch das Segelschiff haben wir kontrolliert. Bei ihren Eltern oder anderen Verwandten hat sie sich ebenfalls nicht gemeldet – war auch nicht zu erwarten, aber man weiß ja nie. Überwachungsanlagen an Bahnhof und Autozug werden ausgewertet, das dauert jedoch bekanntermaßen. Auch die Bahnhofspolizei ist informiert, für den Fall, dass Vivien mit dem Zug unterwegs ist.«

Liv übernahm: »Wir sollten uns bei weiteren Freunden und Bekannten von Vivien umhören, wohin sie verschwunden sein könnte. Da Timur Roters in den letzten Wochen häufiger mit der Schulleitung gesprochen hat, würde ich dort ebenfalls nachhaken. Vielleicht ist uns etwas entgangen.«

Hasselbrecht unterstützte ihren Vorschlag.

»Nach wie vor ist Vivien Hudes Handy ausgeschaltet und kann nicht geortet werden«, warf Ole, der IT-Experte, ein.

Momke fasste die in die Wege geleiteten Suchmaßnahmen zusammen und markierte auf einer Karte die Gebiete, auf die sich die Suche konzentrieren sollte.

»Was ist mit Erk Pagelsen? Was machen wir mit ihm?«, wechselte Liv das Thema.

Hasselbrechts Gesicht zuckte. »Keine weiteren Erkenntnisse, was ihn angeht. Wir werden ihn vermutlich im Laufe des Vormittags aus der U-Haft entlassen müssen.«

Liv quälte sich gerade durch den morgendlichen Berufsverkehr in Westerland, als auf dem Display ihres Handys Sannas Name aufleuchtete. Ihr Herz machte einen Sprung. Endlich! Sie schaltete auf Freisprecher und suchte nach einem Parkplatz am

Fahrbahnrand. Ehe sie etwas sagen konnte, brach es aus Sanna heraus: »Boy hatte dich also vergewaltigt.«

»Müssen wir wirklich jetzt darüber sprechen? Am Telefon? Während ich im Auto sitze?« Mit zum Zerreißen gespannten Nerven setzte sie den Blinker und machte am Rande einer breiten Einfahrt Halt.

»Habt ihr Vivien inzwischen gefunden?«, wollte Sanna wissen.

»Noch nicht. Aber wir haben die Suchmaßnahmen ausgeweitet. Wo warst du? Ich habe die halbe Nacht versucht, dich anzurufen! Auch Elise macht sich Sorgen.«

»Ich habe Viv gesucht!«, rief Sanna. »Was ist denn nun? Wirst du jetzt endlich die ganze Wahrheit sagen? Auch ich habe kaum geschlafen. Glaubst du, ich habe Geduld, mir deine Ausflüchte anzuhören?«

Woher kam auf einmal diese Härte? Liv sah aus dem Fenster zum Weg, wo Familien mit beladenen Bollerwagen zum Strand gingen. Ein kleines Mädchen hüpfte hinterher, redete gedankenverloren mit sich selbst. Lächelnd ging ihr Vater neben ihr, passte sich dem langsamen Schritt des Kindes an. Unwillkürlich schnürte der Anblick Liv den Hals zu. Wo war die Zeit geblieben? In ihrer Erinnerung war Sannas Kindheit von ständigem Zeitdruck geprägt gewesen. Sie war damals so jung gewesen, hatte nach Sannas Geburt die Schule beenden und eine Ausbildung machen wollen. Oft hatte sie sich zerrissen gefühlt zwischen den Anforderungen ihrer Ausbildung und einem Kind, das ihre Aufmerksamkeit verdiente und für das sie aus ganzem Herzen da sein wollte. Es war eine Erleichterung gewesen, Elise um sich zu haben, die Sanna genauso liebte wie sie. Letztlich hatte es Sanna an nichts gefehlt.

Und doch ... Vielleicht musste sie in ihrer Erinnerung weiter zurückwandern, dorthin, wo es wehtat. Liv wollte sich in dem Anblick der jungen Familie verlieren, sich damit ablenken. Zu sehr quälten sie die Bilder und Gefühle, die aus dem hintersten Winkel ihres Gedächtnisses krochen, noch immer.

Langsam begann sie zu sprechen: »Boy war mein Surflehrer, seit ich vierzehn war. Und wie das oft so ist, auch zwischen Lehrern und Schülern, wie das ja wohl auch bei Timur und Alicia der Fall war, habe ich für ihn geschwärmt. Ich fand ihn großartig. Es hat mir geschmeichelt, dass er sich viel Zeit genommen hat, um mit mir zu surfen. Ich fühlte mich ja schon sehr erwachsen. Als er mich küsste, einige Monate nach meinem fünfzehnten Geburtstag, konnte ich mein Glück kaum fassen. Aber dann, eines Abends, machte er weiter, auch dann, als ich längst Nein gesagt hatte.«

Liv hätte viel darüber sagen können, was danach in ihr zerbrochen war, welche Auswirkungen Boys Tat auf ihre Seele gehabt hatte, auf ihr Verhältnis zu Männern und zur Sexualität, aber sie wollte es Sanna nicht noch schwerer machen, als es schon war. Ihre Tochter war empathisch und klug, sie wusste auch so, was eine Vergewaltigung in den Opfern auslöste. Boy hatte später behauptet, sie habe es so gewollt, und ihr Vater hatte Liv beschimpft – als hätte sie den erwachsenen Mann wie eine Lolita verführt. Die Erinnerungen daran waren nicht zu ertragen.

»Sag doch was!«, flehte Liv. Doch sie hörte nur den bebenden, erstickten Atem ihrer Tochter. Also sprach sie weiter: »Deshalb habe ich es dir nicht gesagt. Deshalb wollte ich nicht, dass du Kontakt zu Boy hast. Was für dich wichtig ist, am allerwichtigsten, ist, wie sehr ich gekämpft habe, um dich zu behalten. Das weißt du. Dass ich mich gegen meinen Vater gestellt habe, der gefordert hat, dass ich dich abtreibe. Wichtig ist, wie sehr Elise und ich zusammengehalten haben, um dich aufzuziehen. Wie sehr wir zu einer fröhlichen und liebevollen Familie zusammengewachsen sind, trotz allem. Und was für ein großartiger Mensch du geworden bist! Das zählt. Wird immer zählen. Unsere Liebe zueinander.« Das klang pathetisch, aber so waren ihre Gefühle nun mal.

Lange war nur ihr Atem zu hören. Dann räusperte Sanna sich. »Danke, dass du es mir gesagt hast. Endlich.« Sie schniefte. Als sie weitersprach, klang ihre Stimme belegt. »Es tut mir leid, wenn ich eure Ermittlungen gefährdet habe. Ich hab dich lieb, Mam.«

»Ich dich erst, Lütte.«

»Ich mache mir solche Sorgen um Viv! Ich wünschte, ich hätte gleich auf ihre Anrufe reagiert. Ich hätte sie gleich zurückgerufen. Gleich mit ihr gesprochen. Vielleicht wäre all das nicht passiert. Was, wenn sie sich ...« Sie schluchzte auf, schniefte, putzte sich die Nase.

»Du hast wirklich keine Ahnung, wo sie stecken könnte?«

»Vivien hat mich einmal zu ihrem Lieblingsort mitgenommen, dem Wäldchen am Fuße des Hörnumer Leuchtturms. Da habe ich gestern Abend nach ihr gesucht, aber nichts gefunden.« Sanna klang resigniert.

»Danke für den Hinweis. Wir werden uns das Wäldchen einmal vornehmen. Du weißt, als Polizisten haben wir andere Möglichkeiten. Wir sehen mehr.«

»Seid vorsichtig. Mich hat gestern ein Baum angegriffen. Ich habe voll einen Ast ins Gesicht bekommen.« Sanna lachte leise.

»Hast du dir weh getan?«

»Nur ein bisschen. Der Schreck war schlimmer.« Sanna zögerte. »Was ist eigentlich mit dem Polizisten, der Vivien angemacht hat?«

Liv wusste sofort, wen sie meinte, fragte aber nach. Tatsächlich ging es um Andreas. »Der ist nicht mehr mit dem Fall betraut. Für sein Verhalten wird er zur Rechenschaft gezogen werden.«

»Da bin ich froh. Sehen wir uns heute Abend?«

»Natürlich.«

Liv musste sich den Schleier von den Augen blinzeln, als das Gespräch beendet war. Sie war erleichtert, dass Sanna und sie offen gesprochen und sich versöhnt hatten. Sie atmete tief durch und rief dann Elise an und brachte sie auf den neuesten Stand.

»Wie geht es dir jetzt damit?«, fragte ihre Großmutter.

»Ich bin in erster Linie froh, dass wir uns vertragen haben.«

»Ich auch.« Elises Stimme klang rau. »Schwer auszuhalten, wenn die beiden wichtigsten Menschen in meinem Leben sich miteinander streiten.« Etwas rauschte in der Leitung. »Ah, Sannas Handy klopft an. So nennt man das doch, oder?«

Eilig beendeten sie das Gespräch. Für Liv war es gut, zu wissen, dass Sanna sich Elise anvertraute, wenn sie ihrer bedurfte.

* * *

Hennes hatte gerade mit dem Suchhundeführer den Einsatz besprochen, als Urs an seinen Schreibtisch trat, einen kleinen Zettel in der Hand. Wegen des hohen Arbeitsaufkommens hatten sie entschieden, dass Liv allein mit dem Schulleiter sprechen sollte, der die Insel zum Glück nicht verlassen hatte. Hennes war froh drum; er hatte keine guten Erinnerungen an seine Schulzeit.

»Ein Mann in Westerland hat einen Autoaufbruch gemeldet«, sagte Urs. »Wir konnten uns bislang noch nicht darum kümmern.«

Hennes sah ihn verwirrt an. Warum kam sein Kollege jetzt mit so etwas? Die Mordermittlung, ein vermisstes Mädchen, ein Kollege im Krankenhaus – da musste so eine Bagatelle wie diese warten.

»Es ist merkwürdig. Obwohl der Wagen noch immer auf demselben Parkplatz steht, ist der Besitzer sicher, dass er bewegt wurde«, fuhr Urs fort.

»Spinner! Der kann sich sicher nur nicht –«, setzte Hennes an.

»Der Wagen steht im Industriegebiet Westerland. Ganz in der Nähe des neuen Kinos. Deshalb dachte ich, es könnte euch interessieren«, setzte der junge Polizist schnell hinzu.

Nun merkte Hennes doch auf. Er ließ sich den Zettel geben, las die Adresse, sah Urs anerkennend an. »Ausgezeichnet mitgedacht. Echt super! Ich kümmere mich darum. Wenn ich mit dem Besitzer gesprochen habe, können wir entscheiden, was zu tun ist.«

29

Wenningstedt, 10 Uhr

Erinnerungen an ihre eigene Schulzeit überfielen Liv, als sie den Schulhof überquerte. Sie selbst hatte das Gymnasium Sylt besucht, aber häufig Freunde an dieser Schule besucht. Wie oft hatte sie zusammen mit Katharina an der Turnstange Überschläge und Abspringen geübt! In großen Gruppen hatten sie Runde für Runde an den Tischtennisplatten gespielt, waren lachend um die Platten gelaufen und hatten mit der ausgestreckten Hand die Bälle über das Metallgitter geschlagen, weil nicht genügend Schläger vorhanden gewesen waren.

Sie erinnerte sich an konspirative Gespräche hinter dem Schulgebäude, verstohlenes Rauchen und natürlich an Schulschwänzen, um surfen zu gehen. Dann das abrupte Ende ihrer Schulzeit auf Sylt. Der Abbruch aller Freundschaften.

Liv verzog das Gesicht. Nur ihre Freundin Katharina war ihr treu geblieben, und später hatte Liv durch ihre Arbeit auch wieder Kontakt zu Momke aufgenommen. Erst bei einem Ehemaligentreffen und zu Katharinas dreißigstem Geburtstag war sie vor einigen Jahren ehemaligen Lehrern und Schülern wiederbegegnet. Es war eine aufwühlende Zeitreise gewesen, und manchmal war es ihr vorgekommen, als seien sie immer noch fünfzehn.

Jetzt war es im Schulgebäude beklemmend still. Der Schulleiter war ein freundlich wirkender Herr mit fensterdicker Brille und langen, über die Glatze gekämmten Haaren, die wie angeklebt wirkten. Es war derselbe Schulleiter wie damals.

Unwillkürlich musste Liv daran denken, wie sie Freunde zu einem Schulfest begleitet und der Schulleiter sie zusammengestaucht hatte, weil sie mit Inlinern durch die Gänge gerast waren. Und auf einmal war Liv noch einmal Teenie und nervös. Mit einigen tiefen Atemzügen schüttelte sie die Erinnerungen ab. Sie war längst erwachsen, er konnte ihr nichts.

Ein fahriger Händedruck. »Lammers, wie? Kennen wir uns? Sind Sie eine ehemalige Schülerin?«

»Nein. Gymnasium Sylt«, sagte sie knapp. Dann berichtete sie, weshalb sie mit ihm sprechen wollte.

»Sie haben Glück, dass ich noch so viele Klausuren zu korrigieren und Behördenkorrespondenz zu erledigen habe. Ab morgen bin ich auf einer Schmetterlingsexkursion in Italien.« Mit spitzen Fingern zupfte Herr Gergen seine Frisur zurecht. Sodann führte er sie in sein Büro, in dem Zeichnungen und Malereien hingen, die anscheinend aus einem Kunstkurs stammten.

»Vivien ist ein äußerst sensibles Mädchen. Sie liebt die Natur und insbesondere Tiere, wie ich als ihr Biologielehrer beobachten konnte. Manchmal wird ihr allerdings alles zu viel, und sie zieht sich in den Schulgarten zurück. Mehr als einmal habe ich sie dort während der Pausen gefunden. Wenn ich eine Vermutung anstellen sollte, wohin Vivien sich zurückgezogen hat, dann würde ich einen ruhigen Platz in der Natur vorschlagen.«

Das passte zu dem Wäldchen in Hörnum. Trotzdem fragte Liv: »Geht es etwas konkreter?«

Gergen schüttelte den Kopf, versprach aber, Liv mit Schulfreunden von Vivien zusammenzubringen.

»Halten Sie Vivien für labil? Würde sie sich etwas antun?«

»Das ist schwer zu sagen.« Der Schulleiter runzelte die Stirn. »Vivien erschien mir durch die Therapien und das Umfeld in der Wohngruppe einigermaßen stabil. Andererseits haben psychische Probleme gerade bei Kindern und Jugendlichen enorm zugenommen, eine Entwicklung, die auch Vivien betreffen könnte. Zumal sie diesen Problemen in der Wohngruppe unmittelbar ausgesetzt ist.«

»Darüber waren Sie mit Timur Roters in ständigem Austausch, nehme ich an.«

»So ist es. Gerade in letzter Zeit.«

»Was hat Herrn Roters in letzter Zeit Sorgen bereitet?«, nahm Liv seine Formulierung auf.

Er zögerte, legte die Fingerspitzen aneinander. »Es herrschte Unruhe unter den Bewohnern seiner Wohngruppe. Als sei etwas im Busch.« Eine weitere Pause, schließlich löste er die Geste und schien damit auch seine Verschwiegenheit abzulegen. »Roters hat nie konkret gesagt, worum es ging. Stattdessen redeten wir über Drogen und illegal gehandelte Medikamente – kein Thema an dieser Schule, da bin ich sicher. Die Dosierung von Raffas Medikamenten war ein Problem. Wie viele FAS-Kinder leidet der Junge unter Nebenwirkungen, wenn man zu hoch dosiert, und an Leistungsproblemen und Konzentrationsstörungen, wenn die Dosis zu niedrig ist. Ein Junge wie Raffa ist in der Lage, eine ganze Klasse aufzumischen. Wenn man gleich mehrere davon hat ...«

»Keine Probleme mit Roters' weiteren Schützlingen?«

Er überlegte angestrengt. »Doch, da war etwas. Gegen seine Pflegetochter Elanie sind Vorwürfe erhoben worden. Sie soll ein anderes Mädchen bedroht haben. Es ging um einen Betrug bei einer Klassenarbeit. Doch die Anschuldigung wurde zurückgezogen.«

»Kann ich mit den Mädchen sprechen, die mit Vivien befreundet sind? Und mit dem Mädchen, das die Vorwürfe gegen Elanie erhoben hat?«

»Wenn es der Wahrheitsfindung dient, werde ich Ihnen die Namen nennen.«

Glücklicherweise wohnten beide Mädchen in Alt-Westerland, sodass Liv es nicht weit hatte. Viviens Freundin jobbte in einem Hundesalon und föhnte gerade einen Pudel, als Liv eintrat. Als sie fertig war, berichtete sie von ihrer Liebe zu Tieren, die sie mit Vivien teilte. Vivien schien sich schwer damit zu tun, Freundschaften zu schließen, war zurückhaltend und zudem überempfindlich.

Das anschließende Gespräch mit dem zweiten Mädchen war kurz und knapp. Unumwunden gab Ruth, die Mitschülerin, zu, Elanie angeschwärzt zu haben, weil sie sie nicht leiden konnte; ein Streich, mehr nicht. »Ich dachte schon, Sie wollten mit mir über Vivien reden«, sagte Ruth zum Abschied beiläufig.

»Wie kommst du darauf?«

»Nur so. Sie können ja Anna mal auf Viv ansprechen. Die hilft in der Eisdiele aus. Aber von mir haben Sie's nicht.«

Liv machte diese Andeutung neugierig. Da Ruth sich weigerte, mehr zu sagen, ging sie zur Eisdiele, wo sie Anna antraf. Als Liv sie auf Vivien ansprach, nagte die Schülerin an ihrer Unterlippe. »Ich will nicht lästern. Ärger will ich auch nicht. Aber ...« Ein unsicherer Blick.

Worauf spielte sie an? Liv bezwang ihre Neugier. »Du wirst keinen Ärger bekommen. Was du sagst, bleibt unter uns.«

Anna schichtete für einen Jungen vor der Theke vier Eiskugeln in eine Waffel. Als sie wieder allein waren, sagte sie: »Sie kennen doch diese Social-Media-Challenges, oder? Vivien hat eine Zeit lang diese Videos weggesuchtet und jeden Mist mitgemacht. Das war wirklich nervig. Irgendwann haben ihre Erzieher aus der Wohngruppe ihr Handyverbot erteilt. Erst dann wurde es besser.«

»Diese Challenges sind bescheuert und oft auch gefährlich. Vollkommen unnütz. Spielst du auf einen besonderen Vorfall an?«

Die Schülerin sah sie einen Moment lang unschlüssig an. Dann sagte sie: »Vivien hat mich bei einer dieser Challenges gewürgt, bis ich fast ohnmächtig wurde. Danach flehte sie mich an, dass ich es nicht weitererzählte. Sie fürchtete, von der Schule zu fliegen. Es gab stundenlange Gespräche zwischen meinen Eltern und ihren Erziehern, und sie musste versprechen, so etwas nie, nie wieder zu tun. Ich glaubte ihr. Wir alle glaubten ihr. Deshalb zeigten wir sie nicht an. Doch als Elanies Pflegevater ermordet wurde ...« Mit brennenden Augen sah das Mädchen Liv an. »Ich meine ... Das habe ich Vivien nicht zugetraut. Das traut man doch niemandem zu, oder?«

* * *

Hennes lief zu Fuß zu dem neuen Kino, das sich in der Nähe von Supermarkt und Papiergroßhandel befand. In seinem Alter musste man sehen, dass man in Form blieb, wollte man nicht irgendwann als hechelnder Greis neben den jungen Kollegen bei einer Verfolgungsjagd abgehängt werden. Und da er seine Gesundheit über Jahrzehnte vernachlässigt hatte, waren seine Startbedingungen ohnehin mäßig.

Kinoplakate und Leuchtreklamen auf einem eher tristen Industrieklotz zogen seine Aufmerksamkeit auf sich. Er fragte sich, ob zwei Kinos für die Insel nicht zu viel waren, zumal die *Kinowelt* in Westerlands Fußgängerzone bei Urlaubern und Einheimischen gleichermaßen beliebt war. Kopfschüttelnd steuerte er den Parkplatz zwischen Mehrfamilienhäusern und Werkstätten an und sah sich um: ein Bau aus den Siebzigerjahren, Tristesse in Backstein. Eines dieser Gebäude, von denen man auf Sylt sicher sein konnte, dass sie demnächst abgerissen und doppelt so groß erneuert werden würden.

Das gemeldete Auto entdeckte er sofort. Es handelte sich um einen alten Ford Fiesta, dessen Lack sichtlich unter der rauen Nordseewitterung gelitten hatte. Wie vereinbart, rief Hennes den Besitzer an. Während er wartete, nahm er die Umgebung in sich auf. Von hier aus waren es nur wenige Schritte bis zum Kino.

Ein Mann kam auf ihn zu, weißhaarig, drahtig, braun gebrannt. Gekleidet in hautenge Radlerkleidung, am Schritt gepolstert, was ihm einen John-Wayne-Gang verlieh. »Ich benutze dieses Vehikel kaum noch«, sagte er nach einer kurzen Begrüßung. »Damit kann man sich ja nicht sehen lassen. Bin so gut wie immer mit dem E-Bike unterwegs. Mordsteil. Klasse, wenn die Knie kaputt sind.«

Hennes' Knie knirschten und schmerzten manchmal auch ganz schön. »Tatsächlich? Stelle ich mir langweilig vor. Und Sport ist das nicht, mit Motorantrieb«, meinte er.

»Sie sind wohl noch nie E-Bike gefahren!« Der Mann lachte. »Der Motor unterstützt nur – die Muskeln werden gefordert, aber richtig! Sollten Sie mal ausprobieren!«

Hennes dachte an die Unfälle, die gerade Einsteiger auf E-Bikes hatten. Er sah sich vor seinem inneren Auge mit Fahrradhelm und schüttelte entsetzt den Kopf. »Ein Bio-Bike reicht mir. Kommen wir auf Ihr Auto zurück.«

»Reine Faulheit, dass ich das noch nicht abgestoßen habe. Deshalb ist mir auch erst gar nicht aufgefallen, dass der alte Fiesta aufgebrochen und bewegt wurde. Heute Morgen wollte ich allerdings ein Hantelset abholen, das ich auf dem Flohmarkt gekauft habe – da habe ich es gesehen.« Er hielt Hennes den Autoschlüssel hin.

Hennes nahm ihn, zog Latexhandschuhe über und schloss die Autotür auf. Sofort entdeckte er die hinter dem Lenkrad herunterhängenden Kabel. »Wie können Sie sicher sein, dass das Auto gefahren wurde?«, fragte er trotzdem.

»Ich liebe rechte Winkel. So hätte ich den Wagen nie abgestellt!«

Erst jetzt sah Hennes, wie schief das Auto auf der markierten Fläche geparkt war. Sorgfältig suchte er das restliche Auto ab, entdeckte vereinzelte Haare, Fussel und Papierschnipsel. Sofort zog er sich zurück. »Wir werden den Wagen kriminaltechnisch untersuchen und brauchen Ihre Fingerabdrücke als Vergleichsproben. Am besten gehen Sie sofort ins Revier.«

»Das wird kaum möglich sein. Ich bin zu einer Radtour zum Ellenbogen verabredet. Schöne Strecke, an den Wanderdünen vorbei.« Der Mann musterte ihn. »Sie sind doch auch längst im Rentenalter. Als Beamter erst recht. Warum tun Sie sich das noch an? Bei der Polizei haben Sie es doch sicher ständig mit Abschaum zu tun.« Er legte die Hand auf Hennes' Schulter, die dieser sofort abschüttelte. »Hören Sie auf meinen Rat: Das würde ich mir ersparen und das Leben lieber genießen. Da wären Sie auch nicht so verkrampft.«

»Ich bin tiefenentspannt, keine Sorge«, sagte Hennes, und gab sich den Anschein, als wäre er es wirklich. »Jeder hat eine andere Vorstellung vom Sinn des Lebens. Und damit auch Sie Ihren Beitrag leisten, werden Sie im Revier erscheinen. Es sei denn, Sie möchten, dass ich Sie vorladen lasse. Das ist dann allerdings langwieriger.«

Mit abschätzigem Blick zog der Mann den windschnittigen Helm und die verspiegelte Sonnenbrille auf, sagte aber zu.

Als Nächstes ging Hennes ins Kino. Weder am Ticketschalter noch am Getränke- und Popcornstand war jemand zu sehen. Lediglich ein Putzwagen verriet, dass hier gearbeitet wurde. Mit geübtem Blick suchte Hennes die Eingangshalle nach Überwachungskameras ab und verglich die Lage mit den Informationen, die er aus der Akte entnommen hatte. Hier waren die Jugendlichen aufgenommen worden.

»Hallo? Ist hier wer?«

Keine Reaktion. Erst als er sich gerade nach den Notausgängen umsehen wollte, tauchte ein Mitarbeiter auf. Hennes wies sich aus und ließ sich das Kino zeigen, in dem die Jugendlichen am Abend des 7. April gewesen waren. Die Luft im Kinosaal roch schal nach altem Popcorn. Er lief zum Notausgang, der Kino-Mitarbeiter folgte ihm. Die Tür führte zu einem schmalen, karg wirkenden Gang mit Betonwänden und einer Außentür, die sich nur von innen öffnen ließ. Die Lüftungsanlage wurde anscheinend gerade repariert, eine Deckenkachel war abgeschraubt, und Kabel hingen hinunter. Ganz in der Nähe befand sich die Überwachungskamera.

»An dem fraglichen Abend hat die Überwachungsanlage hier funktioniert?«, wollte Hennes wissen.

»Natürlich. Ihr Kollege hat die Anlage doch überprüft. Allerdings war die Installation in diesem Gang noch nicht komplett abgeschlossen.«

»Was bedeutet?«

»Dass es von hier keine Aufnahmen gibt. Aber wir bekommen ein Signal, wenn der Notausgang benutzt wird, deshalb spielt das keine große Rolle.«

»Sie bekommen also mit, wenn jemand das Kino verlässt?«

»Auf jeden Fall.«

»Das Signal kann man nicht manipulieren?«

»Nicht dass ich wüsste.«

* * *

Hennes' Anruf erreichte Liv, als sie gerade an der Kreuzung am Westerländer Bahnhof stand. Rasch vereinbarten sie, dass Liv den kurzen Weg zum Kino fahren und Hennes dort einsammeln würde. Noch auf dem Parkplatz berichtete Hennes ihr, was er herausgefunden hatte. »Die Kids müssen ihre Handys im Kino gelassen haben, denn das Signal haben wir ja dort verorten können«, schloss er.

Liv versuchte, das Gehörte einzuordnen. »Du vermutest

also, dass ein Jugendlicher, mehrere oder gleich die ganze Gruppe während des Films das Kino verlassen, ein Auto kurzgeschlossen haben und nach Hörnum gefahren sind, um dort Timur Roters zu töten? Anschließend sind sie seelenruhig zum Kino zurück, haben das Ende des Films angeschaut und sind in den Bus gestiegen, als ob nichts gewesen wäre? Ist das nicht etwas weit hergeholt?«

»Der Film hatte eine Laufzeit von zwei Stunden und elf Minuten. Dazu kommt die Werbung. Das ist eine Menge Zeit.«

»Von Tinnum nach Hörnum fährt man mit dem Auto etwa zwanzig Minuten. Es wäre also nicht unmöglich«, überlegte Liv.

»Ich werde den Ablauf durchtakten und nachstellen. Die Kriminaltechnik habe ich bereits gebeten, den Notausgang und die Überwachungsanlage anzuschauen. Auch suchen wir nach weiteren Überwachungskameras in der Nähe und überprüfen die an der Strecke. Und natürlich wird der Ford Fiesta auf Fingerabdrücke und DNA untersucht.«

»Wir sollten einen Aufruf starten und unter den Besuchern der Kinovorstellung nach Zeugen suchen. Irgendjemand müsste es doch mitbekommen haben, wenn eine Person oder mehrere den Saal während der Vorführung verlassen haben.«

»Das sollten wir Hasselbrecht auf jeden Fall vorschlagen.«

Nun berichtete Liv, was sie in Erfahrung gebracht hatte. »Das macht mich so wütend!«, sagte sie grimmig. »Wie konnten Merret und Vivien uns das verschweigen? Warum hat niemand den Vorfall der Schulleitung oder gar der Polizei gemeldet? Etliche dieser Challenges sind strafrechtlich relevant – und auch dieser hätte verfolgt werden müssen!«

»Auf jeden Fall!«

»Aber ist es nicht etwas anderes, jemanden aus einem bescheuerten Grund zu würgen, als dreiundzwanzig Mal auf ihn einzustechen?«, überlegte Liv. Sie wog nachdenklich das

Haupt. »Sanna wusste davon nichts. Das habe ich schon geklärt.« Ihre Tochter war genauso entsetzt gewesen wie sie selbst.

»Wir müssen überlegen, was wir mit diesen Informationen machen. Wer von den Jugendlichen hat einen Führerschein? Vivien sicher nicht, aber vielleicht kann sie trotzdem Auto fahren ...«

Gleichzeitig könnte es gut sein, dass dieser Vorfall mit Viviens Gemütszustand zu tun hatte, überlegte Liv. Das Mädchen war ebenfalls in Timur verliebt gewesen. Vor ihm schlecht dazustehen dürfte ihr zugesetzt haben. Aber was hatte jetzt dazu geführt, dass sie den Hof fluchtartig verlassen musste?

* * *

Sein Anwalt nahm Erk auf dem Gang des Polizeireviers in Empfang. »Sie werden noch von uns hören!«, rief der Muschelfischer beim Hinausgehen einem der Polizisten zu. Eilig stürzte er auf den Parkplatz. Erst als sie das Auto des Anwalts erreicht hatten, hielt er inne und sog frische Luft in seine Lunge.

»Diese Untersuchungshaft war eine Frechheit! Die Haftgründe waren völlig unzureichend. Wir werden Beschwerde einlegen, zumindest würde ich Ihnen dazu raten«, sagte der Anwalt. »Wir sollten in der Kanzlei das weitere Vorgehen besprechen.«

»Nicht jetzt«, blaffte Erk. Er war viel zu lange in geschlossenen Räumen eingesperrt gewesen. Hass brodelte in ihm. Dafür würde sie büßen!

Die Worte seines Anwalts zogen an ihm vorbei.

Er dachte nur noch an eins: Rache.

30

»Das war echt Zeitverschwendung! Wie ich das hasse! Genauso ätzend wie dieser Wind hier auf der Insel! Wind, Wind, immer nur Wind!« Überreizt versuchte Alicia, ihre Haare zu bändigen. Tränen verwischten die Wimperntusche. Mit einem Feuchttuch versuchte sie, ihr Make-up zu retten. »Keine Ahnung, wie du auf die Idee kommen konntest, dass Vivien in diesem Wäldchen sein könnte! Ich hätte auf Nico hören sollen, der hat gleich gesagt, dass das eine Schnapsidee ist!«

»Viv hat mir von diesem Versteck erzählt, es mir sogar gezeigt. Und wenn ich mir die Abdrücke im Moos anschaue, könnte es gut sein, dass sie tatsächlich dort war. Und jetzt wird sich die Polizei hier ja anscheinend ebenfalls umsehen«, verteidigte Sanna sich; die Polizeiwagen waren eingetroffen, als sie gegangen waren.

Mit der Selfiekamera ihres Handys checkte Alicia ihr Aussehen. »Jeder von uns hat seinen Safe Space. Das lernt man im Heim: sich seine Rückzugsmöglichkeiten zu schaffen. Aber davon hast du ja keine Ahnung. Keiner, der eine normale Kindheit hatte, hat das.«

»Was war dein Safe Space?«, fragte Sanna. Alicia war ihr immer noch ein Rätsel, sie konnte sie nicht recht einschätzen.

Alicia sah sie lange an. »Bei mir war das anders als bei den anderen. Meine Eltern waren toll. Aber leider zu gern unterwegs. Ich musste bei meiner Nanny bleiben, das gefiel mir gar nicht. Aber vielleicht war das mein Glück. Als ihr Segelboot in einen Sturm geriet und sank, war ich bei einem Tenniscamp.« Unvermittelt ließ die Spannung in ihren Zügen nach. »Mein Safe Space war mein Kinderzimmer. Ich hatte alles! Alles! Als ich Waise wurde, stellte sich allerdings heraus, dass meine Eltern auf Pump gelebt hatten.« Sie zuckte mit den Schultern, aber Sanna sah ihr an, dass ihre Vergangenheit ihr zu schaffen machte; verständlicherweise.

»Gab es niemanden, der dich aufnehmen konnte?«

»Nein. Deshalb will ich ja auch selbst eine große Familie haben und viele Freunde.«

»Und Timur?«

Ein Schatten legte sich über Alicias Gesicht. »Er hatte im Gegensatz zu meinen Eltern Zeit für mich, hat mir immer zugehört.« Ihr Gedanken schienen abzudriften. »Ich bin gespannt, was der Anwalt Idris sagt. Bestimmt, dass wir nicht mit der Polizei reden sollen. Wenn wir schweigen, können die uns gar nichts. Nie.« Sie überlegte. »Trotzdem wäre es gut zu wissen, was die Polizei vermutet. Wir müssten jemanden in ihren Reihen haben. Jemanden, der uns verraten kann, was für Beweise sie angeblich haben, damit wir ihre Argumente entkräftigen können.«

Kurz fürchtete Sanna, dass irgendjemand herausgefunden hatte, wer ihre Mutter war. Ohnehin waren Alicias Worte kryptisch. Verschwieg sie ebenfalls etwas?

»Könntest du da nicht einfach anrufen und dich als Bloggerin oder so ausgeben?«, fuhr Alicia fort. »Du hast doch mit alldem eigentlich gar nichts zu tun.«

»Die würden mir nichts verraten. Glaube ich zumindest«, sagte Sanna schnell.

»Schade, das wäre echt hilfreich. Wir wären dir ewig dankbar.« Sie lächelte Sanna so hoffnungsvoll an, dass diese schwach wurde. »Willst du es nicht einfach versuchen?«

Endlich hatten sie den Hof und die anderen erreicht. Mit Elanie diskutierten sie über das weitere Vorgehen. Dann sah Alicia sich nach Nico um und ging zu ihm.

Als die beiden im Bauernhaus verschwunden waren, seufzte Elanie schwer und tupfte sich die Augenwinkel. »Entschuldige. Das ist nur alles so zermürbend. Timurs Tod hat alle aus der Bahn geworfen. Ich wünschte, du hättest uns nicht nur so erlebt ... Eigentlich sind wir ein voll netter Haufen.« Ein tapferes Lächeln zeigte sich auf ihren Lippen.

»Ich komme mir manchmal wie ein Eindringling vor. Ich wünschte, ich könnte euch wirklich helfen«, gab Sanna zu.

»Das kannst du doch. Du tust doch so viel. Und Viv braucht dich. Sie hat echte Probleme. Psychisch.«

»Ja, davon hat sie mir erzählt.«

»Es gibt etwas, was Viv dir ganz sicher nicht erzählt hat. Dafür schämt sie sich zu sehr.« In wenigen Worten berichtete Elanie Sanna, dass Vivien wegen einer Social-Media-Challenge eine Schulfreundin gewürgt hatte, bis diese bewusstlos geworden sei.

Sanna riss die Augen auf und hoffte, dass sie nicht zu übertrieben reagierte. »Das hat Vivien getan? Ich kann es nicht fassen!«

»Wir dachten, das sollte die Polizei besser nicht erfahren, sonst denkt sie noch ... Aber wir kennen Vivien und wissen, dass sie Timur niemals etwas angetan hätte«, schloss Elanie.

* * *

Mit zitternden Beinen verließ Raffa die Praxis seines Therapeuten, der sich seltsamerweise mitten im Industriegebiet angesiedelt hatte. Er musste warten, bis ein piepsender Laster zurückgesetzt und rangiert hatte, dann erst konnte er die Straße überqueren. Als Erstes musste er das neue Medikament in der Apotheke besorgen.

Das Gespräch mit dem Arzt war aufreibend gewesen, noch aufreibender als sonst, denn Raffa hatte viel zu viel verschweigen müssen, was er gern geteilt hätte. Reden zu wollen und nicht zu dürfen war die Hölle.

Das Wissen lastete schwer auf ihm, doch wenn er reden würde, wäre es eine Katastrophe. Warum nur war er so ein Schwächling? Warum konnte er nicht so hart und cool sein wie Nico oder wie seine Vorbilder?

Beschämt ließ er sich in der Apotheke die Pillenpackung geben und spülte die erste Tablette gleich darauf mit einem Energydrink hinunter. Die Kombi war vielleicht nicht so schlau, sein Therapeut hat ihn gewarnt, weil das neue Medikament viel stärker war als das alte. Egal! Er schob sich die Kopfhörer in die Ohrmuscheln und drehte die Musik auf seinem Handy laut auf. Doch nicht einmal der aufpeitschende Drillrap aus Chicago, den Nico ihm empfohlen hatte, lenkte ihn ab. *Musik von Menschen, die die Härte der Straße kennen, nicht von irgendwelchen Möchtegerns*, hatte Nico gesagt.

Hoffentlich nahmen die neuen Pillen ihm diese Last. Wenn nicht, würde er Idris um eine seiner Notrationen anbetteln. Sein Freund war wie ein Eichhörnchen – kein Ort, an dem er keine Pillen versteckt hatte. Er wünschte, Elanie würde ihn trösten wie gestern Abend bei der Suche, als sie einander das Herz ausgeschüttet hatten. Sie konnte so gut zuhören. Wusste immer das Richtige zu sagen. Und als die Gefühle ihn übermannt hatten, hatte sie ihn sogar kurz in den Arm geschlossen. Für einen Wimpernschlag hatte er gehofft, dass sie ihn küssen würde, endlich. Schon lange war er in sie verliebt. Insgeheim, natürlich. Sie war viel zu hübsch und viel zu schlau, um sich für einen wie ihn zu interessieren.

Raffa musste aufstoßen. Die Medikamente schienen zu wirken, denn ihm wurde flau, und gleichzeitig schien er wie auf Watte zu gehen. Am liebsten hätte er sich verkrochen, sich in seine Höhle zurückgezogen. Und genau das würde er tun, wenn er auf dem Hof ankam: im Schuppen verschwinden und seine Festung fertig bauen, in der ihm niemand etwas antun konnte. Niemand würde ihn dort besuchen dürfen. Höchstens Elanie.

Diese Aussicht heiterte ihn etwas auf. Es wäre auch schön, wenn Viv wieder da wäre. Die alte Viv. Die von früher. Die Viv, der er beigebracht hatte, wie man sich einen Rückzugsort schuf, in dem man sich sicher fühlte. Überhaupt wäre es schön, wenn sie wieder die Alten wären. Wenn Timur bei ihnen wäre. Timur war sein Freund gewesen, zumindest bis …

Raffa verbannte den Gedanken. Er hatte die Bushaltestelle an der Hauptstraße erreicht. Durch einen Häuserspalt fing etwas Blaues seinen Blick.

Ein Adrenalinstoß durchfuhr ihn. Was hatte die Polizei am Kino zu suchen? Er nahm seinen Mut zusammen, überquerte die Straße und tat so, als würde er eines der Geschäfte im Industriegebiet ansteuern.

Verstohlen stellte er fest, dass die Polizei den Notausgang des Kinos sowie das alte Auto auf dem Parkplatz untersuchte. Nun schlug sein Herz so schnell, dass es den treibenden Takt des Raps eingeholt hatte, und kurz glaubte er zu kollabieren. Nur unter enormer Anstrengung gelang es ihm, nicht wegzurennen. Ohnehin war er sicher, dass die Polizisten ihn bemerkt und erkannt hatten. Sie beobachteten ihn vermutlich schon lange mit ihren Drohnen und ihren Abhörgeräten, verfolgten jeden seiner Schritte. Vermutlich war auch sein Handy verwanzt.

Angeekelt starrte er auf das Gerät. Am liebsten hätte er das Smartphone weggeworfen. Den Kopf gesenkt, den Blick auf die Füße gerichtet, lief er zur Bushaltestelle zurück. Panik schnürte seinen Hals ein. Es war ein Gefühl wie damals. Die Ärzte hatten ihm gesagt, dass er sich nur eingebildet hatte, bedroht und verfolgt zu werden, und eine Zeit lang hatte er ihnen geglaubt. Doch das Böse breitete sich aus, hier, in seiner unmittelbaren Umgebung. Dies war der Beweis! Er brauchte ein Versteck, eine Höhle.

* * *

Sanna hatte noch einmal mit ihrer Mutter telefoniert, aber Liv hatte nur ausweichend geantwortet, und sie fühlte sich verloren. Nico hatte wegen der Freilassung des Muschelfischers einen Wutanfall bekommen, und es hatte gedauert, bis Alicia ihn beruhigt hatte. Idris hingegen war nach dem Gespräch mit dem Anwalt etwas gelassener, denn dieser hatte ihm geraten, am besten gar nicht mit der Polizei zu reden, sondern die Aussage zu verweigern.

Gerade eilte Raffa über den Hof. Sein ganzer Körper wirkte steif, er hatte die Hände tief in die Taschen geschoben, hielt den Kopf gesenkt. Seine Kapuze verschattete sein Gesicht, als wollte er niemanden sehen und auch von niemandem gesehen werden. Dennoch spürte Sanna den Impuls, ihn anzusprechen. »Alles okay bei dir?«

Er reagierte nicht.

»Raffa, geht es dir gut?«

Wie in Zeitlupe drehte er sich um. Seine Gesichtszüge waren schlaff, die Lider schwer. Erst jetzt entfernte Raffa die Kopfhörer aus seinen Ohren. »Hat Viv sich gemeldet?«

»Leider noch nicht.«

Er schien kurz nachzudenken. »Entschuldige. Ich bin müde. Ich war gerade bei meinem Psychofritzen.« Ein monotones Murmeln, als stünde er unter Drogen.

»Hat dir das Gespräch mit ihm geholfen?«

Er hob die Schultern. Eine ruckartige Bewegung, die eine tiefe Beklemmung ausdrückte. »Schon. Er hat mir gleich noch ein paar Pillen verschrieben, damit ich unter Kontrolle bleibe. Dabei habe ich meine Probleme längst im Griff. Es ist die Welt, die verrückt wird«, setzte er leise hinzu. »Ich will einfach nur leben. Ganz normal.«

Etwas schien ihm durch den Kopf zu schießen, denn Bewegung kam in seine Züge. »Muss mit den anderen reden. Wo sind sie?«

»Im Stall und in der Küche. Immer in der Nähe des Telefons, falls Viv sich meldet.«

Raffa nickte und ging hinein. Sanna folgte ihm, doch als sie die anderen beinahe erreicht hatte, zogen diese sich mit Raffa in eines der Zimmer zurück und schlossen sie demonstrativ aus.

Ärgerlich ballte Sanna die Hände. Sie sollte hier verschwinden. Und doch blieb sie, ohne zu wissen, warum.

* * *

Erks erster Weg führte ihn in die Friedrichsstraße. Er wusste, dass es besser gewesen wäre, sich zu beherrschen. Gleichzeitig war ihm klar, dass seine Existenz auf dem Spiel stand – und es gab jemanden, der dafür verantwortlich war. Dieser Jemand musste zur Rechenschaft gezogen werden. Jetzt!

Er dachte an die Dinge, die die Polizei beschlagnahmt hatte, um ihm ans Bein zu pinkeln. An die Messer, die irgendwo in der Kriminaltechnik herumlagen und mit deren Hilfe man ihm etwas anhängen wollte. Glücklicherweise war es kein Problem, für Ersatz zu sorgen.

Entschlossen steuerte er einen Laden an, in dem Messer aller Größen und Qualitätsstufen im Schaufenster auslagen.

* * *

»Achtung, Lebensgefahr! Betreten verboten!«, verkündete das Schild am Eingangspfosten.

Elanie zupfte nervös an ihrem Zopf. Sie mochte den baufälligen Schuppen am Rande des Hofs nicht. Er erinnerte sie an Zeiten und Erlebnisse, an die sie lieber nicht denken wollte. Gesprächsfetzen schossen ihr durchs Hirn. Worte, die eben zwischen ihr und den anderen hin und her geflogen waren. Die anderen: Menschen, die ihr nah waren und zugleich so fern. Die früher ihre Hoffnung und ihre Liebe genährt hatten. Und jetzt: Sorgen, Kummer, Angst.

Die Tür hing windschief in den Angeln. Schräg auch die tragenden Balken und Bohlen. Bei jedem Sturm ging sie davon aus, dass der Schuppen einstürzen würde. Und doch hatte er jeden Sturm überstanden, bis jetzt. Sie wusste nicht, was Raffa an diesem Ort reizte. Vielleicht gefiel es ihm, dass dieser Schuppen genauso zerrüttet war wie er selbst. Sie schob ein Holzbrett beiseite, das nur noch an einem dicken Nagel befestigt war, und schlüpfte durch den Spalt. Dann hob sie den Picknickkorb hinterher. Leise schwappte die heiße Schokolade in den Bechern. Das Schrappen von Holz und lautes Hämmern waren zu hören.

»Raffa?« Die Geräusche verstummten. Elanie wiederholte ihren Ruf.

»Elanie? Bist du das?«

»Ich bringe dir einen heißen Kakao und ein paar Sandwiches. Ich dachte, wir picknicken zusammen.«

Ein kurzer Moment der Stille.

Raffa mochte sie. Manchmal himmelte er sie derart an, dass es ihr vor den anderen peinlich war. Im Gegensatz zu Alicia oder Viv achtete sie darauf, dass alles auf einer freundschaftlichen Ebene blieb. Sex verkomplizierte das Zusammenleben nur. Außerdem waren sie eine Familie, und die Jungs waren für sie wie Geschwister. Nur selten fühlte sie sich von Raffas Verhalten in Versuchung geführt.

Scharfer Geruch stieg ihr in die Nase. Rostige Farbdosen und Blechbottiche reihten sich in einer Mulde aneinander. Sie hatte gedacht, dass Timur die Flüssigkeiten längst in die Werkstatt geschafft oder entsorgt hätte. Mit der Handytaschenlampe musste sie den Raum ausleuchten, um ihren Weg durch die kreuz und quer gestapelten und aneinandergelegten Holzbalken, Bohlen und Kisten zu finden. Raffa liebte es, sich zu verschanzen. Er fühlte sich sicher, wenn er sich eine Höhle schaffen konnte.

Da sie ihn noch immer nicht entdeckt hatte, legte sie ihren Kopf in den Nacken. Da war er, auf dem Zwischenboden, keine Leiter in Sicht.

»Wie soll ich da hochkommen?« Noch ehe sie die Frage ganz ausgesprochen hatte, ließ er ein Seil hinab.

»Binde den Korb fest, dann ziehe ich ihn hoch. Du kannst das hier nehmen.« Das Ende eines dicken Taues, in das in regelmäßigen Abständen Knoten gebunden worden waren, fiel ihr vor die Füße. Da sollte sie hochklettern?

Elanie knotete den Korb fest, und als er ihn neben sich gestellt hatte, prüfte sie, ob das Tau gut festgebunden war. Da es nicht nachgab, kletterte sie Knoten für Knoten und Hand für Hand hoch. Oben angekommen, kam sie nicht umhin, Raffa für sein handwerkliches Geschick zu bewundern. Sie erinnerte sich noch gut daran, wie sie den Schuppen gemeinsam zum ersten Mal erkundet hatten. Die Fußbodenbretter hatten gewirkt, als hätte jemand mit ihnen Mikado gespielt. Durch das Dach hatte es hineingeregnet, große Haufen von Vogeldreck und Federn hatten den Boden befleckt. Inzwischen hatte Raffa Boden und Dach ausgebessert und sich eine Art Hütte errichtet. Zwischen den Dachschindeln war eine Stelle mit durchsichtigem Plastik ausgebessert worden, durch das man den Hof im Blick hatte. Mit Kissen, Fellen und alten Wolldecken war die Hütte gemütlich eingerichtet. Die jüngsten Ereignisse schienen seinen

Verfolgungswahn jedoch getriggert zu haben, denn Raffa schien die Öffnungen verstärken und Riegel anbringen zu wollen. Verständlich, wie sie fand. Aus seinen Kopfhörern war leise Musik zu hören.

»Wow, schön hast du's hier«, sagte Elanie.

Raffa freute sich sichtlich. »Ehrlich? Findest du?« Er legte die Kopfhörer ab und schaltete die Musik aus, als wollte er sich ganz auf sie konzentrieren. Nervös schob er das Werkzeug beiseite, wischte einige Späne mit den Handflächen weg. »Ich bin noch nicht fertig.« Er sah sie scheu an. »Was gibt's Neues? Oder, nein, warte, ich bin gar nicht sicher, ob ich das wissen will.« Er bemerkte, dass einer seiner Schnürsenkel aufgegangen war, und zog ihn penibel wieder fest.

Elanie ging in die Hütte, breitete eine der Decken aus und packte die belegten Brote und die Thermobecher aus ihrem Korb. Dann klopfte sie einladend neben sich auf den Boden.

Raffa sah ihr in die Augen, lächelte scheu. Als er sich in den Schneidersitz setzte, flackerte sein Blick weiter.

Elanie reichte ihm ein Brot und berührte wie beiläufig seine Finger. Sie hielt ihm den Thermobecher hin, legte ihre Hand auf sein Knie. Seine Finger bebten, als er trank. Sie nahm das Obstmesser, schnitt den Apfel durch und teilte ihn in Stücke.

Raffas Augen weiteten sich. Es war, als könnte er den Blick nicht von der Klinge abwenden. Unauffällig legte sie das Messer in den Korb zurück. »Ich bin so froh, dass du da bist. Die anderen ... Ich hätte nicht ertragen, sie zu sehen.« Er schluckte geräuschvoll.

Elanie lächelte und aß ein Stück Apfel. »Ich verstehe, dass du dich hierher zurückgezogen hast. Manchmal wird einem alles zu viel.«

»Ich dachte, du würdest mich für einen Freak halten.«

»Sind wir nicht alle Freaks? Uns verbindet so viel. Wir sollten aufhören, uns gegenseitig für das zu verurteilen, was wir getan haben oder sind.«

Erleichterung löste seine Gesichtszüge, und ein Lächeln zuckte an seinen Lippen. »Es tut so gut, mit dir zu reden. Es ist so ein Druck in meinem Inneren. Mir ist manchmal, als müsste ich explodieren. Als könnte ich es keinen Moment länger aushalten. Als müsste ich alles sofort erzählen – alles, verstehst du!«

Er tat Elanie leid, und aus einem Impuls heraus verschloss sie seine Lippen mit einem Kuss. Sie sah, wie er seine Augen aufriss und seine Brauen ungläubig nach oben wanderten. »Das wollte ich schon lange mal tun. Und nun lass uns reden, wir haben Zeit«, sagte sie, als sie sich voneinander gelöst hatten.

* * *

Elanie lächelte ihn an, und Raffa konnte sein Glück kaum fassen. Er spürte, wie alle Anspannung von ihm abfiel. Das hatte er sich schon so lange gewünscht, davon hatte er nicht zu träumen gewagt. Und nun schien es wahr zu werden.

Er war froh, dass auch die Wirkung der Medikamente inzwischen nachließ. So konnte er sich ganz auf sie konzentrieren. Scheu nahm er Elanies Hand und wünschte sich nichts mehr, als dass sie ihn noch einmal küssen würde. Dann aber begann sie, über Timur und sein Verschwinden zu sprechen, und Raffa spürte, wie sich seine Erregung in etwas anderes verwandelte. Heiß wurde ihm auf einmal, kaum hielt es ihn auf seinem Platz. Er schwitzte so stark!

Er schnupperte unauffällig. Stank er schon nach Schweiß? Ihr Mund bewegte sich unablässig. Ihre Worte wirbelten durch seinen Kopf. Wovon redete sie? Warum redete sie überhaupt so viel? Konnte sie nicht wieder so lieb sein wie eben? Die Unruhe stach wie Nadeln in seine Haut. Er musste etwas tun, musste sie aufhalten. Gleichzeitig wollte er die Situation nicht kaputt machen. Leicht bewegte er die Hand über der Kerzenflamme, spürte die Hitze auf seiner Handfläche, senkte sie immer wieder, bis er glaubte, verbrennen zu müssen. Feuer beruhigte ihn. Dieses Glimmen und Flackern, diese Wärme. Oft hatte er stundenlang in Flammen geblickt, bis sein Gedankenkarussell zum Stehen gekommen war.

»Wir haben so viel über die letzten Stunden von Timur geredet, dass ich gar nicht mehr weiß, was ich selbst gesehen habe und was die anderen erzählt haben. Bitte hilf mir, und sag mir, woran du dich erinnerst ...«, sagte sie.

»Ich will nicht –«

»Lass uns nur noch einmal darüber sprechen. Lass uns über Timurs letzte Stunden sprechen und dann die Erinnerungen in eine Kiste packen und vergessen. Ein Geheimnis, das nur wir teilen. Wir beide.« Elanie blinzelte, als müsste sie die Tränen zurückhalten.

Wie gut es sich anhörte, wenn sie von ihnen beiden sprach, als ob sie ein Paar wären! Es stank nach verbrannter Haut, und erschrocken nahm Elanie seine Hand. Raffa kam es vor, als müsse er platzen, so übermächtig waren die widerstreitenden Gefühle in seinem Inneren. Er wollte Elanie gefallen, wollte alles tun, was sie von ihm erwartete. Gleichzeitig wollte er sich nicht erinnern, wollte nicht darüber reden, nie mehr.

»An diesem Abend, als wir im Kino waren ...«

Das Kino! Die Polizei! Mit einem Schlag war die Erinnerung wieder da. Wie hatte er das vergessen können! Die ganze Zeit hatte er es seinen Freunden erzählen wollen! Aber die Suche nach Viv hatte ihn abgelenkt. Oder hatte er die Gefahr vergessen wollen? Was war er nur für ein Versager, für ein Idiot!

Raffa schlug sich die Hände auf die Ohren. Er musste nachdenken, ganz in Ruhe. Musste abwägen, was er den anderen sagte. Musste überlegen, was sie tun sollten. Was für eine Wahl sie noch hatten. Doch Elanie ließ ihm keine Ruhe. Sie umfasste seine Handgelenke und zog die Hände von seinen Ohrmuscheln, hielt sie fest. Was wollte sie von ihm? Warum bedrängte sie ihn so? Wollte sie ihm wirklich helfen, mit ihm zusammen sein? Oder … Raffa spürte, dass er gleich ausrasten würde. Sein Countdown tickte. Nur noch wenige Sekunden bis zur Explosion.

Er sprang auf. »Lass mich! Du weißt ja gar nicht … Ich habe sie gesehen … die Bullen, im Kino …«, platzte er heraus.

»Raffa, was hast du getan? Die Polizei, sie darf nicht erfahren …« Elanies erschrockener Blick tat ihm weh. Warum starrte sie ihn so an?

Er sah an sich hinunter. Wie kam das Messer in seine Hände?

* * *

Durch das kleine Plastikfenster sah sie die anderen. Mit rasendem Puls öffnete Elanie den Mund, ließ verzweifelt ihren Finger über das Display ihres Handys rasen. Da, vor ihr war das Messer, auf dessen Klinge der Schein des Teelichts zuckte.

Heftige Angst überfiel sie, als sie das Messer auf sich zuschießen sah. Doch es war zu spät. Der Schmerz war so heftig, dass es ihr den Atem nahm.

31

Sanna blickte auf ihr Handy. Nichts. Keine Nachricht von Vivien. Die anderen kontaktierten auch noch die entferntesten Bekannten auf der Suche nach ihr – oder zickten sich an. Die angespannte Sorge war mit den Händen zu greifen. Elanie hingegen war Raffa mit einem Körbchen in den Schuppen gefolgt. Eine nette Geste ...

Ein Aufschrei zog die Aufmerksamkeit aller auf sich. Sanna zuckte zusammen. Im nächsten Moment rannte Alicia über den Hof, rief mit vor Entsetzen verzogenem Gesicht die anderen zusammen. Merret stürzte aus dem Haus. Auch Sanna lief zu ihr.

»Oh mein Gott! Elanie hat eine Nachricht geschickt. Raffa dreht durch. Er bedroht sie in seinem Versteck mit einem Messer!«, platzte Alicia heraus.

Merret wurde bleich. »Das ist ein Scherz, oder? Sag, dass das ein schlechter Scherz ist!«

Alicia schüttelte den Kopf und ließ das Handy herumgehen. Die Augen aller flackerten zu dem abgelegenen Schuppen.

»Das würde Raffa nie tun!« Sogar gegen seine Freundin verteidigte Nico seinen Freund.

»Glaubst du, das ist ein Fake?«, fauchte Alicia ihn an.

»Wir müssen die Polizei rufen. Sofort!«, entschied Merret.

Dann überstürzten sich die Ereignisse.

Jemand schrie.

Sanna fuhr herum. Flammen leckten am morschen Holz des

Schuppens und züngelten rasend schnell empor. Ihr Herz tat einen Sprung. Sofort war die Erinnerung an den Brand in ihrem Kapitänshaus wieder da, dem Liv, ihr Hund und sie beinahe zum Opfer gefallen waren. Sie musste ihre Mutter anrufen. Jetzt!

Als sie ihr Handy einschaltete, sah sie, dass Liv ein paarmal versucht hatte, sie zu erreichen, und ihr mehrere Nachrichten hinterlassen hatte. Was war los?

Alarmiert entfernte sich Sanna ein Stück von den anderen und wählte Livs Nummer. Ihre Mutter meldete sich sofort.

»Es brennt!«, brach es aus Sanna heraus. Ihre Stimme kippte. »Der Schuppen brennt! Raffa und Elanie sind drin! Eben hat Elanie Alicia eine Nachricht geschickt, dass Raffa sie gefangen hält und mit einem Messer bedroht.«

Scharf sog Liv die Luft ein. »Ganz langsam. Eins nach dem anderen.«

Sanna musste sich zusammenreißen und wiederholen, was geschehen war.

»Ich schlage Alarm und benachrichtige Feuerwehr und Rettungsdienst. Wir waren ohnehin auf dem Weg zum Hof. Bleib ...«

»Ihr kommt? Was Neues von Viv?«, unterbrach Sanna sie.

»Nichts. Sanna, du musst dich von dem Schuppen fernhalten, versprich mir das! Bleib da weg!«

※ ※ ※

Vivien hatte sich am Ende des Bahnhofs auf die Steine gesetzt. Sie lehnte an einer Mülltonne. Fauliger, ekliger Geruch stieg zu ihr auf – oder war sie selbst es, die so stank? Sie schämte sich vor sich selbst – für das, was sie getan hatte, für das, was sie war. Müll.

Sie dachte an ihre Flucht zurück, ihr Versteck. Blindlings war sie ans Meer gelaufen, hatte mit dem Gedanken gespielt, sich in die Fluten zu werfen, darauf zu hoffen, dass ihre

Kleidung sich vollsog und sie auf den Meeresgrund zog. Eine letzte Nachricht hatte sie an ihre Freunde geschickt, oder besser: an diejenigen, die sie für ihre Freunde gehalten hatte. Doch nachdem sie ein paar Schritte ins Wasser gegangen war, hatte ihre Angst sie überwältigt. Nass und bibbernd war sie zum Wäldchen geflohen, hatte zitternd auf der Lichtung gesessen. Immer lauter waren die Geräusche der Nacht geworden. Sie war sauer auf sich gewesen, wieder einmal hatte sie etwas nicht zu Ende gebracht. Sie hatte sich einfach nicht im Griff.

Als sie Sannas Rufe gehört hatte, hatte ein Wechselbad der Gefühle sie überrollt. Scham, Angst vor den Konsequenzen und gleichzeitig Freude darüber, dass jemand sie suchte, jemand sie vermisste. Die Vorstellung, Sanna in die Augen zu sehen und ihr und allen anderen die Wahrheit zu sagen, hatte sie jedoch zutiefst geschreckt. Also war sie ins Brombeerdickicht geflüchtet, hatte sich unter stachelübersäten Ästen auf den Waldboden gedrückt und die kitzelnden Füße der Ameisen und sonstigen Krabbeltierchen ausgehalten. Dann hatte Sanna geschrien, und kurz war Vivien versucht gewesen, zu ihr zu eilen. Stattdessen war sie tiefer ins Geäst gekrochen. Für eine Weile hatte sie den Stimmen der Natur gelauscht, sich sogar ein wenig geborgen gefühlt.

Weil sie fürchtete, dass Sanna oder die anderen kommen würden, um bei Tageslicht nach ihr zu suchen, war sie mit dem Morgengrauen aufgebrochen. Im Bus hatte sie die Leute über eine Suchaktion reden hören. Die halbe Insel suchte angeblich nach einem verschwundenen Mädchen. Das war sie. Wie peinlich war das! Aber was hätte sie der Polizei sagen sollen? Die Wahrheit? Unmöglich!

Eine blecherne Stimme kündigte die Einfahrt des Zuges an. Auf dem gegenüberliegenden Gleis herrschte reger Betrieb: Polizisten redeten mit einem Schaffner, daneben stand eine Frau, auf deren Rollkoffern sich drei erschöpfte Kinder ausruhten. Ein Mädchen schleckte gedankenverloren an einem Lolli, sein Kuscheltier war heruntergefallen. Vivien bemerkte, dass das Mädchen sie ansah, und zog die Kapuze tiefer in ihr Gesicht. Kurz überfielen sie Skrupel. Sie wollte nicht, dass das Mädchen sah, was sie tun würde.

Die Mutter hob das Kuscheltier auf, klopfte es ab und reichte es dem Kind. Freudig nahm das Mädchen den Teddy an sich und presste ihn an seine Brust. Nun hielt eines der anderen Kinder ihm sein Stofftier hin, und sie spielten miteinander.

Viviens Brust wurde eng. Wäre alles anders gekommen, wenn sie in einer anderen Familie aufgewachsen wäre? Wenn ihre Eltern anders gewesen wären? Nein, sie schüttelte unwillkürlich den Kopf. Sie war schuld. Alles, was sie anfasste, alles, was sie tat, verdarb. Ihre Eltern hatten recht gehabt, sie hatten es gewusst, bevor Vivien es selbst erkannt hatte.

Der Bahnsteig füllte sich. Vivien erhob sich und vermied es, die Menschen anzuschauen. Mussten ausgerechnet jetzt so viele Leute auf den Zug warten?

Das Rattern des herannahenden Zuges schwoll an. Langsam bewegte sie sich auf die Bahnsteigkante zu. Sie hatte bereits einige Züge abgewartet, wusste, dass sie ein gutes Stück an ihr vorbeifahren würden. Nun tauchte der Zug hinter einer Kurve auf. Sie zitterte, musste ihren ganzen Mut zusammennehmen. Gleich würde alles ein Ende haben.

Auf dem gegenüberliegenden Bahnsteig gestikulierten die Kinder mit ihrer Mutter, die aus einer Edelstahldose geschnittene Gurkenschnitze verteilte. Immerhin waren sie abgelenkt. Sie würden früh genug mitbekommen, was geschehen war. Nur noch einige Meter war der Zug entfernt.

Vivien gab sich einen Ruck.

* * *

Liv drückte das Gaspedal durch. Rasant fuhr sie um die Kurve und auf den Feldweg. Das Auto holperte über die Schlaglöcher, die Stoßdämpfer krachten – es war ihr egal. Hennes musste sich am Armaturenbrett abstützen, beschwerte sich aber nicht über ihren Fahrstil.

Schon von Weitem hatte sie den orangen Schein im Himmel sowie den weißen Rauch über dem Bauernhof gesehen. Dazu Blaulicht. Auf Sylt gab es nur freiwillige Feuerwehren, aber die mussten schnell reagiert haben, denn mindestens ein Löschfahrzeug war bereits vor Ort. Auch das Sondereinsatzkommando war im Anflug, schließlich hatten sie es mit einer Geiselnahme zu tun.

Livs Gedanken rasten. War dieser Brand ein Zufall? Oder hing er mit etwas zusammen, was sie herausgefunden hatten?

Sand und Steine spritzten auf, als sie auf der Einfahrt zum Stehen kam. Die Feuerwehrleute hatten sofort losgelegt und bereits die Brandbekämpfung von innen und außen eingeleitet. Präzise Kommandos erklangen, weitere Schläuche rollten über die Erde, Spritzwasser zeichnete einen Bogen in den Himmel. Die Flammen loderten dessen ungeachtet hoch. Der Brand musste sich in Windeseile verbreitet haben, denn der morsche Schuppen brannte wie Zunder.

Während Hennes mit den Feuerwehrleuten und den Kollegen einer Polizeistreife sprach, suchte Liv nach Sanna. Die kam ihr bereits entgegen. »Die beiden sind noch immer im Schuppen! Was sollen wir denn nur tun?«, rief sie verzweifelt.

»Es den Profis überlassen, so schwer es auch fällt. Die werden die Lage in den Griff bekommen«, sagte Liv und hoffte, dass es zuversichtlicher klang, als sie sich fühlte.

Ein weiteres Löschfahrzeug und ein Rettungswagen trafen ein. In Schutzanzügen und mit Atemschutzmasken näherten sich die Feuerwehrleute dem in Flammen stehenden Schuppen, der nun von allen Seiten von Löschzügen bewässert wurde.

Rauchschwaden und Sprühregen mischten sich in den Schein des Infernos.

In diesem Moment krachten Balken und Bretter zusammen. Mit einem ohrenbetäubenden Ächzen geriet der Schuppen gefährlich in Schieflage. Liv konnte den Anblick kaum ertragen. Am liebsten wäre sie hineingestürzt und hätte die Jugendlichen eigenhändig herausgezogen.

Eine gewaltige Rauchwolke waberte über den Hof. Die Feuerwehrleute zogen sich zurück, bellten weitere Kommandos.

Liv sah den Schrecken in Sannas Augen und drückte verstohlen ihre Hand. Auch in ihr tobte die Erinnerung. Hustenreiz kratzte in ihrem Hals.

Plötzlich löste sich eine einzelne Gestalt aus dem Rauch. Blutüberströmt taumelte sie ihnen entgegen, brach zusammen, noch ehe sie sie erreicht hatten.

Elanie! Liv, Merret, der Notarzt und die Sanitäter stürzten zu ihr. Sofort wurde Elanie auf eine Trage gebettet und medizinisch versorgt. Die Wunde schien sich auf ihrer linken Seite zwischen Schlüsselbein und Oberarm zu befinden.

Parallel kroch der Feuerwehrtrupp für den Innenangriff samt Schlauch und Stahlrohr in den Schuppen.

Schließlich sollte Elanie in den RTW verfrachtet werden. Merret flehte den Notarzt an, kurz mit ihrer Pflegetochter sprechen oder sie begleiten zu dürfen. Da keine Lebensgefahr bestand, erlaubte dieser es.

»Ich bin so erleichtert!« Merret brach in Tränen aus, als sie ihre Pflegetochter unbeholfen zu umarmen versuchte. »Was ist mit Raffa? Wo …?«, rief sie.

Elanie schluchzte und klammerte sich an Merret, was wegen des Infusionszugangs schwierig war. »Es war so … schrecklich! Der Notarzt meinte, wenn ich mich nicht … weggedreht hätte, hätte der Stich leicht … mein Leben kosten können.

Gerade noch ... konnte ich seinem Angriff ausweichen ... Ich dachte, Raffa bringt mich um. So, wie er Timur umgebracht hat ...«

Fassungslosigkeit weitete Merrets Augen, und sie schnappte nach Luft. »Was ... Wie kommst du darauf, dass Raffa ...«

Elanie machte eine Bewegung, zuckte dann vor Schmerzen zusammen. Langsam gelang es ihr, die Hand vor die Brust zu heben.

Jetzt erst bemerkte Liv, dass Elanie ihr Smartphone noch immer umklammert hielt. Sichtlich angestrengt entsperrte sie es und drückte mit zitternden Fingern auf einen Button. Sie ließ sich zurücksinken, als eine Stimme zu hören war. Raffas Stimme. Er klang abgehackt, als stünde er unter Drogen oder sei in Trance. »Was Timur angeht ... habe gefürchtet, dass Timur mich wegen des Zündelns bei dem Bauern ... zurück in die Psychiatrie oder ins Heim schicken würde. Da wäre ich lieber gestorben. Er war so sauer auf mich! Dieser Blick, mit dem er mich angesehen hat ... Diese Enttäuschung. Das habe ich nicht ausgehalten. Und als ich zustach ... Außerdem wollte ich auch euch nicht verlieren. Ihr ...«

Merret Roters und auch Sanna erstarrten vor Schreck. Liv fasste sich als Erste. Sie zog sich Latexhandschuhe über und bat Elanie, das Handy an sich nehmen zu dürfen.

»Nein, ich ...« Das Mädchen presste das Gerät an sich.

Es wäre unschön, Elanie zur Abgabe zu zwingen. Aber vielleicht würde ihr nichts anderes übrig bleiben. Zu ihrem Erstaunen griff Merret ein: »Gib es der Kommissarin. Es ist wichtig, dass der Vorfall genau untersucht werden kann«, sagte sie monoton.

Resignierend reichte Elanie es Merret, die es an Liv weitergab. Elanies Augenlieder flatterten nun, und sie atmete unregelmäßig.

Ein Notarzt trat neben sie. »Wir müssen nun wirklich los.«

Elanie hielt sich an Merret fest. »Komm mit. Ich möchte nicht allein ins Krankenhaus.«

Merret wirke für einen Augenblick hin- und hergerissen. »Ich muss mich um die anderen kümmern. Und Raffa ...«

»Bitte bleib bei mir«, flehte Elanie.

»Begleiten Sie sie ruhig. Herr Beversen und Ihr neuer Kollege sind ja vor Ort. Außerdem haben wir seelsorgerische Hilfe angefordert«, sagte Liv, was Merret zu beruhigen schien.

Als der RTW mit Elanie und Merret abfuhr, wandte Liv sich der Brandstelle zu, zog ihren Schal vor Mund und Nase. Die Luft war dicht und beißend vor Rauch. Wie sollte Raffa da lebend herauskommen?

* * *

Merret hielt Elanies Hand, während der Rettungswagen abfuhr. Ihre Gedanken flogen wild durcheinander. Sie wollte hier bei ihrer Pflegetochter sein, gleichzeitig drängte es sie, den anderen beizustehen. Was war mit Raffa? Lebte er noch? Konnte es wirklich stimmen, was Elanie aufgenommen hatte, oder hatte der Junge im Wahn gesprochen? Raffa mochte Probleme haben. Aber er war kein Mörder. Andererseits ... Merret hätte am liebsten geweint. Sie wusste nicht mehr, was sie glauben, wem sie vertrauen konnte.

Elanies Lider öffneten sich einen Spalt breit. »Es tut mir so leid«, wisperte sie.

»Was tut dir leid? Ich verstehe das alles nicht. Wie kann Raffa behaupten, Timur getötet zu haben? Ihr wart doch an dem Abend zusammen! Oder war auch das eine Lüge?«

Elanie schluchzte. Merret bemerkte den missbilligenden Blick des Sanitäters, fragte aber dennoch weiter: »Wie hast du dieses Geständnis überhaupt aufnehmen können?«

Tränen traten in Elanies Augen, ihre Unterlippe zitterte.

»Raffa hat die ganze Zeit davon geredet. Ich dachte, dass es … wichtig wäre. Ich dachte, du wärest … erleichtert, wenn du wüsstest, was Timur … zugestoßen ist. Wer für … seinen Tod verantwortlich ist.« Ihre Lider flatterten, als dämmere sie weg.

Das durchdringende Klingeln ihres Smartphones, das Merret vorhin auf volle Lautstärke gestellt hatte, um keinen Anruf zu verpassen, ließ sie zusammenzucken.

Unbekannte Nummer.

Ihr Hals schnürte sich noch enger zusammen.

»Frau Roters? Hier Müller von der Polizeidienststelle Niebüll.« Ihr wurde eiskalt. »Wir haben Vivien am Bahnhof aufgegriffen. Dem Mädchen geht es den Umständen entsprechend gut. Wir würden sie in Begleitung einer Kollegin zurück nach Sylt schicken. Können Sie sie auf dem dortigen Polizeirevier abholen?«

Erleichterung durchströmte Merret. Es war, als würde sie gleich auseinanderfließen, sich in alle Bestandteile auflösen. »Selbstverständlich. Was bedeutet ›den Umständen entsprechend‹?«

»Sie wirkt etwas von der Rolle. Allein lassen möchten wir sie nicht. Vivien hing auf dem Bahnsteig herum, und als der Zug einfuhr, wirkte sie … Sagen wir mal: Die Kollegen haben sich beeilt, sie in ein Gespräch zu verwickeln und von den Schienen wegzubringen.«

Was wollte er damit sagen? Hatte Vivien mit dem Gedanken gespielt, sich vor den Zug zu werfen? Eine absolut grauenvolle Vorstellung! Wie hatte es so weit kommen können? Warum hatte sie nicht bemerkt, wie es um das Mädchen stand?

»Kann ich mit Vivien sprechen?«, fragte Merret.

Stimmengewirr im Hintergrund. Dann meldete sich der Polizist zurück. »Vivien möchte im Augenblick mit niemandem reden.«

Merret musste schlucken. »In Ordnung. Ich hole sie ab.« Sie wollte Elanie die frohe Nachricht überbringen, sah aber, dass ihre Pflegetochter schlief. Deshalb rief sie auf dem Hof an. »Sie haben Vivien gefunden!«, informierte sie Bernd. »Vivien ist wieder da! Die Polizei bringt sie nach Westerland, dort kann ich sie abholen. Im Moment will sie nicht mit mir sprechen. Aber ich bin sicher, sie wird uns alles erklären. Wir müssen ihr nur etwas Zeit lassen.«

* * *

Alicia und Nico fielen sich in die Arme, Idris schloss sich sichtlich erleichtert an, dann breitete er einen Arm aus, um Platz für Sanna zu schaffen. Warum war ihr Gesicht so nass? Die Tränen mussten ihr in die Augen geschossen sein, als Bernd verkündet hatte, dass Vivien gefunden worden war.

Das Vibrieren ihres Handys lenkte sie ab. *Viv!* Sanna löste sich aus der Umarmung, ging ein paar Schritte zur Seite und nahm das Gespräch an. Bevor sie etwas sagen konnte, brach Viv heraus:

»Kannst du kommen, bitte? Sofort. Ehe Merret hier ist …«

* * *

Der Geruch von kaltem Rauch, muffigem Holz und giftigen Dämpfen lag in der Luft. Der Brand schien einigermaßen unter Kontrolle zu sein, vielleicht sogar gelöscht, wenn man auch nicht sicher sein konnte, dass nicht irgendwo noch Glutnester schwelten.

Einem Impuls folgend schloss Liv sich den Feuerwehrleuten an. Vielleicht würde sie in ihrem Schutz die Brandruine betreten und helfen können, Raffa zu finden. Ob er nach wie vor bewaffnet und gefährlich war? Elanies Handy hatte sie sofort einem Kriminaltechniker übergeben, damit es schnellstmöglich untersucht wurde.

Hennes eilte ihr hinterher. »Offenbar verzögert die Ankunft des SEK sich. Wir können nicht warten«, knurrte er.

Die Jugendlichen standen vor dem Hof und starrten herüber; von Sanna keine Spur. Telefonierte sie gerade mit Vivien? Auch Liv war unendlich erleichtert, dass das Mädchen gefunden worden war. Blieb nur noch Raffa …

Ein Feuerwehrmann drehte sich zu Liv und Hennes um. »Warten Sie, bis meine Kollegen Entwarnung geben. Ohne Pressluftatmer werden Sie bei dieser Rauchgasentwicklung nach zwei bis drei Atemzügen ohnmächtig.«

Widerstrebend sahen die Ermittler von einem sicheren Ort aus zu, wie die Feuerwehrleute die Ruine absuchten. Überall lagen verkohlte Balken. Matschpfützen hatten den Boden aufgeweicht, und dunkler Rauch stieg in einsamen Säulen auf. Raffa war nicht zu sehen. War er verbrannt und Teil dieser kokelnden Brandreste? Oder hatte er sich zwischen den letzten Wänden verschanzt und traute sich nicht heraus?

Livs Puls schlug schneller. Wäre das überhaupt möglich? Hätten der Rauch, die giftigen Dämpfe ihn nicht in eine Ohnmacht, in den Tod treiben müssen?

Plötzlich ein Ruf: »Hier ist er! Wir haben ihn.«

Ungeduldig warteten Liv und Hennes auf das Zeichen der Feuerwehrleute, dass sie diesen Teil der Brandstelle betreten durften, und stießen dann zu ihnen.

»Hier!«

In einem durch eine rostige Metallplatte abgedeckten Erdloch – vielleicht eine Senke zum Reparieren von Autos – lag Raffa, zusammengerollt wie ein Fötus. Seine Hände waren unter seinem Oberkörper verborgen. Er wirkte leblos.

Liv wollte sofort in die Kuhle springen, doch Hennes hielt sie auf. »Ich halte es zwar nicht für wahrscheinlich, aber das könnte eine Falle sein. Schließlich hat er ein Messer. Lass dem Krav-Maga-Meister den Vortritt«, sagte er. Schon war er im Erdloch.

Livs Herz schlug schnell. Bei einem Messerangriff war es wichtig, Distanz zu wahren. Als sicher galten sechs bis sieben Meter – das war hier keinesfalls gegeben.

Hennes sprach den Jungen an, berührte ihn vorsichtig, legte seine Hände frei. Nirgends ein Messer.

Mit der Hilfe von Feuerwehrleuten und Sanitätern bargen sie Raffa aus der Kuhle. Sofort wurde er notfallmedizinisch versorgt, bekam Sauerstoff. »Sein Zustand ist ernst. In die Klinik mit ihm!«, wies der Notarzt an.

* * *

Sanna hatte den Bus am Westerländer Bahnhof gerade erst verlassen, als ihr Vivien auch schon entgegenstürzte und in die Arme fiel.

Vivien wirkte übernächtigt. Ihre Haare waren verfilzt, und sie roch nach Schweiß, was Sanna nicht störte. Ungestüm drückte sie sie an sich. »Ich habe mir solche Sorgen um dich gemacht! Ich habe wirklich gedacht, du hättest … Ich habe dich überall gesucht, sogar im Wäldchen bei Hörnum …«

Viviens Antwort sprudelte wie ein Wasserfall. »Da war ich auch in der ersten Nacht. Ich habe dich gehört, aber ich wollte mit niemandem sprechen. Und dann wollte ich weg, nur noch weg von dieser Insel. Die Polizisten am Bahnhof dachten, ich würde mir etwas antun. Aber da war doch diese Familie auf dem anderen Bahngleis – wie hätte ich … Die Kinder … Sie wäre nie darüber hinweggekommen. Und ich wäre schuld gewesen!« Vivien löste sich von ihr und sah Sanna aus aufgerissenen Augen an.

»Solltest du nicht bei der Polizei sein? Solltest du nicht auf der Wache auf Merret warten?«

»Ich bin abgehauen. Ich habe gesagt, ich müsste auf die Toilette. Ich möchte nicht mit ihr reden, noch nicht. Das schaffe ich einfach nicht.« Ein Bus machte an der Kehre halt und öffnete die Türen. »Lass uns einfach wegfahren, ehe die Bullen mich wieder suchen!«, rief Vivien und zerrte Sanna hinein.

»Aber ...« Sannas Gedanken überschlugen sich. Das ging nicht. Liv würde durchdrehen ...

Der Bus war leer, nur vereinzelt saßen Urlauber im vorderen Bereich. Vivien ging nach hinten durch und ließ sich auf die Bank fallen.

»Wir können nicht zu ... Du musst Merret eine Nachricht schicken, dass es dir gut geht. Dass du bei einer Freundin –«, begann Sanna, doch Vivien unterbrach sie.

»Ich habe furchtbare Dinge getan«, sagte sie mit Grabesstimme.

Sanna wandte sich ihr zu. Sie fühlte sich vollkommen überfordert. Zugleich spürte sie, dass Vivien über das reden musste, was sie quälte. »Haben diese furchtbaren Dinge ... Hat das, was dir auf der Seele liegt, mit Timurs Tod zu tun?«, fragte sie leise.

»Ja.« Vivien rang die Hände. »Ich muss dir etwas gestehen.«

Das schlechte Gewissen übermannte Sanna. Sie war nicht die, für die Vivien sie hielt. Wenn Vivien ihr jetzt etwas über den Mord an Timur erzählte, musste sie wissen, mit wem sie es zu tun hatte. »Ich muss dir auch etwas gestehen«, sagte sie fest.

32

Die Ermittler kamen in Merret Roters' Büro für eine kurze Zwischenbesprechung zusammen. Allen saß der Schock über die Eskalation in den Knochen. Nachdem Liv bisher nur auf die sich überstürzenden Ereignisse reagiert hatte, sanken nun allmählich die Tatsachen in sie ein: Sie hatten es nicht nur mit einem getöteten Sozialarbeiter zu tun, sondern auch mit zunehmend verdächtigen Jugendlichen, bei denen die Geschehnisse zu weiteren lebensbedrohlichen Situationen führten. Einer der Jugendlichen oder gleich mehrere konnten für den Mord an Timur Roters verantwortlich sein. Doch noch immer waren die Zusammenhänge rätselhaft, und Liv spürte eine innere Sperre gegen Hennes' Hypothese, auch wenn nicht von der Hand zu weisen war, dass in der Gruppe etwas gärte, was zu dieser Eskalation geführt hatte.

»Ich habe mit dem behandelnden Arzt gesprochen. Sowohl Elanie Rosbach als auch Rafael Limes wurden notfallmedizinisch behandelt. Das Mädchen ist stabil, um den Jungen steht es wegen der Kohlenmonoxidvergiftung schlecht. Eine Befragung ist derzeit unmöglich«, begann Hilke Hasselbrecht, die wie sie alle den Geruch von kaltem Rauch ausdünstete und deren Turnschuhe und Leinenkostüm dreckbespritzt waren; durch das Löschwasser hatte sich der gesamte Hof in eine Schlammlandschaft verwandelt.

»Rafael müssten wir ohnehin als Beschuldigten vernehmen – und das kann dauern«, sagte Momke ernüchtert.

Hasselbrecht wog das Haupt. »Nicht unbedingt. Wir könnten ihn zunächst als Zeugen befragen und ihn dann erneut belehren. Immerhin gibt es eine gute Nachricht: Vivien Hude ist unversehrt aufgetaucht. Den Kollegen von der Bahnhofspolizei gegenüber gab sie an, dass ihr alles zu viel geworden sei. Keine ungewöhnliche Begründung bei Ausreißern. Allerdings hat sie sich unerlaubt von der Polizeidienststelle entfernt. Frau Roters betonte aber, das sei in Ordnung, Vivien habe erst einmal zu einer Freundin gewollt. Vermutlich passt ihr das ganz gut in den Kram.«

Hennes fasste für die Anwesenden noch einmal seine Ermittlungen im Umfeld des Kinos zusammen. »Technischen Untersuchungen zufolge war es möglich, den Notausgang zu öffnen, ohne dass an der Kinokasse Alarm ausgelöst wurde. Ich schlage vor, dass wir morgen die Strecke abfahren und nach Überwachungskameras absuchen. Gleichzeitig sollten wir für die entsprechende Kinovorstellung nach Zeugen suchen.«

Hilke Hasselbrecht stimmte seinen Vorschlägen zu.

Liv ließ ihre Finger unruhig auf ihren Oberschenkeln tanzen. »Wenn wir gleich die Betreuer und Jugendlichen als Zeugen befragen, geht es vor allem darum, wie es zu dieser Eskalation kommen konnte. Wie ist das Verhältnis von Elanie und Raffa? Hat sich ein Konflikt abgezeichnet? Neigte er bereits vorher zu Gewalt? Wie kam er an das Messer? Welche Ereignisse gingen der Eskalation unmittelbar voraus?«

Hasselbrechts Blick blieb an Livs hängen. Sie wussten beide, dass auch Sanna eine mögliche Zeugin war.

»Wir werden uns auf die Brandursache und die Suche nach dem Messer konzentrieren. Dürfte eine lange Nacht werden«, murrte der Kriminaltechniker Botersen-Evers.

Leise schloss Liv die Tür zu ihrem Apartment auf. So müde sie auch war, musste sie zuerst duschen, denn sie stank noch immer nach Rauch. Die letzten Stunden waren kräftezehrend gewesen. Die Jugendlichen waren verstört gewesen, die Befragungen kurz, alles andere wäre nicht zumutbar gewesen. Die Aussagen stimmten jedoch überein: Raffa war harmlos, hatte scheu für Elanie geschwärmt. Dass er sich in einen der Schuppen zurückzog, war nicht unüblich. Warum er Elanie angegriffen oder das Feuer gelegt haben könnte, konnte keiner der Jugendlichen erklären. Aus dem Krankenhaus waren derweil alarmierende Nachrichten gekommen. Raffa litt unter einer schweren Rauchgasvergiftung. Hatte er versucht, sich umzubringen, und aus irgendeinem Grund Elanie ebenfalls töten wollen?

Sie schlüpfte aus den Schuhen, hängte ihre Jacke auf, die vom Haken fiel, und war beinahe zu müde, sie wieder aufzuheben. Ein dünner Lichtschein floss aus Sannas Kammer auf den Flur.

Tapsende Schritte, die Tür ging auf. Sanna in einem Onesie, blass und bekümmert. »Mam, ich muss dir etwas sagen. Wir haben Besuch …«

Liv trat an die Zimmertür. Auf dem Bett saß Vivien. Ein Häufchen Elend in einem von Sannas Schlafanzügen. Mitleid regte sich in Liv, zugleich strapazierte die Situation ihre Nerven. »Vivien? Ich dachte, du bist … Wieso … Das geht nicht, Leute! Ich komme in Teufels Küche!«

Sanna legte den Arm um ihre Taille und schmiegte sich an sie. »Bleib bitte ruhig, und hör uns zu, Mam. Vivien konnte nicht zurück. Sie muss dir etwas sagen.« Sie kletterte zu Vivien aufs Bett und ergriff die Hand des Mädchens.

Vivien musste schlucken, dann sprudelten die Sätze nur so aus ihr heraus. »Es tut mir leid, dass ich Sie angelogen habe. Mir tut so vieles leid. Wir haben Timur auf den Muschelkutter gelockt. Ich habe den Köder gespielt, mich in die Dredge gezwängt. Habe getan, als ob ich tot wäre. Er sollte sich erschrecken. Sollte wissen, dass wir nicht damit leben können, wenn er einen von uns in die Pfanne haut. Aber dann, auf einmal, war er tot ... und die anderen ...« Das Mädchen bebte heftig, konnte nicht weitersprechen.

Das waren zu viele Informationen auf einmal. Zu wirr. Wie konnten sie nur ... Konnte das ... Liv setzte sich auf die Bettkante und versuchte, trotz allem ruhig zu bleiben. »Ganz langsam. Hast du gesehen, wer es getan hat?«

Vivien schüttelte den Kopf. »Meine Augen waren geschlossen. Ich habe doch tot gespielt! Als ich seltsame Geräusche hörte, habe ich kurz hingeschaut ... Aber dann ... Ich habe es nicht ausgehalten, wollte nichts damit zu tun haben. Ich habe Timur doch geliebt!« Die Erinnerung an das Grauen verzerrte ihre Züge. Sie atmete hektisch, ganz so, als bekäme sie gleich eine Panikattacke.

Liv hielt Vivien an den Schultern und redete beschwörend auf sie ein. »Wir sprechen gleich in Ruhe über alles. Sanna, hol schnell eine Tüte, in die Vivien hineinatmen kann, sie klappt uns sonst zusammen!«

Eine halbe Stunde später saßen sie am Küchentisch, jede einen Früchtetee mit Honig vor sich. Nur eine Hängelampe und eine dicke Kerze erhellten den Raum. Vivien hielt eine Wärmflasche auf dem Schoß, gegen die Bauchschmerzen, die der Stress bei ihr verursachte. Ihre Augen waren rot und geschwollen von den Tränen.

In Liv rangen die Polizistin und die Mutter miteinander. Vivien hatte sich mindestens mitschuldig an Timur Roters' Tod gemacht. Eigentlich müsste sie das Mädchen als Nächstes auf dem Revier in Anwesenheit eines Anwalts als Beschuldigte vernehmen. Gleichzeitig spürte sie, wie wichtig es war, dass das Mädchen sich jemandem öffnete, und sie begriff, dass es sich nicht Merret anvertrauen konnte. Noch nicht.

Liv nahm einen Schluck und schmeckte dem fruchtigsüßen Tee nach. »Willst du noch einmal ganz vom Anfang beginnen?«

Vivien starrte in ihren Becher. »Ich weiß nicht mehr, wie es dazu kommen konnte. Ich weiß auch nicht mehr, wer die Idee hatte. An dem Abend erschien uns alles so logisch.« Sie seufzte schwer. »Irgendwie hatten wir alle Beef mit Timur. Ich hatte bei dieser bekloppten Challenge ein Mädchen gewürgt, und seitdem war es in der Schule wirklich ätzend.« Sie kniff die Augen zusammen. »Ich weiß nicht, was damals in mich gefahren ist. Es war eine Laune. Ich habe nicht nachgedacht, was ich da tue. Konnte meine Kraft nicht einschätzen. Es war doch nur ein Spiel.« Endlich hoben sich die Augenlider wieder. Beschämt. »Blöder war, dass auch Timur mich seitdem für gestört hielt, und das tat wirklich weh.«

Sie warf einen scheuen Blick zu Sanna. »Bei Alicia war es kompliziert. Einerseits war sie sauer, weil sie sich an Timur herangeschmissen hatte und er sie abblitzen ließ. Andererseits war da Nico, der vor Eifersucht beinahe durchgedreht wäre. Raffa und Timur stritten wegen dieses Brands bei dem Bauern, keine Ahnung, ob Raffa damit wirklich was zu tun hatte. Gezündelt hat er gern, das konnte jeder an der Feuertonne beobachten. Alles Papier, was nicht niet- und nagelfest war, hat er verbrannt – sogar einmal ein Zeugnis. Und ein bisschen paranoid ist er schon, vor allem, wenn er seine Medikamente nicht nimmt. Elanie hatte mit Timur Stress wegen der Schule, glaube ich. Aber weil sie seine Pflegetochter ist, haben wir davon weniger mitbekommen. Am schlimmsten war es für Idris. Anscheinend hatte Timur die Medikamente gefunden und wusste, dass Idris noch immer dealte. Das konnte er nicht ertragen. Nicht nur, weil Idris in alte Gewohnheiten zurückgefallen war. Viel schlimmer fand Timur, dass er andere Jugendliche schädigte und süchtig machte. Er hat angekündigt, dass er Idris dafür zur Rechenschaft ziehen und vielleicht sogar anzeigen würde. Für Idris war das eine Katastrophe. Er könnte nicht mehr für seine Geschwister sorgen, würde in den Knast kommen.«

»Das hätte er sich früher überlegen müssen.« Liv konnte sich diese Bemerkung nicht verkneifen.

»Stimmt schon.« Vivien sprach wie in Trance. »Aber da war es zu spät. Jeden Abend redeten wir darüber, dass Timur sich gewandelt hatte. Dass er nicht mehr unser Freund, unser Vertrauter war. Dass er uns fertigmachen wollte, vor allem Idris. Dass wir das nicht zulassen dürften. Dass er einen Warnschuss kriegen müsste, der ihn wieder zur Besinnung bringt. Als wir dann auch noch mit dem Muschelfischer Ärger bekamen, wieder einmal, kam einer auf die Idee, Timur eine Lektion zu erteilen und es diesem Pagelsen in die Schuhe zu schieben. Ich sollte den Köder spielen, weil ... weil ich früher schon öfter von ... Selbstmord geredet habe. Gleichzeitig erschien es uns irgendwie ... ein cooler Einfall ... wie in einem Horrorfilm ... Die Tote in dieser Dredge, dieser grausamen Tötungsmaschine.«

Ruckartig hob sie die Schultern. »Kommt mir heute wie eine bekloppte Idee vor.« Vivien sprang mit grünlichem Gesicht auf und rannte hinaus, aus dem Bad waren Würgegeräusche zu hören.

Liv fragte, ob sie Hilfe benötigte, aber Vivien lehnte ab, also ging Sanna ihr nach. Wenig später kehrten die zwei zurück. Vivs Haare waren feucht von dem Wasser, mit dem sie sich gewaschen hatte.

»Ihr seid an dem Abend ins Kino gegangen«, versuchte Liv, das Gespräch wiederaufzunehmen.

Kaum hörbar sprach Vivien weiter. »Auf dem Weg zum Kino kam uns die Idee. Spontan. Wir ließen unsere Jacken auf den Sitzen. Es war klar, dass es besser wäre, wenn niemand ein Handy dabeihätte. Die Versuchung, Fotos zu machen, wäre zu groß. Idris knackte das alte Auto auf dem Parkplatz und schloss es kurz. Wir waren aufgeregt, als wir uns in den Wagen zwängten. Idris zündete einen Joint an, spendierte eine Pille. Ein

Restbestand, wie er behauptete. Notreserve. In diesem Augenblick war es wie ein Schulausflug, ein Streich. Im Hafen von Hörnum war es leer. Schade eigentlich; wenn jemand da gewesen wäre, hätten wir die Aktion vielleicht abgeblasen, und alles wäre anders gekommen.«

Ihre Stimme war bei den letzten Worten gebrochen, sie räusperte sich. »Es war gruselig auf dem Boot. Wir mussten aufpassen, dass Timur uns nicht frühzeitig bemerkt. Durch das Bullauge sahen wir Licht auf dem Segelboot. Ich machte meine Haare nass und kippte unter der Dredge Wasser aus, damit es echt wirkte. Dann kletterte ich hinein und schloss die Augen ...« Wieder begann sie, flach und heftig zu atmen.

Liv bemerkte, dass Sanna unauffällig die Tüte bereitlegte, für den Fall, dass erneut eine Panikattacke drohte. Ihre Tochter war blass und wirkte angespannt.

»Auf einmal war so ein Sack um Timur ... überall Blut ... und Timur war tot. Und die anderen waren in Panik. Alle redeten durcheinander, jeder gab dem anderen die Schuld. Vor allem Elanie ist beinahe durchgedreht, verständlicherweise. Gleichzeitig war da die Angst, dass wir entdeckt werden könnten. Während Nico und Idris ein Boot holten und Timurs ... Körper darauf schleppten, versuchten wir Mädchen, unsere Spuren zu verwischen. Dann rasten wir zum Kino zurück.«

Liv durchforstete ihr Gedächtnis danach, ob die Kleidung der Jugendlichen untersucht worden war, fand aber keinen Hinweis darauf. Vermutlich, weil sie durch den Kinobesuch so früh ein Alibi gehabt hatten. »Woher kamen auf einmal die Messer?«, fragte sie.

»Ich weiß es nicht. Ich habe vorher keine Messer gesehen. Auf dem Schiff lagen welche, habe ich gedacht.« Sie hob den Kopf, sah Liv in die Augen. Tränenströme rannen über ihr Gesicht.

Sanna schob ihre Hände unter die Oberschenkel und senkte den Kopf. Es schien, als habe auch sie große Schwierigkeiten, mit Viviens Beteiligung an dieser Tat umzugehen.

»Wir wollten … Ich wollte das nicht. Keiner von uns wollte Timur töten. Aber wir waren alle so wütend auf ihn. Auf der Rückfahrt haben wir uns gezofft; beinahe wäre ich aus dem fahrenden Auto gesprungen, weil ich es nicht mehr ausgehalten habe. Alle haben gesagt, sie hätten gar nicht wirklich zugestochen, hätten ihn mit dem Messer nur gepikst. Keiner wollte es gewesen sein. Ich weiß auch nicht, wie das geschehen konnte, das müssen Sie mir glauben. Es war, als wären wir im Rausch gewesen. Was wir in gewisser Weise ja auch waren.« Vivien schlug die Hände vor das Gesicht, ihr ganzer Körper erbebte.

Sanna stand auf, hockte sich neben sie und schloss sie zögerlich in die Arme. Hilfesuchend sah sie Liv an.

Trotz der Müdigkeit und ihres Mitgefühls für die Verzweiflung des Mädchens versuchte Liv, einen kühlen Kopf zu behalten. Was Vivien sagte, passte zu den Ergebnissen der Obduktion und würde die einundzwanzig nicht tödlichen Stiche erklären. Zweimal war die Klinge jedoch so tief eingedrungen, dass es lebensgefährlich war.

Jeder dieser zwei Stiche hätte ausgereicht, um Timur Roters zu töten, rief sie sich ins Gedächtnis. Ein Stich – und das Leben war zu Ende. »Ich bin froh, dass du mir endlich erzählt hast, was wirklich geschehen ist«, sagte sie ernst, jedoch ohne sich ihre Erschütterung anmerken zu lassen.

»Komme ich jetzt ins Gefängnis?« Vivien schluchzte. »Ich wünschte, ich wäre tot …«

»Sag das nicht. Selbstmitleid hilft dir jetzt nicht weiter, und für Reue ist es zu spät«, stellte Liv ruhig klar. »Wir werden die Ereignisse lückenlos aufdecken und für Gerechtigkeit sorgen. Jugendlichen begegnet der Staat im Strafrecht mit großer

Nachsicht. Der Erziehungsgedanke und die Resozialisation stehen im Mittelpunkt. Du brauchst also keine Angst vor den Ermittlungen und der Strafe zu haben. Ich verspreche dir, an deiner Seite zu stehen.« Die beiden Mädchen sahen Liv dankbar an. »Allerdings kannst du hier nicht bleiben.«

Vivien versteifte. »Ich kann nicht zurück. Ich kann Merret nicht in die Augen sehen. Und ich habe Angst, was die anderen sagen werden, wenn sie erfahren, dass ich eine Verräterin bin.«

»Du bist keine Verräterin. Du zeigst Einsicht. Ich werde mit dem Jugendamt und dem Familienzentrum telefonieren. Wir werden sicherlich jemanden finden, der dich vorerst aufnehmen kann.«

»Danach komme ich wieder ins Heim?« Kalter Schweiß stand Vivien auf der Stirn.

Liv kniete sich neben sie und legte ihr die Hand auf die Schulter. Was Vivien auch getan hatte, in dieser Situation durfte man sie nicht im Stich lassen. »Das werden wir dann sehen. Lass uns einen Schritt nach dem anderen machen.«

Der Morgen dämmerte bereits, als Vivien endlich einschlief. Liv hatte herumtelefoniert, aber keine Familie gefunden, die das Mädchen so kurzfristig und um diese Uhrzeit aufnehmen konnte. Also hatte Liv ihre Chefin informiert und gemeinsam mit Hilke Hasselbrecht entschieden, dass Vivien diese eine Nacht bei ihnen bleiben könnte. Sie hatte gerade das Telefonat mit Hasselbrecht beendet, als Sanna sich aufschluchzend um ihren Hals warf. Die ganze Zeit hatte ihre Tochter an Viviens Seite gestanden, hatte gefasst gewirkt. Doch Liv hatte gespürt, wie es Sanna wirklich ging.

»Wie konnten sie nur … Ich begreife das nicht … Wie kann man nur auf so eine Idee … Der arme Mann!«, brach es aus Sanna heraus. »Hätte ich nur nie … Wie konnte ich glauben, dass ich Vivien helfen könnte …«

Liv kraulte ihren Rücken, wie sie es früher oft getan hatte, wenn Sanna nicht einschlafen konnte. »Was geschehen ist, ist grauenvoll, das finde ich auch. Und oft tun Menschen Dinge, denen wir es am wenigsten zutrauen. Sei nicht so streng mit dir. Du wolltest helfen. Du hast ein großes Herz, Mitgefühl und viel Kraft, das liebe ich an dir. Wir alle machen Fehler ...« Sie hielt kurz inne. »Das gilt für mich genauso wie für dich, das weißt du. Es ist gut und wichtig, dass du deine Grenzen erkannt hast. Eine solche Notlage ist zu groß für dich. Du bist doch selbst beinahe noch ein Kind. Wer sich mit solchen Problemen auseinandersetzt, braucht eine qualifizierte Ausbildung und Lebenserfahrung. Das kannst du gar nicht leisten.«

Mit tränennassem Gesicht nickte Sanna. Sie ließ sich auf das Sofa fallen und zog Liv zu sich. Grübelnd sah sie sie an. »Ich frage mich die ganze Zeit, was ich übersehen habe: War ich mit Mördern zusammen? Habe ich ihnen meine Freundschaft angeboten? Wie konnte ich mich so in ihnen täuschen? Haben sie etwas gesagt, bei dem ich stutzig hätte werden müssen? Ist mir etwas entgangen?«

Unwillkürlich musste Liv lächeln. »Du klingst beinahe wie ich, wie eine Polizistin. Wenn dir noch etwas einfällt, sag es mir. Ansonsten kannst du ab jetzt uns die Arbeit überlassen. Aber wirklich!«

»Und Vivien?«

»Auch für Vivien wird es eine vernünftige Lösung geben. Eine, mit der es ihr gut geht. Dafür werden wir uns einsetzen. Mein Versprechen habe ich ernst gemeint.«

Sanna schien noch immer nicht beruhigt. »Wie es wohl Raffa geht? Ob er durchkommt?«

»Das können wir nur hoffen. Er ist in guten Händen. Und jetzt sollten auch wir schlafen gehen.«

Obgleich sie todmüde war, rief Liv noch einmal im Krankenhaus an, um sich nach Raffa zu erkundigen. Ein diensthabender Arzt war nicht ans Telefon zu bekommen, doch ein Pfleger gab ihr bereitwillig Auskunft.

»Ein seltsamer Fall. Obgleich er intensivmedizinisch und mit nasaler Highflow-Therapie behandelt wurde, wurde der junge Mann hyperton und tachykard.«

»Das bedeutet?«

»Sein Leben stand auf der Kippe. Er konnte nicht ordentlich atmen, die Sauerstoffsättigung fiel ab. Jetzt ist er stabil – bis auf Weiteres. Anscheinend machte ihm nicht nur die Rauchgasvergiftung zu schaffen. Der Oberarzt hat einen Urinschnelltest angeordnet und ihn mit Naloxon behandelt.«

»Weil …?«, begann Liv nicht gerade eloquent. Die Müdigkeit forderte ihren Tribut. Außerdem hatte sie von Medizin nur sehr wenig Ahnung.

»Dabei handelt es sich um ein Antidot. Ein Gegenmittel bei Opioid-Vergiftung.«

Liv zog die Schultern hoch. Möglicherweise hatte Raffa einige Packungen aus Idris' Bestand abgezweigt. »Könnten Tilidin oder Tramadol die Ursache sein?«, fragte sie.

»Möglicherweise.«

Sie bat darum, dass auch bei Elanie ein Urinschnelltest gemacht wurde. Ob er auch versucht hatte, Elanie zu vergiften? Hatten sie es doch mit einem gescheiterten Mitnahmesuizid zu tun?

33

Westerland, 14. April, 7.45 Uhr

Nachdem Liv berichtet hatte, starrten ihre Kollegen sie an. In einigen Gesichtern war Unglaube, in anderen Missbilligung zu lesen.

»Ist ja schön, dass wir eine neue Hypothese haben, so unglaublich sie auch klingt. Logistisch ist es aber kaum vorstellbar, dass niemand mitbekommen haben soll, wie die Kids das Kino verlassen haben. Dass sie auf dem Weg nach Hörnum oder im Hafen niemand gesehen haben soll«, meinte Rabia.

»An dem Abend regnete es, und es zog Nebel auf«, gab Liv zu bedenken.

»Meinetwegen. Aber dass du dafür riskierst, dass die Ermittlungen wegen Befangenheit angefochten werden könnten. Ausgerechnet deine Tochter ...«

»Der Vorwurf der Befangenheit wird in dieser Sachlage vermutlich nicht greifen«, griff Hasselbrecht ein. »Ich habe darüber bereits kurz mit dem Staatsanwalt gesprochen. Wir sollten allerdings das Risiko minimieren. Der Leiter des Kinderheims, mit dem Timur Roters zuletzt in intensivem Kontakt stand, ist aus dem Urlaub zurück. Liv, Sie werden auf das Festland fahren und gemeinsam mit Aziz die Befragung übernehmen.«

Liv gefiel diese Aussicht ganz und gar nicht. Jetzt, wo sie eine heiße Spur hatten, sollte sie die Insel verlassen? Andererseits könnte dieses Gespräch wichtig sein, um Hintergründe und Tatmotive weiter zu erhellen. Sie nickte. Und Sanna? »Ich würde dann allerdings abends …«, begann sie an die K1-Chefin gerichtet.

»Was Sie in Ihrer Freizeit tun, geht niemanden etwas an«, unterband Hilke Hasselbrecht eine mögliche Diskussion. »Hennes, Sie leiten alles Weitere für die Untersuchung des Kinobesuchs und der mutmaßlichen Fahrt der Jugendlichen nach Hörnum in die Wege. Karlpeter – erste Ergebnisse aus dem vor dem Kino gestohlenen Wagen?«

Der Kriminaltechniker stocherte in einem Skyr. Der magere isländische Frischkäse schien so gar nicht seinem Frühstücksgeschmack zu entsprechen. »Noch nicht. Kann aber nicht mehr lange dauern.«

»Um die anderen Ermittlungsrichtungen nicht aus dem Blick zu verlieren: Was ist mit dem Verdacht gegen Merret Roters und Erk Pagelsen?«

»Wir suchen noch immer nach Zeugen, die ihre Alibis bestätigen können. Es haben sich aber auch keine neuen Verdachtsmomente ergeben«, berichtete Momke.

»Was sagt ihr zu der Opioid-Vergiftung bei Rafael Limes?«, wollte Liv wissen, der die Frage keine Ruhe ließ. »Hat Idris irgendwo auf dem Hof weitere Medikamente versteckt? Hat Raffa sie an sich gebracht und versucht, sich mit einer Überdosis das Leben zu nehmen – und das Feuer ist nur zufällig ausgebrochen? Aber wie passt das mit der Geiselnahme und dem Messer zusammen?«

»Das wird er uns hoffentlich selbst sagen, sobald er ansprechbar ist«, brummte Hennes. »Wenn er die Überdosis denn übersteht.«

* * *

Merret hatte auf dem Krankenhausflur mit Bernd telefoniert, ehe dieser abgelöst worden war, und hatte das Frühstück entgegengenommen. In der Wohngruppe war alles ruhig, auch dank des Kriseninterventionsteams, das die Sozialarbeiter unterstützt hatte. Vivien war bei einer Freundin untergeschlüpft, was ihr in dieser Situation zwar nicht gefiel, ihr gleichzeitig aber zupassgekommen war. Heute aber würde sie das Mädchen zu sich holen und in Ruhe mit ihm reden. Sie war froh, dass sie an Elanies Seite geblieben war, denn ihrer Pflegetochter war es in der Nacht nicht gut gegangen. Beinahe wäre Elanie unter einer Panikattacke kollabiert. Allerdings ging es Elanie nicht so schlecht wie Raffa, der noch immer auf der Intensivstation lag ...

Seine leiblichen Eltern hatten es dennoch abgelehnt herzukommen. Es schien, als hätten sie ihr Kind abgeschrieben. Merret begriff so etwas nicht. Gleichzeitig musste sie gestehen, dass es sie zwischenzeitlich mit Genugtuung erfüllt hatte, dass Raffa litt. Wenn er Timur wirklich so bestialisch ermordet und ihr die ganze Zeit ins Gesicht gelogen hatte, verdiente er es nicht anders.

Inzwischen hatte sie sich von einer Krankenschwester ein Beruhigungsmittel geben lassen, und ihr plötzlich aufgewallter Hass hatte sich etwas gelegt. Nein, eigentlich konnte sie nicht glauben, dass Raffa ein Mörder war. Im Zweifel für den Angeklagten, hieß es, und auch sie würde das Beste von Raffa denken, bis das Gegenteil bewiesen war.

Elanie verzog ihr Gesicht im Schlaf und stöhnte leise. Merret strich ihr über das Haar, summte ein Lied für sie. Sie hatte sich immer eigene Kinder gewünscht, ein Traum, der ihnen nicht erfüllt worden war. Seit Timur tot war, hatte sie jedoch gemerkt, wie eng die Bindung zu Elanie war. Tiefer konnte man für ein leibliches Kind kaum empfinden, und sie war entschlossener denn je, Elanie nach ihrem achtzehnten Geburtstag zu adoptieren, wenn die es dann noch wollte und die Behörden es zuließen.

Elanies Augenlider flatterten, sie blinzelte, sah sich verwirrt und zugleich erschrocken um.

»Sch, es ist alles in Ordnung. Du bist in Sicherheit«, wisperte Merret.

»Wo ... Du bist da!« Erleichtert streckte Elanie die Arme nach Merret aus und zog sie an sich.

Merrets Herz wurde weit. Was für ein Glück, dass Elanie aus dem brennenden Haus hatte fliehen können! Was für ein Glück, dass das Messer sie nicht an einer anderen Stelle oder auch nur ein Stück tiefer getroffen hatte! Noch immer konnte Merret nicht fassen, das Raffa Elanie angegriffen hatte, wie nah diese dem Tod gewesen war. Aber es gab so viel, was sie nicht glauben konnte. Manchmal war es, als ob sie sich selbst in einem Film sähe. Als ob sie in einer Parallelwelt lebte. Sie schüttelte die Bedrückung ab und wandte sich ihrer Pflegetochter zu. »Natürlich bin ich da. Ich bin immer für dich da.«

Elanie sog bebend und schluchzend die Luft ein. Die Wange, die sie an Merrets Hals drückte, war tränennass. Die Ärzte hatten gesagt, dass der Schock noch lange nachwirken konnte.

»Es tut mir so leid ... Mit Raffa ... Ich mochte ihn so sehr ... Deshalb bin ich ja auch ...« Elanie schien die Worte herauswürgen zu müssen. »Deshalb bin ich ja auch mit einem Picknick zu ihm in den Schuppen gegangen. Ich wollte ihn beruhigen, wollte, dass wir eine nette Zeit zusammen haben, wie sonst auch ... Aber er ... Ich habe versucht, mit ihm zu reden, ihn aufzuhalten ... Er sollte die Kerze löschen und das Messer weglegen ... doch er hat einfach nicht auf mich gehört, stattdessen ist er immer wütender geworden.« Die Sätze jagten einander, hektisch sprach Elanie, mit unruhigem Atem und panisch flackerndem Blick.

Alarmiert erwog Merret, eine Krankenschwester oder einen Pfleger um Hilfe zu rufen.

»Und jetzt ist er … tot, einfach tot! Wie Timur! Wie kann das sein? Ich begreife das nicht!«, stieß Elanie hervor.

Fest umfasste Merret die Hände ihrer Pflegetochter und sah ihr in die Augen. »Elanie, beruhige dich. Raffa ist nicht tot! Er lebt! Er ist auf der Intensivstation.«

Doch die Nachricht kam zu spät. Elanie hyperventilierte und wurde schließlich ohnmächtig.

* * *

Hennes fuhr mit dem Dienstwagen auf den Parkplatz hinter dem Kino, hielt direkt neben dem abgesperrten Ford Fiesta. Über die Pressestelle der Polizei hatten sie einen Aufruf lanciert und nach Zeugen für den fraglichen Kinoabend gesucht, doch laut Buchhaltung waren für die Vorstellung lediglich fünfzehn Karten verkauft worden, die sechs für die Jugendlichen eingeschlossen. Sieben waren bar an der Kasse bezahlt worden. Es würde also etwas dauern, bis sie die ersten Ergebnisse bekommen würden.

Er rief die Stoppuhr auf seinem Handy auf und schaltete sie ein. Dann fuhr er los. Sein Tempo war zügig, aber er raste nicht. Wenn es so gewesen war, wie er glaubte, hatte der Fahrer jegliches Aufsehen vermieden.

Neunzehn Minuten später kam er am Hafen von Hörnum an. Als er den Wagen abstellte, sprang die Stoppuhr gerade auf zwanzig. Am Hafen brauchte er sich nicht umzusehen, aber als er wenig später mit Tempo zwanzig zurückschlich, spähte er auf beiden Seiten der Landstraße nach Überwachungskameras.

Tatsächlich wurde er fündig.

* * *

Noch einmal kontrollierte Sanna den Frühstückstisch. Sie hatte keine Ahnung, was Vivien mochte. Nervös flackerte ihr Blick zur Badezimmertür. Warum brauchte das Mädchen so lang? Ging es ihr nicht gut, oder war sie vielleicht wieder abgehauen? Durch das Badezimmerfenster?

Sanna überprüfte ihr Handy, nur Nachrichten von Kimi. Mit ihm würde sie sich später auseinandersetzen müssen. Sie schüttelte den Kopf. Es war endbescheuert zu erwarten, dass Vivien ihr eine Nachricht aus dem Bad schicken würde. Aber wer wusste so etwas schon? Manche ihrer Freunde saßen einander in der Bar gegenüber und schickten sich gegenseitig Nachrichten ...

Auf Zehenspitzen tapste sie zur Badezimmertür. Sollte sie lauschen? Oder klopfen? Glücklicherweise wurde ihr die Entscheidung abgenommen, denn die Tür ging auf.

Vivien trug Klamotten von Sanna, die an ihrem mageren Körper flatterten, um ihre Brust jedoch spannten. Vivien hatte sich geschminkt und ihre Augen mit dicken Kajalstrichen umrahmt. Sie verzog zaghaft den Mund. »Ich sehe aus, als wäre ich auf dem Kriegspfad, oder? Aber das bin ich in gewisser Weise auch. Ich will mit Merret sprechen. Und ich will den anderen ins Gewissen reden. Sie müssen auspacken, reinen Tisch machen. Wir haben einen Fehler gemacht und müssen dafür geradestehen. Wenn wir weiter lügen, wird uns das irgendwann zerstören.«

»Wow. Dass du dich das traust! Ich weiß nicht, ob ich das könnte.« Sanna war beeindruckt.

Viv lächelte. Zum ersten Mal war es ein stolzes, ein offenes Lächeln, das zeigte, was für ein Mensch sie sein könnte, wenn sie es wagte, dem Leben ins Gesicht zu sehen.

* * *

Aziz sammelte Liv am Bahnhof ein. Es war einer dieser kleinen Regionalbahnhöfe, an denen lediglich ein Gasthof und ein Bauernhaus am Bahnübergang standen. Trotz des schönen Wetters wartete Aziz im Auto und spielte auf seinem Handy.

»Moin«, sagte Liv und stieg ein. »Es ist mir unbegreiflich, dass jemand, der im Beruf so viel Zeit vor dem Bildschirm verbringt, auch noch in Pausen darauf schaut.«

»Ich habe gerade ein Spiel gehackt. Jetzt kann ich …« Begeistert erzählte er von den Hacks, die ihm nun Vorteile verschafften, brach dann jedoch ab. Er lächelte verlegen. »Das interessiert dich gar nicht, nehme ich an.«

»Doch, brennend.«

»Okay, okay. Du brauchst nicht zu lügen. Diesen Gesichtsausdruck kenne ich gut genug von meinem Partner.«

Kurz tauschten sie sich darüber aus, was zuletzt vorgefallen war, dann startete Aziz den Wagen, und Livs Gedanken schweiften ab. Welcher der Jugendlichen hatte etwas zu verbergen? Wer könnte besonders sauer auf Timur Roters gewesen sein? Wer könnte ihn aus dem Weg geschafft haben? Oder hatten sich tatsächlich mehrere insgeheim zum Töten verabredet? Eine Hypothese, die sie noch immer schreckte. Es widerstrebte ihr, diesen Jugendlichen, die ein besseres Leben verdient hatten, so etwas zu unterstellen. Und doch musste sie es tun. Sie musste klar denken, einen kühlen Kopf behalten, möglichst objektiv sein.

Liv sah aus dem Fenster, bemühte sich, ihre Gedanken zu ordnen. Wenn Timur tatsächlich Idris' Medikamentenhandel auf die Schliche gekommen war, könnte Idris sich davon bedroht gefühlt haben. Angesichts von Idris' Alter und seiner Vorgeschichte würde es auf eine Haftstrafe hinauslaufen, würde er angeklagt und verurteilt. Idris war ehrgeizig und tat alles für seine Geschwister; die Aussicht auf einen Gefängnisaufenthalt dürfte der Horror für ihn gewesen sein. Einen kaltblütigen Mord traute Liv ihm zwar nicht zu, wohl aber eine Tat im Affekt, was die Tötung von Timur Roters auch gewesen sein könnte.

Sie seufzte leise. Nico schien, was seine Aggressionskontrolle anging, enorme Fortschritte gemacht zu haben. Doch wenn es um Alicia ging, war seine Selbstbeherrschung fragil. Nicht auszuschließen, dass er im Eifersuchtswahn Timur angegriffen hatte. Wenn es stimmte, dass Timur Alicia abgewiesen hatte, könnte auch diese verletzt und zornig gewesen sein, und es wäre nicht das erste Mal, dass gekränkte Eitelkeit zu einem Tötungsdelikt geführt hätte. Raffas psychische Probleme wurden durch Medikamente und eine Therapie im Zaum gehalten. Falls er aber tatsächlich den Brand bei dem benachbarten Bauern gelegt hatte, könnte das auf einen Rückfall hinweisen. Vielleicht hatte Timur Roters mehr darüber herausgefunden und Raffa zur Rede gestellt, woraufhin dieser durchgedreht war. Rastlos trommelten ihre Finger einen Rhythmus auf ihrem Oberschenkel.

Vivien schien ebenfalls in Timur verliebt gewesen zu sein, denn sie hatte gestern noch zugegeben, dass die Box mit den Andenken ihr gehörte. Auch hier kam Eifersucht als Motiv in Betracht. Und Elanie? Was für einen Grund könnte die Pflegetochter gehabt haben, Timur Roters zum Schweigen zu bringen? Hoffentlich brachte der Besuch im Heim einen eindeutigeren Hinweis auf Motiv und Täter.

Endlich näherten sie sich ihrem Ziel. Das letzte Wegstück war ein Feldweg, der durch einen dichten Wald führte. Das Gebäude sah aus wie eine der Kasernen aus dem Zweiten Weltkrieg, die es auch auf Sylt zuhauf gegeben hatte und noch gab. »Ich bin ja mal gespannt, ob wir jetzt mehr herausbekommen als bei der schriftlichen Anfrage«, brach Aziz das Schweigen.

»Die hat ein Mitarbeiter beantwortet. Jetzt ist der Leiter der Einrichtung da. Außerdem ist das persönliche Gespräch meistens erfolgversprechender«, sagte Liv abwesend. Es durfte einfach nicht wahr sein, wie sich der Fall in den letzten Stunden entwickelt hatte! Sie hoffte sehr, dass sie wegen Viviens Übernachtung bei ihr keine Probleme bekommen würde. Gleichzeitig war Liv erleichtert, dass es dem Mädchen in dieser Zeit einigermaßen gut gegangen war.

Manfred Wetterau, der Leiter des Jugendheims, ließ sie einige Minuten warten.

»Timur Roters hat in den Wochen vor seinem Tod häufig bei Ihnen angerufen. Uns interessiert besonders, was ihn in diesen Wochen beschäftigt hat. Hat er Auskünfte eingeholt? Um was ging es dabei?«, begann Liv, sobald sie in seinem Büro Platz genommen hatten.

Wetterau schlug die Beine übereinander, sein Blick zuckte zu den Aktenbergen, die auf seinem Schreibtisch lagen. »Das hat mein Mitarbeiter Ihnen doch schon mitgeteilt. Wir haben uns über einzelne Schützlinge ausgetauscht.«

»Glauben Sie mir, wenn wir uns eigens auf den Weg machen, um mit Ihnen zu sprechen, ist dieser Aspekt durchaus von Bedeutung. Zudem sollten Sie nicht außer Acht lassen, dass wir in einem Tötungsdelikt ermitteln.«

Wetterau schien diese Anmerkung zugänglicher zu machen. »Richtig«, bemerkte er. »Die Akten werden ohnehin warten. Außerdem habe ich viel von Timur Roters gehalten und mich stets dafür eingesetzt, wenn Jugendliche in seine Obhut kommen konnten.«

»Um welche Jugendlichen ging es dabei?«

»Idris, Raffa und Timurs Pflegetochter Elanie.« Er zögerte. »Ihnen ist sicher bekannt, dass unsere Arbeit der Schweigepflicht unterliegt.«

»Natürlich«, sagte Liv. »Gleichzeitig ist es unverzichtbar zu wissen, was Timur Roters beschäftigt hat. Die Telefonate mit Ihnen nahmen in letzter Zeit einen ungewöhnlich großen

Raum ein. Oder haben Sie immer so häufig mit ihm gesprochen?«

Er stand auf und ging zur Tür. »Lassen Sie uns einen Augenblick in den Garten gehen. Man kann doch kaum erwarten, dass die dunkle Jahreszeit endlich ein Ende hat, und will jede Sekunde des Frühlings genießen.« Er legte die Hände auf dem Rücken zusammen und ging voran. »Timur Roters machte sich Sorgen um zwei seiner Schützlinge. Es gab einen Vorfall mit Raffa und einem benachbarten Bauern. Der Vorwurf der Brandstiftung stand im Raum. Ich verrate wohl nicht zu viel, wenn ich zugebe, dass Raffa in der Vergangenheit durch pyromanische Episoden aufgefallen ist. Allerdings hat er in der Therapie in dieser Hinsicht große Fortschritte erzielt, sodass ich persönlich dieses Problem als bewältigt angesehen habe. Meiner Meinung nach könnte lediglich ein gravierend traumatisches Ereignis zu einem Rückfall führen, doch so etwas scheint nicht vorgelegen zu haben. Das habe ich Herrn Roters auch gesagt, und er schien über diese Einschätzung beruhigt gewesen zu sein.« Er wies einige Kinder zurecht, die mit dem Fußball gegen die Hausmauer schossen und dabei die Fenster knapp verfehlten.

»Offenbar hat es nun nicht nur einen Rückfall, sondern auch eine Eskalation gegeben.« Liv berichtete von den Vorfällen der letzten Nacht.

Manfred Wetterau war bestürzt, ging aber nicht darauf ein, sondern kam auf seine Gespräche mit Timur Roters zurück. »Ein weiteres Thema waren Idris und die Freundschaften, die er in diesem Heim geschlossen hat. Vor allem ging es um einen Jugendlichen, der mehrfach durch Einbrüche straffällig geworden ist. Timur fürchtete wohl, Idris sei in schlechte Gesellschaft geraten.«

»Es steht der Vorwurf im Raum, Idris Akim habe möglicherweise mit Medikamenten gedealt.«

»Dann begreife ich, warum Timur so besorgt war. Allerdings hat er mir diesen Verdacht verschwiegen.« Wetterau runzelte die Stirn. »Was das betrifft, konnte ich Timur nicht weiterhelfen, denn der Jugendliche lebt nicht mehr hier, sondern verbüßt seit Kurzem eine Jugendstrafe.« Er schnaubte. »Zu unserem Beruf gehört leider auch die Erkenntnis, dass wir nicht allen helfen können.«

Liv notierte sich den Namen des Jugendlichen. »Das waren alle Themen, die Timur Roters beschäftigten?«

»Wir haben auch über Elanie gesprochen, was nahelag. Ich freue mich, dass sie so eine gute Pflegefamilie gefunden hat. Wie hat sie diesen Schicksalsschlag aufgenommen?«

»Sie ist geschockt, verständlicherweise. Gleichzeitig scheint sie Merret Roters und den anderen Jugendlichen eine Stütze zu sein.« Liv überlegte, wie sie den ungeheuerlichen Verdacht umschreiben konnte, ohne zu viel zu verraten. Denn auch Elanie schien bei aller Liebe und Trauer an der Tötung ihres Pflegevaters beteiligt gewesen zu sein. Zumindest hatte sie die Tat nicht verhindert, aus was für Gründen auch immer.

»Elanie und Merret, das war wirklich Liebe auf den ersten Blick – wenn man das bei Kindern und Pflegeeltern so sagen darf. Auch mit Timur hat Elanie sich sofort gut verstanden. Es ist erschreckend, was einige Kinder ertragen müssen, wenn sie zum Spielball verantwortungsloser Eltern werden. Gerade bei Elanie hätte es auch anders ausgehen können. Minderjährige Eltern, völlig unreif, alkoholkrank noch dazu. Vernachlässigung der Tochter, Verwahrlosung, Inobhutnahme. Sie wollten Elanie zurück. Doch ständig kam es zu Rückfällen. Ein grauenvoller Kreislauf. Und dann der Unfall.« Er schüttelte den Kopf.

»Was für ein Unfall?«, fragte Aziz nach.

»Ihr Vater hatte einen schweren Autounfall, verlor dabei sein Bein, wenn ich mich recht erinnere. Er stand unter Al-

koholeinfluss. Stockbesoffen war er. Die Mutter war abgehauen. Es war einer dieser Rückfälle, die ich erwähnte. Elanie
wurde sofort aus der Familie genommen und kam zu Timur
und Merret zurück. Und vor Kurzem ging das Ganze schon
wieder los. Offenbar hat der Vater kürzlich Kontakt zu Timur
aufgenommen. Er sei von der Alkoholsucht geheilt und wolle
Elanie zurück. Timur wollte sich mit dem Vater zu einem Gespräch treffen, ehe er mit Elanie darüber reden wollte, um den
Wahrheitsgehalt dieser Aussage und die Stabilität von Elanies
Vater besser einschätzen zu können.«

Liv merkte auf. Diese Information war vollkommen neu.
Weder Merret noch Elanie hatten etwas in dieser Hinsicht an-
klingen lassen. Offenbar hatte Timur Roters das Vorhaben des
leiblichen Vaters bewusst für sich behalten. Hatte das Gespräch
mit Elanies Vater vor Timurs Tod stattgefunden? Warum hatten sie darauf keinen Hinweis gefunden?

»Dieses Hin und Her zwischen Heimen, Pflegefamilien
und Herkunftsfamilie kann für ein Kind traumatisierend sein.«
Unruhig ging Wetterau ein paar Schritte auf und ab. »Alkohol
ist ein Teufelszeug! Über eineinhalb Millionen Menschen in
Deutschland gelten als alkoholabhängig. Wenn man bedenkt,
wie viele Kinder und Partner darunter leiden, ist die Zahl gewaltig! Aber unsere Gesellschaft sieht zu. Sie erleichtert derartigen Missbrauch sogar noch! Alkohol ist viel zu billig, viel zu
leicht verfügbar, viel zu akzeptiert. Und wer dreht den meisten
Kindern zum ersten Mal Alkohol an? Die Eltern! Spätestens
zur Konfirmation!«

»Unsere Gesellschaft hätte weniger Probleme, wenn Alkohol so teuer wäre wie beispielsweise in Skandinavien«, stimmte
Liv zu.

»Und wenn demnächst Cannabis legalisiert wird, dürfen
wir das auch wieder ausbaden. Nicht auszuschließen, dass das
Kiffen eine Psychose oder Paranoia, wie bei Raffa, auslöst.

Auch wenn da jetzt keiner drüber spricht: Das ist ein weit verbreitetes Problem, denn der THC-Gehalt im Cannabis hat sich innerhalb von zehn Jahren mehr als verdoppelt. Aber wem sage ich das?«

»Wie hat sich diese Paranoia bei Raffa gezeigt? Ist er gewalttätig geworden?«, fragte Liv nach.

Wetterau schien zu überlegen, ob er offen mit ihnen darüber reden konnte. Dann sagte er: »Raffa hat einen Bettnachbarn angegriffen, weil er sich von ihm bedroht fühlte. Aber wie gesagt: Die Therapie hat sehr gut angeschlagen. Ich nehme deshalb an, dass ihn die Ermordung von Timur Roters aus der Bahn geworfen hat. Gab es bei der Wohngruppe denn keine psychosoziale Notfallversorgung?«

»Doch. Merret Roters und ihr Kollege bekamen Verstärkung, und ein Kriseninterventionsteam war vor Ort. Raffa war auch bei seinem Therapeuten, der die Medikamentendosierung angepasst hat.«

»Vielleicht kamen die Maßnahmen zu spät. Oder Raffa hatte sich schon zu weit in seinen Wahn hineingesteigert.«

* * *

Hennes fragte sich zu der Ärztin durch, die Elanie gestern im Krankenhaus notfallmedizinisch behandelt hatte. Er wollte mit ihr über ihren Bericht sprechen, denn er hatte eine Vermutung, die ihm gar nicht behagte.

Als die Ärztin sie bestätigte, schickte er Liv sofort eine Nachricht. Erst dann ging er zur Krankenstation, wo er Elanie und ihre Pflegemutter in innigem Beisammensein am Krankenbett fand. Merret Roters war sichtlich erbost. »Was wollen Sie hier? Können Sie uns nicht einmal im Krankenhaus in Ruhe lassen?«

»Wir haben nur noch einige wenige Fragen an Elanie. Es geht um den zeitlichen Ablauf.«

»Elanie hat gestern schon berichtet, was geschehen ist«, beharrte Merret Roters. »Und das trotz ihres Zustands. Wenn Sie weitere Informationen von ihr benötigen, müssen Sie warten, bis sie aus dem Krankenhaus entlassen ist. Und jetzt gehen Sie bitte.«

Widerwillig kam Hennes ihrem Wunsch nach. Er hatte keine andere Wahl. Er machte an der Intensivstation halt und erkundigte sich nach Raffas Zustand. Dieser lag offenbar noch immer im künstlichen Koma. Ein freundlicher Pfleger gab ihm jedoch bereitwillig Auskunft.

»Bitte benachrichtigen Sie uns sofort, wenn Rafael Limes aufgewacht ist. Wir müssen mit ihm einige wenige, aber drängende Sachverhalte klären«, sagte er und ließ dem Pfleger seine Visitenkarte da.

»Er ist minderjährig. Sollte ihm da nicht ein Pädagoge oder Anwalt zur Seite stehen?«, fragte der Pfleger misstrauisch.

»Da haben Sie grundsätzlich recht. Wir werden Raffa jedoch zunächst nur als Zeugen befragen. Sollten wir ihn als Beschuldigten belehren, sieht die Sache tatsächlich anders aus.«

Kurz überlegte Hennes, auch Andreas noch einen Besuch abzustatten, doch die Zeit drängte. Vielleicht schaffte er es heute Abend. Der Kollege würde ohnehin in den nächsten Tagen nach Flensburg verlegt werden.

34

Je näher sie dem Bauernhof kamen, desto nervöser wurde Vivien. Trotz des Windes hing noch kalter Rauch in der Luft. Schwarz wie abgestorbene Zähne ragte die Ruine in der Landschaft auf. Im Hof stand ein dunkelblaues Auto. Sie stockte.

»Du musst das nicht machen. Nicht jetzt«, sagte Sanna leise.

»Ich will es aber. Ich will es hinter mich bringen. Du bleibst bei mir?« Viv sah sie mit weit hochgezogenen Augenbrauen an, ihre Stimme klang dünn.

»Natürlich.«

In der Diele trafen sie auf den Besucher, einen Anzugträger mit lederner Aktentasche, der sich gerade von Bernd und Idris verabschiedete. »Ich erwarte Sie also morgen in der Kanzlei. Und denken Sie daran: Sie dürfen der Polizei gegenüber schweigen. Und Sie sollten es auch tun.« Er ging an Sanna und Vivien vorbei, ohne sie eines Blickes zu würdigen.

Idris hingegen starrte Vivien an. »Er scheint sich zu freuen, dich zu sehen. Und auch wieder nicht«, wisperte Sanna. Vivien schluckte mühsam. Doch da war schon Bernd bei ihnen. Er berührte Vivs Oberarm, strich darüber.

»Schön, dass du wieder da bist! Wenigstens eine gute Nachricht! Willst du mir erzählen, wie es dir geht?«

»Jetzt gerade nicht.«

Bernd nickte verständnisvoll und zog sich in das Büro zurück. Sobald er die Tür hinter sich geschlossen hatte, kamen Alicia und Nico hinzu.

Nico trat unangenehm nah an Vivien heran und funkelte sie wütend an. »Wie konntest du uns das antun? Wie konntest du einfach so verschwinden? Warst du die ganze Zeit bei den Bullen?«

Sichtlich eingeschüchtert schüttelte Vivien den Kopf.

»Hast du gehört, was mit Raffa passiert ist? Durchgedreht ist er! Wollte Elanie umbringen! Hat beinahe den ganzen Hof abgefackelt. Und du –«

Vivien warf Sanna einen Blick zu und straffte sich. »Ebendeshalb muss ich mit euch reden. Mit euch allen. Drüben!«

Sie ging in eines der Zimmer, und die anderen folgten ihr widerstrebend. Sanna bemerkte, wie Alicia verstohlen etwas in ihr Handy tippte.

* * *

Merret schob den Rollstuhl durch die Schleuse auf die Intensivstation. Elanie hatte darauf bestanden, Raffa zu sehen, fühlte sich aber zu schwach, zu Fuß zu gehen.

Merrets Magen flatterte. Wieder einmal fragte sie sich, ob sie gleich dem Mörder ihres Mannes gegenüberstehen würde. Dem Menschen, der ihre Pflegetochter bedroht und verletzt hatte. Oder doch nur einem haltlosen Jugendlichen, der sich nicht mehr zu helfen gewusst hatte? Ob Raffa noch immer mit dem Tod kämpfte? Der Geruch nach Desinfektionsmitteln, das mechanische Summen der Geräte und die mit Krankenhauskleidung verhüllten Gestalten dämpften ihre Stimmung zusätzlich.

Ein Krankenpfleger fing sie ab, und nachdem Merret erklärt hatte, wer sie waren, drückte er ein Auge zu und begleitete sie zu Raffas Zimmer. Durch das Fenster sahen sie den Jungen, der schlafend an den Schläuchen hing.

Elanie schluchzte erstickt auf. Merret neigte sich zu ihr und legte ihr die Hand auf die Schulter, eine Geste, die auch sie selbst beruhigte.

»Kommt er durch?« Elanies Stimme klang bang.

»Derzeit ist er stabil. Mehr lässt sich im Moment nicht sagen, da müssten Sie mit einem Arzt sprechen«, sagte der Pfleger an Merret gerichtet.

Sie durften in das Zimmer und blieben eine Weile an Raffas Bett. Merret betrachtete ihn nachdenklich. Es waren die Züge eines geschundenen Jugendlichen, kindlich beinahe. So sah doch kein Mörder aus!

Elanie strich ihm über den Handrücken. »Ich bin dir nicht böse, Raffa«, wisperte sie.

Wie lieb sie war! Was für ein großes Herz sie hatte!

Als erneut Pfleger und Schwester hereinkamen, zogen sie sich zurück. Während Merret den Rollstuhl von der Intensivstation schob, holte Elanie ihr Handy aus der Tasche ihrer Jogginghose. Merret hatte ihr ein altes mitgebracht, weil sie wusste, wie wichtig ihrer Pflegetochter der Kontakt zu den anderen war. Natürlich waren schon wieder viele Nachrichten eingegangen. Kurz wollte Merret sie ermahnen, doch dann schwieg sie. Es war gut, wenn Elanie ihre sozialen Kontakte wenigstens auf diesem Wege aufrechthalten konnte. Das würde sie ablenken. Zumal sie anscheinend gerade mit Alicia chattete.

* * *

»Ich habe dir doch gerade gesagt, dass der Anwalt uns eingehend beraten hat, wir sollen den Mund halten. Je mehr wir reden, desto eher wird die Polizei uns etwas in die Schuhe schieben.« Idris war erregt, konnte seine Stimme kaum im Zaum halten. »Ich gehe jedenfalls nicht in den Knast – und von dir lassen wir uns sowieso nicht reinreiten!«

»Wir können doch nicht mit dieser Lüge weiterleben! Wir müssen zu dem Fehler stehen, den wir gemacht haben ... den ihr ...« Vivien stockte.

»Du bist also das Unschuldslamm!«

»Idris, du wolltest dich ändern! Du wolltest ein gutes Vorbild für deine Geschwister sein!« Vivien war neben Sanna immer kleiner geworden, zusammengesunken, die Schultern rund, als versuchte sie, möglichst wenig Angriffsfläche zu bieten.

In diesem Augenblick nahm Alicia einen Anruf an. Sie ging dazu Richtung Tür und wisperte, doch schon nach dem ersten Satz fuhr ihr Kopf herum, und sie starrte Sanna an. Dieser wurde eiskalt. Mit wem telefonierte sie da? Was hatte sie erfahren?

Mit einem angeekelten Ausdruck wischte Alicia über ihr Handy und flüsterte Nico etwas zu.

Nico sprang auf. Die Fäuste in die Hüften gestemmt, baute er sich vor Vivien und Sanna auf. »Jetzt begreife ich es! Sanna gehört zu den Schnüfflerinnen. Die heißt gar nicht Buhnsen, sondern Lammers! Wie diese Kommissarin!«

* * *

Schweigend fuhren sie die Landstraße entlang in Richtung Küste. Aziz würde die Ermittlungen auf Sylt in den nächsten Tagen unterstützen und musste daher ebenfalls auf die Insel.

Nach dem Gespräch mit Manfred Wetterau hatte Liv telefonische Nachforschungen über Idris' ehemaligen Freund angestellt und dabei herausgefunden, dass dieser tatsächlich mit einigen Einbrüchen in Apotheken in Verbindung gebracht wurde. Sie würde ihn daher baldmöglichst in der Jugendanstalt Schleswig aufsuchen, wo er seine Haftstrafe absaß, und dazu befragen. Ihr Blick wanderte durch das kleine Dorf mit seinen kopfsteingepflasterten Straßen und den netten Cafés. In der Nähe einer Bushaltestelle blieb ihr Blick an dem Werbeschild eines Kiosks hängen. »Halt mal an!«

»Wollen wir uns nicht lieber bei einer richtigen Bäckerei einen Kaffee und ein Brötchen holen?«, wandte Aziz wenig begeistert ein.

»Timur Roters hatte ein Streichholzheftchen von diesem Kiosk in seinem Besitz. Er hat einen Namen darauf notiert.« Sie scrollte durch die Fotos auf ihrem Handy.

»Das ist etwas anderes.« Sofort wendete Aziz und hielt am Fahrbahnrand, wo sie ausstiegen.

Die kleine Bude war vollgestopft bis zum Dach. Anscheinend hatte sich lange niemand eingehend um den Kiosk gekümmert, denn die Scheiben waren gelblich, die Regale angestoßen, und selbst die Bockwürste, die in trübem Wasser schwammen, erinnerten an in Formalin eingelegte Ausstellungsstücke in einem Medizin-Museum. Eine junge Frau, etwa in Sannas Alter, blickte gelangweilt von einem dicken Manga-Comic auf. Ihre Haare hatte sie im Anime-Stil gestylt, als sei sie selbst einem Zeichentrick entsprungen. »Ja bitte? Kaffee ist aus.«

»Moin. Bist du Brita?«

»Wer will das wissen?« Das Mädchen ließ eine Kaugummiblase platzen.

Liv wies sich aus.

Das Mädchen schüttelte den Kopf. »Nee, ich bin Katja. Hier arbeitet keine Brita. Woll'n Sie sonst was? Die Bockwürste sind im Angebot.«

»Nein, danke. Lieber nicht.« Nur aus Mitleid bestellte Liv zwei der Käsebrötchen, obgleich sie pappig wirkten. »Aber du könntest mir die Telefonnummer deines Chefs oder deiner Chefin geben.«

Widerwillig kam Katja ihrer Bitte nach, und als Aziz und Liv wenige Minuten später weiterfuhren, rief Liv die Festnetznummer an, die Katja ihr gegeben hatte. Sie bekam die Auskunft, dass bis vor einem Jahr eine Brita im Kiosk gearbeitet hatte, und erhielt auch deren Nummer.

Treffer! Brita Mommsen bestätigte, dass sie erst vor wenigen Wochen mit Timur Roters telefoniert hatte. Über den Inhalt des Gesprächs wollte sie jedoch am Telefon nicht reden. Immerhin erklärte sie sich bereit, die Ermittler zu treffen. Sie sei allerdings gerade in Husum beschäftigt.

»Bist du sicher, dass dieser Abstecher sinnvoll ist? Ich denke, dieser Raffa hat den Mord an Timur Roters gestanden. Wir sollten besser direkt auf die Insel fahren«, wandte Aziz ein.

»Es wird nicht lange dauern. Außerdem mag ich keine losen Enden.« Liv musste aufstoßen. Brrh! Sie schüttelte sich. Sie hätte ihrem Instinkt vertrauen und die Finger von den Brötchen lassen sollen. »Wenn Viviens Aussage stimmt und Hennes mit seiner Vermutung richtigliegt, müssen wir allen Hinweisen nachgehen.«

Liv und Aziz fanden Brita Mommsen vor dem Theodor-Storm-Haus in der Wasserreihe, wo sie Andenken verkaufte. Eine weitere Frau saß auf einem Klapphocker und bemalte Steine mit dem Husum-Schriftzug und dem Zusatz »Die graue Stadt am Meer«. Dabei war Husum um diese Zeit des Jahres überhaupt nicht grau, sondern mit Krokussen weiß, gelb und lila getupft, und ein wenig bedauerte Liv es, dass sie nicht die Zeit haben würde, sich die Krokuswiese im Schlosspark anzuschauen. »Frau Mommsen? Wir haben telefoniert, Lammers mein Name, K1 Flensburg.«

»Übernimmst du mal bitte?« Brita Mommsen ging mit Liv und Aziz an der Menschenschlange vorbei, die sich vor dem alten Kaufmannshaus mit der davorstehenden Holzsilhouette des Dichters gebildet hatte. Aus dem, was Mommsen am Telefon erzählt hatte, hatte Liv geschlossen, dass diese etwa Mitte zwanzig sein musste. Doch die Frau sah älter aus, wirkte verlebt. Die Haut war grau, ihre Zähne wie die Fingerspitzen dunkelgelb verfärbt, wie es bei starken Rauchern typisch war. Passenderweise steckte sie sich sogleich eine Zigarette an.

»Ganz schön was los hier«, versuchte Aziz, die Stimmung aufzulockern.

Brita Mommsen musterte ihn. »Gerade hier, vor dem Storm-Haus. Sie wissen ja: deutscher Dichter, graue Stadt und so weiter. Das zieht die Leute an«, sagte sie, als ob sie ihn belehren müsste.

Aziz zitierte mit einem Lächeln: »›Doch hängt mein ganzes Herz an dir, du graue Stadt am Meer‹.«

Da es wie aufs Stichwort zu nieseln begann, zogen sie sich unter einen Dachvorsprung zurück.

»Das bekommen wir leider auf die wenigsten Andenken rauf, zu lang«, sagte Brita Mommsen und sog tief den Rauch ein. Nervös flackerte ihr Blick zu ihrem Verkaufsstand, der inzwischen von mehreren Interessenten für die Regenschirme mit Husum-Aufdruck umgeben war.

»Haben Sie rekonstruieren können, wann Sie mit Timur Roters gesprochen haben?«, fragte Liv, die fürchtete, dass ihnen nicht viel Zeit für das Gespräch blieb.

»Das muss am 4. oder 5. April gewesen sein. Herr Roters hat mich angerufen und dann hier aufgesucht. Er hat in etwa da gestanden, wo Sie jetzt stehen. Kann kaum glauben, dass der tot ist. Wer tut denn so was? Und dann wieder erstochen! Diese Messerstecherei ist wirklich beängstigend! Ich begreife nicht, dass die Polizei da nicht stärker durchgreift.«

»Die Polizei tut, was sie kann. Wir haben das Thema auf dem Schirm«, sagte Aziz.

Brita Mommsen wandte sich ihm zu. »Das will ich hoffen! Gerade Ihre Landsleute halten sich doch für männlicher, wenn sie ein Messer in der Tasche haben.«

»Die Deutschen, meinen Sie? Das kann ich Ihnen nicht genau sagen. Ausmaß und Entwicklung der Messergewalt in Deutschland werden gerade wissenschaftlich untersucht«, gab Aziz zurück, und Liv bewunderte ihn für seinen ruhigen Ton. Ihr Kollege war in Deutschland geboren, wurde wegen seines Aussehens jedoch immer wieder angefeindet. »Es wäre schön, wenn Sie das Gespräch mit Timur Roters für uns zusammenfassen könnten.«

Brita Mommsen paffte ein paar Rauchwolken in die Luft. »Bei unserem ersten Telefonat war Herr Roters sehr geheimnisvoll. Er sagte, er wolle persönlich mit mir sprechen. Es gehe um meine Arbeit im Kiosk und um meinen Kontakt zu den Jugendlichen, die dort einkaufen. Letztlich war mir aber klar, worauf er hinauswill. Darüber habe ich in den vergangenen Jahren oft genug nachgedacht. Schlaflose Nächte hatte ich deswegen.«

Liv hielt es kaum noch aus. Was Mommsen sagte, war entscheidend, das spürte sie, obwohl sie noch keine Ahnung hatte, worauf es hinauslief. Sie wollte aber auch nicht zu weit vorpreschen. »Timur Roters suchte Sie also auf …«

»Roters fackelte nicht lange, sondern sprach mich direkt darauf an. Zunächst überlegte ich, wie er darauf gekommen sein könnte. Aber er selbst hatte die Verbindung wohl hergestellt. Seitdem fürchtete ich, ihm über den Weg zu laufen. Ich schäme mich so für das, was ich ihm und seiner Familie angetan habe.«

Brita Mommsen sprach in Rätseln. Von wem redete sie? Meinte sie Timur Roters? Oder ging es um jemanden anderen? »Was haben Sie denn nun genau getan?«, fragte Liv ungeduldig.

Mommsen rieb die Zigarette an der Hausmauer aus. Auf einmal wirkte sie noch älter als zuvor. »Ich habe etwas an jemanden verkauft, an den ich es keinesfalls hätte verkaufen dürfen. Jetzt muss ich mit den Konsequenzen leben, ich trage eine Mitschuld an dem, was geschehen ist.«

Eine Stunde später gingen sie auf einen vernachlässigt wirkenden Wohnblock zu. Auf einer Bank saß eine Greisin in abgewetzter Kleidung, neben sich prall gefüllte Plastiktüten auf einem alten Einkaufswagen. War das ihr gesamtes Hab und Gut?

Mitleid ergriff Liv. Wie in vielen Städten in Küstennähe waren auch in Husum die Mieten in die Höhe geschossen. Weitläufige Wohnsiedlungen und schicke Eigentumswohnungen waren begehrt. Sozialen Wohnungsbau gab es hingegen kaum, weshalb die Zahl der Obdachlosen in den vergangenen Jahren gestiegen war. Es war beschämend, dass ein reiches Land wie Deutschland nicht in der Lage war, für diejenigen zu sorgen, denen es nicht so gut ging.

Sie ließ den Blick schweifen. Ein paar Schritte weiter spielten Kinder auf einem Flickenteppich von Rasen und Morast, Müll lag herum. Fremde Sprachen mischten sich mit deutschen Anfeuerungsrufen. Auf einem Balkon wurde gegrillt, nicht das erste Mal, wie der Ruß an der Wand bewies; zu kümmern schien es niemanden. Mehrfach überklebt oder kaputt auch viele Klingelschilder. Am Fuße der Treppe roch es nach Urin. Werbezettel quollen aus Briefschlitzen. Auf den Mülltonnen im Hinterhof stand eine Batterie leerer Weinflaschen.

Mit Grauen stellte Liv sich vor, wie die Kindheit hier sein musste. Sie rief sich vor Augen, was ihnen der Heimleiter erzählt hatte und was sie aus den Akten wusste: *Alkoholmissbrauch, Verwahrlosung, offene, nicht versorgte Wunden.*

Die Haustür stand auf, ebenso eine Wohnungstür im Erdgeschoss. Kurz tauschten Aziz und sie Blicke. Was sie auch gleich erwarten würde, es würde ihre Ermittlungen voranbringen.

35

Niebüll, 14.45 Uhr

Die Wohnung war klein, aber penibel sauber. Heiko Rosbach humpelte ihnen auf Krücken entgegen, bat sie herein und ließ sich in dem schmalen Wohnzimmer auf einen Sessel fallen. Auf der Kommode standen Fotos eines jungen Mädchens in verschiedenen Altersstufen. Die Bilder erzählten von einer unbeschwerten Kindheit, aber Liv wusste, dass sie nur ein kleiner Teil der Wahrheit waren.

»Ich habe zwar eine Prothese, aber die drückt, weshalb ich sie mir zu Hause spare«, sagte Rosbach entschuldigend. »Meine Lebensgefährtin hat sich an den Anblick gewöhnt.«

»Wir wollten mit Ihnen über das Gespräch reden, das Sie mit Timur Roters geführt haben.«

»Bin nicht gut auf den Kerl zu sprechen. Der will mir meine Tochter wegnehmen, sie mir vorenthalten. Roters und ihre Kumpel, diese Jugendlichen aus der Wohngruppe, haben meine Elanie aufgewiegelt. Mich schlechtgemacht. Dabei bin ich derjenige, der zu leiden hat. Schließlich habe ich meine Sucht überwunden.«

Seine Selbstgerechtigkeit stieß Liv auf. »Timur Roters ist tot. Er ist das Opfer einer Straftat geworden«, hielt sie fest.

»Und warum ist meine Kleine dann noch nicht wieder bei mir? Sie weiß doch, dass ich ihr verziehen habe. Dass ich sie liebe, trotz allem.«

Noch immer fand Liv das, was Brita Mommsen ausgesagt hatte, unglaublich. »Sie sprechen von den Ereignissen, die zu Ihrem Unfall geführt haben.«

Heiko Rosbach nickte bitter, dann wischte er sich über die Lippen und stürzte ein Glas Wasser herunter wie ein Verdurstender. »Ich habe ihr verziehen. Elanie ist doch alles, was mir geblieben ist. Sie muss weg aus diesem Sumpf. Die Wohngruppe tut ihr nicht gut. Idris und die anderen ziehen sie mit in den Dreck. Ich will sie zurück. Trotz allem.«

Stockend begann er zu reden. Was er sagte, legte sich wie eine Last auf Livs Schultern. Doch noch während sie überlegte, wie sie mit den Informationen umgehen sollte, traf eine Nachricht auf ihrem Handy ein. Ein Hilferuf.

* * *

Im Kommissariat setzte Hennes seine Kollegen über die neuesten Ermittlungsergebnisse in Kenntnis, dann schickte er Liv eine Nachricht.

Momke berichtete, dass sich einige der Kinobesucher gemeldet hatten. »Ein Paar hat offenbar gesehen, dass jemand den Saal durch den Notausgang verlassen hat. Sie haben sich aber nichts dabei gedacht. Waren eigentlich ganz froh, weil sie mit anderem beschäftigt waren. Haben wohl keinen Platz, wo sie sich in Ruhe treffen können, wenn du weißt, was ich meine.«

»Sex im Kino? Dass es das heute noch gibt ...«

»Keine Ahnung, ob es so weit gekommen ist. Der Zeuge ist glücklicherweise nicht ins Detail gegangen.«

Ole, ihr Kollege aus der Kriminaltechnik, meldete sich zu Wort. »Wir haben das Handy von Elanie Rosbach untersucht. Das wird euch interessieren. Kommt mal her.«

Hennes und Momke folgten ihm zu seinem Computer. »Die Tonaufnahme, auf der Rafael Limes die Tat gesteht, kam mir gleich merkwürdig vor. Akustische Störungen – als ob die Datei zusammengeschnitten ist. Ich habe also ein paar unserer besten Programme laufen lassen, um gelöschte Dateien wiederherzustellen. Und siehe da …«

Hennes erstarrte. Der Kollege hatte die vollständige Aufnahme des Dialogs von Raffa und Elanie wiederhergestellt. Als Nächstes würde er sich an die gelöschten Videodateien machen.

* * *

Liv war nervös, weil sie weder Sanna noch Vivien erreichte. Nach dem, was Hennes berichtet hatte, war es möglich, dass die beiden in tödlicher Gefahr schwebten. Beunruhigt bat sie die Kollegen vom Streifendienst, kurz bei der Wohngruppe vorbeizufahren und dort nach Vivien und Sanna zu suchen. Dann setzte sie sich wieder auf den abgewetzten Sessel. Elanies Vater sah sie ebenso konsterniert wie nervös an.

»Sie hatten also Elanie zum dritten Mal wieder zu sich zurückgeholt«, knüpfte Aziz an das unterbrochene Gespräch an.

Heiko Rosbach nickte. »Ich hatte es dieses Mal aus eigener Kraft geschafft, trocken zu werden. Vierhundertachtzehn Tage hatte ich schon keinen Alkohol mehr getrunken. Auch meine Frau ließ die Finger vom Wodka. Aber dann …« Seine Stimme brach, und er massierte wie manisch seinen Beinstumpf.

* * *

Die Diskussionen waren endlos. Sanna hatte versucht, den Raum zu verlassen, aber Nico hatte ihr den Weg versperrt. Dann hatten die Jugendlichen sie mit Fragen bestürmt und beschimpft. Auch hatten sie gedroht, Aufnahmen der Lämmerbefreiung der Polizei zuzuspielen und sie anonym anzuzeigen.

Wenn die wüssten, dass Vivien Liv längst alles erzählt hat!, schoss es Sanna durch den Kopf. Ihre Mutter würde den Vorfall nicht verschweigen – die Anzeigen würde es also ohnehin geben. Sie hatte sich vorgenommen, die Strafe mit Stolz auf sich zu nehmen; immerhin hatte sie ein hehres Ziel verfolgt.

Sie musste an Timur Roters denken, den sie nicht kennengelernt, von dem sie aber umso mehr gehört hatte. Er musste diese Seite der Jugendlichen ebenfalls erlebt haben. Diese Wut. Diesen Hass. Diese Impulsivität.

Angst drohte die Kontrolle über ihren Körper zu übernehmen. Unter Strom stehend versuchte Sanna, sich zu erinnern, was sie im letzten Jahr über Selbstverteidigung gelernt hatte. Egal, wie sie es wendete: Die vier waren in der Überzahl, und Idris und Nico waren stark. Und Vivien? Die hatte sich auf den Boden sinken lassen und kauerte nun, das Gesicht zwischen den Knien verborgen, auf der Erde.

Das Blut pumpte durch Sannas Adern. Würde es ihr gelingen, Liv heimlich anzurufen? Oder schrie sie besser um Hilfe? Die Sozialarbeiter mussten doch irgendwo sein!

Nico packte sie am Kragen und schüttelte sie. »Was hast du deiner Mutter, was hast du den Bullen verraten?«

Obgleich es vermutlich besser gewesen wäre, in diesem engen Raum und in dieser Situation die Ruhe zu bewahren, flippte Sanna aus. Mit dem Befreiungsgriff, den Hennes ihr beim Krav-Maga-Training beigebracht hatte, wehrte sie Nico ab. Der Schwung ließ ihn rückwärts stolpern und umso heftiger wieder auf sie zustürmen.

Ihre Gegenwehr schien auch Vivien aus ihrer Starre zu befreien. Das Mädchen sprang auf. »Nico, nicht! Idris, tu doch was! Kommt zur Besinnung!«

Laute Stimmen und Schritte ließen sie erstarren. Doch überraschend schnell brach Alicias Anspannung auf. »Merret ist wieder da!«, rief sie. »Endlich! Sie weiß bestimmt, wie es Elanie und Raffa geht. Lasst uns schnell runtergehen!«

Zu Sannas Erleichterung riss Alicia die Tür auf, und Nico folgte ihr hinaus. Idris machte ebenfalls ein paar Schritte, blieb dann aber neben Vivien stehen. Flehend blickte sie ihn an: »Ihr könnt so nicht weitermachen. Du kannst nicht so weitermachen. Du bist besser als das. Das weiß ich.«

Verzweiflung huschte über sein Gesicht, und es schien, als wollte er etwas sagen, doch dann lief er den anderen nach.

Als auch Sanna die Diele betrat, saß Merret bereits auf dem Sofa, umringt von den Jugendlichen, und berichtete sichtlich erschöpft, wie es im Krankenhaus gewesen war. »Elanie wird bald wieder bei uns sein. Sie hatte wirklich sehr viel Glück. Aber Raffa …« Ihr Gesicht schien auseinanderzubrechen.

Die Jugendlichen tauschten Blicke. Alicia strich ihr sacht über die Schulter.

In diesem Augenblick trat Bernd aus dem Büro, ein Telefon in der Hand. »Das Krankenhaus hat gerade angerufen. Raffa ist aufgewacht.«

* * *

Noch ehe die Streife auf dem Bauernhof eingetroffen war, hatten Sanna und Vivien Liv unabhängig voneinander Nachrichten geschickt und Entwarnung gegeben – was auch immer das heißen sollte. Aziz und sie waren auf dem Autozug, als Hennes anrief und ihnen mitteilte, dass Raffa aufgewacht war und darum gebeten hatte, mit der Polizei zu sprechen.

»Haben wir jemanden im Krankenhaus?«, wollte Liv wissen.

»Noch nicht. Aber ich bin auf dem Weg. Ich hoffe, ich komme nicht zu spät«, sagte Hennes grimmig.

* * *

Raffa wirkte erschöpft, aber klar. Wegen der Medikamente sprach er schleppend und musste zwischen den Sätzen lange Pausen machen. Leise summten die Geräte, an die er noch immer angeschlossen war. Ein Pfleger stand neben dem Bett und beobachtete die Ermittler aufmerksam, als stünde er bereit, um einzugreifen, wenn es dem Kranken zu viel wurde.

»Der Pfleger hier ... Er sagte, ich hätte ... Ich habe Elanie nicht bedroht. Ich habe sie nicht mit dem Messer verletzt. Und ich habe auch keine Medikamente genommen außer denen, die der Doc mir verschrieben hat. Und Elanie habe ich schon gar keine gegeben! Das hätte ich niemals ... Sie müssen mir glauben! Ich schwöre es! Es ist ... Es ist ein Albtraum ... Als ob sich alles gegen mich verschworen hätte!« Raffa verzog das Gesicht zu einer Grimasse.

Hennes betrachtete ihn nachdenklich. Wenn das stimmte, konnte er gut nachvollziehen, was den Jungen quälte. Jahrelang hatte Raffa sich verfolgt und bedroht gefühlt. War von einer Verschwörung gegen sich ausgegangen. Und jetzt, wo es möglicherweise wirklich eine Verschwörung gegen ihn gab, fürchtete er, dass niemand ihm glauben könnte.

»Am besten erzählst du uns ganz in Ruhe und von Anfang an, was geschehen ist«, sagte er.

Raffa ließ sich erschöpft in die Kissen sinken. »Ich war völlig von der Rolle und habe mich deshalb in den Schuppen zurückgezogen. Elanie hat mich besucht, mit einem Picknickkorb mit heißer Schokolade und so. Richtig süß. Und dann ... Dann verschwimmt alles.«

Hennes stellte einige Detailfragen und kam schließlich auf die Tatwaffe zu sprechen. »Und das Messer? Hattest du da ein Messer?«

Raffa wollte energisch den Kopf schütteln, doch die Schläuche hielten ihn davon ab. »Elanie hat ein Messer mitgebracht, so ein kleines, für die Äpfel. Aber ich habe es nie ... Ich habe es gar nicht in der Hand gehabt.«

Hennes nickte langsam. Die geschwärzte Klinge eines derartigen Messers war in der Asche gefunden worden. »Du hast gesagt, du hättest nur die Medikamente genommen, die der Psychotherapeut dir verschrieben hat. Bist du da ganz sicher? Oder hattest du vielleicht noch einige Blister aus Idris' Vorrat irgendwo herumliegen?«

»Nein, das sagte ich doch! Glauben Sie mir denn nicht? Keine anderen Medikamente, ganz bestimmt nicht.«

»Möchtest du uns auch noch etwas zum Tod von Timur Roters sagen? Wir haben euren Kinobesuch untersucht und sind auf einige Ungereimtheiten gestoßen.«

Raffas Augen weiteten sich. Sein Atem stockte, und prompt fing eines der Geräte an zu piepen. Mit geübtem Handgriff legte der Pfleger ihm eine Nasenkanüle an. »Es reicht«, befand er. »Das ist zu viel für den Jungen. Rafael braucht seine Ruhe, um wieder gesund zu werden.«

Nickend zog Hennes sich zurück. Als er auf dem Flur die Stummschaltung seines Handys aufhob, entdeckte er mehrere Anrufe aus der Kriminaltechnik. Sofort rief er zurück.

»Ich habe das Handy von Elanie Rosbach weiter untersucht. Am besten kommst du sofort ins Kommissariat und schaust dir an, was ich gefunden habe«, berichtete sein Kollege.

»Erzähl!«

Mit zum Zerreißen gespannten Nerven lauschte Hennes. Hin- und hergerissen beendete er das Gespräch. Ja, er sollte ins Kommissariat fahren. Was der Kollege gefunden hatte, brachte vermutlich einen entscheidenden Hinweis. Gleichzeitig hatte er ein ungutes Gefühl dabei, Raffa auf der Intensivstation zurückzulassen. Jemand hatte den Jungen als Sündenbock auserkoren. Und diesem Jemand würde es ganz und gar nicht gefallen, dass Raffa aufgewacht war und alles abstritt.

* * *

Schockiert betrachtete Elanie die Nachricht auf ihrem Handy. Alicia hatte sie auf dem Laufenden gehalten, wie sie es immer tat. Dadurch wusste sie: Raffa war aufgewacht, und die Polizei wollte vermutlich mit ihm reden. Das war gar nicht gut. Zwar würden sich auch die anderen auf den Weg zum Krankenhaus machen, aber das würde zu lange dauern. Sie musste schnell handeln.

Elanie schlüpfte aus dem Bett. Mit geübten Griffen bauschte sie ihre Decke so auf, dass es aussah, als ob sie schliefe. Dann huschte sie zur Tür und öffnete diese einen Spalt.

Niemand zu sehen.

Aus dem Aufenthaltsraum der Krankenpfleger und Schwestern drang Stimmengewirr, offenbar hatte jemand Geburtstag. Sie hatte ihr Zimmer nicht oft verlassen, aber auf den wenigen Wegen hatte sie einiges beobachtet. Barfuß schlich sie durch die Station und fand schließlich, was sie gesucht hatte: einen Umkleideraum. Wenig später trat sie in Schwesterntracht wieder auf den Gang. Jetzt musste sie es nur noch unauffällig auf die Intensivstation schaffen ...

Immer wieder musste sie sich auf den Toiletten oder in leerstehenden Zimmern verstecken, bis Krankenhausangestellte, die sie ansprechen und enttarnen könnten, vorbeigegangen waren. Endlich hatte sie das Zimmer erreicht, in dem Raffa lag. Es war verdunkelt, was ihrem Vorhaben entgegenkam.

Schnell hinein, leise die Tür geschlossen. Durch die Vorhänge war eine gewisse Privatsphäre gewahrt. Auch das kam ihr zupass. Sie sah sich um. Raffa schlief. Ganz friedlich sah er aus. Vorhin hatte sie einiges über Rauchgasvergiftungen im Internet gelesen. Schien nicht unüblich zu sein, dass sich der Zustand eines Patienten überraschend verschlechterte.

* * *

Liv und Aziz sprinteten über den Parkplatz dem Klinikum entgegen. Direkt nach ihnen war ein anderes Auto auf den Parkplatz gefahren. Liv neigte den Kopf. War der Wagen schon die ganze Zeit hinter ihnen gewesen? Vermutlich ein Zufall. Oder verfolgte sie jemand?

Eine eingehende Nachricht lenkte sie ab. Sanna hatte geschrieben, dass die Jugendlichen den Hof verlassen hatten, um Raffa in der Klinik zu besuchen. In wenigen Worten fasste sie zusammen, wie sie und Vivien bedroht worden waren.

Bitternis breitete sich in Liv aus. In ihren Jahren bei der Polizei hatte sie furchtbare Dinge erlebt, war Zeugin schrecklicher Geschehnisse geworden. Aber das, was hier unter der Oberfläche brodelte … Noch immer hoffte sie, dass sich nicht alle Verdachte als wahr erweisen würden …

* * *

Mit einem entschiedenen Griff fiel Hennes Elanie in den Arm und zerrte sie vom Krankenbett. Das Kopfkissen plumpste auf den Boden. Sie versuchte, sich loszumachen, doch für echte Gegenwehr schien ihr die Kraft zu fehlen; vermutlich machte ihr die Stichwunde zu schaffen.

»Finger weg! Lass mich los!«, fauchte sie.

Unter Einsatz all seiner Kraft schaffte Hennes sie auf den Gang hinaus. Dort versuchte Elanie erneut, ihn wegzustoßen, wollte weglaufen, doch er hielt sie fest.

»Lassen Sie das! Sie dürfen mich nicht festhalten! Ich habe Ihnen nichts getan! Ich will meinen Anwalt sprechen!«

Aufgeschreckt durch den Tumult kamen einige Schwestern und Pfleger näher. Warum war die Verstärkung noch nicht da? Einen Moment lang war Hennes abgelenkt. Dadurch gelang es Elanie nun doch, ihn von sich zu stoßen.

Überrascht prallte Hennes gegen einen Reinigungswagen.

Seifenlauge ergoss sich auf das Laminat. Er wollte sie festhalten, rutschte aus, fiel.

»Halten Sie sie auf!«, rief er dem Krankenhauspersonal zu. »Das ist keine echte Krankenschwester!« Doch Elanie war schon vorbeigeschlüpft.

Hennes versuchte, sich aufzurappeln, doch im selben Augenblick schossen Liv und Aziz um die Ecke. Geistesgegenwärtig packte Aziz den Arm des Mädchens und hielt es fest.

Erleichtert trat Hennes zu ihnen. Seine komplette Rückseite war tropfnass. »Sie hat Raffa ein Kissen aufs Gesicht gedrückt, wollte ihn ersticken. Glücklicherweise war ich rechtzeitig da.«

»Das ist gelogen! Nichts habe ich! Ich will einen Anwalt!« Trotz und Stolz zeichneten Elanies Züge.

Liv schwirrte der Kopf. Am liebsten hätte sie die Wahrheit aus dem Mädchen herausgeschüttelt. Aber die Sachlage war klar, und nichts, was sie in dieser Situation tun würden, hätte vor Gericht Bestand.

Plötzlich veränderte sich Elanies Gesichtsausdruck. Wie gebannt starrte sie an ihnen vorbei. Von ihrem eben behaupteten Selbstbewusstsein war nichts übrig.

Liv drehte sich um und sah, was Elanie entdeckt hatte: Heiko Rosbach, der sich ihnen humpelnd näherte.

Elanie wollte vor ihrem Vater zurückweichen, doch Aziz hielt sie weiter fest.

Heiko Rosbachs Stimme war rau. »Mein Mädchen, es stimmt doch nicht, was die Polizisten sagen, oder? Ich bin ihnen gefolgt. Ich …«, begann er. »Glaub mir: Was du auch getan haben magst, ich verzeihe dir. Das habe ich auch Herrn Roters geschrieben. Ich verzeihe dir immer. Auch damals, als du den Wodka gekauft und mir in den Kaffee gemischt hast. Du konntest ja nicht wissen, dass ich betrunken ins Auto steigen und den Unfall verursachen würde, bei dem –«

Elanies schriller Schrei übertönte seine weiteren Worte.

36

Liv stieß mit den anderen an und kippte den Sambucca herunter, dann knackte sie die Kaffeebohne mit den Backenzähnen. Sie war kein Freund von Kurzen, doch heute Abend tat die Mischung aus Süße und herbem Kaffeegeschmack ihr gut.

Was sie herausgefunden hatten, war ohne jeden Zweifel erschütternd. Zugleich waren die Erfolgsaussichten ihrer Ermittlungen ernüchternd gering.

Nach den Ereignissen im Krankenhaus waren sie zu einer schier endlosen Besprechung zusammengekommen. Anschließend waren sie essen gegangen. Liv hatte mit Sanna und Elise telefoniert und Sebastian zu erreichen versucht. Doch wieder einmal war sie nur auf seiner Mailbox gelandet. Obgleich sie wusste, dass er durch seine Arbeit, seine familiäre Situation und die Krankheit seiner Ex-Frau belastet war, zweifelte sie doch heftig an der Zukunftsfähigkeit ihrer Beziehung. Dabei sollte sie froh sein, dass er auch Larissa noch ein treuer Gefährte und Freund war. Gleichzeitig aber vermisste sie ihren Geliebten.

Du bist egoistisch, schäm dich!

Um ihren Frust herunterzuspülen, bestellte Liv noch eine Runde Kurze, obgleich ihr der Alkohol bereits in den Kopf stieg; heute kam es nicht mehr darauf an. Ihren Kollegen schien es nicht anders zu gehen.

»Ich kann immer noch nicht fassen, dass diese Jugendlichen sich tatsächlich verschworen haben, um Timur Roters zu töten«, sagte Momke mit schwerer Zunge.

»Wenn wir Pech haben, kriegen wir sie dafür nicht einmal dran«, setzte Hennes hinzu und beobachtete sehnsüchtig, wie ihr Kieler Kollege rauchte.

Liv zeichnete mit der Flüssigkeit, die ihr Glas auf dem Tisch hinterlassen hatte, ein Muster auf die Fläche. Ihre Ermittlungen hatten ein eindeutiges, aber komplexes Bild ergeben: Gemeinsam hatten die Jugendlichen das Kino verlassen, das Auto aufgebrochen und waren nach Hörnum gefahren; das war auf der Aufnahme einer Überwachungskamera zu erkennen. Was auf dem Muschelkutter geschehen war, hatten die Kriminaltechniker durch Elanies Smartphone bestätigen können. Das Mädchen hatte es zwar im Kino gelassen, wie die Funkdaten bewiesen, dafür aber eine Gopro-Kamera mit dem Smartphone verbunden. Offenbar hatte Elanie insgeheim von vielen Gesprächen und Beobachtungen Aufnahmen angefertigt.

Die verwackelten Bilder vom Muschelkutter zeigten, wie Timur Roters das Schiff betrat und sichtlich aufgeregt auf die in der Dredge hängende Vivien zueilte. Noch bevor er sie erreichte, wurde ihm aus dem Hinterhalt ein großer Sack über den Kopf gezogen, und die Jugendlichen schossen auf ihn zu. Die Brutalität des Folgenden war kaum auszuhalten: Alle waren auf ihn eingedrungen. Allerdings wirkte es tatsächlich so, als hätten die meisten nur zaghaft zugestochen. Elanie jedoch hatte das Messer mit großer Wucht geführt, und möglicherweise würden sie anhand der Aufnahmen rekonstruieren können, dass sie ihrem Pflegevater die tödlichen Wunden zugefügt hatte.

Liv schaute auf ihre Hände. Nach Viviens Aussage hatte Elanie die Eskalation vorangetrieben. Immer wieder hatte sie mit den anderen über Timurs Pläne gelästert, hatte sie aufgewiegelt und ihnen eine schreckliche Zukunft vorausgesagt. Eigentlich hatten die Jugendlichen Roters nur eine Abreibung verpassen und diese Erk Pagelsen in die Schuhe schieben wollen. Doch auf der Fahrt hatte Elanie die Stimmung weiter angeheizt. Sie hatten sich mit Dope und Idris' Medikamenten aufgeputscht, und plötzlich waren da diese Messer gewesen …

Auch die Motive der Jugendlichen hatte Vivien erklärt: Alicias Wut darüber, dass Timur sie verschmäht hatte. Nicos Eifersucht. Idris' Angst, weil Timur die Medikamente gefunden und angekündigt hatte, ihn auffliegen zu lassen. Raffas Panik, wegen des erneuten Zündelns wieder in eine geschlossene Klinik zu müssen. Nur über Elanies Motivation war Vivien sich unklar gewesen.

Liv pickte sich ein paar gesalzene Erdnüsse aus der Schale, aß sie jedoch nicht. Die Erinnerung an das Gespräch mit Brita Mommsen und Heiko Rosbach bedrückte sie. Es war unglaublich, dass Elanie ihrem Vater Alkohol untergejubelt hatte, um ihn in einen Rückfall zu treiben, damit sie zu ihren Pflegeeltern zurückkonnte. Eine perfide und skrupellose Tat – und das in diesem Alter! Unglaublich auch, dass Brita Mommsen einem Kind Alkohol verkauft hatte – nur weil Elanie ihren Vater oft beim Einkaufen begleitet hatte. Weil sie dachte, dass es »schon okay« sei. Und weil sie an diesem Tag Kopfschmerzen gehabt hatte und das Kind loswerden wollte. Wie stark musste Elanie unter den Alkoholexzessen ihrer Eltern gelitten haben! Wie sehr musste sie ihren Vater hassen, wie sehr eine weitere Enttäuschung und weitere Misshandlungen fürchten!

Liv war bewusst, dass es inzwischen ein Gemeinplatz war, jemanden als Psychopathen zu bezeichnen. Gleichzeitig zeichnete sich ihrer Ansicht nach ab, dass Elanie psychopathische Züge aufwies. Sie war charmant, wenig empathisch und dachte nur an ihr eigenes Wohl. Die anderen waren ihr egal, in dieser Hinsicht war sie geradezu gefühllos. Dazu kamen übersteigertes Selbstwertgefühl, krampfhaftes Lügen und manipulatives Verhalten.

Als Timur Roters von Elanies leiblichem Vater erfahren hatte, was diese getan hatte, musste es ein Schock für ihn gewesen sein. Genauso hatte es Heiko Rosbach den Boden unter den Füßen weggezogen, als er mit der Tat seiner Tochter konfrontiert worden war. Nach dem Unfall hatte er sich den hohen Alkoholgehalt seines Blutes nicht erklären können. Durch Schmerzmittel betäubt, hatte er sich selbst die Schuld gegeben. Hatte geglaubt, er könne sich an den Rückfall nur nicht erinnern. Doch dann war er Brita Mommsen über den Weg gelaufen, bei der er früher häufig Flachmänner gekauft hatte. Die hatte ihm gestanden, dass sie seiner minderjährigen Tochter Wodka verkauft hatte. Die zeitliche Verbindung zu seinem folgenschweren Unfall war Rosbach sofort aufgefallen. Zunächst war er wütend auf Elanie gewesen, aber dann hatte er Verständnis für sie gehabt. Hatte sich selbst durch ihre Augen gesehen.

»Ich war ein grauenvoller Vater. Durch den Unfall habe ich zwar mein Bein verloren, aber ich habe begriffen, welche Schuld ich auf mich geladen habe«, hatte er noch im Krankenhaus zu Liv und Aziz gesagt. Er hatte erneut versucht, seine Tochter zurückzugewinnen, und deshalb Timur Roters einen Brief geschrieben und von Elanies Tat berichtet.

Vermutlich hatte Timur später Andeutungen gemacht, Elanie angesprochen, oder sie war zufällig darüber gestolpert, dass er von ihrer Schandtat wusste. Hatte Elanie unbedingt verhindern wollen, dass sie aufflog? Dass sie zu ihrem leiblichen Vater zurückmusste? Ihre Beziehung zu Merret war sehr eng – hatte sie diese um keinen Preis gefährden wollen?

Vielleicht war das Bild, das Timur von Elanie hatte, auch anderweitig angekratzt worden. Er hatte von ihrem Betrugsversuch in der Schule erfahren, was seine Zweifel vielleicht verstärkt hatte. Ruth hatte sich noch einmal bei Liv gemeldet und ihr gestanden, dass das Anschwärzen von Elanie ganz und gar kein Streich gewesen war. Sie hatte dies lediglich behauptet, weil Elanie sie anschließend heimlich unter der Toilettentür hindurch gefilmt und gedroht hatte, die Aufnahmen in den Klassenchat zu stellen. Möglicherweise war Roters aufgegangen, dass Elanie seine Frau und ihn manipulierte. Dass sie ihn schlecht dastehen ließ, indem sie eine Affäre mit Alicia andeutete.

Elanie schwieg zu ihren Motiven wie die anderen Jugendlichen, und sie konnten sie nicht zu einer Aussage zwingen. Auch dass sie sich selbst mit dem Messer verletzt hatte, gab Elanie nicht zu. Dabei sprach der Bericht der Ärztin, die Elanie untersucht hatte, eine eindeutige Sprache. Raffa war Linkshänder. Er konnte Elanie eine derartige Verletzung kaum beigebracht haben. Sie selbst sich jedoch schon, was auch der Einstichwinkel nahelegte. Offenbar hatte Elanie versucht, der Polizei einen Täter zu präsentieren, um nicht selbst entlarvt zu werden. Auch die Notizen, die Timur Roters sich bei den Gesprächen mit Elanies Vater und Brita Mommsen gemacht hatte, waren verschwunden. Vielleicht waren sie wie Raffas Zeugnis in der Feuertonne aufgegangen?

»Das ist so frustrierend. Wenn die Jugendlichen zusammenhalten und die Aussagen verweigern, läuft es auf einen reinen Indizienprozess hinaus. Der Strafverteidiger wird im Zweifelsfall wegen der eingenommenen Medikamente und des Joints neben der allgemein bedingten Schuldfähigkeit von Jugendlichen auch noch eine eingeschränkte Steuerungsfähigkeit unterstellen. Ausgang ungewiss«, grummelte Hennes. »Und wenn dann noch Vivien einknickt und ihre Aussage zurückzieht ...«

»Immerhin haben die Kollegen in dem gestohlenen Pkw und auf dem Boot, auf dem die Leiche transportiert wurde, inzwischen DNA-Spuren gefunden, die sich einigen der Jugendlichen zuordnen lassen«, sagte Liv mit schwerer Zunge. Sie stemmte sich hoch. Sie war müde und hatte genug. Sie klopfte auf den Tisch und verabschiedete sich von den Kollegen. Ihr Kopf fühlte sich wattig an, und sie merkte selbst, dass sie schwankte.

Eine Hand hielt sie am Oberarm fest. »Schaffst du's allein nach Hause?«, fragte Hennes, ebenfalls mit leicht glasigem Blick.

»Ich suche mir ein Taxi.«

Ihr Freund und Kollege legte ihr die Hand auf die Schulter. »Wir haben unser Bestes getan. Wir haben Timur Roters' Mörder gefunden. Jetzt müssen wir nur noch die letzten Beweise zusammentragen, und dann liegt der Fall nicht mehr in unserer Hand.«

Liv nickte kurz und ging hinaus. Im Taxi versuchte sie noch einmal, Sebastian anzurufen, erneut ohne Erfolg; dabei fielen ihr die Augen immer wieder zu. Mit dem Schlüssel stocherte sie wenig später wankend an der Tür des Apartments, in der Hoffnung, Sanna und Vivien nicht zu wecken. Plötzlich ging die Tür auf, und im nächsten Moment fiel sie Sebastian in die Arme.

»Du bist da, endlich …«, sagte Liv und bemühte sich, nicht zu sehr zu lallen.

»Elise hat mir von den Entwicklungen der letzten Stunden erzählt, also haben wir uns auf den Weg gemacht. Ihr habt wohl den Ermittlungsdurchbruch gefeiert?« Sebastian grinste liebevoll.

»So ähnlich.«

Er umfasste sie zärtlich, half ihr ins Schlafzimmer, wo sie sich aufs Bett fallen ließ. Um sie drehte sich alles. Ihr war schlecht, und auf einmal war ihr zum Weinen zumute. Dass Sebastian ihr helfen wollte, sich auszuziehen, brachte das Fass zum Überlaufen.

»Ich weiß nicht, wie es mit uns weitergehen soll. Du bist so lieb, aber es zerreißt dich, das weiß ich. Und Larissa und Noah … Sie brauchen dich nun einmal mehr …«

Livs Blick verschwamm. Dann setzte ihre Umgebung zu einem neuen Looping an, und ihr wurde erneut übel.

37

Sanna und Vivien standen an Raffas Bett. Sanna war froh, unterwegs zu sein. Sie hatte geschlafen wie ein Stein und sich gleich morgens mit Vivien auf den Weg gemacht. Wenn sie sich nicht ablenkte, würde sie noch durchdrehen. Kimi hatte ihr Nachrichten geschickt, die schwer zu ertragen waren: *Ich brauche niemanden, der mich belügt.* Oder: *Du brauchst mir nichts vorzumachen. Ich weiß, was in echt in Dir vorgeht. Und ich ziehe meine Konsequenzen daraus.*

Das konnte nur heißen, er machte Schluss mit ihr. Sie hatte versucht, ihn zu erreichen, doch er hatte sie geghostet. *Kein Kontakt möglich …*

Tränen stiegen in ihr auf. Schnell wandte sie sich Raffa zu. Der Jugendliche saß halb aufrecht und konnte frei atmen. »Ich kann nicht glauben, dass Elanie mir Medikamente in den Kakao gemischt und sich selbst mit dem Messer gestochen haben soll. Auch nicht, dass sie unser Gespräch so zusammengeschnitten hat, dass ich als Mörder dastehe. Wie kann sie mir das antun! Ich dachte, sie mag mich. Ich war so happy, als sie mich küsste … und dann lässt sie ein Feuer ausbrechen und will mich darin sterben lassen …« Tränen kullerten Raffa über die Wangen.

Vivien nahm seine Hand. »So scheint es aber zu sein. Raffa, wir müssen die Wahrheit sagen – sonst wird es uns für immer verfolgen. Ich habe es schon getan. Mach du es auch.«

»Kommt nicht infrage.« Raffa schüttelte den Kopf. »Nico

und Idris … Sie haben gesagt, ich bin für sie gestorben, wenn ich auspacke. Und Alicia auch.« Scheu blickte er Sanna an.

»Wenn sie das sagen, sind sie keine wahren Freunde. Waren es nie«, meinte Sanna.

Abwägend flackerte Raffas Blick durch den Raum, als hätte er einen Geist gesehen.

* * *

Idris zog sich aus der Intensivstation zurück. Er konnte sich vorstellen, worüber Vivien, Sanna und Raffa redeten. Er konnte nur hoffen, dass Raffa nicht auspacken würde. Und selbst wenn … Er würde schweigen. Ihm würde nichts anderes übrig bleiben, wenn er nicht für Jahre im Knast verschwinden wollte. Sein Anwalt hatte ihm deutlich gesagt, dass er nur zugeben sollte, was die Polizei eindeutig beweisen konnte – nicht mehr. Und dazu gehörte leider Gottes der Angriff auf diesen Polizisten.

Im Vorbeigehen hämmerte er mit der Faust gegen die Wand. In einem hatte Vivien recht: So war er nicht. Er würde sich ändern. Bessern. Ab jetzt. Ganz im Ernst.

Glücklicherweise hatte er den letzten Umschlag mit dem Medikamentengeld bereits vor Timurs Tod an seine vertrauenswürdigste Schwester geschickt.

Er musste sich überwinden, um an die Tür zu klopfen, deren Belegung er auf einer Liste im Stationszimmer entdeckt hatte. Dann drückte Idris den Türgriff.

Andreas Bork saß auf dem Bett und kleidete sich unbeholfen an. Aggression und Angst verzerrten seine Züge, als er Idris bemerkte.

»Ich … wollte mich entschuldigen«, begann Idris.

* * *

Durch das offene Fenster drang der Gesang der Vögel, der ihr heute wie Hohn erschien. Wie konnte überhaupt ein Lebewesen angesichts dessen, was passiert war, fröhlich sein? Müsste nicht die ganze Erde weinen?

Merret nahm einen Stapel T-Shirts von Timur aus dem Schrank. Die Umzugskiste war schon halb voll. Es half ja nichts ... Sie hatte überlegt, ob sie die Beerdigung in drei Tagen abwarten sollte, sich aber dagegen entschieden. Diese Aufgabe wäre zu jedem Zeitpunkt quälend schmerzhaft.

Die Trauer ließ ihren Hals eng und ihre Knie weich werden. Sie ließ sich auf die Bettkante sinken und betrachtete den Stapel. Obenauf lag ein Shirt, das Timur bei einem Konzert gekauft hatte, das sie gemeinsam besucht hatten. Es war ein heißer, staubiger Tag gewesen. Wie ausgelassen sie getanzt, wie glücklich sie sich anschließend geliebt hatten! Unwillkürlich dachte sie an die Vorwürfe, die gegen die Jugendlichen im Raum standen. Sie konnte noch immer nicht glauben, dass sie zutrafen. Denn wenn sie es täten: Wie würde sie mit diesem Wissen weitermachen, weiterleben können?

Besonders bedrückte sie, was die Kommissare über Elanie behauptet hatten.

Entschieden legte sie den Klamottenstapel in die Kiste. Nein, das konnte nicht wahr sein. Es musste sich um ein Missverständnis handeln. Andererseits hatte sie darüber nachgedacht, wie sie von Alicias Flirt mit Timur und einem möglichen Verhältnis zwischen den beiden erfahren hatte, und es war ihr klar geworden, dass Elanie es ihr gesteckt hatte. Eine Bemerkung hier, ein Spruch da ... Hatte ihre Pflegetochter tatsächlich gezielt Zwietracht gesät? Hatte sie auch Timur gegenüber Zweifel geschürt?

Sie versuchte, den Gedanken abzuschütteln. Kurz stellte sie sich vor, den Kontakt zu allen abzubrechen, die mit Timurs Tod in Verbindung standen. Wer blieb dann noch? Ihr Magen zuckte. Sie hätte niemanden mehr ...

Außerdem hatte sie Elanie versprochen, sie nicht zu ihrem leiblichen Vater zurückzuschicken. Was dieser über sie behauptete, sei eine Lüge, hatte das Mädchen beteuert. Ihr Vater habe sie misshandelt, habe sie verwahrlosen lassen, und dennoch hätte sie ihm so etwas nie antun können. Merret hatte ihr geglaubt. Elanie war doch Familie. Oder etwa nicht?

Sie merkte auf. Hatte jemand ihren Namen gerufen?

Tatsächlich.

Sie ging zum Fenster – und zuckte zurück. Zu ihrem Entsetzen stand Erk im Hof.

»Merret, bitte bleib! Ich muss mit dir reden.«

»Geh weg, oder ich rufe die Polizei!«

Erk schob die Hände in die Taschen. »Bitte, komm runter, und lass uns reden! Ein letztes Mal.«

Wie flehend er klang, geradezu zerrüttet! Widerstrebend kam sie seiner Bitte nach und lehnte sich ans Fensterbrett, als könnte es ihr Halt geben. Er stand einige Meter schräg unter ihr; ein Abstand, der ihr sicher erschien. Seine Wangen glänzten, seine Augen waren knallrot. Hatte er etwa geweint?

»Was willst du?«

»Du musst mir verzeihen. Die Polizei hat mich freigelassen. Sie wissen, dass ich es nicht war. Ich will mein Leben zurück. Mein Schiff ...«

»Du hast dein Kommando verloren?«

»Unser feiner Investor hat mich wegen betriebsschädigenden Verhaltens rausgeworfen und einen meiner Männer eingesetzt, diesen Joken.« Erk fletschte die Zähne. Sie glaubte, sein übliches Knurren zu hören. Doch dann verwandelte sich sein Gesichtsausdruck in etwas, was wohl ein Lächeln sein sollte. »Ich brauche dich, Merret. Ich liebe dich.«

Sie spürte, dass sie weich wurde. Es tat ihr leid, dass er sein Schiff verloren hatte. Das, wofür er brannte. Wäre es nicht schön, jemanden an der Seite zu haben? Und der Sex mit Erk war immer gut gewesen ...

»Bitte! Es kann doch nicht alles umsonst gewesen sein!«

Jegliches Mitgefühl verflog. Ging es Erk nur darum, seinem verkorksten Verhalten einen Sinn zu geben? Er hat mich entführt, geschlagen, bedroht, rief sie sich ins Gedächtnis. Seine Worte waren nichts wert. Es gab nicht mehr viel in ihrem Leben, was einen Wert hatte. Und wer wusste schon, ob diese Jugendwohngruppe überhaupt erhalten blieb ...

»Ich habe nichts mehr!«, rief Erk empört. »Du musst zur Besinnung kommen!«

»Es gibt kein Zurück«, antwortete sie, mit einem Mal entschlossen. »Und wenn du in einer Minute nicht weg bist, rufe ich die Polizei!« Mit hämmerndem Herzen verriegelte sie das Fenster. Wagte nicht, ihm nachzuschauen. Wich zurück und hielt sich die Ohren zu, um seine Rufe nicht mehr zu hören.

Als sie wieder nachschaute, war er fort. Merret atmete auf. Sie ließ sich aufs Bett zurücksinken.

Sobald sich ihr Herzschlag beruhigt hatte, klappte sie die Umzugskiste zu. Gleich darauf öffnete sie sie wieder und holte das Konzertshirt heraus. Vielleicht würde Elanie es tragen wollen, irgendwann, wenn die Adoption durch war ...

* * *

Als Liv erwachte, fühlte sich ihr Schädel an, als würde jemand darauf Schlagzeug spielen. Sie hatte einen sauren Geschmack im Mund. Hatte sie sich gestern tatsächlich übergeben müssen? Vor Sebastian? Wie peinlich! So etwas war ihr seit den Alkoholexzessen in ihrer Jugend nicht mehr passiert. Hoffentlich hatten Elise, Sanna und Vivien davon nichts mitbekommen. Wo waren die überhaupt? Hoffentlich nicht in diesem schäbigen Apartment!

Im Schneckentempo schob sie sich auf dem Bett hoch, bis ihr Oberkörper in der Senkrechten war. Das Zimmer um sie herum bebte ungemütlich. Sie schluckte trocken. Sebastian war nicht zu sehen, kein Wunder. Vermutlich hatte sie im Alkoholrausch geschnarcht. Doch im nächsten Moment öffnete sich die Tür, und Sebastian schob sich mit einem Aufstell-Tablett herein. Auf einmal duftete es herrlich nach heißem Kaffee, einer Prise Kardamom und frischen Brötchen.

»Guten Morgen, Sonnenschein! Oder besser: Guten Mittag!« Er lächelte sie liebevoll an.

Liv sank tiefer und zog die Bettdecke bis zu ihrem Kinn. Am liebsten hätte sie sich verkrochen, bis sie wieder einigermaßen wiederhergestellt war.

Sebastian stellte das Tablett neben ihr auf dem Bett ab.

»Oje, ich habe nicht wirklich …« Sie sank tiefer, war beinahe unter der Decke verschwunden. »Du kannst dir nicht vorstellen, wie ich mich fühle. Mein Schädel …«

Sichtlich amüsiert kniete er sich neben sie. »Ich habe dir Müsli mit frischem Obst, Orangensaft und eingelegten Hering mitgebracht, und später machen wir einen Spaziergang am Watt, das wird dir guttun.«

Sie stöhnte bei dem Gedanken an feste Nahrung. »Ein trockenes Brötchen reicht fürs Erste.«

Er neigte sich zu ihr und wollte sie küssen, doch Liv schlüpfte eilig aus dem Bett. Sie wollte sich erst einmal frisch machen und vor allem Zähne putzen.

Als sie zurückkam, fühlte sie sich besser. »Wo sind alle? Es ist so still.«

»Die waren auf dem Markt. Noah hatte Lust, Sanna und Elise zu begleiten. Zorro liebt er ja ohnehin. Jetzt ist Sanna mit Vivien unterwegs, und die anderen sind am Grünen Kliff spazieren. Kein Grund zur Sorge also. Wir haben unsere Ruhe.«

Während sie gemeinsam frühstückten – sie weniger, er mehr –, berichtete sie in groben Zügen, was am Vortag geschehen war. »Was für ein schrecklicher Fall! Ich kann es einfach nicht fassen – und ich will es auch nicht. Ich will nicht wahrhaben, dass so etwas geschieht. Dass junge Menschen so etwas tun …«

Sebastian nahm ihre Hand. »Das ist ein Ausnahmefall. Du weißt selbst, wie selten so etwas ist. Diese Jugendlichen sind nicht repräsentativ. Jugendgewalt ist rückläufig. Vor fünfzehn oder zwanzig Jahren hat es viel mehr gravierende Gewalttaten unter Minderjährigen gegeben.«

»Du bist immer so herrlich rational«, sagte sie rau, spürte aber gleichzeitig, wie gut ihr diese Worte taten.

»Manchmal hilft es, die Gefühle beiseitezuschieben.«

Schließlich stellte Sebastian das Tablett auf den Fußboden und kuschelte sich an sie. Liv genoss seine Berührungen; es ging ihr langsam besser. Dunkel erinnerte sie sich daran, was sie gestern zu ihm gesagt hatte. Es war schrecklich, aber nicht weniger wahr, als es gestern gewesen war. »Ich habe nachgedacht.« Ihre Brust wurde eng bei dem Gedanken, ihn zu verlieren. Sie sah ihn an. »Ich liebe dich, aber vielleicht ist jetzt nicht der richtige Zeitpunkt für uns. Larissa und Noah brauchen dich …«

»Und ich brauche dich …« Seine Hand schob sich unter das Kopfkissen, um etwas hervorzuholen.

Liv wurde schwummrig, als sie es sah. Doch dieses Mal war nicht der Kater schuld.

Sebastian lächelte, als er weitersprach. »… und deshalb habe ich mir etwas überlegt.«

Anmerkung und Dank

Es ist schon verrückt: Manchmal dümpeln Ideen und Themen jahrelang vor sich hin, um dann aufgegriffen zu werden und plötzlich eine besondere Brisanz zu bekommen. Auf einer der ersten Mindmaps zu meinem ersten Sylt-Krimi tauchten die Begriffe »Kinderheime« und »kriminelle Jugendliche« auf. Ganz einfach, weil Jugendkriminalität und Jugendhilfe in Schleswig-Holstein eine besondere Bedeutung haben. Für mich war es jetzt, in diesem achten Fall meiner Kommissarin, an der Zeit, diese Themen aufzunehmen. Dass während des Schreibens einige erschreckende Fälle delinquenter Kinder und Jugendlicher Schlagzeilen machten, ist ein bedrückender Zufall.

Über polizeiliche Ermittlungen in diesem Umfeld zu schreiben ist nicht einfach, denn zum Schutz der Rechte von Kindern und Jugendlichen wurde die EU-Richtlinie 2016/800 erlassen. Sie behandelt Verfahrensgarantien in Strafverfahren gegen Kinder, die verdächtige oder beschuldigte Personen sind, und wurde auch in deutsches Recht umgesetzt. Sie stellt nicht nur Polizisten, sondern auch Richter und viele andere Beteiligten vor besondere Herausforderungen. So müssen beispielsweise polizeiliche Jugendsachbearbeiter bereits *vor* der Vernehmung abschätzen, ob ein Freiheitsentzug als Strafe im Raum steht – und damit ein Fall der »notwendigen Verteidigung« vorliegt. Auch muss die Jugendhilfe früher in Strafverfahren eingebunden werden – was für personelle Engpässe sorgen kann. Weitere Herausforderungen betreffen u. a. die audiovisuelle Vernehmung.

Wer sich mit diesem Thema beschäftigen möchte, dem empfehle ich den Podcast *Scheiße gebaut?!* von Maria und Matthias Kleimann, den man auf allen gängigen Plattformen hören kann. In ihm beschäftigen sich die Richterin und der Medienwissenschaftler qualifiziert, intensiv und empathisch mit dem Leben und der Delinquenz von Kindern und Jugendlichen. In einer Folge findet sich übrigens auch eine differenzierte Auseinandersetzung mit der immer wieder geäußerten Forderung, das Alter der Strafmündigkeit herabzusetzen – ein Thema, das bei schockierenden Fällen von Kinder- und Jugendgewalt verlässlich aufkommt.

Unerlässlich waren für mich bei meinen Recherchen die Gespräche mit meiner Freundin Anja Hufnagel, die sowohl als Kommissarin als auch als Jugendpflegerin mit delinquenten Kindern und Jugendlichen und ihrem Umfeld zu tun hatte und hat. Ich möchte an dieser Stelle noch einmal betonen, wie enorm ich die Arbeit von Sozialarbeitern, Therapeuten und Psychologen schätze und für wie wichtig ich Jugendwohngruppen und andere therapeutische Angebote halte. Sollte ich diese unzutreffend dargestellt haben, ist es allein mein Fehler.

Ist die Arbeit am Schreibtisch auch einsam, entsteht ein Buch jedoch nie durch einen allein. Mein herzlicher Dank gilt folgenden Menschen:

Was die rechtsmedizinische Ausgangslage in meinem Fall angeht, half mir Dr. Constanze Nieß, Funktionsoberärztin des Instituts für Rechtsmedizin am Universitätsklinikum Frankfurt, freundlicherweise weiter.

Über die Vergiftung durch Opioide wie Tilidin informierte mich Prof Dr. med. Andreas Schaper, Facharzt für Chirurgie und Klinische Toxikologie und Leiter des Giftinformationszentrums Nord, kompetent und unbürokratisch.

Meine Freundin Dr. med. Tanja Kubica klärte mich über die Behandlung bei Kohlenmonoxidvergiftung auf.

Mein Freund und Rechtsanwalt Stefan beriet mit mir über Livs Erbe – eine komplizierte Angelegenheit, wie ich finde.

Messergewalt ist ein Thema, das zunehmend erforscht wird und auch bekämpft werden muss, denn: Wer ein Messer bei sich trägt, wird es im Zweifelsfall auch benutzen. Während ich bereits an *Gefährlicher Sog* schrieb, hörte ich zu diesem Thema einen interessanten Vortrag des früheren Polizisten und Autorenkollegen Volker Streiter bei der Criminale des Syndikat e. V. Ebenfalls danke ich meinem Syndikats- und Autorenkollegen, Kriminalhauptkommissar Matthias Bürgel, der mir in Fragen der Spurensicherung auf die Sprünge half.

Ich danke Ralf Grunenberg, einem alten Freund, der mich in Fragen der freiwilligen Feuerwehr beriet.

Meine Kletterkumpel Joachim und Klaus sinnierten zwischen den Routen über die Frage, welche unauffälligen, aber für die Seetüchtigkeit wichtigen Teile bei einem Segelboot fehlen könnten.

Für alle sachlichen Unschärfen bin allein ich verantwortlich.

Ein Dankeschön geht an den Lübbe-Verlag und insbesondere meine Lektorin Dr. Stefanie Heinen für ihren Enthusiasmus, was Liv und ihre Fälle angeht. Meiner Agentin Petra Hermanns schulde ich Dank für ihren inspirierenden Support. Für musikalische Inspiration danke ich meinem Sohn, der mich rap-ifiziert hat. Ich danke meinem Mann, der mich auch dieses Mal wieder bei den Recherchen nach Sylt begleitet hat und meine Schreiblaunen erträgt. Und natürlich danke ich Ihnen und euch, liebe Leserinnen und Leser, liebe Buchhändlerinnen und Buchhändler, die mit Liv und ihren Kollegen immer wieder gern in Sylter Abgründe eintauchen! Fotos von den Schauplätzen und Hintergrundberichte finden Sie übrigens auf sabineweiss.com.

Ein letzter Hinweis noch: Wenn du selbst Sorgen hast wie einige der Jugendlichen in diesem Krimi, dann findest du u. a. bei der Nummer gegen Kummer 116 111 ein offenes Ohr und Hilfe.